UNE SAISON
À LA PETITE
BOULANGERIE

DU MÊME AUTEUR
CHEZ POCKET

LA PETITE BOULANGERIE DU BOUT DU MONDE

UNE SAISON À LA PETITE BOULANGERIE

RENDEZ-VOUS AU CUPCAKE CAFÉ

JENNY COLGAN

UNE SAISON À LA PETITE BOULANGERIE

Traduit de l'anglais
par Ève Vila

ÉDITIONS PRISMA

Titre de l'édition originale :
SUMMER AT LITTLE BEACH STREET BAKERY

MIXTE
Papier issu de sources responsables
FSC® C003309

Pocket, une marque d'Univers Poche,
est un éditeur qui s'engage pour la préservation
de son environnement et qui utilise du papier fabriqué
à partir de bois provenant de forêts gérées
de manière responsable.

ISBN : 978-2-266-27314-5

À ma tante Maura
et mon oncle Mike bien-aimés.
S'il vous plaît,
annulez la livraison du serpent,
maintenant.
Merci.

Le mot de Jenny

Bonjour ! Et bienvenue à *La Petite Boulangerie de Beach Street*… Si vous êtes déjà venus auparavant, ravie de vous revoir ! Si c'est votre première visite, eh bien, soyez les bienvenus, j'espère que vous êtes affamés. Avant tout, laissez-moi vous faire un bref résumé des aventures précédentes. (Que les fans de Neil se rassurent : il est de retour lui aussi.)

Tout a commencé lorsque la société fondée par Polly à Plymouth a fait faillite et que notre héroïne a dû repartir de zéro. Elle a alors décidé de s'installer en Cornouailles, dans une petite ville de la côte coupée du monde deux fois par jour, puisque la chaussée qui la rattache au continent est submergée par la marée. Peinant à retrouver un emploi, elle s'est mise à faire du pain, tout bonnement parce que c'est sa passion. Mais elle s'est très vite attiré les foudres de Mrs Manse, la patronne de la boulangerie locale (bien mal tenue d'ailleurs).

Polly a toutefois réussi à la mettre dans sa poche et a commencé à travailler pour elle. Entre-temps, elle a également entretenu une brève liaison avec l'un des marins pêcheurs, Tarnie, avant de découvrir avec horreur qu'il était marié. Ce dernier est décédé peu de temps après, au cours d'une terrible tempête et tout le village peine encore à s'en remettre.

Polly est finalement tombée amoureuse de Huckle, un grand Américain qui fabrique du miel. Par mégarde, elle a fini par adopter un macareux et aux dernières nouvelles – et probablement en dépit de tout bon sens –, elle vient de faire l'acquisition d'un phare pour demeure principale.

Bon, je crois que les fiches sont à jour. J'espère vraiment que vous aimerez *Une saison à La Petite Boulangerie*. J'ai moi-même pris beaucoup de plaisir à l'écrire.

Le décor en quelques mots

Les Cornouailles représentent pour moi un lieu à la fois imaginaire et un cadre de vie, parce que j'y ai passé beaucoup de temps quand j'étais enfant. À mes yeux, cette région s'apparente au monde de Narnia ou à n'importe quel lieu imaginaire que j'aimais visiter : j'étais absolument obsédée par *Over Sea, Under Stone*[1] de Susan Cooper et, bien entendu, par *Le Club des cinq* et *Malory School* d'Enid Blyton.

Nous séjournions en général dans d'anciennes maisons de mineurs près de Polperro. Ma mère était une grande fan de Daphné Du Maurier. Elle avait l'habitude de nous faire coucher, mes frères et moi, dans de petits lits étroits et de nous raconter des histoires terrifiantes pleines de pirates, d'or et de naufrageurs. Nous étions littéralement aux anges et transis de froid. L'un de nous, probablement mon petit frère – même s'il dirait certainement que c'était moi –, passait la

1. Il s'agit d'un titre de la série de littérature fantasy, *The Dark is Rising*, imaginée par Susan Cooper, une écrivaine anglaise.

moitié de la nuit éveillé, en proie à d'affreux cauchemars.

En comparaison de l'Écosse frisquette, les Cornouailles ensoleillées revêtaient des airs de paradis. Chaque année, on nous achetait ces grandes planches de surf en mousse et la première chose que nous faisions le matin, c'était de courir à l'eau, et de surfer jusqu'à ce qu'on nous en sorte de force. La peau brûlée par le soleil le long des lanières croisées de mon maillot de bain, je dévorais un sandwich couvert de sable.

Plus tard, mon père cuisait un poisson au barbecue qu'il fabriquait chaque année avec des briques et une grille, et je m'asseyais dans les herbes hautes, absorbée par ma lecture, dévorée par les insectes.

Et après cela (parce qu'on se couche très tard pendant les vacances), nous descendions en voiture jusqu'à Mousehole ou St Ives pour savourer des glaces tout en nous promenant sur le port et contempler les galeries d'art. Ou nous mangions des frites chaudes, salées, ou des caramels. Des saveurs qui m'obsèdent encore aujourd'hui, même si les caramels me rendent systématiquement malade.

Ce furent des moments de bonheur total et j'ai ressenti une immense joie quand je les ai revisités pour l'écriture de ma série située à Mount Polbearne. Nous avons fait une escapade d'une journée – passage obligé, me semble-t-il, pour tous ceux qui se rendent en Cornouailles – à St Michael's Mount et je me souviens d'avoir été saisie, fascinée, par l'ancienne voie en pierres disparaissant sous les vagues. C'était la vision la plus romantique et la plus magique qu'il m'ait été donné d'imaginer. J'étais tellement heureuse d'ancrer mes livres dans ce lieu. Si, à travers mes romans, je pouvais transmettre ne serait-ce qu'une petite fraction du bonheur que les Cornouailles m'ont apporté dans la vie, je serais absolument ravie.

Jenny

Prologue

— Quand je dors, ce dont je suis la plupart du temps incapable, je ne dors jamais, je rêve de lui. Je rêve de lui en train de faire l'idiot. Par exemple, il est dans une machine à laver ou quelque chose dans le genre, et je lui dis : « Sors de cette machine, imbécile. » Mais il ne sort pas, il est minuscule et, dans cette machine à laver, il devient de plus en plus petit, jusqu'à disparaître complètement.

— C'est tout à fait normal, déclara une voix calme, distinguée, avec un fort accent du sud-ouest de l'Angleterre.

— Vous dites toujours que tout est normal, objecta Selina, rejetant ses cheveux courts en arrière, avec colère. Je pourrais aussi bien entrer dans cette pièce et dire : « J'ai écrasé deux hérissons en venant parce qu'ils me rappelaient sa coupe de cheveux. Un par accident, l'autre volontairement », et vous me répondriez : « Mais c'est tout à fait normal. »

— L'avez-vous fait ?

— Non, mais j'aurais très bien pu. Et vous auriez probablement continué à dire que c'est normal.

— Il n'y a aucune normalité dans la douleur, Selina. Elle est courante, mais elle n'a rien de normal.

Selina laissa échapper un long soupir.

— Pourquoi est-ce que je n'arrive pas… Pourquoi est-ce que je n'arrive pas à m'en remettre ? Tout le monde aurait aimé que je m'en remette il y a déjà une éternité. Je le vois à leur tête. C'est gênant pour eux. Je veux aller mieux. Je veux pouvoir trouver le sommeil sans boire des litres de vin, me lever sans voir le visage de mon mari décédé dans le hublot de la machine à laver et arrêter de flanquer le cafard à tout le monde, tout le temps.

— Où habitez-vous à présent ? s'enquit la voix avec douceur, faisant comme si Selina ne s'était pas emportée.

Selina haussa les épaules.

— Ch'sais pas. Je crois que je vais laisser tomber la location à Manchester. Elle me coûte de plus en plus cher, et je n'ai pas plus de raison de rester là-bas que n'importe où ailleurs.

— Peut-être est-il temps de penser à rentrer… chez vous ? Chez vous, ou chez Tarnie ?

— Je ne retournerai jamais là-bas, déclara Selina en frissonnant. Je ne veux jamais y retourner.

Chapitre 1

— Arrête ça, ce n'est pas drôle.

Neil ignora l'avertissement de Polly et continua de donner des coups de bec contre la petite fenêtre, située en hauteur. C'était sa façon à lui de la convaincre de s'approcher pour lui donner quelque chose à manger.

Il se trouvait à l'extérieur du phare dans lequel ils avaient emménagé le mois précédent tous les trois : Polly, Neil le macareux et Huckle, son petit ami américain, dont la moto flanquée d'un side-car patientait au bas de la tour. Leur unique moyen de transport.

Le phare était resté inhabité durant de nombreuses années, depuis l'électrification des réverbères à la fin des années 1970. Il n'avait que quatre étages, desservis par un escalier en colimaçon qui courait le long des parois, ce qui faisait de cet endroit, comme Huckle l'avait souligné plus d'une fois, le lieu le plus traversé par les courants d'air de l'histoire humaine. Ils gardaient tous deux une forme olympique à force d'en monter et descendre les marches au pas de course. Un étage était encore dédié à la lourde machinerie qui faisait autrefois tourner les rouages, et qui n'avait pu être déménagée. Au dernier, juste sous le faisceau, se trouvait leur salon, avec vue sur la baie. De l'autre côté, l'arrière du phare donnait sur Mount Polbearne, l'île isolée par les marées où ils vivaient et travaillaient : elle n'était reliée au continent que par une chaussée, submergée ou découverte au gré des flots.

Depuis les fenêtres, on pouvait apercevoir *La Petite Boulangerie de Beach Street*, la boutique à l'abandon que Polly avait rafraîchie au moment de son emménagement au village, deux ans plus tôt. Elle avait alors quitté le continent pour se remettre d'une faillite financière aussi bien qu'amoureuse.

À l'origine, elle n'avait pas eu l'intention de faire grand-chose à Mount Polbearne. Il s'agissait essentiellement de s'asseoir et de panser ses plaies jusqu'à ce qu'elle se soit sentie prête à retourner dans la mêlée, à repartir travailler dans une entreprise. Elle n'avait pas pensé un seul instant que, dans le petit appartement à demi affaissé au-dessus de la boutique, elle allait progressivement revenir à la vie, tout en pratiquant son passe-temps préféré : faire du pain. Alors de là à imaginer qu'elle en ferait sa carrière et qu'elle rouvrirait l'ancienne boulangerie fermée depuis des lustres…

Ce n'était certes pas la plus lucrative des activités et les heures étaient bien longues, mais le cadre était tellement merveilleux et son travail si apprécié, à la fois par les habitants de la ville et par les touristes, qu'elle y avait trouvé quelque chose de bien plus valorisant que l'argent : elle avait découvert un sens à sa vie. Enfin, c'est ce qu'elle pensait la plupart du temps. Parfois, elle jetait un regard circulaire à la cuisine sommaire récemment installée (elle avait vendu son ancien appartement de Plymouth et avait acquis le phare pour trois fois rien parce que, comme Lance, l'agent immobilier, l'avait souligné, seule une personne complètement dingue pouvait avoir envie de vivre dans une tour inaccessible, balayée par les courants d'air et baignée d'une lumière éprouvante, qui illuminait les alentours) et elle se demandait si elle parviendrait un jour à réparer les encadrements de fenêtres, ceux-ci figurant en haut d'une liste d'environ mille réparations urgentes en attente.

Huckle lui avait proposé d'acheter cet endroit à deux, mais elle s'y était opposée. Elle avait travaillé trop durement pour acquérir son indépendance. Une fois déjà par le passé, elle avait tout partagé ; elle s'était entièrement impliquée avec quelqu'un. Cela n'avait pas fonctionné et elle n'avait nulle envie de revivre cette expérience.

À cet instant précis, tout ce qu'elle souhaitait, c'était s'asseoir dans le nid d'aigle qui faisait office de salon, au dernier étage de la maison, boire un thé, manger un tortillon au fromage et se détendre tout en profitant de la vue sur la mer, toujours changeante. Dehors, les nuages poursuivaient leur course, si près qu'elle aurait pu les toucher. Les petits bateaux de pêche dansaient sur une eau aux teintes mêlées de vert et de marron délavés, treuillant de lourds filets derrière eux. Minuscules et fragiles sur l'immensité des flots. Elle n'aspirait qu'à cinq minutes de calme et de tranquillité avant de retourner à la boulangerie pour assister Jayden, son collègue.

Neil, le petit macareux qui avait percuté sa vie une nuit d'orage, et qui ne l'avait plus quittée depuis, n'était pas de cet avis. Il trouvait absolument incroyable de pouvoir voler au-dehors, haut dans le ciel, tout en continuant de la voir à travers la fenêtre. Il se plaisait à le faire encore et encore. Parfois, il décollait, voletait autour du phare et revenait de l'autre côté. Parfois, il donnait des petits coups de bec sur la vitre, parce que Huckle trouvait très amusant de lui faire passer des friandises par la fenêtre. Même si Polly l'avait instamment prié d'arrêter.

La jeune femme posa son livre et se dirigea vers la fenêtre, toujours autant subjuguée – s'en lasserait-elle jamais ? – par les incroyables nuances du ciel. Caché derrière les nuages, le soleil déployait par intermittence ses rayons argentés sur les vagues. Charmée par le doux cri des mouettes et le sifflement du vent – qui se faisait assourdissant les jours d'hiver –, elle avait toujours peine à croire qu'elle vivait vraiment là. Elle ouvrit une fenêtre préhistorique composée d'un simple vitrage et fermée par un imposant loquet.

— Rentre alors, dit-elle.

Mais Neil battit frénétiquement des ailes et tenta de picorer entre ses doigts au cas où elle aurait gardé une gourmandise à son intention.

— Non ! objecta-t-elle. Tu es trop gros pour un macareux, crois-moi. Viens à l'intérieur et arrête de cogner à la fenêtre.

Neil trouva le jeu génial. Il s'enfuit de nouveau à tire-d'aile et entreprit de faire le tour du phare pour lui montrer de quoi il était capable. Quand il revint se poser sur le rebord de la fenêtre, ses grands yeux noirs étaient emplis d'espoir.

— Oh, pour l'amour de Dieu ! lâcha Polly.

Puis – et jamais elle n'aurait cédé en présence de Huckle –, elle se pencha et lui donna un petit morceau de tortillon au fromage, que l'oiseau engloutit joyeusement. Il se mit alors à picorer les quelques miettes restantes et donna des coups de bec si violents qu'il partit à la renverse et glissa du rebord de la fenêtre.

— Neil ! s'écria Polly.

Elle se sentit soudain complètement idiote en le voyant agiter ses ailes pour remonter à sa hauteur.

— J'ai failli mourir de peur, dit-elle. Tu rentres ou tu sors, mais tu choisis.

Neil décida de rentrer. Il se posa au sol, puis traversa la pièce en se dandinant. L'oiseau entreprit d'inspecter avec soin les planches du parquet brut, juste au cas où Polly aurait laissé quelques miettes.

— Bon, lança Polly. Je retourne travailler. Sois sage.

Elle parcourut le salon du regard pour s'assurer qu'elle n'avait rien oublié. Une fois en bas, il était préférable de ne rien avoir omis d'emporter au risque de devoir faire une nouvelle ascension. Huckle aurait voulu qu'ils installent une barre de pompiers, mais Polly demeurait tout à fait hostile à cette idée.

La petite pièce circulaire contenait peu de mobilier, mis à part son cher canapé, au charme élégant, qu'elle avait rapporté avec elle de Plymouth. On avait dû intégralement le démonter pour le transporter dans l'escalier. L'entreprise avait nécessité pratiquement une journée, mais cela valait la peine, selon Polly.

L'étage inférieur comportait une chambre dotée d'une minuscule salle de bains, aménagée dans un renfoncement ; puis venait l'étage dédié à la machinerie, et enfin le rez-de-chaussée avec une cuisine rudimentaire, une salle de bains et un autre salon. Ils disposaient également d'un bâtiment construit à l'écart, une sorte d'horrible bâtisse en crépi, pas très haute, surmontée d'un toit plat. Pour le moment, elle abritait deux chambres, mais ils ne savaient pas bien ce qu'ils allaient en faire. Un petit jardin descendait en pente douce à travers les rochers. Huckle comptait se lancer dans son aménagement, même s'il ne croyait pas vraiment y faire pousser autre chose que des algues et des moules. Quelqu'un avait intégré des rangées de coquillages aux marches qui descendaient du phare et le long du sentier principal. Cet aménagement ravit une nouvelle fois Polly qui sauta sur les pavés. Puis elle fit le tour du muret qui longeait le port et pénétra dans le village de Mount Polbearne.

Ce n'était pas loin, mais à marée haute et les jours d'orage, elle avait le temps de se faire tremper car les vagues venaient s'écraser sur la digue avec force éclaboussures, tandis que les embruns emplissaient l'air de sel.

Aujourd'hui, malgré un vent faible, le ciel restait dégagé. Quelques petits nuages défilaient près des hautes fenêtres du phare, tandis qu'un rayon de soleil s'efforçait de percer, sans y parvenir réellement. La marée était basse, ce qui signifiait que la route qui menait au continent était ouverte. Ses pavés bruns scintillaient d'humidité et une légère brise venue de l'océan emplissait l'air des odeurs du grand large…

La petite ville de Mount Polbearne était perchée au sommet de l'unique côte que comptait l'île. Elle s'étageait de guingois en direction de l'église en ruine, depuis longtemps dépourvue de toit, qui dominait le village.

Les ruelles pavées et escarpées étaient battues par

les vents. Il était certes possible de venir jusqu'en ville en voiture, mais tout à fait déconseillé. La plupart des gens se garaient sur le parking du continent et faisaient les derniers cent mètres à pied. Certains pêcheurs proposaient leurs services de bateaux taxis pour les malchanceux qui étaient restés bloqués, mais la majorité des gens du coin connaissaient les flux et les reflux des marées aussi bien que le rythme du soleil et y adaptaient leur emploi du temps.

Par ailleurs, la vie était plus sommaire sur l'île. Il ne pouvait en être autrement : ici pas de shopping en ligne, ni boîte de nuit, ni soirée filles, ni voies aériennes autour d'un éventuel aéroport, ni journaux gratuits, ni wi-fi (plusieurs personnes avaient suggéré à Polly de le faire installer, mais le fournisseur d'accès lui avait poliment expliqué qu'il leur faudrait faire courir un câble immergé et que l'entreprise coûterait environ cent mille livres. Il lui avait demandé si elle souhaitait y participer, ce qui avait mis le holà à cette initiative).

À la place, des rangées de petites maisons en pierres grises grimpaient toujours plus haut le long d'un itinéraire sinueux. Certaines affichaient de nouvelles extensions vitrées plus tape-à-l'œil, des toits terrasses et des balcons en fer forgé. Elles le devaient aux intrépides qui venaient passer leurs week-ends dans leur résidence secondaire et qui étaient tolérés avec force railleries et surtaxes par les locaux. Il y avait le vieux pub, le *Red Lion*, bâti autour d'une ancienne cour, qui renfermait encore des anneaux d'attache et des abreuvoirs datant d'il y a fort longtemps. Il y avait le *fish and chips* d'Andy, avec son enseigne flanquée d'un poisson gigantesque et de pêcheurs alignés aux visages souriants. L'endroit faisait le meilleur hareng de la région ainsi que les frites les plus fraîches et les plus croustillantes qui vous brûlaient les doigts, avant de les piquer à cause du sel et du vinaigre. Il vendait du Fanta et du Tizer[1], et du *Dandelion and Burdock*[2]. Il suffisait alors de traverser la Beach Street pavée pour s'asseoir et manger sur le muret du port, tout en contemplant les flots et en repoussant les mouettes.

Il y avait la supérette de Muriel, qui vendait absolument de tout. Patrick le véto, qui partageait son cabinet avec une jeune généraliste prénommée Callie, présente seulement deux fois par semaine. Et puis l'ancienne boulangerie qui était tenue autrefois par Mrs Manse. Cette ex-patronne de Polly lui avait mené la vie extrêmement dure en lui interdisant de fabriquer du pain à son arrivée à Mount Polbearne. À présent, elle était à la retraite et vivait chez sa sœur – qui avait hérité du même sale caractère – dans la ville de Truro. La vieille dame avait laissé Polly libre de gérer sa propre boulangerie comme elle l'entendait.

Le dernier commerce du quai était un nouveau restaurant à l'allure clinquante, bien trop cher pour les locaux, mais très populaire auprès des visiteurs. Il s'était spécialisé dans le poisson frais que les pêcheurs déchargeaient de leurs bateaux chaque matin. À cette heure-ci, ils ramendaient les filets, comptabilisaient les prises. Deux ou trois marins

1. Il s'agit d'un soda vendu au Royaume-Uni.

2. Il s'agit d'une boisson obtenue à partir de pissenlit et de bardane.

saluèrent Polly de la main et s'enquirent du goût de la michette du jour (une petite miche très appréciée des travailleurs). Puis ils hurlèrent en chœur un salut à l'intention de Neil qui, comme Polly s'en rendit compte avec colère, l'avait encore suivie jusqu'à son travail. Ce n'était pas bon pour lui de venir à la boulangerie : les clients le nourrissaient trop, et de plus, bien que le fournil soit impeccable – grâce à Jayden, son assistant –, si un inspecteur de l'hygiène venait à passer et captait ne serait-ce qu'une légère odeur d'oiseau, elle aurait des problèmes. Et le fait qu'aucun visiteur ne pouvait mettre un pied dans le village sans que tout le monde soit aussitôt au courant n'était en aucun cas un argument valable, comme elle l'avait stipulé à Jayden.

Cela faisait presque un an que l'extraordinaire tempête, surgie de nulle part, avait dévasté la flotte et coûté la vie à Cornelius « Tarnie » Tarnforth, capitaine du *Trochilus*, et durant une brève période, amant de Polly. Pas un jour ne s'écoulait sans que Polly songe à lui en passant devant les bateaux. Il avait fallu longtemps à la petite ville pour panser ses plaies.

En entrant, Polly fit tinter la clochette de *La Petite Boulangerie de Beach Street*. La jolie façade gris pâle – peinte par son ex-compagnon, Chris – arborait une adorable inscription en italique : « Propriétaire, Ms P. Waterford ». En la contemplant, elle ne pouvait réprimer une certaine fierté. Déjà quatre personnes faisaient la queue dehors. Jayden était en train de disposer les miches du matin, toutes chaudes. Aujourd'hui il y avait un choix de pains moulés, de pains tranchés et de lourdes miches au levain plus difficiles à vendre mais qui, selon Polly, faisaient de merveilleux toasts.

— Salut ! déclara Jayden. Oui, tout est sorti comme il faut. Sauf la michette au chorizo. J'ai dû… hum, j'ai dû… Elle était trop cuite.

Polly le toisa d'un œil sévère.

— C'est bien vrai, ça, Jayden ?

Elle retira son manteau et le suspendit à un crochet, puis contourna le comptoir pour se laver les mains. En jetant un coup d'œil derrière elle, elle aperçut Neil qui attendait patiemment de l'autre côté de la porte, sautillant d'une patte sur l'autre. Il continuerait de la sorte jusqu'à ce qu'un client veuille bien le laisser entrer, ce qui ne manquait jamais d'arriver. Elle s'interrogea pour la énième fois sur l'existence d'éventuels cours de dressage pour macareux.

— Oui, affirma Jayden, tandis que ses joues rondes viraient au rose.

Les clients patientaient sagement à l'extérieur tout en inspectant les vitrines à l'ancienne, absorbés par le choix de leurs futurs beignets à la crème. Polly leva un sourcil.

— Elle était vraiment bonne, avoua Jayden à voix basse. Je suis désolé. J'ai vraiment tenté de n'en manger qu'une seule.

Voilà où était le problème. Jayden était un merveilleux collègue : rapide, poli, aimable, efficace, et il astiquait la boutique comme un fou. Les années passées sur les bateaux de pêche l'avaient rendu méticuleux et impeccable. Certes, il était loin d'être beau, mais sa gentillesse et son charme avaient gagné le cœur de tous.

Il lui était aussi infiniment reconnaissant de ne plus

être obligé de sortir avec la flotte, ce qu'il avait détesté faire par le passé. Il adorait ce boulot d'intérieur et ses horaires réguliers. Il était honnête et sympathique avec les clients (tout du moins avec ceux du coin : il s'améliorait légèrement avec les nouveaux venus et les vacanciers, avec qui il se montrait soit un peu brusque soit très laconique).

Mais il avait la terrible, terrible habitude d'engloutir une partie du stock.

— Ce n'est pas comme si je ne savais pas ce que tu fais, déclara Polly en pointant du doigt le petit ventre rebondi de son collègue, mis en valeur par son tablier gris. Je suis au courant. Désolée.

Il était vraiment désolé lui aussi, comme en témoignait son visage cramoisi. Il s'était laissé pousser la moustache l'année dernière pour Movember[1] et comme tout le monde lui avait dit que cela lui allait bien – ce qui était plutôt vrai –, il l'avait gardée. À présent, il rougissait jusqu'à ses extrémités.

— Cela ne me dérange pas que tu manges un petit peu, déclara Polly. Mais là, c'était de la viande. C'est cher.

Malgré la moustache, Jayden ressemblait à un enfant de sept ans, les yeux rivés au sol.

— Vous n'êtes pas fâchée contre ce gentil jeune homme, intervint Mrs Corning, la veuve du révérend. Ce garçon est une véritable bénédiction.

Les autres dames qui faisaient la queue

1. Cet événement qui se déroule au mois de novembre dans le monde entier incite les hommes à se laisser pousser la moustache en témoignage de leur soutien. Cette action vise à lever des fonds pour combattre les maladies masculines.

l'approuvèrent. Pour quelques-unes d'entre elles, suspecta Polly, flirter et papoter avec Jayden était le rayon de soleil de leur journée.

— Une bénédiction plutôt vorace, grommela Polly.

— Et elle a laissé son oiseau à l'extérieur, ajouta une autre dame d'un ton désapprobateur.

Elles marmonnèrent entre elles. Polly était sur le point de lever les yeux au ciel, mais elle se ravisa. Pour certaines personnes, elle serait toujours la nouvelle, elle le savait. Elle passa à la personne suivante.

— Qu'est-ce que je vous sers ? demanda-t-elle poliment.

— Est-ce qu'il vous reste de ces délicieuses miches avec les petits morceaux de saucisse à l'intérieur ? Je les adore.

— Non, répondit Polly, avec un coup d'œil à Jayden, qui fit comme si elle n'existait pas, soudain débordé. Nous n'en avons pas.

Le grelot de la boutique tinta.

— Salut, Poll, tu as abandonné Neil dehors ! retentit une grosse voix à l'accent américain.

La boutique, déjà très petite, parut soudainement rétrécir davantage, tandis que l'ombre de Huckle s'abattait sur le comptoir. Il était très grand et large d'épaules, avec de longues jambes. Son épaisse tignasse de cheveux jaune paille le faisait paraître plus grand encore. Polly s'étonnait encore parfois qu'il soit son petit ami. Il donnait l'impression de sortir tout droit d'une publicité remplie de déserts, de cactus et de chapeaux de cowboy.

— Faut pas abuser ! lança Huckle à Neil qui s'était posé sur la manche de sa veste – ce qu'il ne faisait pas d'habitude –, fixant Polly d'un air blessé.

— Je ne l'ai abandonné nulle part, corrigea Polly, exaspérée. Les oiseaux ne sont pas censés se trouver sur un lieu de travail. Il devrait être en train de sautiller sur les rochers à la recherche d'une madame macareux.

— Ou un monsieur macareux, rectifia Huckle. Selon moi, tu ne devrais pas avoir de tels préjugés.

Polly le regarda droit dans les yeux.

— Es-tu en train de me traiter d'homophobe du règne animal ?

— Non, je suis simplement en train de dire qu'il faut que nous restions ouverts à tous les choix de Neil.

— Sauf celui d'entrer dans la boutique !

Huckle soupira. Les vieilles dames se regroupèrent afin d'examiner Neil (ou pour pouvoir poser leurs mains crochues sur les biceps de Huckle, pensa Polly méchamment). Quand elles se dispersèrent enfin, la jeune femme se pencha pour embrasser son petit ami.

— Salut, dit-elle. (Elle en profita pour respirer son parfum doux et chaud, légèrement mêlé d'huile pour moto. Laquelle le conduisait partout.) Tu n'es pas par monts et par vaux ce matin ?

Huckle secoua la tête.

— J'y vais ! J'ai juste fait un saut pour te prévenir : Dubose arrive.

Polly se mordit la lèvre.

— Sérieusement ?

Son cœur se mit à battre un peu plus vite. Elle n'avait jamais rencontré Dubose. Elle n'avait encore rencontré aucun membre de la famille de Huckle ; Dubose était son frère cadet et une sorte de mouton noir.

— Qu'est-ce qu'il trafique ?
Huckle leva les yeux au ciel.
— Ne me lance pas là-dessus. Apparemment, il aurait besoin d'une pause.
Polly parut troublée.
— Mais il n'est pas fermier ?
— Si. Précisément : les fermiers ne prennent pas de pauses !
— Comme les boulangers, ajouta Polly.
— En plus rude encore, renchérit Huckle.
— Ouais.
Huckle secoua la tête.
— Il a laissé Clemmie s'occuper de tout.
Clemmie était la petite amie de Dubose.
— Elle n'est pas compétente ?
— Elle est géniale ! Mais de là à diriger une ferme… Ça demande beaucoup d'efforts.
Les sourcils de Huckle se rapprochèrent. Il n'avait pas souvent l'air en colère. Polly trouva que c'était mignon.
— Quand va-t-il pointer le bout de son nez ?
— Dans une ou deux semaines, je pense. Il est en train de « bourlinguer ». (Huckle afficha un sourire résigné.) Il n'aime pas faire des projets ou être entravé par quelque chose qui ressemblerait de près ou de loin à de l'anticipation. Ça ne te dérange pas s'il reste, c'est sûr ?
— Bien sûr que non, voyons. Tu crois qu'il va m'apprécier ?
Huckle leva les yeux au ciel.
— Dubose aime tout le monde, dit-il.
Polly l'observa.

— Est-ce un soupçon de jalousie qui résonne dans ta voix ? demanda-t-elle malicieusement.

— Un nouveau jeune homme est sur le point d'arriver ? s'enquit Mrs Corning. Oh, quelle nouvelle excitante !

Quand Polly et Huckle s'étaient rencontrés pour la première fois, il était apiculteur dans les environs, et elle avait vendu son miel dans la boulangerie. Après une première relation qui n'avait pas marché, il était retourné dans sa ville natale, Savannah, où il avait repris un travail de bureau. Mais après six mois passés en Cornouailles au grand air, il s'était montré incapable de se réadapter à la vie d'entreprise, à l'air conditionné. Alors il était revenu : son père étant originaire du Royaume-Uni, les questions de visa et passeport s'en trouvaient simplifiées.

Ces derniers temps, nombreux étaient ceux qui revoyaient leur train de vie et qui s'installaient à la campagne. Ils prenaient deux ou trois chèvres, quelques poulets et une ruche ou deux. Huckle était donc devenu apiculteur itinérant. Il faisait du conseil et aidait les gens à maintenir leur essaim et à inverser la tendance du déclin des populations. Il s'occupait aussi toujours de son cottage qui était à présent habité par un couple âgé. Ces derniers profitaient joyeusement du jardin et laissaient Huckle gérer les ruches en échange de deux ou trois pots de miel par mois. C'était un très heureux arrangement. Il ne gagnait pas beaucoup d'argent, mais à part un peu d'essence pour la moto et un gros panier de légumes par semaine chez un agriculteur local, Polly et lui n'avaient pas de gros besoins. Ils vivaient avec peu. Il songeait bien de temps en temps que pour remettre à neuf le phare et racheter l'affaire de Polly – elle était toujours la gérante de Mrs Manse, la propriétaire d'origine, et lui reversait une grosse partie des bénéfices – il leur faudrait beaucoup d'argent. Mais ils n'avaient pas cette somme et cela leur convenait très bien, se disait-il, parce que ce qu'ils avaient leur suffisait amplement.

Chapitre 2

— OK, lança Jayden. Je pars pour l'autre boutique. Jeter un œil sur la fille du continent.

Polly leva les yeux au ciel.

— Jayden, tout être sur Terre est un continental. Il y a sept milliards de continentaux et sept cents habitants à Polbearne. Tu ne peux pas diviser le monde de la sorte.

Jayden était occupé avec son balai, mais elle pouvait deviner à la couleur de son front qu'il n'était pas d'accord avec elle.

— Laisse-moi y aller, proposa Polly. Je peux raccompagner Huckle jusqu'à sa moto.

— Ça veut dire qu'elle veut se débarrasser de moi, déclara Huckle avec un clin d'œil à l'attention des vieilles dames.

— Je ne veux pas me débarrasser de toi, rectifia Polly. Je veux me débarrasser de Neil. J'espère seulement qu'il va te suivre.

Comme on pouvait s'y attendre, Neil sauta joyeusement à l'intérieur du side-car. Aucun doute sur le fait qu'il appréciait la balade.

Huckle sourit à Polly.

— Est-ce que tu veux cuisiner ? demanda-t-elle.

Son compagnon haussa les épaules.

— Que dirais-tu de cuisiner, toi ? Moi, je cours et attrape tous les condiments et autres ingrédients que tu auras oubliés quatre étages plus bas.

— Ça marche, déclara Polly avant de l'embrasser à nouveau.

Huckle jeta un coup d'œil à sa montre, avant de bondir sur sa grosse moto. Neil inclina sa tête pour apprécier le démarrage.

— Je ne sais pas pour qui se prend cet oiseau, grommela Polly, même si elle adorait les voir démarrer à toute vitesse, dans un vacarme infernal, en direction de la chaussée découverte par la marée du matin.

Elle prit une profonde bouffée d'air frais et iodé. Dans le ciel, les nuages dansaient comme des vêtements sur une corde à linge. Elle se demandait à quoi ressemblait le frère de Huckle. Elle n'avait pas de frère elle-même, peut-être leur relation pourrait-elle s'apparenter à cela.

Elle descendit le long de Beach Street. Malgré la petite superficie de l'île, cette dernière recensait deux boulangeries. La boulangerie de Polbearne, la boutique d'origine, qui vendait encore des sandwichs, des sortes de panini et des produits plus traditionnels : des biscuits recouverts de glaçage, du *sponge cake* et tout un tas de petits gâteaux. De son côté, Polly avait reçu l'autorisation de faire comme bon lui semblait dans *La Petite Boulangerie de Beach Street*, avec des pains artisanaux, des miches craquantes aux olives et des tartes savoureuses. À présent que Mrs Manse était partie à la retraite, Polly était techniquement responsable des deux magasins.

C'était une journée printanière des plus lumineuses. Au printemps, Polly ne pouvait imaginer habiter ailleurs qu'à Mount Polbearne. Cela dit, elle ressentait la même chose en été : le fracas des pelles et des seaux, l'odeur d'huile solaire, la crème glacée, les petites lunettes de soleil en plastique roses et bleues abandonnées, soigneusement déposées sur le muret du port, au cas où leur propriétaire reviendrait les chercher. Et elle aimait l'automne : avec les surfeurs venus profiter au maximum des vagues au large de Breakwater Point dans leurs costumes noirs et luisants comme des phoques, qui déboulaient ensuite dans la boulangerie, transis et morts de faim. Elle leur servait alors du café et de la soupe chaude. L'ambiance était plus calme après les vacances d'été et la rentrée des classes. Et elle aimait l'hiver : quand le climat devenait extrêmement venteux, gelé, et qu'il était inutile d'aller où que ce soit. Huckle et elle se pelotonnaient alors l'un contre l'autre et regardaient des shows télévisés américains en avalant des toasts beurrés tout chauds et des litres de thé dans leur petit nid d'aigle, tandis que dehors la tempête faisait rage. Impossible de rater les changements de saison sur une île ; impossible de s'isoler de l'environnement comme on le faisait en ville, dans les bureaux à température régulée, sous les éclairages au néon, avec les quelques broussailles des squares recouvertes de mégots de cigarettes.

Ici, elle aimait tout.

Deux ans plus tôt, alors qu'elle était au fond du gouffre, telle une coquille vide, noircie, jetée par terre, Polly n'aurait jamais pu imaginer atteindre un tel état de satisfaction, une telle harmonie avec les saisons et sa propre existence. Même par le plus froid des matins ; même après avoir passé des heures à se casser le dos sur le four ; même après ces journées qui ne prenaient fin qu'au moment où elle avait fait toute la caisse, tard dans la nuit ; même après de longues heures passées sur des déclarations de TVA, sur ce qu'était un gâteau, ce qu'était un biscuit ; même quand il pleuvait pendant des jours et des jours alors que le reste du pays était sous un soleil resplendissant ; ou lorsqu'elle voulait s'acheter un vêtement neuf et qu'elle se rendait compte que personne ne livrerait quoi que ce soit ici, que le moindre magasin était trop loin en voiture et qu'elle ne pouvait se permettre aucune fantaisie de toute façon ; même dans tous ces moments-là, elle ne regrettait jamais d'avoir changé de vie. Elle avait du mal à croire en sa chance. Elle estimait aussi qu'elle avait eu son lot de revers et que rien ne pourrait plus aller de travers.

L'univers en général n'avait absolument rien à faire de ce genre de réflexion.

Chapitre 3

Flora Larson, qui travaillait dans l'ancienne boulangerie, avait toujours l'air de s'attendre à ce que des ennuis s'abattent sur elle. Elle était mince et voûtée, avec une mine de chien battu, et sa façon de regarder en douce à travers une frange trop longue lui donnait un air coupable, même si un joli visage semblait se cacher quelque part derrière.

Elle savait faire du pain, ce qui était une aide immense pour Polly. Jayden effectuait des tâches plus simples, mais Flora avait un tour de main avec la pâte à pain, même si elle avait une fâcheuse tendance à maugréer en direction des clients, ce que Polly lui avait demandé d'arrêter, et même si elle jouait constamment avec ses cheveux, ce qui préoccupait Polly en matière d'hygiène. Mrs Manse n'en aurait fait qu'une bouchée au petit déjeuner. Par ailleurs, la ponctualité de Flora laissait franchement à désirer. Polly ne voulait pas créer d'histoires, mais elle pensait que cela faisait très mauvaise impression : surtout quand les clients devaient passer dans l'autre boulangerie parce qu'ils ne pouvaient mettre la main sur un sandwich.

Ce matin, Flora se tenait au beau milieu d'une boutique en désordre, maculée des miettes de la veille, l'air désabusée.

— Salut, Flora ! lança Polly en essayant de dissimuler son exaspération.

Il était difficile de trouver du boulot dans cette partie du monde, surtout hors saison. Polly s'était toujours juré de ne pas devenir une de ces horribles patronnes, mais Flora lui tapait vraiment sur les nerfs. Huckle, quant à lui, la trouvait tordante.

— Mes pieds sont trempés, déclara Flora en colère, les yeux rivés au sol.

Polly l'observa plus attentivement, et elle constata que la jeune femme se tenait au milieu d'une flaque, ses chaussures et chaussettes gouttaient sur le sol.

— Tu t'es encore trompée sur les marées ? s'enquit Polly.

— Y les impriment pas bien sur leurs almanachs. Y s'plantent.

— Ça me paraît toujours correct à moi, objecta Polly avec douceur.

— C'est parce que vous avez une montre chic et tout le reste, riposta Flora avec effronterie.

Que quelqu'un pense que parce qu'elle était patronne, elle était forcément riche et puissante, était nouveau pour Polly.

— Bien. On fait la mise en place ? demanda Polly, alors que Patrick le véto entrait d'un pas tranquille pour acheter son scone du matin.

— Salut, Polly, dit-il. Comment va ton oiseau ridicule ?

Polly était sur le point de dire qu'elle songeait à

donner un emploi à Neil dans la boulangerie, mais elle se retint devant Flora.

— Toujours bête comme ses pattes, répondit-elle à la place.

— Je n'ai jamais rencontré personne ayant un oiseau de mer pour animal de compagnie, affirma-t-il en secouant la tête. Jamais rien vu de pareil.

Polly sourit. Elle aimait entendre des compliments à propos de Neil.

— Mais ne laisse aucun de ces chats s'approcher de lui, ajouta Patrick en frissonnant. Vilaines créatures.

L'aversion de Patrick pour les chats n'avait jamais freiné sa carrière de vétérinaire, de sorte qu'il prenait rarement la peine de la dissimuler.

— Le chat que j'ai, il est gentil, s'insurgea Flora, toujours debout, pendant que Polly empaquetait un scone encore tout chaud.

— Cela sent incroyablement bon, dit-elle. Tu sais, Flora, tu devrais participer à « Bake Off[1] ».

Flora gloussa, oubliant aussitôt ses pieds mouillés.

— Mam' dit ça aussi ! reconnut-elle. Ce s'rait bien de passer à la télé, j'avoue.

— *Tu* devrais le faire, corrigea Patrick à l'attention de Polly.

— Tu plaisantes, dit cette dernière. Je ne peux rien imaginer de plus effrayant. En plus, je crois que si tu bosses dans la pâtisserie, tu ne peux pas participer. Sinon Paul Hollywood[2] gagnerait tous les ans, tu ne crois pas ?

---

1. Émission de télévision consacrée à la pâtisserie où des concurrents s'affrontent au cours d'épreuves.

2. Paul Hollywood, pâtissier anglais de renom, a travaillé dans de nombreux établissements prestigieux de Grande-Bretagne avant

Patrick jeta un coup d'œil à Flora.

— Vous devriez retirer ces chaussettes et ces chaussures, dit-il. Vous allez attraper froid.

Flora se renfrogna.

— Ch'sais pas pourquoi vous pouvez pas avoir vot boutic sur le continent, comme les gens normaux.

Polly alla chercher un plateau chargé de scones et de sandwichs avant de donner à Flora les miches et les tortillons savoureux qu'elle avait apportés. Le partage des tâches était le moyen le plus efficace de gérer la situation, bien qu'elle ne se fasse plus aucune illusion sur la notion d'efficacité.

— Est-ce que tu pourrais ranger et nettoyer ici, s'il te plaît ? La foule de midi va vite arriver et il y a aussi des visiteurs qui sont là quelques jours. Et pourrais-tu t'avancer pour demain aussi ?

On était vendredi. Le samedi était une grosse journée pour les visiteurs. Le dimanche, la boutique était habituellement fermée. Polly essayait de réfléchir à un moyen d'ouvrir le dimanche pour vendre davantage et à prendre son lundi de congé. Après mûre réflexion, elle en était arrivée à la conclusion qu'aucun habitant de Mount Polbearne n'y était favorable. Par conséquent, il était préférable de continuer exactement comme avant, si elle voulait conserver un jour de congé. Il y a des choses auxquelles il vaut mieux ne pas toucher. Elle songeait à embaucher une personne supplémentaire pour la saison d'été et peut-être même à acquérir une licence pour un café afin d'agrandir *La Petite Boulangerie de Beach Street*…

---

d'entamer une carrière à la télévision, dans le programme *Bake Off* où il fait partie du jury.

Elle sourit ironiquement face à ses propres ambitions qu'elle jugea absurdes. Elle ne parvenait déjà pas à faire en sorte que son personnel arrête de manger les bénéfices ou évite de finir noyé sur le chemin du travail. Peut-être était-il préférable de ne pas se projeter plus avant.

*

Comme c'était une journée splendide, Polly retourna directement à *La Petite Boulangerie de Beach Street*. Les jours de beau temps, il y avait la queue devant la porte à l'heure du déjeuner, parce que tout le monde voulait manger au soleil, assis sur le mur du port. Les pêcheurs avaient un compte à la boutique et ils mangeaient tous le sandwich que Polly avait préparé spécialement pour eux.

— Salut, dit-elle. Aujourd'hui, il y a des roulés géants, tout chauds, à la saucisse, avec ketchup et moutarde, plus une petite timbale de haricots.

Archie, le patron du bateau de pêche, s'efforça de sourire.

— Ça a l'air extra, approuva-t-il.

— Fatigué ?

Les marins pêcheurs étaient continuellement épuisés. Ils devaient débarquer leurs cargaisons tôt le matin pour garantir leur arrivage aux restaurateurs. Ils faisaient des horaires interminables et devaient ensuite effectuer les tâches de la vie courante durant la journée. Les quotas instaurés par l'Union européenne régulaient la pêche et le volume des prises, mais aucun article n'établissait la durée légale de leur travail, et cela se voyait.

Archie avait repris le commandement du *Trochilus II*, le bateau qui avait remplacé l'original, celui de Tarnie. Il venait aussi d'avoir un bébé, un petit garçon, le quatrième, prénommé William. Il avait l'air exténué.

— Oh, tu sais, dit-il en lui tendant une grosse poignée de pièces, William est du genre plein de vie. Puis les autres ont atteint l'âge où… Ils ont des jours de sport et des sorties, et désormais les écoles sont toujours en vacances, pas vrai ? Les enfants scolarisés ne mettent en réalité jamais un pied à l'école. Quand j'étais gamin, je me souviens que j'étais tout le temps à l'école. Mais maintenant ils n'y vont plus. On appelle ça des *inset days*[1], ce qui signifie en gros : pouvez-vous vous arranger pour garder vos enfants, s'il vous plaît ?

Jayden servit le reste de la file tandis que Polly apportait un café à Archie, préparé avec sa machine à expresso bien-aimée. Il en avait apparemment bien besoin. Elle le lui tendit ainsi que quatre sachets de sucre qu'il vida intégralement dans sa tasse.

— Et puis la femme veut sortir dîner, elle dit que je ne suis pas marrant, et…

C'était un long discours pour Archie, qui était d'habitude plutôt taciturne, et sa voix s'éteignit avant qu'il n'ait terminé sa phrase. Il rosit légèrement.

Polly approuva du chef.

---

1. Il s'agit d'un acronyme pour *IN-SErvice Training day*. Dans les établissements scolaires d'Angleterre, d'Écosse, du Pays de Galles et de l'Irlande du Nord, les enseignants ne sont pas tenus d'assurer les cours pendant cinq jours afin de pouvoir se consacrer à des tâches administratives ; les enfants ne vont donc pas à l'école.

— Je comprends, dit-elle. Vous, les gars, travaillez tellement dur. Est-ce que vous ne pouvez pas dormir un peu sur le bateau ? Parfois Tarnie réussissait à voler une petite demi-heure pendant qu'ils se dirigeaient vers les zones de pêche, avant que le vrai travail ne commence.

Archie fit la grimace.

— Peut-être une fois que j'aurai fait le boulot un certain temps, déclara-t-il. Aujourd'hui, ça me pompe toute mon énergie de rester à flot. Moi et le bateau.

Polly acquiesça et lui tapota doucement l'épaule.

— Je sais, dit-elle. C'est une vie difficile.

Archie regarda par la fenêtre. Les bateaux de pêche alignés offraient une si jolie vue, ils tanguaient en faisant tinter leurs mâts dans la faible brise.

— Je n'avais pas... Jusqu'à ce qu'on commence à accueillir tous ces touristes, dit-il, je n'avais pas réalisé à quel point d'autres se la coulaient douce.

La pêche, Polly en était convaincue, on l'avait dans le sang ou pas. C'était une vocation pour laquelle on était né ; sinon c'était trop difficile.

— Ce n'est pas vraiment comme ça, tu sais. Tu vois des gens arriver ici dans de grosses voitures. Ils se détendent, marchent le long de la plage et mangent des glaces, et tu te dis que c'est leur vie, mais ce n'est pas vrai. Ce sont leurs vacances, c'est tout, comme quand tu es allé à Chypre.

— Il y a quatre ans, grogna Archie.

— Eux aussi ont leurs soucis. Travailler des heures interminables dans d'horribles bureaux pour d'horribles patrons. Brasser de la paperasse toute la journée et détester ça. Faire une heure de trajet pour aller au bureau et une heure pour le retour chaque jour pour un boulot qu'ils détestent, ce qui implique qu'ils ne voient jamais leurs enfants.

— Je vois beaucoup trop ces petits casse-pieds, déclara Archie.

Polly sourit.

— C'est parce que tu es un bon papa. Bon, maintenant, je vais descendre les roulés. Tu vas t'asseoir sur le banc là-bas et faire un somme, et je te réveillerai dans une heure.

Archie la regarda.

— Je ne veux pas que les gars pensent que je me relâche.

Il s'efforçait tellement d'être à la hauteur, en mémoire de Tarnie, qu'il en payait le prix.

— Je vais leur dire que tu m'aides à déplacer quelque chose dans la boutique. Quelque chose de très gros, de sale et de lourd, déclara Polly. Couvert de toiles d'araignées. D'accord ?

Archie acquiesça avec reconnaissance et Polly l'accompagna au coin de la rue, jusqu'à un banc à l'écart, entre la croix de la vieille ville et un abreuvoir à chevaux en pierre. C'était un endroit ensoleillé, et Polly remarqua que les yeux d'Archie se fermèrent presque immédiatement.

Plus bas, près du mur du port, le vent soufflait en rafales. Le reste de l'équipage était sur le bateau. Dave avait débuté dans le coin en tant qu'apiculteur, placé l'année précédente par une agence pour l'emploi, mais sa peur des abeilles l'avait envoyé en mer à la place. Il s'était révélé fait pour ce boulot ; un véritable marin pêcheur qui adorait l'eau et, comme on disait, capable de flairer le poisson. Puis il y avait le petit Kendall, le plus jeune, qui souriait à Polly de façon engageante, tout en gardant les yeux fixés sur le sac en papier qu'elle tenait à la main, et Sten, un nouveau, un grand Scandinave que Polly connaissait à peine.

— Salut, lança-t-elle. Archie me donne juste un coup de main.

Kendall s'empara du sac en papier et huma les odeurs exhalées par son contenu.

— Ouah ! Ça sent trop bon ! s'exclama-t-il. Est-ce que tu nous as apporté des bonbons pour le dessert ?

— Je ne vends pas de bonbons, répondit Polly pour la énième fois.

— Est-ce qu'Archie se repose ? s'enquit Dave.

— Non, il…

— Parce qu'il en a bien besoin.

Les autres hochèrent la tête en signe d'approbation.

— Il n'arrête pas d'essayer de tout faire, déclara Kendall. D'accord, il est bon. Il s'affole juste un peu trop. Tarnie ne s'affolait pas, lui.

— C'est vrai pour Tarnie, approuva Polly.

Et ils demeurèrent silencieux un instant.

— Il était un brin braillard, quand même, ajouta Kendall. Archie ne braille pas.

— Eh bien, voilà, tu l'as dit, approuva Polly. Quand il reviendra, dis-lui que tu es au courant qu'il bossait, sinon il ne reprendra jamais dix secondes de pause.

— Il le doit, objecta Sten, ouvrant la bouche pour la première fois. (Son accent était lent et étudié.) C'est dangereux de diriger un bateau sans avoir assez dormi, *ja* ? Il doit se forcer à se détendre.

Polly sourit.

— Je n'ai jamais compris comment on faisait pour y arriver, dit-elle. Mais je suis d'accord.

Elle retourna à la boutique et travailla avec entrain pendant toute la période du déjeuner aux côtés de Jayden. Les clients faisaient joyeusement la queue jusqu'à la moitié du quai. Ce spectacle la rendait invariablement heureuse. Le fait qu'ils soient là, jour après jour, à lui tendre de l'argent pour quelque chose qu'elle avait fabriqué de ses propres mains... Parfois, cela ne lui semblait pas tout à fait réel. Elle voulait se précipiter vers la personne qui mangeait un petit pain et lui dire : « C'est moi qui l'ai fait, vous savez ! »

Après le déjeuner, une fois le nettoyage terminé, s'il ne restait rien – et en général, c'était le cas –, ils fermaient. Polly démarrait très tôt le matin pour que tout soit prêt en temps voulu. Ainsi, vers quatorze heures, elle était sur pied depuis neuf heures, et il lui restait encore la caisse à faire. Huckle essayait de planifier ses rendez-vous pour revenir vite fait une heure ou deux à ce moment-là. Alors, pour la première fois de la journée, ils pouvaient se détendre, paresser au lit pendant une heure, papoter et rire. Ensuite il ressortait. De son côté, Polly faisait les comptes, commençait à préparer la pâte pour le lendemain, cuisinait le dîner et tout recommençait à nouveau.

Aujourd'hui, alors qu'elle marchait vers le phare désert – il semblait encore plus désert quand Neil était absent –, elle entendit la sonnerie du téléphone fixe. Elle fronça les sourcils. Certes, elle se servait du fixe de temps à autre, le réseau des portables pouvant se montrer un brin capricieux, mais pas très souvent, et certainement pas durant la journée. Elle avait parlé avec sa mère la veille et tout allait bien.

Cela devait être Huckle ; il devait avoir été retenu quelque part.

Polly grimpa les marches quatre à quatre tout en se demandant combien de temps le téléphone allait continuer à sonner. Cela ne servait à rien de se précipiter, songea-t-elle, quand elle atteignit le premier palier. Son ascension prendrait le temps qu'il faudrait. Si elle se ruait ainsi jusqu'au sommet, elle n'aurait jamais assez de souffle pour parler une fois arrivée.

La sonnerie cessa pour reprendre immédiatement un instant après. Polly déglutit et continua sa route. Ce n'était pas bon signe. À moins qu'elle n'ait affaire à un commercial particulièrement zélé.

Elle contourna la balustrade d'un mouvement de balancier afin de pénétrer dans la pièce du dernier étage, directement située sous le faisceau. Le téléphone était déjà là quand ils avaient emménagé et ils n'en avaient pas changé. Polly l'aimait bien. C'était un vieux modèle de garde-côte d'un coloris gris bureau, recouvert de boutons blancs épais, dont nombre d'entre eux semblaient dotés de fonctions mystérieuses, indéchiffrables pour elle. Il émettait également une austère sonnerie *drring drring* qui lui rappelait les films de guerre en noir et blanc.

Elle décrocha le combiné.

— Allô ?

La voix à l'autre bout du fil, bien que tremblotante, conservait une certaine force.

— Est-ce Miss Waterford à l'appareil ? s'enquit-elle d'un ton formel.

— Oui.

— C'est Janet Lange. La sœur de Gillian Manse.

— Bien sûr, répondit Polly en se calant le dos

contre le canapé, soudain parcourue d'un frisson. Est-ce que tout va bien ?

— C'est seulement... (la voix poursuivit comme si elle ne l'avait pas entendue) c'est seulement que nous avons eu quelques problèmes, vous voyez.

— Que s'est-il passé ?

Polly reporta son regard dehors sur les mouettes qui volaient paisiblement et décrivaient des cercles au-dessus de la crête des vagues, minuscules. Tout était aussi calme et tranquille qu'à l'ordinaire.

— C'est que, j'ai bien peur que Gillian ne soit... décédée, déclara sa sœur.

Un silence s'ensuivit.

Même si Mrs Manse était âgée et quelque peu irascible, elle avait toujours paru très forte aux yeux de Polly. Certainement pas quelqu'un sur le point de s'éteindre : elle était solide, incroyablement solide.

— Mais elle avait l'air en forme, objecta Polly en portant les mains à son visage. Oh, la pauvre ! Oh, mon Dieu !

— Je lui avais pourtant dit de perdre du poids, insista Janet.

Elle partageait la brusquerie de sa sœur, mais Polly pouvait sentir que c'était un véritable choc.

— Je le lui avais dit, je le lui avais dit, mais elle était si têtue ! Son docteur le lui avait dit des millions de fois, et je lui avais dit aussi. Tu es trop grosse, Gillian. Tu manges trop de gâteaux. C'est ce qu'on lui disait. Vends les gâteaux, ne les mange pas. Mais elle n'écoutait jamais personne, jamais...

Sa voix fut interrompue par des sanglots.

— Est-ce que cela a été... Est-ce que cela a été soudain ?

La voix de Polly vacilla. Mrs Manse avait mené une vie si triste : après la perte de son unique enfant, elle s'était dédiée corps et âme à sa boulangerie et n'avait jamais cessé de pleurer la perte de ce fils, disparu en mer. Elle sortait souvent la nuit pour attendre le retour des bateaux, juste au cas où son garçon serait sur l'un d'eux. Cette situation s'était perpétuée des années durant, et sa boutique était devenue de plus en plus sordide. La vieille dame s'était retirée encore davantage dans l'amertume et le regret.

— Pour sûr, déclara Janet. Imaginez. Une crise cardiaque.

Sa voix se fit plus posée.

— On se chamaillait, vous savez.

— Ça, je le sais, confirma Polly, qui avait passé beaucoup de temps à écouter les plaintes de Mrs Manse à propos de sa nouvelle existence en tant que retraitée et sur la capacité de sa sœur à lui casser les pieds.

— Mais je l'aimais profondément !

— Je sais, assura Polly. Et elle vous aimait aussi.

Il y eut un silence à l'autre bout de la ligne.

— Eh bien, c'est tellement triste, ajouta la jeune femme d'un ton calme, et elle le pensait sincèrement.

Elle espérait qu'un peu de compagnie avait changé la vie de Mrs Manse pendant sa retraite ; elle avait eu quelqu'un avec qui partager ses repas et regarder la télévision, ou jouer au bridge.

— Pour sûr, confirma Janet Lange, qui semblait s'être reprise. (Elle ressemblait davantage à sa sœur à présent.) C'est un vrai bazar, tout de même. Elle voulait être enterrée sur l'île et tout le reste. Chais pas comment elle s'attend à ce que je me débrouille de tout ça.

— On va vous aider évidemment, déclara Polly. Laissez-nous nous occuper de tout ça.

Janet renifla.

— Pour sûr, n’allez pas imaginer qu’elle vous a laissé ses magasins ou quelque chose dans ce goût-là.

L’idée n’avait même pas effleuré Polly une seconde.

Chapitre 4

— Ou cette histoire va tourner pour le mieux et tout se passera bien, déclara Huckle.

Il se laissa aller de nouveau en arrière dans le canapé, l'air aussi détendu que d'habitude, au point que l'on ne savait pas s'il était éveillé ou endormi. En temps normal, Polly trouvait cette attitude attachante et réconfortante. Il était difficile de s'angoisser ou de s'inquiéter outre mesure auprès de Huckle. Il avait toujours une confiance totale en l'avenir et, de temps à autre, son optimisme se révélait communicatif.

Mais cette fois, ce n'était pas le cas. Polly arpentait anxieusement la tour du phare, le regard perdu au loin, sur les eaux qui s'assombrissaient. Neil, quant à lui, sautillait pour marquer son agitation.

— Je veux dire… Ce sont toutes ces maisons… tout cet espace libre. Tu comprends, Mount Polbearne est tendance en ce moment…

— Oui, grâce à toi, déclara Huckle avec langueur.

— … et tu sais à quel point les prix des maisons crèvent le plafond. Je veux dire, qu'est-ce qui va se passer si sa sœur décide de bazarder les boulangeries ?

— Qui viendrait acheter une maison dans un

village où tu ne peux même pas acheter un pain de mie tranché ?

Polly haussa les épaules.

— Muriel pourrait stocker un peu de pain. Franchement, si tu avais un chapeau de businessman américain, qu'est-ce que tu ferais ?

— Si j'avais un chapeau de businessman américain ?

— Oui.

— À quoi ressemble-t-il ? Je veux dire, est-ce que c'est un énorme Stetson ? Est-ce qu'il porte un insigne ? Est-ce que je peux avoir un insigne de shérif ? Je crois que j'aimerais bien. Oui, c'est sûr, ça me plairait bien.

— Tu n'es pas aussi utile que tu le penses.

— Un businessman américain aurait racheté entièrement cet endroit il y a des dizaines d'années et l'aurait transformé en centre commercial rempli de boutiques. Je crois que vous êtes tous fêlés de continuer à vous battre. Et il aurait certainement fait construire un pont.

Huckle lui jeta un coup d'œil. Il était peu avisé de lancer Polly sur le sujet du pont, et il regrettait de l'avoir mentionné. Il n'était pas près de se sortir de cette conversation.

— Eh bien, soupira-t-il, rappelle Janet et demande-lui de te dire ce qu'il va se passer. Ou alors pose-lui la question le jour des obsèques.

— Elle m'a juste dit de ne pas croire que j'y gagnerais quoi que ce soit, déclara Polly. Elle m'a fait peur.

— Cette note de surprise dans ta voix est intéressante, remarqua Huckle à qui, par le passé, Mrs Manse avait dit ses quatre vérités, ce qu'il n'avait nullement apprécié.

— Mais si elle me jette dehors, qu'allons-nous faire ? Tu comprends, j'ai travaillé d'arrache-pied pour construire tout ça, et tout pourrait s'envoler en une seconde… On ne pourra plus payer les mensualités du phare, il nous faudra déménager et je devrai… Eh bien, je ne sais pas… Trouver un boulot dans une tarterie !

Huckle sourit.

— Ouah ! Ça serait génial !

— Je ne veux pas bosser dans un magasin de tartes !

— Tu pourrais devenir la pâtissière en chef attitrée de Reuben.

Reuben était un ami à eux, doté d'une immense fortune.

— Je vais rester sur l'idée de la tarterie, merci.

— Regarde tout ça sous un autre angle, renchérit Huckle. Les êtres humains sont plutôt paresseux, pas vrai ? La plupart d'entre eux en tout cas. Ce ne sont pas tous des cinglés qui se lèvent au milieu de la nuit comme toi.

— Où veux-tu en venir ?

— Et c'est une vieille dame. Alors qu'est-ce qui est le plus probable ? Qu'elle se mette à superviser des travaux coûteux pour déménager les fours et les remplacer par des cuisines sophistiquées afin de vendre une ambiance façon « week-end pour jeunes cadres dynamiques » à des crétins et faire de toi une SDF, ou juste laisser les choses comme elles sont et encaisser nos immenses richesses ?

Polly sourit.

— Eh bien, dit comme ça…

— Et tu as un contrat, pas vrai ?

— Non, répondit Polly d'un air renfrogné. Là, tu fous tout en l'air. (Son expression s'adoucit.) Et puis, à cause de tout ça, je suis obnubilée par des trucs stupides, égoïstes. Au lieu de penser à Mrs Manse.

— Oui, et à tous les bons moments que vous avez partagés.

— Une vieille femme qui a eu une vie très triste vient de mourir, dit Polly, les yeux rivés au-dehors. C'est vraiment affreux.

Huckle hocha la tête, puis se leva et s'approcha de la fenêtre. Il mit ses bras autour de la taille de Polly et l'attira contre lui. Ils contemplèrent tous deux la lune. Puis Huckle déposa un baiser délicat sur sa nuque.

— Je sais, dit-il. C'est triste.

Énervé, Neil se leva et vint dans leur direction en se dandinant. L'oiseau se planta d'autorité entre leurs jambes au cas où ils l'auraient oublié.

— C'est triste, répéta Huckle. Et la situation le serait davantage encore si sa sœur venait mettre son nez dans ce que tu as bâti ici. Mais je suis certain qu'elle ne le fera pas. Elle va se rendre compte du travail génial que tu fais et elle te laissera continuer. J'en suis sûr.

Polly cala sa tête en arrière sur l'épaule de Huckle et suivit des yeux la trajectoire du faisceau au-dessus d'eux, projetant sa faible lueur sur les vagues. Elle n'en était pas certaine du tout.

*

Polly se lança corps et âme dans l'organisation des obsèques. Janet n'était pas disposée à se montrer utile : quand la jeune femme lui demanda de dresser une liste des amis de Gillian, elle se contenta de renifler et d'émettre un bruit désagréable. Polly savait cela mieux qu'elle. Aussi décida-t-elle d'informer tous les gens du village qui entraient dans sa boutique et croisa les doigts. Elle passa aussi plusieurs jours en cuisine. Mrs Manse aurait aimé cela, probablement.

Il y avait un petit cimetière sur la colline, derrière la vieille église, au sol encore consacré. Après des démarches complexes, ils reçurent les autorisations nécessaires pour enterrer Gillian à cet endroit, car elle était née sur l'île et y avait passé sa vie entière. Incroyable, quand même, songea Polly : n'avoir pratiquement jamais quitté ces deux kilomètres et demi de terre et avoir considéré un voyage dans le Devon comme une grande aventure. Elle interrogea les pêcheurs. Se rappelaient-ils si Gillian avait déjà pris des vacances ou si elle avait franchi la mer ? Ils la toisèrent tous d'un air étrange. Peu de gens à Mount Polbearne avaient déjà pris des vacances.

La matinée du lundi suivant était morne et grise, un véritable temps d'enterrement.

Ce n'était pas, songea Polly avec regret, le type d'adieux qu'elle aurait souhaité pour elle-même ; pas plus d'ailleurs que la somptueuse fête organisée par Reuben l'année précédente pour l'enterrement de Tarnie. C'était un petit office, dans la salle de réunion du village, présidé par une femme pasteur venue du continent, dont Mrs Manse avait publiquement et fortement désapprouvé la présence. L'éloge funèbre fut court et impersonnel.

Le côté positif fut le nombre de présents. Tous les gens du village étaient là, du plus ancien à une ribambelle de bébés criards – un mini baby-boom ayant eu lieu un peu plus tôt dans l'année. Ces derniers n'avaient pas eu l'occasion d'être fusillés du regard par Mrs Manse pour ne pas avoir eu l'appoint à la boulangerie.

Tous les pêcheurs, comme Polly le remarqua, s'alignèrent pour rendre hommage à l'une des leurs, et ce malgré son caractère.

Muriel, l'amie de Polly qui tenait la petite supérette, ferma le magasin pour une heure et les rejoignit.

— C'est bien la première fois que j'assiste à l'enterrement de quelqu'un qui n'a cessé de me hurler dessus de son vivant, souffla-t-elle à Polly.

— C'est vrai qu'elle criait beaucoup, confirma Polly. Mais c'était quelqu'un de bien, vraiment. Elle était seulement très, très triste. Ce qui rend tout ça encore plus triste.

Elle avait demandé à tous de dire un mot et personne n'avait saisi l'occasion : ses interlocuteurs avaient dansé d'un pied sur l'autre, et fixé le sol. Dans ces circonstances, elle avait pris conscience que Tarnie lui manquait. Il aurait été parfait dans ce rôle, il l'aurait accompli dans les règles et avec respect, sans panique ni nervosité. Mais malheureusement, une fois que Janet eut refusé d'évoquer sa propre sœur, elle réalisa qu'il ne restait plus qu'elle pour le faire.

À la fin de la cérémonie, Polly se leva et alla s'installer derrière le pupitre. Toute tremblante et incroyablement nerveuse. Son regard embrassa la population de la ville entière et elle se raisonna avec colère : c'étaient les gens qu'elle croisait tous les jours, des gens qu'elle connaissait… En réalité, cela ne faisait qu'accentuer son stress. Elle toussa et s'efforça d'empêcher ses mains de trembler tout en dépliant sa feuille de papier.

— Gillian Manse était une fille de Mount Polbearne, commença-t-elle.

Sa voix parut extrêmement calme dans cet espace. Huckle, qui s'était assis au fond afin de ne gêner personne avec sa tignasse, leva ses deux pouces en l'air en signe d'encouragement. Elle trouva ainsi le courage de poursuivre.

— Elle a consacré sa vie à cette ville, pour la nourrir, et à sa famille…

Polly parla des dix mille miches de pain que Mrs Manse avait dû fabriquer durant son existence et de son attachement à son fils Jimmy (elle le mentionna, ainsi que quelques-uns de ses tours malicieux dont elle avait entendu parler par les pêcheurs qui l'avaient connu enfant, et il y eut des sourires de reconnaissance dans l'assemblée) et à son dernier mari Alf, qui avait été apprécié de tous. Elle risqua même une plaisanterie sur la réputation féroce de Mrs Manse et elle souligna que c'était toujours pour prendre la défense de la ville où elle résidait. Quand elle redescendit les marches, ravie d'en avoir terminé, il y eut quelques applaudissements. Mais bien entendu, ce qui compta le plus pour elle, fut de sentir Huckle tout près, ainsi que le contact de sa main.

Pour la suite, Polly avait demandé à Jayden et Flora d'apporter des sandwichs tout frais, des croustilles au fromage, des vol-au-vent et des miniflans légers comme l'air. Il y avait du thé et du café dans les fontaines habituellement utilisées par le *Women's*

Institute[1]. À la dernière minute, Andy du *Red Lion*, qui tenait le pub et le stand de frites, était entré furtivement, l'air penaud – il était connu pour sa radinerie –, et il avait précisé que Mrs Manse s'était montrée bonne pour lui quand il était petit, alors qu'elle l'avait surpris en train de chiper un *cross bun*[2]. Il souhaitait offrir deux caisses de bières qui redonnèrent immédiatement le moral aux marins pêcheurs. Ainsi tout ne fut pas aussi sinistre que Polly l'avait craint.

Les membres de la famille de Mrs Manse s'étaient rassemblés dans un coin et toisaient les habitants de la ville d'un air suspicieux. Quelques-uns parmi les anciens se souvenaient de Janet qui avait quitté l'île quand elle s'était mariée, il y avait très longtemps de cela. Elle avait l'air imposante et impassible dans une longue robe noire qui lui donnait une allure légèrement victorienne. Sa chevelure, inhabituellement longue chez une femme de son âge, était relevée au sommet de sa tête.

Ses deux fils étaient également présents. Polly fut surprise. Gillian n'en avait jamais parlé. Pas une seule fois. Avait-il été difficile pour elle, se demanda Polly avec tristesse, après la perte de son propre fils, de ne jamais recevoir ses neveux chez elle, de ne jamais reverser sur eux un peu de cet amour ? Les gens se montraient si étranges parfois.

C'étaient des hommes grands au teint blafard, au

1. Le *British Women's Institute* (Institut des femmes britanniques) est un organisme communautaire britannique pour les femmes. Fondé en 1915, il a pris beaucoup d'ampleur depuis.

2. Un petit pain sucré, levé, fait avec des épices, des raisins de Corinthe ou des raisins, incorporant souvent des fruits confits, et marqué d'une croix sur le dessus.

ventre bedonnant, mais mis à part cela, ils ne se ressemblaient guère. L'un d'eux, au crâne dégarni, portait un costume élégant ; l'autre, doté d'une mauvaise peau, avait des cheveux clairs en bataille qu'il portait longs, volontairement ou plus vraisemblablement par laisser-aller. Il avait l'air maussade.

Polly se présenta en espérant qu'ils avaient apprécié son discours sur Gillian. Ils ne dirent pas un mot à ce sujet.

— Bonjour, déclara Janet.

Elle était exactement comme sa sœur, songea Polly. Janet et Gillian : le même moule.

— Je partage votre chagrin, déclara Polly. Juste au moment où vous veniez d'emménager ensemble.

— Oui, j'ai toutes ses affaires qui encombrent ma maison à présent, souligna Janet avec désobligeance. Cela m'épargne le nettoyage de son appartement, je suppose.

— Bon, dit Polly. Bien.

Elle regarda les deux hommes. Le plus âgé des deux était rivé à son téléphone. Il lui accorda un bref coup d'œil comme pour vérifier qu'elle était digne d'intérêt avant de se détourner, estimant certainement qu'elle ne l'était pas.

— Voici Jeremy, déclara Janet, soudain ragaillardie. Et voici Malcolm.

— Bonjour, dit Polly.

— Bonjour, répondit Malcolm en jetant un regard à la ronde. Ouah, cet endroit est un vrai trou à rats. Est-ce qu'il y a quelque chose à manger ?

— Cela arrive, répondit Polly, soudain nerveuse. (Elle chercha Flora des yeux pour voir si elle passait bien avec les plateaux de nourriture.) Vous n'êtes jamais venus à Mount Polbearne ?

— Ouais, si, quand on était petit, dit Malcolm. Je n'ai pas été emballé, pour être honnête. Il ne se passe pas grand-chose par ici, pas vrai ?

— Oh, c'est... dommage, déclara Polly.

Elle s'efforça de capter le regard de Flora. Son employée était censée passer parmi les gens avec les sandwichs, mais au lieu de cela, elle se tenait comme une idiote près de la porte et les gens affluaient autour d'elle pour se servir. Polly estima que les jeunes pêcheurs allaient tout dévorer en deux secondes. Flora tenait le plateau penché d'une seule main et tortillait une mèche de cheveux de l'autre. Elle ne voyait absolument pas Polly. Cette dernière se demanda – et ce n'était pas la première fois – si elle était vraiment taillée pour être patronne.

— Ridicule de vivre sur une île, renifla Janet. Franchement, je lui ai dit cent fois de venir vivre avec moi...

Soudain, le visage revêche, buriné, s'effondra et la tasse qu'elle tenait commença à glisser. Polly la lui prit des mains et aperçut immédiatement la vulnérabilité dissimulée par la mauvaise humeur. Elle posa sa main sur le bras de Janet.

— Je lui ai dit, déclara Janet. Après la mort de Jimmy. Je lui ai dit. Ce n'est pas bon de t'enfermer là-bas, au milieu de nulle part. Sur le continent, elle aurait pu s'en remettre. Avoir une autre vie. Elle n'était pas si vieille que ça. Elle n'était pas trop vieille.

Polly observa les deux fils de Janet, mais le premier était toujours sur son téléphone et l'autre, Malcolm, regardait droit devant lui comme si tout cela ne le concernait pas. Des larmes roulaient sur le visage de la vieille dame et Polly passa un bras autour de ses épaules.

— Je sais, dit-elle.

— Je n'ai jamais voulu revenir ici, vous savez, poursuivit Janet. Je n'ai jamais voulu. Elle en a fait un foutu… mausolée.

Polly hocha la tête.

— Elle était toujours fichtrement têtue, ajouta Janet, alors que Polly lui tendait un mouchoir en papier.

— Je pense que vous vous ressembliez un peu toutes les deux, peut-être ? se risqua Polly.

Janet acquiesça.

— Pour sûr, p'têt bien.

Elle essuya ses larmes avec mauvaise humeur, comme si elle était gênée d'avoir montré tant d'émotion.

— Je crois, poursuivit Polly, que les mois qu'elle a passés avec vous comptent parmi les plus heureux de sa vie.

Polly croyait que les râleries de Mrs Manse, surtout au sujet de Janet chaque fois qu'elles avaient dû discuter de la gestion de la boulangerie, avaient révélé une femme tout à fait ragaillardie. Le fait qu'elle n'ait pas pu en profiter plus longtemps était très triste.

Janet esquissa un sourire.

— Pour sûr, vous avez p'têt raison.

— Des tortillons au fromage ?

Flora avait manifestement repris ses esprits et plongé au cœur du groupe. Elle regarda Polly droit dans les yeux pour s'assurer que sa patronne constatait bien qu'elle faisait ce qu'elle lui avait demandé.

— Oh, salut, Flora ! dit Polly.

— Non, non merci, déclara Janet, les lèvres pincées, arborant à nouveau une mine sévère.

Malcolm en prit quatre, qu'il enfourna dans la bouche l'un après l'autre.

— Qui paie pour ça ? remarqua Jeremy en décollant brièvement l'oreille de son smartphone. Mon Dieu, une réception dans cet endroit, c'est d'un déshonorant !

Pour Polly, que Jeremy ne daigne pas réconforter sa mère en pleurs était bien plus déshonorant, mais elle se garda d'en faire état.

— Ouais, Mm'an… renchérit Malcolm l'air sérieux, en attrapant deux ou trois tortillons au fromage, avant que Flora n'ait eu le temps de s'échapper.

Le cœur de Polly se mit à battre plus vite. Ils avaient dû en discuter. Ils devaient avoir une idée de ce qu'ils allaient faire de la boulangerie. Elle avait envie de détourner la tête à la recherche de Huckle. Réussir à le localiser dans une pièce était la meilleure chose qu'elle avait trouvée pour se rassurer. Janet avait retiré son bras et essuyé ses larmes avec un mouchoir en tissu.

— Oui, répéta-t-elle, qui paie pour ça ?

— Eh bien, nous avons préparé tout ça à la boulangerie, vous savez. Pour lui rendre hommage.

Janet toussota et prit un air très formel.

— Comme vous le savez, je suis l'exécutrice testamentaire de ma sœur. Je prends ce rôle très au sérieux, et je souhaiterais m'en tenir strictement aux règles établies.

— Bien sûr, approuva Polly, le ventre noué. Bien sûr. Tout ce que Gillian aurait souhaité.

Malcolm jetait des regards à la ronde à la recherche

de nourriture. Quand il repéra Flora, il lui signifia de revenir d'un brusque geste de la main.

— Et, bien sûr, mes deux merveilleux garçons, ajouta Janet en contemplant les deux spécimens peu engageants. (Elle débordait d'une fierté toute maternelle et affichait ce qui ressemblait le plus à un sourire chez elle d'après ce que Polly en connaissait.) Ce sont les hommes d'affaires de la famille. Malcolm va s'occuper de toutes les affaires de Gillian jusqu'à ce qu'on évalue le plus rentable, et la façon de gérer son héritage. Je pense que c'est le mieux pour tout le monde, pas vrai ?

Polly ne savait pas quoi dire. C'était tellement soudain. Elle était habituée à gérer à sa manière : elle prenait toutes les décisions et ne rencontrait aucune ingérence de la part de sa supérieure.

— En ce moment, Jeremy est très occupé par un travail important en ville… À Poole, il est carrément haut placé, vous savez !

— Très bien, déclara Polly.

— Mais Malcolm va déménager ici, surveiller tout ça de plus près. Vous savez, on n'est jamais trop prudent avec les employés. Et vous avez creusé vot' trou à deux pas, hein ? Z'avez pris vos marques ? Alors on va jeter un coup d'œil là-d'ssus.

Malcolm grogna. Polly recula d'un pas et se contenta de hocher la tête sottement. Elle prit appui sur le rebord de la table.

— Alors vous emménagez à Mount Polbearne ? s'enquit-elle en s'efforçant de conserver un ton léger et agréable.

Malcolm leva les yeux au ciel.

— Ben, je f'rai des allers-retours, ouais. Jusqu'à

ce que ce j'aie mis les choses en ordre, vous voyez c'que j'veux dire ? Fini de flemmarder, hein ? Mais chuis plutôt occupé. Et j'ai aucune envie de m'enterrer vivant dans c'trou.

La formulation semblait un brin maladroite le jour de l'enterrement de sa tante, mais Polly ne releva pas.

— Alors vous quittez un travail pour venir ici, ou…

Malcolm prit un air rassuré.

— Euh, non, je jongle entre plusieurs affaires en c'moment. Chuis une sorte de consultant, voyez ? Sur pas mal de choses différentes.

— Très bien, dit Polly.

Mais, en réalité, elle ne se sentait pas bien du tout.

*

La vieille cloche toujours accrochée en haut de la tour en ruine, au sommet de Mount Polbearne, commença à sonner gravement. Les pêcheurs se découvrirent en quittant l'édifice et suivirent le cercueil. Un corbillard n'aurait pas pu emprunter les ruelles étroites battues par les vents, c'est pourquoi le cercueil fut porté par les deux fils de Janet, aidés d'Archie, Jayden, Huckle et Patrick. Une fois encore, Tarnie brillait par son absence. Toutes les personnes réunies pensaient à la dernière fois où elles s'étaient trouvées à cet endroit.

À l'extérieur, le ciel était menaçant. Il ne pleuvait pas, mais cela n'allait pas tarder. Quelques excursionnistes venus pour la journée attendaient sur le quai et regardaient autour d'eux, l'air perdus, ne sachant pas pour quelle raison tout était fermé. Les habitants gravirent lentement les ruelles pavées qui serpentaient vers le sommet, balayées par le vent. Tête baissée, ils luttaient contre le vent qui les fouettait durement en ce lieu si proche de la mer et si loin de la terre. Polly regrettait de ne pouvoir tenir la main de Huckle, tout comme elle déplorait l'absence de sa meilleure amie Kerensa, partie passer des vacances ridicules elle ne savait où. Elle demeura près de Muriel, qui tenait la supérette du village.

— C'est affreux, dit Muriel.

Son bébé, Marina, passa la tête hors de son écharpe de portage et regarda autour d'elle avec une expression inquiète.

— Là. Tout va bien, ma chérie. Elle devrait être en train de faire sa sieste matinale dans la réserve, avoua-t-elle. Elle n'arrive à s'endormir que dans les odeurs de cumin et d'anis.

— Y a-t-il quoi que ce soit que tu ne stockes pas ? demanda Polly. Mis à part le pain, évidemment.

— Eh bien, cela libère pas mal de place, remarqua Muriel.

Le cimetière de l'église se révélait être d'une beauté étrange. Les tombes très anciennes étaient envahies par les mauvaises herbes, les vieilles croix de pierre penchaient sur le côté, leurs inscriptions érodées par les années, effacées par l'œuvre du vent et de la mer. Quelques noms se répétaient encore et encore : Perranmor, Tarnforth, Kirrin. C'étaient surtout des femmes et des enfants. À Mount Polbearne, les hommes mouraient en mer et la mer retenait leurs corps, en même temps que leurs petites et leurs grandes histoires. À jamais.

La fosse fraîchement creusée apparut, sinistre, dans

l'ombre de la tour en ruine. Ce n'était pas un lieu pour de nouvelles inhumations. Cela semblait étrange et curieux, comme si toutes les anciennes dépouilles se serraient pour faire de la place.

— Avant que la poussière ne retourne à la terre, comme elle y était… déclara la femme pasteur d'une voix calme tandis que les hommes, avec l'aide du responsable des pompes funèbres venu du continent, s'efforçaient de ne pas lâcher le grand cercueil lors de la mise en terre.

Gillian avait toujours été corpulente, pensa Polly.

— Et que l'esprit retourne à Dieu qui l'a donné.

Et elle fit le signe de la croix au-dessus de la tombe.

À ce moment, Polly s'avança d'un pas avec le sac qu'elle avait spécialement apporté à cette intention. Chacun prit une poignée de farine et la lança sur le cercueil, tandis que Mrs Manse débutait ce long voyage dont nul ne revenait. Et chaque personne présente espéra de tout son cœur que son époux et son fils l'attendaient au bout du chemin.

Chapitre 5

Polly regardait fixement par la fenêtre tout en essayant de faire comme si elle n'attendait rien. Bien entendu, cela n'avait aucune importance en vivant à une telle hauteur : personne ne pouvait la voir chez elle. Elle avait également changé de tenue et passé une jolie jupe fleurie. Elle avait un peu perdu l'habitude de s'habiller et ne savait pas vraiment ce qu'il fallait porter pour rencontrer le frère de Huckle. Elle avait parlé aux parents de son compagnon au téléphone, bien sûr, mais là, c'était différent.

Elle savait que Dubose était plus jeune que Huckle et qu'ils s'entendaient bien. Qu'il n'avait jamais réellement su garder un emploi ou mené quelque chose à terme comme son grand frère. À présent, il travaillait dans une ferme, entre deux voyages. Il avait l'air marrant. Polly réalisait à quel point c'était important pour elle qu'il l'aime bien. Sa sœur et sa mère à elle étaient tombées sous le charme de Huckle au bout de dix secondes. Elle espérait qu'il en serait de même pour elle.

— Et ne fais pas caca.

Neil boudait parce que Huckle ne l'avait pas

emmené avec lui jusqu'à la gare routière. Polly avait essayé de lui remonter le moral en rapportant à la maison ce qu'il préférait le plus au monde : une boîte pleine de plaques en polystyrène. Quand il supposait qu'elle ne le regardait pas ou quand elle quittait la pièce, il sautait à l'intérieur de la boîte, montait et descendait d'un pas lourd, donnait des coups avec ses petites pattes palmées. Quand elle revenait, il sortait de la boîte à grands battements d'ailes et lui tournait le dos pour regarder par la fenêtre.

Le ciel se teintait de rose quand elle vit la chaussée émerger progressivement de l'eau. Peu de temps après, elle entendit le rugissement de la moto qui remontait les ruelles pavées en pétaradant. C'était de loin l'engin le plus bruyant de l'île, mais Polly était incapable de l'entendre sans sourire. Elle s'en réjouissait à l'avance. Elle toucha nerveusement ses lèvres, y sentit le rouge qu'elle ne se donnait pas la peine de porter en temps normal, et descendit l'escalier.

Une grande silhouette élancée mit pied hors du side-car et enleva son casque avant de secouer la tête et de révéler une tignasse de cheveux blonds très semblable à celle de son frère. Son visage était plus allongé que celui de Huckle, doté d'un menton pointu et d'un regard bleu pâle qui semblait tout disposé à rire.

— Ouah ! s'exclama-t-il en levant les yeux vers le phare. Pas possible ! C'est là que vous vivez ?

— *Yes*, répondit Huckle en soulevant une valise toute tachée. (Il fit le tour et vint se placer à côté de Polly.) Et voici…

— Ouah ! Ouais ! Holly ! s'écria Dubose en

s'approchant et en l'embrassant avec enthousiasme sur les deux joues.

— Polly, rectifia Polly.

— Encore mieux, renchérit Dubose avec un clin d'œil. En fait, c'est exactement ce que j'ai dit, mais avec mon accent étrange et exotique, on a du mal à me comprendre.

Polly ne put s'empêcher de sourire, tout comme Huckle de lever les yeux au ciel.

— Entre, dit-elle.

Dubose laissa Huckle porter son sac.

— Où est Neil ? demanda Huckle, tout en gravissant l'escalier en colimaçon devant lequel son frère s'extasiait.

— Il est de mauvaise humeur, parce que tu ne l'as pas emmené à la gare routière.

— Il adore les bus, expliqua Huckle.

— C'est votre oiseau, pas vrai ? Cool, approuva Dubose.

Ils pénétrèrent dans le salon, au dernier étage de la tour. Polly avait passé des heures à l'arranger le plus joliment possible. Neil, de son côté, avait répandu des billes en polystyrène dans tous les coins, occasionnant par là même un bazar innommable. Pour couronner le tout, il avait fait ses besoins dans la boîte.

— Neil ! hurla Polly, exaspérée.

Dubose, lui, éclata de rire.

*

Dubose les divertit durant tout le dîner avec ses anecdotes de voyage. La plupart impliquaient des soirées qui se terminaient accidentellement dans des fêtes VIP ou *backstages* dans des concerts. Il y en eut aussi un certain nombre où il se retrouvait complètement fauché ou la tête la première dans une poubelle.

— Et ces nanas ! soupira-t-il. Oh, Huckle, tu devrais voir ces blondes là-haut à Reykjavik !

Huckle esquissa un sourire timide.

— Est-ce que tu ne manques pas trop à Clemmie ? Ce n'est pas la période du vêlage ?

Dubose acquiesça.

— C'est une nana incroyable. Elle sait que parfois j'ai besoin de m'évader, de suivre mes rêves, tu vois, mec ?

— Est-ce que tous tes rêves se terminent par toi en train de dormir dans une poubelle ?

Dubose se détourna de lui.

— Polly, cette quiche est absolument sensationnelle. Tu pourrais être un génie. Es-tu un génie ?

— Non, répondit Polly avec un sourire.

Elle ne pouvait s'empêcher d'observer leurs échanges. C'était étrange de sentir Huckle énervé, c'était si rare.

— C'est un génie, Huckle. Tu devrais lui acheter une boulangerie.

Il y eut un petit silence gêné. Après un moment, Huckle commença à débarrasser. Dubose jeta un œil à sa montre.

— Alors, où allons-nous maintenant ?

Il était vingt et une heures trente.

— Hum, dit Polly. En fait, en temps normal, on va juste… se coucher.

Dubose eut l'air atterré.

— Sérieux ? Mais c'est vendredi soir !

— Je sais, répondit Polly. Mais on a des amis qui arrivent dimanche. J'espère que tu vas les apprécier.

*

— Eh bien, c'est un ramassis de conneries ! s'écria Dubose en vacillant dangereusement au sommet du portique.

Ils étaient en train de se remettre d'une tourte au lapin que Polly avait préparée pour le déjeuner du dimanche. La tourte était bien entendu excellentissime. Toutefois, ils avaient du mal à s'en souvenir à présent, car Huckle avait aussi apporté deux litres de son hydromel. Le breuvage avait pour effet de supprimer toute terminaison nerveuse des membres inférieurs. Sans oublier que, le lendemain, tous auraient l'impression qu'on leur tapait sur la tête avec une brique.

Mais aujourd'hui, s'était dit Polly d'un air absent, cela n'avait pas d'importance.

Au sommet du phare, au-dessus de leur salon, se trouvait le faisceau lui-même. Il fonctionnait de façon automatique, mais de temps à autre – comme le stipulait l'acte de propriété – un technicien grimpait rapidement les marches, lui donnait un coup pour le faire briller et vérifiait son fonctionnement. À l'extérieur, tout autour du faisceau, une passerelle métallique – à laquelle on arrivait par un escalier étroit – permettait un accès pour le nettoyage et la maintenance. On leur avait précisé à maintes reprises que cette passerelle ne leur appartenait pas, qu'elle était dangereuse et que son usage était strictement réservé aux opérateurs qualifiés portant casque, veste et harnais de sécurité dûment attachés.

C'est donc tout naturellement que, chaque journée ensoleillée, ils grimpaient là-haut armés de fauteuils poire géants et qu'ils s'affalaient sur la petite plate-forme. Il était évidemment préférable de ne pas regarder en bas, entre les lattes de métal. Ce n'était pas non plus l'idée du siècle de s'installer là par grand vent. Néanmoins, par une belle journée, l'expérience était absolument stupéfiante : elle donnait l'impression de flotter à travers les nuages. Aujourd'hui, Polly et sa meilleure amie Kerensa avaient pris place sur le rebord à la fois abrité et ensoleillé, au sommet de l'escalier qui menait à l'intérieur du phare. Reuben s'étalait sans crainte en travers de la passerelle pour prendre un bain de soleil. Huckle, quant à lui, était perché au sommet, le dos appuyé contre le phare lui-même, ses longues jambes tendues et le regard rivé sur la mer. Dubose était assis à côté de lui et Neil marchait d'un pas lourd à droite et à gauche en quête d'un reste de tarte. Ses griffes émettaient un léger cliquetis sur la passerelle, pendant qu'il tournait en rond à tel point que Polly se demanda s'il n'allait pas attraper le tournis. Quand il arriva à hauteur de Reuben, il se contenta de grimper sur sa jambe d'un bond et de marcher sur son corps.

Pendant ce temps, Reuben et Dubose avaient une prise de bec ridicule à propos des subventions en matière de céréales. Alors que Dubose virait à l'écarlate, Reuben appréciait de toute évidence la situation.

— Fais-lui caca dessus ! siffla Kerensa. Vas-y,

Neil, je ne rigole pas ! J'en ai ras le bol de cette dispute.

— Plus de caca ! s'exclama Polly avec dédain, à l'instant même où Neil se soulageait directement à travers les lattes métalliques.

Ses excréments tombèrent sur les rochers, en contrebas, où quelques enfants armés de filets de pêche s'affairaient à la recherche de petits poissons tandis que d'autres ramassaient des coquillages. Les cinq têtes en haut du phare se penchèrent et retinrent leur respiration avant de laisser échapper un même soupir de soulagement en voyant les excréments s'étaler sans dommages dans une petite piscine naturelle, creusée entre des roches.

— Tout ce que je veux, c'est que mon macareux apprenne à aller aux toilettes, expliqua Polly. Est-ce trop demander ?

— Et une autre raison pour laquelle les subventions en faveur des céréales sont géniales…

— Bon, quoi qu'il en soit, déclara Reuben en ignorant Dubose et en se retournant vers Polly, pourquoi ne me laisses-tu pas t'acheter la boulangerie ?

Polly soupira.

Reuben était plutôt du genre persévérant, quand il tenait un sujet. C'était un vieil ami de Huckle qui avait gagné beaucoup d'argent en vendant des trucs sur Internet à San Francisco – il essayait souvent d'expliquer de quoi il s'agissait, mais Polly n'arrivait jamais à comprendre tout à fait. En tout cas, à présent, il détenait une plage privée pour surfer et une incroyable maison de style contemporain dans le nord des Cornouailles. Kerensa était la meilleure amie de Polly depuis l'époque où elle vivait à Plymouth. Au départ, elle avait trouvé que ce déménagement sur une île isolée était l'idée la plus stupide qu'elle ait entendue. Puis elle avait rendu visite à son amie. Kerensa ne pouvait absolument pas supporter Reuben, l'ami bruyant de Huckle, jusqu'à ce qu'elle sorte avec lui une nuit et, depuis lors, ils étaient devenus complètement inséparables. Et même mariés à ce jour.

— Je ne plaisante pas. Cette femme me paraît encore pire que Mrs Manse. Et ce Malcolm… Qu'est-ce qu'il fait comme boulot ?

— Hum, consultant ? répondit Polly.

— Euh… Et les subventions en faveur des céréales ? interrogea Dubose, toujours debout, et qui commençait à se sentir un peu idiot.

— Quel genre de consultant ? un consultant hospitalier ? un consultant spécialisé en insolvabilité ? un consultant en « Voudriez-vous-des-frites-avec-ceci » ?

— Je ne sais pas.

— Selon moi, c'est un nul, statua Reuben. Laisse-moi l'acheter. Je lui dirai que je suis un consultant important en boulangerie – ce que je pourrais d'ailleurs tout à fait être –, et ensuite je rachète les deux et on en a fini avec tout ça.

— Eh bien, on n'en a pas fini, d'accord ? déclara Polly en colère. Je ne veux pas que tu paies pour me tirer d'ennuis.

— Pourquoi pas ? s'étonna Reuben. Payer pour tirer les gens d'affaires, c'est une des choses dans lesquelles j'excelle.

— Est-ce qu'il est toujours comme ça ? grommela Dubose.

— Tu devrais probablement t'asseoir, Dubose, l'encouragea Huckle. On est assez haut, là.

— Tu serais un patron encore pire que ce Malcolm, marmonna Polly. Bref, non, ne fais pas ça. Nous sommes amis. On finirait par se fâcher. S'il te plaît.

— Mais j'ai toujours acheté tout le monde, objecta Reuben, perplexe.

Polly ne pouvait pas lui expliquer. Elle ne pouvait lui faire comprendre – en fait, il aurait trouvé cela complètement ridicule – à quel point sa proposition était insultante pour elle. D'une part, elle estimait que travailler avec des amis était une mauvaise idée, même si elle savait que Reuben délaisserait complètement la boulangerie une fois qu'il l'aurait acquise. D'ailleurs, c'était tout aussi vexant : cela montrait à quel point il jugeait son travail insignifiant. D'autre part, bien que Reuben ait trouvé ce concept désopilant, elle pensait être comme lui : elle avait l'esprit d'entreprise, elle travaillait pour elle-même et espérait un jour gravir les échelons, devenir sa propre patronne, et plus seulement la gérante d'une affaire.

Sur un point, Mrs Manse s'était montrée géniale : elle avait laissé Polly tranquille – quand elle ne se plaignait pas – et lui avait donné carte blanche. Et Polly avait adoré cela. Elle aimait prendre des décisions et voir comment les choses évoluaient. Elle ne voulait pas que Reuben vienne lui rendre visite avec des amis et lui dise qu'elle s'y prenait mal. Elle ne voulait pas d'un coup de main qu'elle n'avait pas mérité. Elle voulait y parvenir toute seule.

— Eh bien, pas moi, dit-elle. On ne m'achète pas.

— Et moi non plus, l'approuva Kerensa en reprenant de l'hydromel.

— Sauf quand il t'avait offert ce bracelet si lourd que tu t'es foulé le poignet, remarqua Polly.

— Oh oui, déclara Kerensa en arborant un large sourire. J'avais oublié ça.

Polly lui sourit.

— Qu'est-ce que ça fait de retourner travailler ?

Kerensa lui jeta un regard noir.

— Oh, bon sang, c'est nul. J'aimerais que les membres de mon équipe se comportent comme des larbins. Tous ceux qui travaillent avec Reuben se comportent comme des larbins terrifiés.

— Peut-être devrais-tu te montrer plus effrayante.

— Je ne suis pas sûre que ça soit possible.

— Ne travaille pas ! lança Reuben. De toute façon, ça veut dire moins de sexe pour moi.

— Oui, on tombe à deux fois par jour, souffla Polly.

Kerensa pouffa et rougit. Elle avait insisté pour retourner travailler après des mois de lune de miel, passés à visiter les quatre coins du globe, à loger dans des hôtels somptueux, à manger dans les meilleurs restaurants et, comme elle l'avait souligné, à prendre du poids.

— Le pire de tout, dit-elle, c'est que les autres femmes sont si minces ! Il y a tellement de choses fabuleuses à goûter dans le monde, tellement, tout le temps. Tout est incroyable et sublime, et elles n'en mangent pas une seule bouchée. Elles se contentent de soins pour le corps ! dit-elle d'un air renfrogné. Avant qu'on ne se marie, je me croyais très intelligente parce que j'étais mince et que je mangeais peu. Mais punaise, elles vont bien plus loin.

— Tu es d'enfer, lui assura Polly, aussi bien par amitié que parce qu'elle le pensait.

Avant, Kerensa était mince et toujours très en forme, elle portait un jugement sévère sur son physique. À présent, son amie était un tantinet plus ronde et ses courbes plus harmonieuses. Son visage faisait beaucoup plus jeune, et cela lui allait bien.

— Toutes ces poupées Barbie prétentieuses qui ne parlent que de leur bronzage, déclara Reuben en frissonnant. Bon sang, tu vaux bien mieux que toutes ces filles réunies, Kay, parce que je choisis toujours l'excellence. Toujours. C'est pourquoi je t'ai choisie, toi…

Il était sur le point de se lancer à nouveau dans une de ses diatribes interminables. Polly se rallongea au soleil et sourit à la vue de son amie si heureuse.

— J'avais vraiment besoin de retourner travailler, quand même, souffla Kerensa. Je ne me sentais pas bien à flemmarder tout en dépensant de l'argent. Je veux dire, c'était marrant cinq minutes. Mais après, ça virait un peu trop au délire *WAG*[1].

— Je suis d'accord avec toi, approuva Polly avec douceur. Forcément. Puisque je suis sur le point de travailler pour Malcolm le Consultant.

— À moins que tu ne me laisses… intervint Reuben.

— Non !

*

1. Une WAG pour *wives and girlfriends* est un terme qui désigne une femme de footballeur.

— Ouah, mec, tes amis sont pas cool du tout, déclara Dubose.

— Eh bien, il travaille pour gagner son argent, remarqua Huckle avec douceur. Il a le droit de faire ce qu'il veut avec.

Dubose prit un air rentrogné.

— Moi aussi.

Huckle hocha la tête.

— Quand tu n'es pas par monts et par vaux au printemps, en pleine saison des semences.

— Si t'as envie de travailler dans une ferme, va travailler dans une ferme, lança Dubose, exaspéré. Ce n'est pas comme si tu faisais quelque chose d'utile ici, à traînailler, à bidouiller du miel et à manger des tourtes. Au moins quand tu étais en ville, Maman était fière de toi.

*

Polly se glissa dans la chambre où Huckle se préparait à se coucher. Il avait laissé Dubose en plan.

— Qu'est-ce qui se passe entre vous deux ?

— Oh, c'est juste un truc entre frères. Je n'aurais pas dû le laisser m'énerver, déclara Huckle.

Son compagnon avait l'air triste. Polly tendit les bras vers lui et l'enlaça.

— Si tu veux mon avis, dit-elle, j'ai l'impression qu'il est un peu perdu. Est-ce que tu crois que tout va bien avec Clemmie ?

Huckle soupira.

— Elle est d'une patience à toute épreuve. Leur ferme marche pas mal, tu sais ? Mais chaque fois qu'ils gagnent un peu d'argent, il se tire au galop à la recherche de lui-même et il la laisse là-bas toute seule. Je l'adore, mais il a toujours eu du mal avec la notion d'effort.

— Mais il travaille dans une ferme ! s'exclama Polly. Il n'y a pas de travail plus difficile. Avec la pêche.

— Je sais, approuva Huckle. C'est pour ça qu'il doit relâcher la pression de temps à autre.

— Hurler à propos des subventions pour les céréales.

— Il faut toujours qu'il monte au créneau.

— Classique pour un petit frère, conclut Polly. Il te vénère probablement.

Huckle fronça les sourcils.

— Drôle de manière de le montrer.

— Peut-être dit-il la même chose de toi.

Huckle déposa sa chemise en chambray bleu délavé dans le panier de linge sale et changea de sujet.

— Que penses-tu de la proposition de Reuben ?

Polly fit la grimace.

— Je sais ce que tu ressens, dit Huckle.

— Vraiment ?

— Oh, tout à fait. Il a essayé de m'installer dans le commerce du miel. Tu imagines ? « Ce miel n'est pas bon, Huckle. Moi, je ferais bien mieux que ça ! J'ai six trophées internationaux de miel à mon actif. »

— Ce qui est probablement le cas.

— Mais je suis quand même inquiet, tu sais. Inquiet au sujet de ce type. Et inquiet au sujet de l'argent.

— Eh bien, ne le sois pas, le rassura Polly en s'approchant pour l'embrasser. Que pourrait-il nous arriver de pire ? À part me faire virer et tout perdre ?

Il y eut un silence.

— Alors, *là*, tu iras ramper aux pieds de Reuben.

Ils sourirent tous deux dans la lumière tamisée.

— Oui, évidemment… déclara Polly avant de se retourner vers lui. Non, dit-elle. C'est *notre* vie, tu en as conscience. Pas celle de Reuben, pas celle de Dubose. Celle de personne d'autre.

— J'en ai conscience chaque jour, répondit Huckle simplement. Quand je me réveille le matin et que je réalise que tu es couchée à côté de moi.

— Je crois qu'il faut que je t'embrasse à nouveau.

*

Elle s'éveilla avant même que l'alarme ne sonne. Elle vérifia l'état de sa tête et évalua les dommages causés par l'hydromel. La situation n'était pas si mauvaise.

Dehors, il faisait encore sombre. Elle entendait Neil marcher lentement dans le salon au-dessus d'eux ; il vaquait à ses occupations d'oiseau. En bas, dans la seconde chambre à coucher, Dubose ne bougeait pas. Au début, elle ne comprit pas pourquoi son estomac était si noué, puis elle se souvint : Malcolm devait « faire un saut » ce matin-là pour « prendre la boulangerie en mains ». Soudain, elle se sentit incroyablement nerveuse.

Depuis ses débuts à Polbearne, elle avait beaucoup appris et énormément douté d'elle-même. Mais jamais sur son aptitude à fabriquer du pain. La seule chose qu'elle savait, la seule chose vers laquelle elle se retournait en période de nervosité et de stress, c'était frapper, pétrir et plier la pâte, avant de la faire lever, chaude et légère, dans le four. Elle transformait de la simple farine, de l'eau, de la levure, du sel et du sucre, en toutes sortes de choses.

Elle se leva et traversa la pièce à pas de loup pour ne pas réveiller Huckle, ce qui était, soit dit en passant, absolument inutile. Son sommeil était réglé comme une horloge.

Ils n'avaient pas de rideaux dans la chambre. Pour plusieurs raisons. D'abord, parce que les murs circulaires rendaient leur recherche coûteuse et chronophage. Ensuite, parce que personne ne pouvait les voir à l'intérieur, étant donné qu'ils se trouvaient quatre étages au-dessus du sol. Pour finir, parce que Polly aimait être réveillée par le soleil en été, vu qu'elle devait se lever de toute manière, et que cela ne dérangeait pas Huckle. Mais pas la moindre aube n'éclairait l'horizon quand elle se passa de l'eau sur les mains et le visage, se brossa les dents, enfila un jean *boyfriend* délavé, des Converse et un tee-shirt rayé, passa une veste par-dessus et se glissa à l'extérieur.

Elle courut sur les pavés, légère, et pénétra dans *La Petite Boulangerie de Beach Street*. La première chose qu'elle faisait le matin était d'allumer sa machine à café et de moudre quelques grains frais. Ce rituel était incroyablement important dans sa journée : elle ne se sentait pas tout à fait éveillée avant d'avoir avalé un expresso bien fort, appuyée contre les placards de la cuisine, le regard perdu dans l'obscurité qui régnait dehors.

Ensuite, elle vérifia le grand four à bois. C'était un cadeau de Reuben. Elle ne l'éteignait jamais complètement, elle se contentait de le refroidir pendant la nuit. Il donnait des focaccias au bon goût de fumé, des michettes, des pâtes à pizza et des tourtes succulentes, surtout quand on les mangeait dehors, sous un rayon de soleil, avec une pointe de sable en plus. Les autres fours chauffaient aussi – aussi glaciale que l'aube puisse être, il ne faisait jamais froid dans la boulangerie – quand Polly commença à travailler sur les grandes fournées de pâte qui avaient levé pendant la nuit. Elle coulait d'une main experte le pain blanc et le pain brun dans les moules alignés, propres mais noircis par le temps et l'usage. Une patine qui accroissait, elle en était absolument convaincue, leur saveur, tout comme le sel de mer fin sur lequel elle insistait. Elle utilisait également la meilleure farine et quelques herbes découpées aux ciseaux et incorporées aux miches de pain complet, qui apportaient un goût de noisette à la croûte. Oui, les miches coûtaient plus cher ici que dans le grand supermarché du continent. Elle ne pouvait rivaliser avec eux. Elle espérait que cela valait la peine de payer la différence pour un pain qui, d'après elle, était nettement meilleur que le pain industriel, si bien que les clients n'auraient plus envie d'y retourner. La fidélité de sa clientèle tendait à suggérer que le reste de la ville partageait ce sentiment.

Elle prépara des fournées plus réduites de pains spéciaux, destinés au *Mount's*, le restaurant chic ; la saison n'avait pas encore commencé et ils étaient fermés le lundi, alors elle en fit une très petite quantité. C'était une focaccia aux tomates séchées d'une intensité incroyable : profonde et ensoleillée, riche, agrémentée de romarin et d'un filet d'huile d'olive.

Tout l'été dans une bouchée. Elle évoquait des après-midi paresseux dans des patios arborés, quelque part en Italie (non que Polly ait déjà pris place dans un patio arboré en Italie, mais elle aimait à penser que cela y ressemblait).

Elle confectionna également un *soda bread*[1] aux raisins secs et à la cannelle, dense et épicé. On n'en mangeait pas une grande quantité, mais une tranche grillée, tartinée de beurre, était exactement ce qu'il fallait pour accompagner un thé dans l'après-midi. Elle préleva un peu de la première fournée, puis découpa des tranches à déguster, qu'elle disposa sur une petite assiette près de la caisse. Peu de personnes sont capables de résister à cette odeur et cela aidait à convaincre ses clients susceptibles d'être légèrement rebutés par les noms étrangers ou les produits plus exotiques que la pizza.

Vers sept heures trente, les fours bourdonnaient, chauffaient, et cela sentait merveilleusement bon. Jayden entra comme une tornade. Plein d'énergie, il commença à balayer et à laver les sols, à démouler les pains, ce qu'il parvenait à faire à présent avec une relative facilité et sans se brûler, contrairement aux deux premiers mois.

En l'observant aujourd'hui, Polly était fière de le voir si compétent. Il alignait les petits pains à la perfection dans leur présentoir d'une propreté éclatante ; il rangeait le pain blanc qui serait transporté à

1. Le *soda bread*, d'origine irlandaise, est un pain sans levure et qui n'a donc besoin ni de temps de repos, ni d'un pétrissage forcé. Deux ingrédients le caractérisent : le babeurre et le bicarbonate de soude (*baking soda* en anglais, qui lui donne son nom).

l'ancienne boulangerie pour que Flora puisse préparer les sandwichs. Pour le moment, tout semblait – touchons du bois – tourner comme une machine bien huilée. Elle déverrouilla le coffre et compta la monnaie pour la caisse. Elle imagina, comme tous les jours – même si elle ne le lui avouerait jamais –, Huckle en train de se réveiller, se tournant et s'étirant dans la lumière matinale, son large torse dénudé, doré…

Elle sourit tranquillement, verrouilla le coffre et se retourna vers le comptoir. Elle entendit les cliquetis et les vrombissements des bateaux de pêche qui rentraient de leur longue nuit en mer. Elle jeta un coup d'œil à sa montre. Huit heures moins dix. Autant le faire tout de suite, les gens adoraient quand elle ouvrait légèrement en avance. Malgré le vent, des propriétaires de chiens se dirigeaient déjà au-delà des rochers et descendaient vers Breakwater Cove. Ils entraient souvent dans la boulangerie pour acheter un roulé chaud. Alors, quand elle n'était pas trop occupée, elle leur servait aussi un café dans un petit gobelet en carton. C'était la jolie surprise du mois d'avril, se dit-elle : les matins lumineux. Les matins d'hiver toujours sombres étaient rudes. Elle avait tenté de reculer l'horaire d'ouverture à huit heures trente, mais la nouvelle avait profondément contrarié les pêcheurs, si bien qu'elle était revenue à l'heure d'origine.

Elle noua un tablier tout propre, s'assura que sa chevelure blond vénitien était correctement retenue par les épingles, se prépara à afficher un sourire accueillant, fit un pas vers la porte quand… elle reçut le choc de sa vie.

*

Juste derrière la vitre, le regard braqué sur elle, se trouvait le grand type aux cheveux en bataille qu'elle avait rencontré à l'enterrement de Gillian Manse : Malcolm, bien entendu. Elle ne savait pas pourquoi, mais elle s'était attendue à ce qu'il arrive beaucoup plus tard, et même si elle s'était réveillée pleine d'inquiétude, une fois qu'elle s'était coulée dans le rythme quotidien de son travail, elle n'avait plus pensé à lui une seule seconde. Elle n'était pas préparée à le découvrir là, debout, l'air sinistre, en train de l'épier par la fenêtre.

Elle recula d'un bond avant de se ressaisir aussitôt et de plaquer un sourire sur son visage. Elle déverrouilla la lourde porte vitrée – qu'elle avait remplacée après que Neil eut fracassé l'ancienne, lorsqu'il avait fait irruption dans sa vie, une nuit d'orage, deux années auparavant.

— Bonjour ! dit-elle d'un ton aussi jovial que possible. Je ne m'attendais pas à vous voir !

Malcolm fixa sa montre avec colère.

— Je sais. Mon Dieu, il est si tôt ! Comment diable font les gens pour se lever d'aussi bonne heure ?

Polly ne se sentit pas de souligner qu'elle travaillait déjà depuis trois bonnes heures.

— Voulez-vous un café ?

— Oui. Trois sucres, ajouta Malcolm avec brusquerie.

Il entra d'un pas résolu dans la boutique. Comme la fois dernière, il était habillé en épouvantail : une chemise chiffonnée sortait à demi d'un chino tout froissé. Il n'avait pas fermé le dernier bouton, de sorte qu'un morceau de ventre mou et spongieux apparaissait au-dessus de son pantalon.

— Vous êtes marié ? s'enquit Polly par politesse.

Malcolm renifla dédaigneusement.

— J'vais pas me faire prendre comme ça, aucune chance, dit-il avec dérision. Ah, ça non ! On m'mettra pas la corde au cou. Aucune chance.

Les pêcheurs firent leur apparition, la démarche lourde ; ils semblaient éreintés.

— Bonjour ! lança Jayden. (C'était le point culminant de sa journée.) Fait froid, là-bas dehors ? Glacial, je parie. Plutôt rude, hein ? Bonne pêche ou ils ont été trop rapides pour vous ? Ça alors, j'aimerais pas être dans vos pompes.

— La ferme, Jayden ! répondirent-ils en chœur comme tous les matins.

Et Polly remit la machine à café en marche.

— Vous avez une licence pour servir ça ? grogna Malcolm.

— Euh, hum, répondit Polly, regrettant soudain de ne pas s'être mieux préparée. Pas exactement, mais Mrs Manse…

— Quoi que Mrs Manse ait toléré ou pas, rétorqua Malcolm, haussant désagréablement sa voix nasillarde, et quels que soient les avantages que vous retiriez de sa nature généreuse, elle n'est plus à présent. Les choses vont changer par ici, d'accord ?

Les pêcheurs regardèrent Malcolm qui, comparé à eux, avait des mains incroyablement lisses et délicates. Archie jeta un coup d'œil soucieux en direction de Polly, mais elle évita son regard.

Jayden mettait des viennoiseries dans un sac et

fit semblant de ne pas entendre les allusions embarrassantes qui circulaient dans la petite boutique, ce dont Polly lui fut reconnaissante. Quant à elle, elle appréhendait un peu de tendre la main pour prendre la monnaie de peur qu'elle ne tremble.

*

Les garçons étaient partis, tout comme Patrick et son vieux chien Pen, qui tous les jours trottinait avec peine sur les rochers du phare, et ce malgré son arthrite. Polly gardait toujours les restes d'un petit pain à son intention. En temps normal, elle ne permettait pas aux animaux d'entrer dans la boutique, mais pour Pen, c'était différent. Malcolm était nonchalamment appuyé contre la vitrine et l'observait, l'œil perçant et les bras croisés. Ses yeux étaient très clairs, presque incolores, et sa peau flasque. Il donnait l'impression de ne pas prendre beaucoup l'air.

— Que souhaitez-vous regarder en premier lieu ? demanda Polly prudemment.

Malcolm saisit une des plus grosses miches, un pain blanc non tranché – tout le monde ne l'aimait pas forcément débité. La grosse trancheuse installée dans l'arrière-boutique cliquetait très tôt le matin, ensuite les clients pouvaient choisir. Polly le regarda en se demandant ce qu'il allait faire. À son grand étonnement, il leva une autre grande patte molle et détacha un beau morceau du dessus, en arracha une bouchée avec les dents et la fourra dans son gosier avant que Polly n'ait eu le temps de lui offrir du beurre ou quoi que ce soit d'autre. Il mâchait lentement, l'air contemplatif, des miettes tombant sur sa chemise débraillée. Jayden s'affairait à laver les moules, pendant que Polly patientait.

Elle se força à sourire à nouveau.

— Hmm, ouais, bien.

Il reposa le reste de la miche sur le comptoir en répandant des miettes partout, mais il n'oublia pas d'en arracher un autre morceau et de le fourrer dans sa bouche qui paraissait faite pour la mastication.

— Derrière, grogna-t-il en lui indiquant les fours à l'arrière de la boulangerie.

Polly l'y conduisit.

— Voilà, c'est ici que la magie opère ! déclara-t-elle en s'efforçant de rester légère et désinvolte.

Malcolm sortit un stylo et commença à prendre des notes. Il inspecta la farine : type 00, italienne et de très bonne qualité, le sel, le levain qu'elle gardait au réfrigérateur, le lait et les nombreux sacs et boîtes d'ingrédients – locaux, pour la plupart : des herbes, des fruits, différentes sortes de noix, du miel – qu'elle utilisait pour donner du goût et varier les pains.

— Qu'est-ce que c'est que toutes ces conneries ? demanda-t-il. On n'est pas dans un foutu restaurant.

— Oui, mais on prépare différents types de pain, expliqua Polly avec précaution. Avec toutes sortes de goûts. Et aussi des tourtes, parfois, du pain plat et le reste. Des saveurs différentes et puis quelques sucreries. C'est pourquoi il nous faut beaucoup d'ingrédients. Flora fabrique le plus gros du sucré dans l'autre boutique.

En effet, le tour de main de Flora en matière de cornets à la crème était l'un des atouts qui lui permettaient de conserver son emploi. Elle faisait preuve d'une habileté étonnante avec la pâtisserie et obtenait un rendu très soigné que Polly lui enviait beaucoup.

— Eh bien, à mes yeux d'homme d'affaires, déclara Malcolm (ce que de toute évidence il n'était pas, mais Polly n'était pas du tout en position de mettre en doute ses qualifications), tout ceci me semble être un sacré foutoir, totalement inefficace, en un mot du gaspillage.

Polly s'efforça de conserver un ton calme.

— Les clients ont l'air contents.

Malcolm renifla.

— Quoi, ces ploucs à moitié demeurés ? Ouais, c'est sûr, ils achèteraient n'importe quelle connerie. Mais je ne veux pas que l'on me… Je ne veux pas que l'on abuse ma mère sur la vraie valeur de ces boutiques.

— Je ne ferais jamais une chose pareille, objecta Polly.

— Ouais, bon… (Il s'empara d'un pot de fleur de sel.) Qu'est-ce que c'est que ce truc ? Du sel ?

— Heu, oui. La plupart des pains contiennent un peu de sel, et il y a les bagels, qui en ont un peu plus, et…

— C'est le moins cher ? Il est même pas moulu.

— Je sais, dit Polly timidement. Mais c'est le meilleur. Il a une saveur vraiment riche et une délicatesse… Il n'est pas trop salé.

— Pas trop salé ? ricana Malcolm. Vous achetez un sel hors de prix qui n'est pas trop salé ?

Il inscrivit quelque chose dans son petit carnet.

— Et cette farine. Pourquoi est-ce que vous achetez de la farine italienne ?

— C'est la meilleure, répéta Polly, de plus en plus inquiète.

Jayden se trouvait dans la boutique, il discutait avec les clients matinaux et faisait rire les vieilles dames. Elle en prenait conscience à présent, elle s'était attendue avec beaucoup trop d'assurance à ce que Malcolm fasse un saut, prenne une tasse de café, un petit pain, et dise : « Ouah ! Cet endroit est génial, continuez ce beau travail ! » Et cela aurait été terminé.

— Oui, mais ces ploucs de clients ne le remarquent même pas, pas vrai ?

— Je ne suis pas de cet avis.

— Ah, non ? assura Malcolm. Eh bien, moi, je crois que si. Si j'ai faim, j'achète une viennoiserie dans une station-service sur l'autoroute. Je me moque qu'elle contienne de la farine de péteux ou du super sel qui tire sa magie du pays où il n'est pas trop salé. Je veux seulement manger quelque chose.

Polly avait le regard rivé au sol.

— J'ai tous les comptes, poursuivit Malcolm en se prenant pour un dur. Je vais les examiner au peigne fin. Cette boutique rapporte à peine quat' sous et je veux savoir pourquoi.

« Parce que c'est un commerce bon marché avec un fort volume, dans un lieu saisonnier, soumis à des coûts fixes toute l'année. » Voilà ce que Polly lui aurait dit, s'il lui avait paru le genre de personne capable d'écouter. Ce qui n'était absolument pas le cas. On ne tient pas une boulangerie pour gagner de l'argent… Enfin peut-être que si, une boutique de *cupcakes* haut de gamme en plein cœur de Londres ou quelque chose du genre, songea-t-elle. Sinon on le fait parce qu'on aime ça, parce que c'est un bon moyen, un moyen respectable, de gagner honnêtement sa vie, quelles que soient les insinuations de ce type. Ce n'était absolument pas lucratif.

— Et puis je vais relouer l'appartement du dessus, dit Malcolm en reniflant. C'est absurde qu'il reste vide. Alors il vous faudra faire moins de bruit le matin.

— C'est impossible, rétorqua Polly. C'est le moment où je démarre l'activité de la journée. Vous devrez trouver un locataire que ça ne dérange pas.

— Nous verrons ça, répondit Malcolm.

— Vous allez perdre de l'argent si vous nous faites ouvrir plus tard, poursuivit Polly, ce qui sembla avoir un effet légèrement apaisant. Beaucoup d'argent. La plupart des gens veulent acheter leur pain au saut du lit.

Il y eut un autre éclat de rire féminin en provenance de la boutique.

— Est-ce qu'il reste debout à ne rien faire toute la journée ? demanda Malcolm en désignant Jayden d'un mouvement de tête.

— Non, répondit Polly. Il travaille vraiment très dur et c'est une bonne chose que la clientèle l'apprécie autant.

Malcolm et Polly échangèrent un long regard. Polly savait qu'elle était inspectée minutieusement et elle détestait cela. Elle abhorrait l'ensemble : les critiques à demi voilées, les sous-entendus suggérant qu'elle était dépensière, voire délictueuse, avec le stock. La situation était bien pire qu'elle ne l'avait imaginée.

— Eh bien, comme je dis, il va y avoir quelques changements, déclara Malcolm. Je vais jeter un œil sur les livres de comptes et je vous ferai savoir ce qu'il en est.

— D'accord, déclara Polly, soulagée qu'il parte enfin. Voulez-vous emporter quelque chose pour le déjeuner ? Nous pouvons aller ensemble voir l'autre boulangerie si vous voulez.

Malcolm secoua la tête.

— J'en ai assez vu, énonça-t-il, savourant visiblement son rôle de dur.

Il retourna dans la boutique en se dandinant et se dirigea vers la porte. Polly le suivit des yeux et son cœur se serra.

Pas maintenant, se dit-elle. Pas maintenant.

Dehors, Neil était resté près de la porte. Il sautillait d'une patte sur l'autre. Il avait appris ce moyen d'attirer l'attention sur lui et attendait que quelqu'un le laisse entrer. Polly maugréa intérieurement. Est-ce que, pour une fois, Huckle n'aurait pas pu l'enfermer dans la maison ? Manifestement, il en était incapable, tout comme elle. Et d'un, c'était cruel, et de deux, l'oiseau aurait fait un caca vengeur dans ses chaussures. Mais rien que pour aujourd'hui. Un milliard de macareux dans le monde vivaient en bande, songea-t-elle avec colère, et elle possédait le seul d'entre eux doté d'un esprit indépendant.

La vieille Mrs Hackett remontait lentement le long du port en tirant son Caddie. Elle venait chaque matin approximativement à la même heure pour chercher la moitié d'une miche de pain brun. Elle vivait seule et mangeait une soupe aux légumes avec une tranche de pain grillée pour le dîner. Ainsi, tous les matins, Polly lui vendait la moitié d'une miche à moitié prix et se débarrassait du reste. Elle n'avait aucun doute sur le fait que Malcolm n'approuverait pas non plus cette stratégie.

Malcolm avait parcouru la moitié de la distance qui le séparait de la porte en s'efforçant de rester digne, mais apparemment, il livrait une bataille perdue d'avance avec lui-même. Il se retourna.

— En fait, dit-il, je vais prendre deux… Je veux dire quatre de ces donuts. Et cette petite miche avec les morceaux dedans. Et une tranche de ce truc avec le fromage. Je veux dire deux tranches. Il faut que je fasse… un contrôle qualité.

Jayden les emballa avec efficacité sans piper mot.

— Et deux petits pains.

Polly ressentit de la peine. *La Petite Boulangerie de Beach Street* rapportait la même somme tous les jours, plus ou moins, parce qu'elle restait ouverte jusqu'à ce qu'ils aient vendu tout leur stock. Alors seulement ils fermaient. Si un client voulait quelque chose de spécial, il savait qu'il devait venir tôt. Mais si Malcolm emportait tout, ils allaient perdre pas mal d'argent. Et elle ne doutait pas une seconde qu'il ait quelque chose à redire sur une baisse significative des recettes, sans forcément faire le lien avec ses poches débordantes de donuts.

Mrs Hackett était à la porte à présent.

« Bonjour toi, Neil mon p'tit amour », l'entendit dire Polly derrière la lourde porte. Elle devrait lui ouvrir, elle le savait. Mrs Hackett avait de l'arthrite et elle n'était plus aussi forte qu'autrefois. C'était une adorable vieille femme qui avait enseigné à l'école quand celle-ci était encore ouverte et tout le village la connaissait. Pendant ce temps, Malcolm empilait les paquets que Jayden lui donnait.

Avec un soupir, et un regard au macareux en guise d'avertissement, Polly ouvrit la porte.

— Bonjour, Mrs Hackett, lança-t-elle.

Elle essaya d'être rapide, mais impossible de presser la vieille dame, qui continuait de tirer son Caddie et qui portait un chapeau souple, susceptible de rester coincé si Polly n'ouvrait pas la porte en grand.

Débordant de joie, Neil émit un cri fort et aigu, avant de sautiller à l'intérieur de la boutique. Son arrivée fut saluée par un chœur de bonjours émanant de toutes les personnes qui s'y trouvaient. Malcolm observa la scène, manifestement incrédule.

— Qu'est-ce que cet oiseau fait ici ? interrogea-t-il. Il y a déjà eu un chien, alors que les chiens sont interdits dans les magasins qui vendent de la nourriture. J'aurais pensé que vous le saviez, Pauline.

— Je le sais parfaitement, répondit Polly, sans lui faire remarquer qu'il s'était trompé de prénom. C'était Pen. Il est si vieux, c'est difficile pour lui de rester dehors.

— Mais des oiseaux ! On ne peut pas laisser des oiseaux voler à l'intérieur d'une boutique ! Qu'est-ce que ce sera ensuite, une bande de mouettes ? C'est dégoûtant. Dehors ! Pschitt ! Pschitt !

L'une des vieilles dames prit une profonde inspiration. Personne n'avait jamais parlé à Neil de la sorte. Polly se sentait terriblement mal, mais elle ne dit mot. Peut-être Neil sautillerait-il hors du magasin au lieu de provoquer sa fermeture pour mesures d'hygiène et de sécurité, et de lui faire perdre son moyen d'existence.

Le macareux observa le nouveau venu de ses yeux noirs, puis – et s'il n'avait pas été un oiseau, Polly aurait juré qu'il l'avait fait exprès – il bondit sur l'épaule de Polly et inclina la tête pour pousser son oreille du bec.

— Descends, Neil, murmura Polly en vain.

Il poussait de petits cris joyeux. Une des vieilles dames lui donna un petit morceau de pain qu'il picora gaiement en répandant des miettes sur le sol.

Malcolm avait changé de couleur.

— C'est *votre* oiseau ? éructa-t-il. Vous n'avez pas le droit d'avoir un oiseau ici ! Vous n'avez pas le droit… Vous n'avez pas le droit…

— Il ne m'accompagne pas au travail, marmonna-t-elle.

Malcolm marquait un point important : elle ne devait pas garder Neil à la boulangerie, mais personne ne semblait jamais s'en soucier.

— Je pense qu'il ne faisait que… passer.

Malcolm recula en secouant la tête, comme s'il n'avait jamais rien vu de plus répugnant de toute sa vie.

— Je crois que vous devez vous décider entre une boutique alimentaire et un refuge pour oiseaux, dit-il. Et vite.

Maintenant ses paquets en équilibre, il sortit de la boutique, fou de colère, la démarche résolue.

*

— Il a l'air charmant, hasarda l'une des vieilles dames.

— Mabel, il est horrible ! conclut Mrs Hoskings.

— Vraiment ? s'enquit Mabel. Ah ! C'est que j'ai

que mes mirettes, pas mes lunettes. (Elle fouilla pour trouver ses lunettes.) Quoi qu'il en soit, c'est bien d'avoir un peu de sang neuf dans les parages, non ?

— Je n'en suis pas si sûre, répondit Polly en mettant Neil à la porte avec colère.

Il lui décocha un regard pour s'assurer qu'elle ne plaisantait pas, puis traversa la route en se dandinant pour aller harceler les pêcheurs en échange de quelques restes.

— Et vole un peu, espèce de fainéant ! lui cria-t-elle.

Hurler sur Neil n'était toutefois pas ce qui allait la faire se sentir mieux.

— Oui, bon, dit Mabel en rangeant ses roulés à la saucisse dans son gigantesque sac à main. La dernière fois que nous avons eu du sang neuf par ici, vous nous l'avez raflé. Laissez-en un peu pour les autres cette fois, voulez-vous ?

Polly afficha un sourire peu enthousiaste.

— Vous pouvez vous le garder, dit-elle.

Pour sa courte pause après la ruée matinale, Polly ne rentra pas chez elle ce matin-là : elle était trop angoissée après à la visite de Malcolm.

Elle s'efforça de donner un éclairage positif à ce rendez-vous. Il ne s'était pas si mal passé que cela. Mais, de toute évidence, si, il s'était très mal passé. Elle l'imaginait en train de retourner voir Janet d'un pas ferme avec la longue liste de ses péchés et annoncer que la boulangerie devait immédiatement être fermée. Comme d'habitude, elle ne trouva ce qu'elle aurait dû dire que bien plus tard. Elle regretta de ne pas avoir fait remarquer à Malcolm que son prédécesseur avait réduit les frais au minimum et vendu sa marchandise aussi bon marché que possible. En définitive, cette stratégie avait conduit à la fermeture de *La Petite Boulangerie de Beach Street* et presque à l'effondrement de celle du vieux Polbearne, parce que tout le monde allait sur le continent pour acheter du pain de qualité et éviter à tout prix cet horrible pain bon marché. Elle se promit de le lui dire. Sans aucun doute. La prochaine fois qu'elle le verrait...

Le reste de la journée s'écoula, amenant son lot de clients joyeux comme à l'accoutumée. Nombreux lui demandèrent pourquoi elle avait l'air si sombre – la dernière chose à dire à quelqu'un qui est de mauvaise humeur – jusqu'à ce qu'elle en ait vraiment assez. Une fois le dernier cornet à la crème vendu, Polly sortit de la boutique en traînant les pieds, avec un café.

Le temps était toujours froid et venteux. Le soleil n'avait pas percé les nuages comme il le faisait parfois, et les environs étaient plutôt déserts. Les jours comme celui-ci, elle se remémorait plus facilement Mount Polbearne tel qu'il était à son arrivée : un village déserté, aux volets clos, délabré de partout. Cela contrastait vivement avec les aspirations de grandeur qu'il nourrissait aujourd'hui.

Le village était agréable ainsi, néanmoins. Désolé. Agité. La marée était haute, les vagues arrivaient à hauteur de quai. Bravant les bourrasques, une ou deux personnes remontaient la grand-rue, bien qu'elle ne méritât guère son nom. À l'une de ses extrémités se trouvaient une baraque à frites ainsi que le pub, puis venaient le magasin de Muriel, la poste, une boutique de souvenirs aux revenus mystérieux, le cabinet du vétérinaire/médecin et une minuscule droguerie, comme creusée dans la roche. En dehors de deux ou trois promeneurs de chien solitaires, quasiment hors de vue, et des mouettes qui tournoyaient sans cesse, Polly avait le port pour elle seule. Elle tira les manches de son gros pull-over sur ses mains et les réchauffa autour de sa tasse – ornée bien évidemment d'un macareux. Huckle avait pris l'habitude de lui acheter tout ce qui, sur son chemin, portait macareux : elle possédait à présent un pyjama, des torchons, des gants et toutes sortes de bêtises avec un macareux dessus. Au début, elle lui avait demandé d'arrêter. Puis elle s'y était habituée – même si elle trouvait tout cela kitch à souhait. De plus, toutes ces effigies dans la maison tenaient compagnie à Neil.

Elle porta son regard au loin, sur les eaux grises et agitées, puis à nouveau sur le continent. La chaussée était submergée et Mount Polbearne complètement isolé, une île citadelle, solitaire. Pour une fois, le paysage s'accordait à son humeur. Elle comprenait à présent pourquoi les gens protégeaient autant leur territoire, pourquoi ils redoutaient les nouveaux venus. Les habitants de Mount Polbearne avaient conservé leur propre mode de vie durant des centaines d'années. Cela leur convenait très bien. Ils n'avaient pas besoin que quelque continental débarque ici et leur expose des moyens plus efficaces de gagner leur pain quotidien. À ce moment précis, Polly choisit d'ignorer qu'elle était née et qu'elle avait grandi à Plymouth.

Une voiture était garée sur le parking de l'île. Elle plissa les yeux dans sa direction, le véhicule lui parut vaguement familier. Qui que ce fût, cette personne avait à peine devancé la mer, et elle devrait rester là un moment. Elle observa les deux silhouettes appuyées contre la voiture. Un jeune homme corpulent et une jeune femme élancée. Pas des locaux, mais pas des étrangers non plus. Elle s'efforça de détourner les yeux, tandis qu'ils remontaient la promenade le long du port, pliés en deux contre le vent, le visage fouetté par les embruns. Elle reconnut l'agent immobilier du coin, Lance. Il était parti travailler dans un autre bureau, avait-elle entendu dire. Eh bien, il devait être de retour. Mais qui l'accompagnait ?

Lance l'aperçut et vint à sa rencontre.

— Dieu merci ! dit-il. Il te reste deux petits pains pour nous ? On est mort de faim. La circulation à la sortie de Looe était absolument horrible, ensuite on a dû foncer comme des fous pour ne pas rater la marée. Ma voiture a tellement de dégâts à cause du sel qu'elle ne tient que par la rouille.

Polly sourit.

— C'est chouette de te revoir, Lance.

Lance regarda par-delà son gros ventre pour contempler ses chaussures.

— Ouais, après avoir perdu tellement d'argent sur ce foutu phare !

Polly s'efforça vainement de dissimuler un petit sourire satisfait. Pendant un moment, il avait été question de construire un pont entre Mount Polbearne et le continent. De fait, Lance avait espéré, confiant, faire fortune en vendant des biens immobiliers sur l'île, le phare en particulier. En définitive, le conseil municipal avait écouté les insulaires et voté contre le projet de pont. Après quoi Polly avait réussi à décrocher le phare pour une bouchée de pain. Lance ne le lui avait pas pardonné.

— Ils m'ont envoyé dans le Nord ! Foutu Derbyshire !

— J'ai entendu dire que c'était magnifique là-haut.

— Je vais te dire une chose : il neige toute la sainte journée.

Polly sourit à nouveau.

— Mais tu es de retour.

— Ouais, personne d'autre ne voulait de cette rui… Je veux dire…

La femme qui l'accompagnait regardait dans la direction opposée, les yeux rivés sur la mer, mais à cet instant, elle se retourna. Aussitôt Polly réalisa qu'elle la connaissait. Elle en eut le souffle coupé.

Selina.

Chapitre 6

« Alors vous avez décidé d'y retourner ?

— Eh bien, je n'arrive pas à aller de l'avant.

— Qu'espérez-vous y trouver ?

— J'espère comprendre.

— Et que se passera-t-il si vous n'arrivez pas à comprendre ?

(Selina tourna et retourna l'alliance autour de son doigt.)

— Je ne sais pas. »

*

Polly fut sous le choc de revoir la femme de Tarnie. Ou plus exactement sa veuve. Elle n'avait rencontré Selina que deux fois auparavant, une fois à Polbearne, et une fois à l'enterrement. Depuis, elle ne l'avait jamais revue, elle avait entendu dire qu'elle était revenue chez ses parents. Elle ne fut pas surprise d'apprendre que Selina n'avait pas voulu revoir le moindre pavé de Mount Polbearne.

— Bonjour, dit Selina, qui visiblement ne se souvenait pas vraiment de Polly.

Pourquoi en serait-il autrement ? se demanda Polly. Elle n'était que la femme qui avait secrètement couché avec son mari (elle ne savait pas que Tarnie était marié, il ne portait pas d'alliance), puis elle l'avait rencontrée brièvement, juste après la disparition de son époux en mer.

— Bonjour, répondit Polly. Je tiens la boulangerie.

— Ah, d'accord, acquiesça Selina, nullement intéressée.

— C'est la meilleure boulangerie du Sud-Ouest, ajouta Lance. Et je suis bien placé pour le savoir. Je les ai toutes essayées.

Il tapota joyeusement son estomac.

— Peux-tu nous donner deux ou trois tranches de cake aux fruits ? Et une miche de pain aux olives à emporter ? J'adore ce truc.

— Désolée, répondit Polly en désignant Jayden qui était en train de passer la serpillère à l'intérieur. Nous avons terminé pour la journée. Nous sommes fermés.

— Oui, mais vous n'êtes pas fermés pour *moi*, renchérit Lance. Je t'ai laissée me faucher un phare.

Polly sourit.

— Je sais. Mais quand on est à court de stock, on est à court de stock.

Lance eut l'air déçu. Polly pensa à la petite miche aux olives qu'elle avait gardée en réserve pour le dîner de Huckle.

— Bon, d'accord, dit-elle. Qu'est-ce que vous faites ici ?

— C'est marrant que tu demandes ça, grogna Lance. Selina…

Il eut du mal à se rappeler son nom l'espace d'un instant.

— Tarnforth, lâcha Polly sans réfléchir.

Selina la regarda avec surprise.

— Heu. Bien sûr, enchaîna Lance. Selina va jeter un œil à l'appartement qui se trouve au-dessus de ta boulangerie.

*

Polly leur prépara une tasse de thé – la température s'était drôlement refroidie dehors, plus rien à voir avec l'agréable week-end –, ainsi qu'une miche aux olives. Elle la servit accompagnée d'un beurre salé incroyablement coûteux, qu'elle se faisait envoyer de France, de temps à autre. Ce pauvre vieux Huckle devrait se contenter de la baraque à frites.

Elle s'efforça de conserver un ton léger.

— Alors, vous pensez emménager ici ?

Selina était toujours jolie, bien que très mince et les traits tirés (elle avait des cernes sous les yeux). Elle acquiesça.

— Mes parents ont pensé que je devais prendre un nouveau départ, vous voyez ? En fait, beaucoup de gens pensaient la même chose. Alors, j'ai déménagé, changé de boulot, arrêté l'enseignement… On n'est pas très utile, quand on fond en larmes devant sa classe toutes les dix minutes. Ils se sont montrés très généreux sur le congé exceptionnel pour décès, mais à un certain stade, ils m'ont dit : « Allez, stop. »

Polly émit un bruit en signe de compassion. Cela doit être incroyablement affreux quand quelque chose de si douloureux vous arrive. Et puis tout le monde chuchote tout le temps sur votre passage.

— Et puis j'en ai eu vraiment marre d'être la veuve éplorée de la ville. Où que j'aille, tout le monde baissait la voix et prenait un ton comme pour parler à un enfant idiot, inclinait la tête et se montrait tellement, tellement gentil avec moi. (Elle fit une grimace.) Ça m'a rendue dingue.

— Alors vous avez déménagé ?

— Yep, répondit Selina. Chuis montée à Manchester. Grande ville.

— Vous avez aimé ?

Selina jeta un regard à Lance, lui signifiant qu'il était de trop. Bien qu'étant un piètre agent immobilier, Lance était plutôt un être sympathique. Il saisit l'insinuation et se mit à consulter son smartphone.

Selina haussa les épaules.

— Je suis beaucoup sortie. J'ai traîné avec des gens trop jeunes pour moi, qui ne savaient rien de moi. Des choses qu'on fait en ville. Des plans d'un soir, tu vois.

Lance était toujours penché sur son téléphone, mais ses oreilles virèrent au rose vif.

— Mmm, acquiesça Polly, en resservant le thé. Est-ce que ça t'a aidée ?

— Pas autant qu'on pourrait le penser, dit Selina en fronçant les sourcils. Et je m'en doutais dès le départ, pour être honnête.

Polly hocha la tête. Selina laissa échapper un profond soupir.

— Et je dois… Mon psy le pense aussi. Parce que j'ai un psy maintenant. Ce n'est pas merveilleux ? J'ai toujours voulu avoir un psy.

— Beaucoup de gens voient un psy, répondit Polly avec douceur.

— Beaucoup de gens ont la gale, renchérit Selina. Ça ne fait pas envie pour autant.

Lance se raidit.

— Vous avez la gale ? C'est que le bail…

— C'est une image, rétorqua Selina.

Elle était plus cassante et mordante que la dernière fois qu'elle l'avait vue, songea Polly.

— Bref, mon psy...

Polly eut soudain un flash-back et se remémora la thérapeute pour couples chez laquelle elle avait traîné Chris à la fin de leur relation. L'expérience s'était révélée extrêmement pénible. Chris avait raillé avec mépris les voitures hors de prix garées devant le cabinet, la salle d'attente élégante, la thérapeute bien habillée avec ses lunettes tendance. Il s'était également moqué de Polly, de sa volonté d'être appréciée par la thérapeute, de ses réponses obligeantes.

« Oh, oui, tu marques un point », disait-il sur un ton désagréable. Elle ne reconnaissait plus le timide étudiant en art, ce garçon doux qu'elle avait rencontré. Et puis elle s'était vue elle-même, conciliante, apaisante, parlant comme une mère agaçante qui houspille sans cesse un enfant récalcitrant. Elle ne se reconnaissait pas non plus.

La conseillère avait fait de son mieux, mais elle avait commencé trop tôt à parler de médiation de dettes afin d'« aller à la racine du problème ». À l'époque, Polly avait pris cela au pied de la lettre. Elle avait pensé que ce serait utile (et cela l'aurait été si Chris avait été d'accord). À présent, elle voyait la situation telle qu'elle était : la conseillère avait clairement vu que ce qui avait autrefois existé entre eux avait disparu. Elle s'était efforcée de les sortir de cette situation de la manière la plus pragmatique possible.

Elle était triste en y repensant. Elle se consola à l'idée que Chris avait une nouvelle petite amie et qu'elle était, elle-même, plus heureuse que jamais. *Mais toutes ces années... Toutes ces années*, se dit-elle, *t'ont amenée là où tu es aujourd'hui. Toutes ces années étaient nécessaires. Si tu avais été heureuse depuis le jour de ta naissance, comment aurais-tu su ? Comment aurais-tu pu apprécier à quel point la vie peut être belle, si elle n'avait jamais été pourrie ?*

Mais bien entendu, la situation de Selina était bien pire, tellement pire. Elle avait connu un bonheur parfait, plus ou moins – les choses n'avaient pas été toujours roses entre Tarnie et elle, mais cela n'importait guère à présent –, et il lui avait été arraché des mains, comme une vague fracasse une bouteille contre un rocher.

— ... Mon psy pense que ce ne serait pas une mauvaise chose de revenir à la maison. De me reconnecter avec le monde de Tarnie, de me sentir près de lui au lieu de bloquer tout ça à l'extérieur de moi, par des relations sexuelles et des cuites. Enfin, je pense que c'est ce qu'elle pense. C'est ce que font les psys. Vous suggérer quelque chose en se contentant de dire « mmmm ». À vous de comprendre la situation à partir de ça.

Polly hocha la tête.

— Eh bien, il y a une certaine logique. Mais tu n'as jamais aimé cet endroit, si ?

Selina haussa les épaules.

— Mon mari disparaissait des semaines entières, travaillait toute la nuit et rentrait à la maison crevé et puant le poisson, sans un sou en poche. C'est ce que cet endroit a fait pour lui. Et je le suppliais et je le harcelais, et il ne m'écoutait pas une seule fichue seconde. S'il n'était pas mort, nous aurions fini par divorcer de toute façon.

Ses mots trahissaient une douleur si vive que Polly l'entoura instinctivement de son bras.

— Oh, et puis merde, déclara Selina. Quand est-ce que ça va s'arrêter, tout ça ? Quand vais-je cesser de me sentir comme ça, d'être comme ça à longueur de temps ? C'est une solution ou encore une impasse ?

— Je ne sais pas, répondit Polly avec franchise. Je ne sais vraiment pas.

*

Polly ne s'était pas retrouvée là-haut dans l'appartement depuis longtemps. Jayden y stockait occasionnellement de la farine s'ils en avaient besoin. Parfois, Neil se trompait et volait dans la mauvaise maison. Mais à part cela, elle n'avait pas eu trop l'occasion d'y monter au cours de la dernière année. L'endroit était encore chargé de la peine qu'elle avait ressentie lors de son emménagement, seule, dans un lieu étranger ; mais aussi des longs mois d'hiver, froids, après la mort de Tarnie, quand Huckle était retourné aux États-Unis, et qu'elle l'avait attendu, sans savoir que faire. Il lui manquait tellement que tout ce dont elle était capable, c'était de fabriquer du pain et de fixer la mer au-dehors en se demandant si le restant de son existence se passerait ainsi.

— Peux-tu me le montrer ? demanda Selina, quand Polly lui révéla qu'elle y avait autrefois habité. Sinon Lance va me servir le baratin habituel.

— Pas du tout, protesta Lance.

L'instinct de Polly lui intimait de décliner la proposition, mais elle ne pouvait pas le faire, bien sûr. Elle afficha un beau sourire, débarrassa la vaisselle et répondit :

— Oui, bien entendu.

— Polly sait quel excellent bien…

Polly lança un regard à Lance en guise d'avertissement.

— Évidemment, quand on y aura apporté quelques modifications, ajouta Lance en toussotant.

Polly lui jeta un regard encore plus éloquent.

— Bon, allons-y alors, dit Lance avec colère.

Polly les fit passer par la porte latérale de la boulangerie pour leur éviter de sortir dans le vent assourdissant. Les marches donnaient toujours autant le vertige. La petite ampoule nécessitait de tirer fortement sur la ficelle pour l'allumer. Ils grimpèrent bruyamment à l'étage. Lance avait la clé et Polly un double en cas d'urgence. Avec la boulangerie fermée en bas, le bâtiment était étrangement silencieux.

Mais dès qu'ils entrèrent dans l'appartement, même par une journée grise comme celle-ci, ils furent saisis par la lumière pénétrant à flots par les gigantesques fenêtres en façade qui donnaient directement sur la mer, et l'impression de planer au-dessus de l'océan.

— Ouah ! s'écria Selina en avançant dans la pièce. Ça, c'est de la vue !

Polly se remémora les nuits où elle s'était endormie face à cette vue. Son vieux fauteuil était toujours installé près de la fenêtre, mais les tapis et les tableaux, tout comme son canapé chéri, avaient naturellement tous traversé la rue pour rejoindre le phare. Ce déménagement avait suscité plus de jurons parmi les pêcheurs qu'elle n'en avait entendu auparavant de leur bouche, et pourtant elle les avait beaucoup entendus jurer.

Le plancher nu et récuré s'inclinait en pente douce vers le devant de la pièce. Impossible de laisser une orange en toute sécurité sur le sol. En revanche, les tuiles du toit étaient étanches à présent, pour la plupart. Par ailleurs, la cuisine et la salle de bains, bien que rudimentaires (de couleur avocat pour la salle de bains), étaient propres et d'un usage sûr. Le lit sommaire était toujours dans la pièce du fond. Polly eut un flash-back aussi bref que gênant : elle se remémora un après-midi baigné de soleil passé en compagnie du défunt mari de Selina, mais elle chassa immédiatement ce souvenir de son esprit.

— C'est un véritable taudis, pas vrai ? déclara Selina en contemplant la cuisine, l'air dégoûtée.

Polly se sentit légèrement offensée. D'accord, c'était un taudis, mais cet endroit avait été son taudis.

— C'est froid en hiver ?

— La boulangerie le réchauffe, avança Lance avec espoir.

Selina eut l'air perplexe.

— Mais nous venons de la boulangerie, et il gèle ici, objecta-t-elle.

— Oui, mais nous sommes fermés, dit Polly. Il fait certainement très bon vers… cinq heures du matin.

Selina soupira, puis s'éloigna et regarda à nouveau par la fenêtre. Son expression se fit pensive. C'était un air que Polly reconnut.

— C'est une vue charmante, déclara Polly. Elle est très reposante.

Selina fronça les sourcils à la vue du phare.

— Est-ce que cette chose s'éclaire ?

— C'est un phare, répondit Polly.

— Est-ce qu'il éclaire ici, à l'intérieur ?

— Tu sais, je n'ai jamais pensé à poser cette question avant d'y emménager, dit Polly. Mais on vend de très bons stores occultants de nos jours.

Selina regarda de nouveau le phare.

— Tu vis réellement là ?

— Oui, acquiesça Polly.

— Toute seule ?

— Non, avec mon petit ami, dit Polly. Et mon… mon animal de compagnie.

Le visage de Selina se décomposa.

— Tu as de la chance, lâcha-t-elle.

Polly ne sut que dire. Elle en avait pleinement conscience.

— Les animaux sont-ils autorisés ici ? demanda Selina à Lance.

— Heu… Chais pas. (Il examina ses documents.) Pas de serpents.

— Est-ce que j'ai l'air d'avoir un serpent ?

— Personne n'a l'air d'avoir de serpent, répliqua Lance avec sagesse. Mais vous trouvez ces saloperies partout. Et c'est un agent immobilier qui vous le dit. Le pire aspect de mon boulot.

— Le pire aspect de ton boulot, ce sont les serpents ? répéta Polly.

— Oui, reconnut Lance fermement.

— Ça, je ne l'aurais jamais imaginé.

— Moi non plus, ajouta Selina. Quoi qu'il en soit, non. C'est un chat.

— Des serpents à poils, renchérit Lance en reniflant, avant de se souvenir qu'il était censé faire visiter un appartement. Et, aussi, des animaux merveilleux. Je les adore.

— Il est magnifique, confirma Selina.

— C'est bon d'avoir un animal, dit Polly, s'interrompant lorsqu'elle s'aperçut qu'elle allait ajouter : « quand on est toute seule ».

— Quel animal as-tu ? s'enquit Selina. Nous pourrions organiser un après-midi jeu.

— J'ai… c'est un oiseau, avoua Polly.

Il ne servait à rien d'expliquer l'histoire de Neil à quelqu'un qui ne le connaissait pas. Elle penserait qu'elle était complètement tordue, ou bien cruelle, ou alors une tordue pleine de cruauté.

— Oh… Comme un canari ?

— Un peu comme un canari, mentit Polly.

— Cela dit, je trouve que c'est cruel de garder un oiseau en cage.

— Oh non, celui-ci est élevé en toute liberté, précisa Polly. Alors probablement pas d'après-midi jeu.

— Oh, Lucas est très doux, ajouta Selina.

— Alors, on le prend ? lança Lance avec gaieté.

Si la cliente était déjà en train de planifier des rendez-vous, l'affaire était probablement dans le sac.

Selina reporta son regard sur l'appartement et soupira, puis elle fixa l'horizon.

— Oui, dit-elle. Je suppose que oui.

Chapitre 7

— J'ai du mal à croire que je suis en train de faire ça.

Kerensa s'habillait dans la chambre de Polly. Celle-ci réfrénait des regards envieux en direction du miroir où elle apercevait les sous-vêtements coordonnés, manifestement hors de prix, que portait son amie. Elle n'arrivait même pas à se rappeler la dernière fois qu'elle avait enfilé des sous-vêtements coordonnés. En y repensant, Huckle avait également mentionné, en passant et avec finesse, qu'il souhaiterait qu'elle ne dépasse pas le nombre de trous réglementaires autorisés en matière de culottes, à savoir trois.

— T'es en train de me reluquer là ? demanda Kerensa en appliquant d'une main experte une couche de sérum d'abord, puis une de crème hydratante, avant de passer à la crème de base, à la *CC cream* et à la poudre bronzante, comme quelqu'un qui repeindrait sa maison. Oui, mais voilà, je suis mariée.

Son énorme bague de fiançailles captura un des derniers rayon de soleil.

— Oui, répondit Polly. Ce secret a vraiment été lourd à porter durant tout ce temps. Mais là, je sens que je suis prête. Ah, et puis aussi, j'adore ton soutif de snob.

Kerensa sourit.

— Je sais. Je passe pas mal de temps avec pas grand-chose sur le dos…

— Pouvons-nous éviter de retourner sur ce terrain-là ?

Kerensa regarda l'endroit du lit où Polly se trouvait, occupée tant bien que mal à se vernir les ongles.

— Comment faites-vous pour dormir tous les deux dans un lit aussi minuscule ?

Le lit de Kerensa était bien plus grand qu'un king-size. C'était en fait un « emperor-size ». En gros, c'était l'équivalent de quatre lits collés ensemble, d'après Polly. On leur changeait les draps tous les jours. Polly aurait pu être scandalisée, si elle n'avait pas été aussi jalouse. De l'existence de Kerensa, elle enviait peu de choses : elle était trop occupée pour voyager, elle n'arrivait pas à s'imaginer en train d'embrasser Reuben, elle n'avait pas d'intérêt particulier pour les sacs à main, et elle ne rêvait d'habiter nulle part ailleurs que dans ce phare.

Mais le lit était vraiment très très agréable.

En revanche, ils n'étaient pas parvenus à faire monter un vrai matelas deux places en haut de l'escalier. Sans parler d'un cadre de lit. De toute façon, il n'y avait aucun mur plat contre lequel ils auraient pu le caler. Certes, ils auraient pu s'avouer vaincus et emménager dans la petite chambre froide et humide située au pied de la tour, mais Polly n'avait rien voulu entendre. Par conséquent, ils dormaient à l'étage, dans un lit double de 120 × 190 cm, les pieds de Huckle dépassant à l'autre bout, comme dans *Boucles d'or et les trois ours*. Kerensa trouvait cela affreux. Polly ne savait pas comment son amie arrivait à retrouver Reuben parmi les mètres et les mètres carrés de lin blanc. Elle-même disparaissait tous les soirs, enfouie au creux de Huckle, pelotonnée sous son bras. Ils ne formaient alors plus qu'un enchevêtrement de membres, à tel point qu'il devenait impossible de savoir où l'un commençait et l'autre terminait. Leurs cœurs battaient à l'unisson, tandis que leurs respirations ralentissaient lentement dans un même souffle. Lors des rares nuits où Huckle s'absentait, elle s'était retrouvée accoudée à la fenêtre, les yeux rivés sur la mer, absolument incapable de dormir. Même si un véritable lit ne l'aurait pas dérangée, Polly savait qu'elle ne dormirait plus jamais aussi profondément que pendant ces nuits-là, au cœur de cet espace minuscule, enlacés l'un à l'autre.

— On s'arrange, dit-elle d'un air de défi.

— Je suppose que vous êtes tellement claqués de toute façon, après avoir couru de haut en bas dans cet escalier ridicule…

— Tu as raison. Si seulement j'étais riche, je pourrais louer quelqu'un pour me porter sur ses épaules.

Kerensa arbora un grand sourire.

— Ou installer un ascenseur.

— Si tu installes un ascenseur, il n'y aura plus d'espace pour autre chose…

Kerensa sortit de son emballage une paire de collants flambant neufs et sans aucun doute très chers. Elle ne portait jamais deux fois les mêmes collants. Polly ne parvenait pas à comprendre pourquoi.

— Tu es en train de faire amie-amie avec la veuve

du type que tu t'es tapé. Tu es sûre que c'est une bonne idée ?

— C'est juste une soirée, répliqua Polly en jetant un coup d'œil à sa montre. J'aurais trouvé ça nul que tout le monde soit là et de ne pas l'avoir invitée. Je me souviens de ce que j'ai ressenti en emménageant ici, quand je ne connaissais personne.

— Ouais, dit Kerensa. Il t'a fallu sortir de chez toi et sauter sur le premier marin pêcheur marié qui a croisé ton chemin.

Polly lui lança un regard noir.

— Oh, allez, poursuivit Kerensa. C'est pas mieux comme ça ? Au lieu de tout verrouiller ? Ainsi, je ne risque pas d'en parler par accident après trois verres de vin.

— Non, rétorqua Polly. Sérieusement, je ne veux pas qu'on en parle du tout. C'est gênant pour moi et ça pourrait être dévastateur pour elle. Elle est en piteux état. Ça ne ferait qu'aggraver les choses.

— Ou peut-être que la vérité l'aiderait.

— Parfois la vérité fait du bien, confirma Polly. D'autres fois, elle envenime mille fois plus la situation, surtout quand l'autre n'est plus là pour lui hurler dessus. Je le croyais célibataire, tu te souviens ? S'il s'était au moins donné la peine de faire allusion à elle, je ne l'aurais jamais approché. Tout était sa faute. Alors à quoi ça sert de la rendre encore plus malheureuse ? Là, elle a besoin d'une amie, et je crois qu'on peut faire ça pour elle.

— Eh bien, tant que tu peux te retenir de coucher avec son frère ou un truc du genre… Où est Huck ?

— À une conférence sur le miel dans le Devon, tu le crois, ça ? Environ trois cents apiculteurs. Ils se réunissent pour discuter de la brevetabilité des plantes et la conservation des ruches et… boire de l'hydromel. Mais Dubose vient avec nous.

— Il est mignon, dit Kerensa.

— Oui, approuva Polly. Il l'est un peu moins quand il sème son linge sale dans l'escalier et quand il passe tout son temps à se plaindre qu'il n'y a pas grand-chose à faire ici.

— Il n'y a effectivement pas grand-chose à faire ici.

— Écoute, je l'entends suffisamment de ta bouche. Je n'ai pas besoin que quelqu'un d'autre me le rappelle.

— OK, déclara Kerensa. Parle-moi de la conférence de Huckle. Dis-moi qu'ils vont se saper…

— Eh bien, il y a un dîner…

— Non, je veux dire, dis-moi qu'ils vont se saper en abeilles.

— Non, ils ne vont pas se saper en abeilles.

— Ça, tu vois, c'est vraiment décevant.

— Eh bien, avança Polly, il se pourrait que j'aie acheté un sweat avec des rayures noires et jaunes à Huckle.

— J'y crois pas ! dit Kerensa avec un large sourire. Est-ce que tu le forces à le porter ?

— Tu plaisantes ? Il remplit cette maison de la cave au grenier de merdouilles avec des macareux dessus. Il faut bien que je me venge d'une façon ou d'une autre.

— Ah ! ponctua Kerensa. Tu crois qu'ils écoutent un tas de chansons de Police ?

— *Don't Buzz So Close to me ?*

— Da Bee[1] Bee Bee, Da Ba Ba Ba.

Les deux amies éclatèrent de rire.

— OK, apparemment, on est déjà bien entamé, déclara Kerensa en regardant son verre. Je crois qu'on devrait sortir avant d'être trop bourrées pour descendre l'escalier. Descendre, c'est plus dur que monter quand t'es bourrée.

— Je sais, c'est pareil pour les chevaux.

— Qu'est-ce que ça veut dire, pareil pour les chevaux ?

— Les chevaux peuvent monter un étage, mais pas le descendre. Donc si on retrouve un cheval tout en haut du phare, c'est une très mauvaise nouvelle, affreuse même.

— Je ne sais vraiment pas comment j'ai pu vivre jusque-là sans savoir ça.

Kerensa enfila une robe à manches longues, au style très épuré, mais d'un coût clairement prohibitif.

— Ça alors, on dirait qu'elle a été faite pour toi ! s'exclama Polly avec gaieté.

— Ben, en fait… c'est le cas, avoua Kerensa.

— Sérieux ?

— Sérieux. Quelqu'un m'a piquée avec une épingle à l'essayage et Reuben l'a menacé de lui faire un procès.

— Ta vie est devenue bizarre, dit Polly.

— C'est toi qui dis ça, toi dont le futur achat classé urgent est une barre de pompier ?

*

1. Le mot *bee* signifie « abeille ».

Dubose les rejoignit au moment même où elles sortaient du phare. Il portait une chemise gris pâle, dont Polly savait pertinemment qu'elle appartenait à Huckle, mais elle s'abstint de tout commentaire.

L'air était doux, sans un souffle de vent. Ils descendirent, complices, à travers les rochers, Kerensa comme toujours affublée de chaussures ridicules. Neil vola jusqu'à leur hauteur à grands battements d'ailes, délaissant par là même le petit bassin entouré de rochers dans lequel il s'ébrouait. Sa « piscine d'extérieur », comme disait Huckle. Kerensa se baissa.

— Salut, p'tit oiseau, dit-elle.

Neil émit un cri aigu à son intention. Kerensa n'était pas sa préférée. Elle ne transportait jamais d'en-cas et elle n'aimait pas se retrouver avec des empreintes de pattes sur ses vêtements hors de prix.

— Tu sais, j'ai vu un million de macareux venir ici aujourd'hui. Et tu sais ce qu'ils faisaient ? Ils jouaient avec leurs potes, tu vois ? Ils se retrouvaient en bande, ils s'envoyaient en l'air, faisaient du boucan, sautaient partout. Tu n'as pas de potes, toi ? Tu n'as aucun pote, pas vrai ?

Kerensa se redressa.

— Ton oiseau est bizarre. Il faut que tu lui organises un truc avec quelques amis, ou alors une petite amie, un truc du genre.

Polly se raidit.

— Il est parfaitement heureux selon moi.

Neil sautilla en direction de ses pieds et frotta affectueusement sa tête contre ses collants. Son bec s'y accrocha et il en fila malencontreusement un. Kerensa leva les yeux au ciel, tandis que Polly se contenta de le gratter derrière les oreilles, ce qu'il adorait.

— J'essaie juste de te dire une chose. Ce n'est plus un bébé. Ne devrait-il pas être par monts et par vaux plus souvent ?

— Ouais, renchérit Dubose. Cet oiseau a besoin de tirer un coup.

— Eh bien, je ne l'en empêche pas, rétorqua Polly sur un ton offensé. (Elle était souvent sur la défensive quand il s'agissait de Neil.) S'il a envie de rencontrer une femelle macareux, il peut le faire quand il le veut.

— Comment est-ce qu'il peut en croiser une, si tu ne l'emmènes jamais dans les endroits où ils se rassemblent ? demanda Kerensa. Meetic existe pour les macareux ? On pourrait l'appeler « Macaric ». Hé Hé Hé.

Polly soupira. Parfois, en son for intérieur, elle se demandait si elle n'aurait pas dû ramener Neil à la réserve ornithologique après son évasion. Elle craignait véritablement de contrarier son développement naturel en le rendant si dépendant d'eux : il ne pourrait pas pêcher si sa survie en dépendait, il pouvait à peine voler et, même, selon la norme des macareux, il était incontestablement en léger surpoids. En plus, si ce nouveau type, Malcolm, était absolument déterminé à interdire l'accès de la boutique à tout oiseau…

— Tu es descendue de ton château ce soir dans l'unique intention de me faire de la peine ? demanda-t-elle à Kerensa.

— Comme toujours, répondit son amie. Et toi, tu es descendue de ta tour ce soir dans l'intention de me payer un verre ? Parce que je l'avoue, je suis assoiffée.

— C'est la fêêêête ! s'exclama Dubose.

Le *Red Lion* bourdonnait déjà d'activité à leur arrivée. Ce n'étaient pas encore les vacances, mais un soleil précoce et inattendu avait attiré des visiteurs pour la journée, de sorte que presque toutes les tables de la cour pavée étaient occupées.

Andy avait fait venir un groupe, une bande de pêcheurs venus de Looe, sur la côte. Il y avait un violoniste, un accordéoniste affublé d'une casquette, un chanteur et un percussionniste.

— Merde, ce sont les Mumfords[1], lâcha Kerensa d'un air sombre.

Polly, elle, aimait bien l'idée d'écouter ces traditionnelles chansons de marins, par une belle soirée printanière, sous les étoiles, avec la vue et le bruit de la mer pour accompagnement. Ils entonnèrent *Sir Patrick Spens* et *The Poorest Company*, tandis que Kerensa menait l'assaut du bar. Elle commença à hurler avant même d'y arriver. Le barman, apeuré, se souvint d'elle et de sa dernière visite. Il se rendit immédiatement aux frigos de derrière, où il rangeait sa réserve secrète de chablis, à la place de la piquette tiédasse qui composait l'essentiel de la carte des vins.

Polly s'approcha et salua les pêcheurs, Jayden compris. Archie était absent, apparemment rentré chez lui, auprès de sa femme et de sa famille si patiente. Ce qui la soulageait drôlement.

— Comment vont les affaires ? demanda-t-elle.

— Oh ! s'exclama Sven, le grand Scandinave. Les nouveaux quotas déboulent. Le bateau a besoin de réparations qui coûtent très cher. Le prix du poisson grimpe, du coup, personne n'en veut.

— Mais à part ça, ça va ? s'enquit Polly.

---

1. Les Mumford & Sons sont un groupe de rock et de musique traditionnelle, originaire de Londres.

Les autres acquiescèrent.

Patrick, le véto, était assis à la table voisine.

— Salut, dit Polly avec un sourire. Je peux te poser une question ?

Patrick fixa son whisky soda avec un peu d'appréhension.

— Est-ce que c'est l'une de ces questions où l'on fait semblant de s'interroger sur un animal qui a la même taille et le même poids que toi, avant de se rendre compte qu'il s'agit de toi et que tu ne veux pas appeler le docteur ?

Le médecin était installé sur le continent et ne venait sur l'île qu'une fois par semaine environ. Il maugréait à propos de l'accessibilité à longueur de journée. Patrick, lui, vivait ici. Par conséquent, on le sollicitait souvent pour des conseils santé. Il ne pouvait blâmer les habitants, mais il était terrifié à l'idée de donner un mauvais conseil susceptible d'entraîner de sérieux problèmes. Ce n'était pas l'aspect de son travail qu'il préférait. Quoi qu'il en soit, il était en semi-retraite et ne voyait les animaux du coin que de temps à autre.

— Hum, non, déclara Polly. Ça arrive souvent ?

Patrick haussa les épaules.

— Tout le temps. C'est pour quoi ? C'est pas au sujet de ton oiseau, si ?

Patrick avait un faible pour Neil. Le petit macareux l'amusait beaucoup, même s'il pensait que ce n'était pas une bonne chose que Polly le transforme en animal de compagnie.

— Je crois qu'il a des difficultés relationnelles, commença Polly.

Patrick leva les sourcils.

— En fait, je ne suis pas vraiment psychologue pour oiseaux…

— Il n'a pas de copains oiseaux. Les mouettes ne sont que des grosses brutes et les autres macareux… Je crois qu'ils se moquent de lui.

— Eh bien, cesse de l'obliger à porter une veste.

— Ce n'est arrivé qu'une seule fois. Quand il a fait froid, plaida-t-elle.

— Et je ne suis toujours pas convaincu par ces bottes en caoutchouc…

— C'est vrai, admit Polly. Les bottes en caoutchouc étaient une erreur, tout bien considéré.

Patrick laissa échapper un soupir.

— Écoute. Je t'avais averti que cela arriverait.

— Je sais, convint Polly en baissant la tête.

— Tu as apprivoisé un animal qui n'est pas fait pour cela.

— Je le sais.

— Il n'est probablement pas trop tard pour qu'il retourne à l'état sauvage.

— Peut-être que je devrais en apprivoiser un autre pour qu'il ait un copain.

Patrick lui lança un regard noir.

— Non, tu ne vas pas faire ça !

— Non, je ne le ferai pas. (Polly soupira.) Je veux seulement ce qu'il y a de mieux pour lui. Et pour que les autres oiseaux l'acceptent.

Patrick hocha la tête.

— Je sais, Polly. Alors tu sais ce qu'il te reste à faire.

*

Polly était encore plongée dans ses pensées quand Kerensa revint à la table. Elle avait finalement obtenu du barman qu'il nettoie les verres, qu'il déniche un seau à glaçons, et qu'il laisse le vin s'aérer par-dessus le marché. Elle n'avait presque plus de voix à force de cris.

— Quoi ?

— Oh, rien. Apparemment rendre Neil à l'état sauvage serait difficile, mais pas impossible.

— Je suis certaine qu'il va bien. À jouer tout seul dans sa piscine au milieu des rochers. Peut-être qu'il prend son reflet pour un ami... Oh, Polly, tu verrais ta tête !

— Ouah ! s'exclama Dubose tout à coup, en reposant sa bouteille de bière. Punaise, c'est qui, ça ?

Polly et Kerensa se retournèrent.

Au début, Polly fut incapable de discerner la personne dans l'obscurité qui baignait la petite cour du pub. L'endroit était seulement éclairé par les guirlandes lumineuses, ce qui, d'après les pêcheurs, faisait ressembler ce petit coin de Mount Polbearne à un bateau de croisière quand on était en mer.

Puis sa bouche s'ouvrit toute grande. Une jeune femme avançait dans leur direction, vêtue d'une robe légère en lycra qui moulait légèrement sa mince silhouette. Sa chevelure noire coiffée en arrière tombait en cascade sur ses épaules ; ses cils étaient si longs qu'ils ombraient ses joues et ses yeux noirs immenses. Le pub tout entier fut plongé dans le silence.

— C'est... C'est Flora ! s'exclama Polly sous l'effet de surprise.

Flora s'approcha d'eux. Elle ressemblait à une jeune et magnifique sorcière.

— Je peux m'asseoir avec vous aut' ? demanda-t-elle. C'est que j'ai encore raté la marée.

— Bien sûr ! s'écria Dubose en se levant d'un bond et en lui tirant une chaise. Je m'appelle Dubose.

Flora le toisa avec intérêt.

— Tu es magnifique, déclara Polly, incapable de s'en empêcher.

La transformation en pareille déesse de la Flora mal fagotée, aux cheveux gras, qui fixait inlassablement le plancher et qui se trompait dans la monnaie, était tout bonnement incroyable.

— Oh, je sais, convint Flora d'une voix morne. Les gens n'arrêtent pas de me le dire. C'est assommant.

Les filles échangèrent des regards incrédules.

— Bon, alors tu es du coin ? s'enquit Dubose. Je viens d'Amérique !

Il accompagna ses paroles d'un grand geste. Flora leva des yeux tristes vers lui sous ses longs cils.

— Oh ! se contenta-t-elle de dire.

— Tu es fascinante, déclara-t-il, avant de se diriger vers le bar pour lui commander un verre.

Pendant ce temps, Polly remarqua du coin de l'œil que les pêcheurs continuaient de la fixer, bouche bée. Jayden était si rouge qu'elle craignait qu'il implose.

— Est-ce que ça… Est-ce que ça t'arrive souvent ?

Flora acquiesça.

— Ouais.

— Mais tu ne veux pas quitter ce bled et faire carrière comme mannequin ou quelque chose comme ça ? demanda Kerensa. Je pourrais te présenter des gens…

Flora secoua la tête.

— J'veux seulement faire du pain. C'est tout ce que

j'ai toujours voulu faire. Et les gens veulent seulement prendre des photos débiles. C'est naze.

Polly arbora un grand sourire.

— Je ne peux pas croire que j'ai gâché ma vie de la sorte, dit-elle, quand tout ce que j'avais à faire était de naître incroyablement belle.

— C'est naze, répéta Flora. Les gens t'enquiquinent tout le temps.

— C'est pour ça que tu ne te laves jamais les cheveux ? l'interrogea Polly.

— Ouais, répondit Flora. Et aussi parce que j'oublie.

Soudain, Jayden se retrouva à leur table. Il avait apparemment pris son courage à deux mains après avoir descendu une ou deux chopes.

— Salut, jeunes demoiselles !

Sa moustache était plus fournie que jamais, ses joues rondes et anormalement roses.

— Salut, Jayden !

— Salut, Miss Polly ! Salut, Kerensa ! Salut…

Jayden avait complètement perdu le pouvoir de la parole.

— Tu veux quelque chose ? s'enquit Polly avec délicatesse.

Jayden, si incroyablement charmant et doux avec les dames âgées de la ville, rencontrait en général de cuisants échecs avec le sexe opposé, quand les prétendantes avaient moins de cinquante ans. Rougir était un indice révélateur, bien que Jayden ait tendance à rougir lorsqu'il avait chaud, froid, ou qu'il était excité, en colère, fatigué ou encore troublé… De sorte qu'on ne pouvait pas vraiment s'y fier.

— J'ai seulement… Je n'ai pas pu faire autrement que d'entendre…

La table de Jayden se trouvait éloignée de trois tablées bruyantes, sans compter la présence du groupe de musiciens.

— Je n'ai pas pu faire autrement que d'entendre Miss Flora… dire qu'elle aurait besoin d'un endroit où dormir.

— Ce sont des oreilles au pouvoir bionique que tu as, toi ! déclara Kerensa.

— Parce que vous savez…

— Jayden, tu vis chez ta maman, l'interrompit Polly.

— Euh, merci, lâcha Jayden avec colère. Nous avons une chambre d'amis, tu sais. J'essaie seulement de me montrer poli. Je ne sais pas pourquoi tout le monde en fait toute une histoire ou se prend la tête là-dessus. Franchement. Je n'ai même pas entendu ce dont il était question et même si c'était le cas, je m'en moque, un point c'est tout. Et je ne vis pas chez ma mère. Je réside chez une femme plus âgée. Je paie un loyer. Alors, en vérité, je suis un jeune célibataire qui vit en location. Le fait que ce soit chez ma mère est une pure coïncidence.

Il s'éloigna d'un pas rapide.

— Euh, oui, s'il te plaît, répondit Flora à voix basse.

Jayden se figea. Puis il se retourna avec une extrême lenteur.

— Sérieux ? demanda-t-il.

— Euh, ouais, confirma Flora.

Jayden donna l'impression qu'il allait s'évanouir.

Il vira au rose vif et son visage exprima une grande joie mêlée de terreur.

— Je vais le dire à ma mère… Je veux dire à ma proprio. Elle pourra préparer la chambre d'amis.

Il regarda timidement Flora avant de reporter ses yeux sur le sol.

— Tu peux venir t'asseoir avec nous si tu en as envie.

— Non, merci, dit Flora en fixant également le sol.

— Oh, dit Jayden. (Il y eut un moment de silence.) OK, je vais téléphoner à ma mère.

Tandis qu'il s'éloignait furtivement, Polly éclata de rire.

— Flora, je crois que tu as une touche.

Flora parut mécontente.

— J'ai toujours des touches, dit-elle.

— Eh bien, je compatis vraiment à tes terribles, terribles problèmes, déclara Polly en souriant.

— Est-ce que j'ai raté quelque chose en restant au bar dix secondes ? demanda Dubose en affichant son beau sourire aux dents blanches. (Ses yeux furent attirés vers l'entrée de la cour.) Oh, eh bien… dit-il ragaillardi.

Une silhouette élancée se tenait sous l'avant-toit et scrutait nerveusement les tablées bruyantes. Polly jeta un coup d'œil dans la même direction, avant de faire un signe de la main.

— Ah ah, dit Kerensa en prenant une bonne gorgée de vin. C'est la veuve joyeuse.

— Sois gentille, siffla Polly en se composant un visage.

— Hé, ce n'est pas moi qui…

— La ferme.

Selina vint à leur rencontre, l'air inquiète.

— Je n'avais pas l'intention de sortir, dit-elle. Mais j'étais assise là-dedans, toute seule… C'est plutôt effrayant, pas vrai ?

Polly acquiesça.

— Un petit peu, mais seulement au début. C'est plutôt rassurant de savoir que personne ne peut traverser et venir du continent. Ça maintient les méchants à l'extérieur.

— Ou à l'intérieur, déclara Selina en jetant des coups d'œil alentour. Je crois que j'étais à moitié endormie. Puis j'ai entendu la musique, et je me suis dit que j'allais descendre.

— Bon, tu es là maintenant, dit Polly.

Même comparée à Kerensa, pourtant très mince, Selina était extrêmement maigre. Son haut noir moulant soulignait ses clavicules noueuses et son jean tombait.

— Salut, dit Selina en s'adressant à Kerensa.

— Salut, répondit Kerensa, légèrement sur la réserve aux yeux de Polly.

Celle-ci souhaitait vraiment qu'elles s'entendent bien toutes les deux, ce serait tellement plus amusant. Elle apprécierait de se faire une nouvelle amie au sein du village. Kerensa était toujours en vadrouille, que ce soit au Grand Prix de Monaco ou au Coachella Festival. Quant à Muriel, entre son travail à l'épicerie et son nouveau-né, elle ne pouvait garder l'œil ouvert plus d'une demi-heure. Et la conversation avec Flora avait ses limites.

— Est-ce que je peux avoir un peu de vin ? demanda Selina. Probablement pas mal, même.

Kerensa s'adoucit un peu.

— Est-ce que tu as l'intention de te chiffonner le portrait comme l'a fait Flora ? demanda-t-elle.

— Non, répondit Selina, je vais finir cette bouteille avant de nous en payer une autre.

Kerensa sourit.

— Bienvenue.

*

Dubose se pencha et se joignit à la conversation.

— Mais comment tu t'es retrouvée mariée à un pêcheur ? demanda-t-il, avec une perplexité non feinte.

— Désolée, déclara Polly avec douceur, alors qu'elle était assise près de Selina. On n'a pas à parler de lui si tu n'en as pas envie.

Selina secoua la tête.

— Non, dit-elle. Tout le monde tourne constamment autour du pot avec moi. Je veux vraiment, vraiment parler de lui.

Polly hocha la tête.

— J'étais en vacances par ici et je séjournais dans une maison vraiment très classe, commença Selina.

Flora s'éclaira soudain.

— Tu es une de ces *posh girls* ? demanda-t-elle.

— Plus maintenant, répondit Selina avec un sourire. Pourquoi ?

— Mais oui, tu devrais faire ça ! déclara Polly à Flora. En étant aussi jolie, tu pourrais épouser le prince Harry ou quelqu'un comme lui.

À ces mots, Selina éclata de rire si fort que Polly eut peur qu'elle ne s'étrangle. Elle avait l'air de quelqu'un qui n'avait pas assez ri pendant très longtemps et qui, du coup, était un peu en décalage, se dit Polly.

— Hum, non, n'épouse surtout pas un fils à papa, déclara Selina. À moins d'avoir envie de devenir sa maman, de gérer ses problèmes de drogue, de ne jamais savoir comment il va… et de devoir lui introduire je-ne-sais-quoi dans le derrière.

Flora eut l'air horrifiée.

— Sérieux ? Tous ? demanda Polly, fascinée – elle ne connaissait personne de ce genre.

— Absolument tous, lui assura Selina. Sans exception.

Flora se mordit la langue.

— Tu plaisantes ?

— Non, confirma Selina. Je ne plaisanterai jamais avec ça.

— Alors tu as épousé Tarnie parce que… Quoi ? Parce que tu n'avais pas à faire quoi que ce soit de la sorte ? s'enquit Kerensa, à la limite de l'hystérie.

— Kerensa ! s'exclama Polly. Fais gaffe !

Selina secoua la tête.

— Oh, j'avais l'intention de parler de lui, de toute façon, dit-elle en levant les yeux au ciel. Mon psy dit qu'il le faut, et ça me coûte assez cher…

— Eh bien, on ne peut pas tout avoir, déclara Kerensa.

— Il faisait des allers-retours entre Looe et ici à l'époque, poursuivit Selina, soudain l'air songeuse. Oh là là, il était si beau. C'était avant la barbe. J'étais contre la barbe. Je pense qu'il l'a gardée uniquement pour m'agacer.

— Moi, j'aimais bien, lâcha Polly sans réfléchir,

ce qui lui valut un coup de pied sous la table de la part de Kerensa. Quoi ? Oh !

Mais Selina poursuivit, perdue dans sa rêverie.

— Il était beau comme un dieu. Tous les crétins que j'avais rencontrés avant lui étaient de tels idiots... Ils me bassinaient à longueur de journée à propos de la City, de la spéculation et du cours du pétrole, ou de ce que leur papa faisait, que sais-je encore !

— Tout en réclamant une petite « insertion », ajouta Kerensa.

— Exactement, dit Selina en allumant une cigarette qu'elle agita dans l'air.

Polly et Kerensa ne s'en offusquèrent pas, mais Flora parut horrifiée.

— Tu as intérêt à t'habituer à la cigarette si tu veux un fils à papa, déclara Selina. Leurs parents les abandonnent dans des pensionnats. Ils se mettent tous à fumer pour s'empêcher de pleurer.

— Peut-être que je ne devrais pas épouser un fils à papa, répondit Flora.

Elle lança un coup d'œil en direction de Jayden, qui ne l'avait pas quittée des yeux et qui lui adressait des signes de la main avec véhémence.

— C'est sûr que j'en apprends beaucoup ce soir, déclara Dubose.

— Et il était vrai, continua Selina. Il ne parlait pas, à moins d'avoir quelque chose à dire. Il ne me faisait pas du charme... Je déteste ça. Encore un trait de caractère d'enfant gâté. Comme si ça voulait dire quelque chose. Le charme, c'est juste un moyen pour les connards de vous faire faire ce qu'ils veulent. Ils pourraient tout aussi bien braquer un pistolet sur votre tempe. Ce sont des supercheries.

— Bien dit, approuva Kerensa.

Reuben était si corrosif et dénué de charme, que Polly trouvait que cela revenait au même… à une sorte de charme.

— Il disait les choses telles qu'elles étaient… Bien sûr, au début, je trouvais ça vraiment attirant. Plus tard, ça m'a donné des envies de meurtre chaque fois que j'ai essayé d'entamer une conversation sur notre relation.

Les filles approuvèrent du chef.

— Et il était juste… Il était juste tellement différent de tous les débiles que j'avais rencontrés avant. Si droit. Si honnête.

Polly riva son regard sur la table, les oreilles brûlantes.

— Alors, conclut Selina, j'ai tout abandonné. Oh, mon Dieu ! Mes parents sont devenus dingues. J'avais l'impression d'être une de ces ados de seize ans dont parlent les journaux chaque été, celles qui partent en vacances en Turquie et qui se marient malencontreusement avec un serveur. Franchement, on aurait dit que c'était ce que j'avais fait. Ma belle-mère était la pire de tous. C'est une bonne femme vicieuse. Partie de rien, elle s'est battue pour arriver en haut de l'échelle, en épousant mon père qui avait un peu de biens. Elle ne faisait que rabâcher : « Tu ne sais pas ce que c'est que d'être pauvre, Selina. Tu crois que c'est romantique, mais ça ne sera pas romantique pour un sou quand la chaudière tombera en panne en plein hiver, et qu'il sera parti en haute mer. » Elle imita une voix haut perchée avec l'accent des gens de l'estuaire. « En plus, tu sais, tous les marins ont des maladies vénériennes. »

Il y eut un silence.

— Bien sûr, le pire de tout, c'est qu'elle avait raison.

— À propos des maladies vénériennes ?

Polly s'était soudain redressée sur son siège.

— Non, pour l'amour du ciel ! Vous le connaissiez, vous saviez quel gars génial c'était. Non, à propos de ne pas avoir d'argent. Ça craignait. Je n'ai pu trouver de poste d'enseignante nulle part. Toutes les offres d'emploi tournaient autour de ménages dans les hôtels et de boulots dans les bars. Et d'ailleurs, je me suis frottée aux deux.

Elle secoua la tête. Andy s'était approché en silence et avait déposé une autre bouteille. Kerensa remplit à nouveau leurs verres. Selina se montrait moins animée.

— C'est pourquoi... C'est pourquoi le retour à la ville était si affreux. Elle était pleine de gens qui ne l'ont jamais rencontré. Qui ne savaient pas à quel point il était honnête, gentil et droit. Des gens qui ne voyaient que mes baskets de sous-marques et notre histoire tourmentée. Alors j'ai essayé un nouvel endroit, et cela a été tout aussi affreux. Je finissais toujours par prendre deux verres de trop et par ruiner la soirée de tout le monde.

— Est-ce que c'est pour ça que tu es revenue ici ?

— Pour ça, répondit Selina avec peine. Et parce que je ne voyais pas d'autre endroit où aller.

*

Les gars, remarqua Polly, avaient commencé à danser un *hornpipe*[1], et elle faisait semblant de les contempler. Les genoux ramenés contre la poitrine,

---

1. Il s'agit d'une danse anglaise traditionnelle.

elle éprouvait toute la compassion du monde pour Selina, qui avait finalement lâché : « Changeons de sujet. Je ne peux pas jouer à la veuve éplorée encore longtemps. S'il vous plaît. Je ne peux plus. »

Et ils avaient parlé d'autre chose. Avec prudence, Dubose avait entrepris la mission de faire rire Selina et il ne s'en tirait pas trop mal. Polly discuta avec Archie qui venait tout juste d'arriver et qui s'était arrêté à leur table. Puis il avait marqué un temps d'arrêt à la hauteur de Flora, avant de sourire d'un air las.

— Comment est-ce qu'elle s'en sort ? demanda-t-il à voix basse.

Ils se tenaient un peu à l'écart du groupe et il salua Selina d'un signe de tête.

— Je crois… Je crois qu'elle fait des progrès, répondit Polly.

Puis elle observa Archie plus attentivement. Les rides étaient encore profondes autour de ses yeux, et Polly se souvint à quel point Tarnie et lui avaient été proches. Ils avaient navigué ensemble pendant de si nombreuses années. Beaucoup de gens se faisaient du souci pour Selina, mais Archie était aussi sur le bateau lorsqu'il avait sombré, et il s'efforçait de continuer sans son camarade. Le chagrin se lisait sur son visage. Depuis l'horrible événement, des ondulations ridaient la surface de l'eau, pensa Polly, et elles se propageaient dans toutes les directions, comme quand on jette une pierre dans une mare.

— Comment vas-tu ? demanda-t-elle.

Archie haussa les épaules.

— Les soirées comme celle-ci… dit-il en jetant un regard à la ronde (ce soir, la moitié des habitants de la ville étaient dehors, sous les lampions, réunis pour boire, discuter et rire), il me manque vraiment. Et quand, parfois, je suis sur le point de lancer une ligne, je le cherche des yeux autour de moi, mais je me rappelle alors qu'il est parti. Et je n'arrête pas de me dire : « Est-ce que c'est comme ça qu'il aurait fait ? Est-ce qu'il aurait été content de moi ? »

— Bien sûr que oui, affirma Polly sur un ton encourageant.

— Je l'espère, déclara Archie. Je l'espère vraiment.

Polly lui tapota la main.

— Repose-toi davantage, dit-elle. Le boulot est assez crevant comme ça, sans que tu aies à t'inquiéter sans cesse pour les autres. Tu fais ce qu'il faut. Vraiment. Les gars sont contents et le poisson mord.

Les gars arrêtèrent enfin de danser et s'inclinèrent sous une pluie d'applaudissements. Hors d'haleine et plus rouge que jamais, Jayden s'approcha alors de leur table et se planta devant Flora.

— Est-ce que tu as aimé ma danse ? demanda-t-il.

— Tu as dansé ? demanda Flora d'un ton désintéressé.

Polly se leva.

— Allez, rentrons à la maison.

— Flora, tu viens avec moi ! hurla Jayden à l'attention du reste du bar, et les gens levèrent brièvement la tête.

Flora, elle, leva les yeux au ciel.

— Chez ta maman, ajouta-t-elle en se levant avec réticence.

— Tu as besoin d'un tee-shirt de rechange ? s'enquit Polly.

— C'est bon, dit Jayden. Ma maman a plein de chemises de nuit.

Ils échangèrent des regards.

— Enfin j'imagine, continua-t-il. Ou je peux te prêter un de mes tee-shirts.

— Comme sac de couchage, dit Flora.

*

Jayden et Flora grimpèrent la colline battue par les vents en direction du minuscule cottage de pêcheur qu'occupait la mère de Jayden. La maisonnette s'accrochait à flanc de colline comme un enfant aux jupes de sa mère.

Polly et Kerensa avançaient côte à côte, en s'empêchant de zieuter Selina et Dubose qui marchaient derrière, très près l'un de l'autre, légèrement éméchés.

Ils passèrent devant *La Petite Boulangerie de Beach Street*, avec sa vitrine complètement vide – à l'exception d'un gâteau de mariage que Polly avait confectionné pour une famille du continent, et qu'elle exposait dans la vitrine jusqu'à ce qu'il soit prêt à partir. Polly se retourna pour souhaiter bonne nuit à Selina.

— Je crois que tu as bien fait de revenir ici, dit-elle. (Elle ne pouvait supporter l'air de détresse dans le regard de Selina.) Tarnie… Ton mari… se trouve dans chaque pierre de cet endroit. Chaque brique. Tu peux parler de lui toute la journée si tu veux. Il était connu et aimé de tous. C'était son endroit, il venait d'ici et tu peux vivre ici aussi.

Selina marqua un bref temps d'arrêt.

— Merci, dit-elle. Désolée. Mon arrivée m'a un

peu bouleversée. Merci de m'avoir laissée vider mon sac.

— Pas de problème, déclara Polly.

Elle observa, légèrement préoccupée, Dubose en train de serrer la main de Selina, se pencher vers elle et lui planter un baiser sur la joue. Mais ensuite, il rejoignit Polly et Kerensa.

Après qu'ils eurent pris une dernière tasse de thé, et que Kerensa eut rejoint le vrai lit qui se trouvait dans l'annexe, au rez-de-chaussée, Polly grimpa tout en haut du phare pour regarder la mer et envoyer un texto à Huckle. Elle espérait que ce n'était pas trop tard. Ce n'était pas trop tard, confirma-t-il laborieusement quand il l'appela, plutôt éméché. Une autre bouteille d'hydromel avait été débouchée et avait rendu impossible toute tentative de former des mots inte… inte… compréhensibles, mais est-ce qu'elle savait qu'il… il… Non, il fallait qu'elle écoute, c'était important. Ne devait pas raccrocher, d'accord, parce qu'il l'aimait plus que tout au monde. Est-ce qu'elle comprenait ça ? Parce qu'il était d'une importance vitale qu'elle comprenne ça, OK ?

Polly éclata de rire et l'assura qu'elle comprenait. Elle le laissa poursuivre le temps de se mettre au lit, jusqu'à ce qu'il lui dise une dernière fois qu'il l'aimait.

Ensuite elle fit un gros câlin à Neil et se remémora brièvement sa conversation avec Patrick, mais elle décida de ne plus y penser pour le moment. Le petit macareux battait des ailes et se mettait à l'aise dans son lit, confectionné à partir d'une ancienne boîte à thé. Elle avait acheté un panier pour chien très coûteux, mais il le détestait. Il aimait le bruissement du carton. De plus, quand il connaissait l'un de ses invariables « accidents », elle n'avait qu'à jeter la boîte et à la remplacer par une nouvelle. Neil n'était jamais devenu propre, même s'il s'était beaucoup amélioré.

Polly regarda la petite ville, au-dehors. Elle pouvait distinguer les lampions du pub que l'on éteignait, de même que les réverbères. Seul le faisceau du phare continuait de se balancer et de percer l'épaisseur de la nuit. En contrebas, juste à l'endroit où elle avait l'habitude de s'asseoir, une faible lumière brillait toujours et une petite forme se tenait à la fenêtre, incapable de dormir, seule dans le minuscule appartement, au-dessus de *La Petite Boulangerie de Beach Street*.

Chapitre 8

Après un dimanche paresseux, au cours duquel Huckle ne fut franchement bon à rien, à part manger des sandwichs au bacon et grogner, et où Dubose disparut complètement de la circulation, Polly n'était pas pressée d'être lundi matin. Elle croyait dur comme fer que Malcolm allait repointer le bout de son nez.

Paradoxalement, la boutique n'avait jamais eu plus fière allure. C'était une belle journée. Les pavés paraissaient fraîchement récurés sous le beau ciel bleu. La devanture grise était propre et fraîche. Les vitrines, grâce au dur labeur de Jayden, étincelaient. Peu importe les problèmes qu'elle pouvait rencontrer, songea Polly, c'était un merveilleux matin pour être en vie. La senteur chaude de la première fournée fraîchement cuite s'élevait déjà dans les airs. Elle descendit les marches du phare à petits bonds (comme Neil avait voulu sortir avec elle, elle l'avait glissé sous le bras de Huckle, toujours endormi), portant deux plateaux supplémentaires de pâte pour faire des roulés à la cannelle. Elle était d'une humeur exceptionnellement bonne.

— Salut, Jayden, claironna-t-elle en passant la porte. Beau travail.

Jayden releva la tête d'un tiroir qu'il était en train de nettoyer, plus rouge que jamais.

— Alors ? demanda Polly en se lavant les mains.

Elle commença à étaler les roulés à la cannelle avec la pâte au beurre. D'une main experte, elle enroula à nouveau la pâte sur elle-même avant de la découper en tranches soignées.

— Alors quoi ? répliqua Jayden d'un ton bourru.

— Comment ça s'est passé avec Flora ?

Jayden s'interrompit et soupira.

— Elle ressemble à un ange, dit-il, les yeux rêveurs. À une étoile. Je ne peux même pas la regarder, elle est tellement belle.

— Mais tu lui as parlé ?

Jayden secoua la tête.

— Comment est-ce que je pourrais lui parler ? C'est comme si elle sortait d'un film ou quelque chose comme ça. Elle est trop belle pour que je sois capable de lui dire quoi que ce soit. (Il soupira.) Je ne suis bon qu'à la vénérer jusqu'à la fin de mes jours.

— Je ne crois pas qu'elle appréciera. Tu ne peux pas lui parler de pain ou de quelque chose qu'elle aime ?

Jayden eut l'air décontenancé.

— Mais elle est si belle ! dit-il.

— OK, dit-elle. Je commence à comprendre le problème de Flora.

— Elle n'a aucun problème, protesta-t-il. Elle est parfaite.

*

Malcolm entra d'un pas mal assuré vers dix heures du matin. Il n'avait pas l'air dans son assiette. Son visage d'ordinaire pâlot semblait gris et disgracieux, et ses cheveux étaient sales. Il portait le même pantalon froissé que la semaine précédente, mais il paraissait encore plus chiffonné et taché. De plus, il sentait un peu le renfermé.

— Bonjour, Malcolm, lança Polly avec gaieté. C'est une journée sans oiseau aujourd'hui, comme vous pouvez le constater. Un roulé à la cannelle ?

S'il pouvait résister à ses roulés à la cannelle, pensa Polly, alors c'était un homme plus fort que ce qu'elle pensait. Le cœur légèrement fondant, au bon goût de beurre sucré, l'extérieur moelleux, souple…

Il le liquida en deux bouchées.

— Pas mauvais, dit-il. On peut les avoir dans les stations-service par paquets de trois.

Il tendit la main pour en attraper un autre. Polly résista à l'envie de lui donner une tape.

— Alors, vous avez passé un bon week-end ?

Elle lui tendit un café avec trois sucres, sur lequel il se jeta.

— Difficile, déclara Malcolm, content de lui. Descendu au *Sugar House*. Sorti avec les gars. Un peu de foot, quelques pintes, une boîte. Il y avait quelques bonnes pouffiasses là-bas, voyez c'que j'veux dire ?

Il avait prononcé la dernière phrase à l'intention de Jayden, qui ne savait plus où se mettre. Polly savait que sa mère lui aurait donné une claque si ce mot n'avait ne serait-ce que traversé son esprit.

— Ouais, elles se croient toutes géniales avec leurs petites jupes courtes.

Il avala une autre gorgée de café et secoua la tête.

— Petites…

Il sembla se rappeler où il se trouvait et ne termina pas sa phrase. Il se contenta de sourire et d'afficher des dents grises.

— Alors, ouais, super week-end, ouais.

Il renifla.

— Bon, j'ai étudié ces chiffres de près, d'accord ? Et je pense que je nous ai trouvé un plan.

Polly s'essuya les mains, les lava à nouveau, puis Jayden et elle commencèrent à préparer le pain pour le déjeuner.

— Vous voyez, dit Malcolm, ce que vous êtes en train de faire, c'est inefficace. Voilà ce que c'est. Vous en train de fabriquer ce pain chaque jour.

— Je sais, dit Polly. Si je voulais de l'efficacité, j'irais probablement bosser à l'usine ou quelque chose dans ce goût là.

— Tout juste, approuva Malcolm, l'air satisfait. Ça n'a aucun sens de faire ça tous les jours. Je parie que vous préféreriez ne pas l'faire.

Polly le regarda, étonnée.

— Mais j'adore ça.

— Plutôt dur comme boulot, pas vrai ?

Polly secoua la tête.

— Non, dit-elle. En fait, oui. Mais c'est un bon boulot. Un travail honnête, que les gens apprécient.

Malcolm renifla à nouveau.

— Tout ça, c'est très dix-neuvième. Joli et tout c'qu'on veut, mais allez… La distribution centralisée, les remises sur les gros volumes, c'est comme ça que ça marche aujourd'hui dans le monde des affaires. Les coûts, c'est tout ce qui préoccupe les gens. Pourquoi pensez-vous que tout le monde fait ses courses à *Lidl* ?

— Y a rien de mal à aller à *Lidl*, dit Jayden.

— Tout juste.

— Je n'ai jamais rien dit de tel, déclara Polly, exaspérée. Mais il n'existe pas qu'une seule façon de faire les choses. Certaines choses coûtent moins cher et d'autres un peu plus. Ces choses sont spéciales. C'est la différence entre un sac plastique et un sac Hermès. (Polly n'avait jamais vu de sac Hermès de toute sa vie, mais elle avait lu des articles à ce sujet – dans le genre de magazines qu'elle certifiait farouchement à Huckle ne pas aimer.) Les deux marchent, mais vous n'avez pas forcément envie que les deux fabriquent la même chose.

— Ouais, répliqua Malcolm. On choisit celui qui a du sens, financièrement parlant.

Le portable de Polly sonna. C'était inhabituel. D'une part, parce que la couverture était au mieux irrégulière, d'autre part parce que sa mère était terrifiée par les portables et qu'elle n'appelait jamais sur un mobile, au cas où l'appel lui aurait coûté mille livres. Polly restait en contact avec ses anciens amis *via* Facebook, et toutes les autres personnes qu'elle connaissait se contentaient de faire un saut à la boutique pour la voir. Aucun mystère quant à l'endroit où elle se trouvait.

— Je vous prie de m'excuser, dit-elle avant de quitter la boutique pour prendre l'appel.

*

— Allô ?

La voix à l'autre bout de la ligne était snob, le ton cassant et le débit rapide.

— Bonjour. Polly Waterford ?

— Oui, bonjour, répondit Polly en observant Malcolm enfourner un autre roulé à la cannelle sans qu'elle puisse rien y faire… et encore un autre.

Ces petites choses se vendaient une livre cinquante pièce. Il grignotait allègrement les recettes de la journée.

— Je suis Kate Lacey. J'écris pour le *Bugle on Sunday*[1], mais je vis dans les parages. Nous allons faire un supplément pour notre rubrique Gastronomie intitulé « Les meilleurs commerces de bouche artisanaux du sud-ouest de l'Angleterre », et votre nom a été cité.

— Vraiment ! s'exclama Polly, absolument ravie. Par qui ?

— Toutes sortes de gens, répondit Kate, l'air amusée. Nous avons ouvert un forum sur Internet et votre nom ne cesse d'y apparaître.

Polly ne put réfréner un sourire radieux qui illumina son visage.

— Eh bien, c'est… c'est une excellente nouvelle !

— Bon. Nous allons venir vous voir, peut-être prendre deux ou trois photos pour faire une sorte d'article « Art de vivre ». Vous êtes d'accord ?

Polly se mordit la lèvre et se demanda instinctivement s'il y aurait quelque moyen de caser Neil sur les photos.

— Bien sûr.

1. *Le Clairon du dimanche.*

— Super ! Que diriez-vous du premier mardi de juin ? Il sortira dans notre numéro Spécial été. Ou peut-être un samedi, pour avoir un peu d'animation, de couleur locale.

— Parfait, dit Polly.

— OK, alors donnez-moi votre e-mail et on reste en contact.

Polly retourna dans la boutique, tout à fait rayonnante, alors que Jayden servait les clients qui formaient à présent une longue file d'attente. Par chance, ils semblaient acheter tous les roulés à la cannelle, les dérobant du coup à la vue de Malcolm.

— Un journal va venir faire un reportage sur nous ! s'exclama-t-elle. Un vrai et grand journal du dimanche ! Avec photos et tout le reste ! Nous sommes parmi les meilleurs commerces artisanaux du Sud-Ouest.

Malcolm ne parut nullement impressionné.

— Un journal ? Qui lit encore ces tas de boue ?

— Beaucoup de gens, répliqua Polly.

— Nan, poursuivit Malcolm. Tout le monde suit les infos sur son téléphone aujourd'hui. Regardez ça.

Il lui montra son fil d'actualités. Presque exclusivement des infos de Formule 1.

— Qui sort de chez lui pour acheter un vieux journal ennuyeux ?

— Moi, objecta Polly.

— Mais ça ne sera pas un truc que des tas de gens vont lire, pas vrai ? Ça sera un ramassis de conneries pour cinq crétins snobinards de Londres. Ça ne nous servira absolument à rien.

— Mais on pourra le coller sur la vitrine, renchérit

Polly. Et les gens vont le voir, venir ici et nous rendre visite…

Elle se perdit dans une rêverie pleine de gourmandises dans laquelle on débarquait de partout pour s'extasier devant ses miches aux olives. On la suppliait de dévoiler les secrets de sa levure. Elle savait que certaines personnes envoyaient leur jet privé pour chercher des miches chez *Poilâne*, la célèbre boulangerie parisienne. Évidemment, cela ne lui arriverait pas. Mais que c'était excitant d'être dans le journal !

— Je pense que ça sera extraordinaire pour nous, dit-elle sans se laisser démonter. Ce sera… hum, ce sera une bonne opération marketing. Le marketing, c'est très important, pas vrai ?

Malcolm grogna.

— Ouais, bon. Ils peuvent venir et prendre toutes les photos qu'ils veulent. Peut-être que vous pourriez apporter une touche de glamour, en fait ? Ça ne vous ferait pas de mal un peu de rouge à lèvres quand ils viendront shooter. Pas vrai, poulette ? Peut-être aussi une jupe courte.

Polly fronça les sourcils.

— Je n'ai pas de jupe courte.

— Ah non ? dit Malcolm, l'air songeur. (Il la toisa rapidement de haut en bas.) Ouais, p't'être que c'est pas plus mal.

Polly servit un autre client sans piper mot. Elle s'enfonça les ongles dans la paume des mains.

— Bon, toute façon, c'est réglé, déclara Malcolm en déversant une grosse pile de documents légèrement maculés sur son comptoir.

— Qu'est-ce qui est réglé ? demanda Polly.

Elle fit tinter la caisse avant de se retourner.

— À partir de lundi prochain, toutes les livraisons seront centralisées. Une par semaine. En provenance d'une usine, comme vous avez dit. Vous allez vendre ça, mettre un peu de rouge à lèvres, et cet endroit va faire de l'argent en moins de deux. Je vais prendre un ou deux de ces machins roulés en partant.

*

Huckle ne savait comment arrêter les pleurs de Polly. Chaque fois qu'elle parvenait à se contrôler, une autre vague de sanglots la submergeait et elle se perdait à nouveau dans les larmes.

— Et… Et les gens du journal vont venir pour me voir… Et je vais leur servir ces foutus sandwichs jambon ananas dans du pain de mie en plastique ! Et tout le monde va se moquer de moi.

— Chuuuut, tenta Huckle. Personne ne lit les journaux.

— Tu ne vas pas t'y mettre toi aussi.

Elle recommença à sangloter.

— Et une fois par semaine ! Comment peut-on avoir une livraison de pain, une fois par semaine ? À quoi ça va ressembler ? Il sera bien pire que celui de Mrs Manse !

— Chuuuut, répéta Huckle. Tu pourras toujours vendre du pain en douce, comme tu le faisais quand je t'ai rencontrée.

— Non, objecta Polly en hoquetant. Je ne peux plus. À l'époque, je n'avais pas de prêt sur le dos. Il ne me fallait pas travailler coûte que coûte ; je n'avais pas grand-chose, mais je pouvais à peu près survivre. Mais je ne peux pas recommencer. Je suis un failli réhabilité, ça a été assez difficile comme ça. Si on perd le phare…

Huckle lui passa la main dans le dos.

— On ne va pas perdre le phare. Je pourrais retrouver du boulot en une minute.

— Oui, mais pas un boulot où tu rentrerais tous les soirs pour cuisiner et jouer avec Neil ! s'exclama Polly. Ce sera un boulot qui t'obligera à porter une cravate et à quitter cette île, n'est-ce pas ?

Huckle haussa les épaules et reconnut les difficultés.

— Peut-être bien, dit-il.

— Oh, mon Dieu ! Ce sera peut-être même un boulot aux États-Unis.

— Non. Je prendrai un boulot là où tu seras.

— Mais je veux être ici, objecta Polly. Je veux rester ici avec ma boulangerie. Mais je ne peux pas tout recommencer. C'est impossible.

— Si, tu peux, tenta Huckle, même si tous deux savaient que c'était impossible.

— Impossible ! s'écria-t-elle. Malcolm et Janet m'éjecteraient de la ville au pas de course. Ils en seraient capables. Ils feraient une demande à la mairie pour me faire enfermer ; ils m'empêcheraient de louer un local. Et je ne pourrais pas me l'offrir de toute façon. Est-ce que tu m'imagines en train de faire un prêt à usage professionnel ? « Je veux ouvrir une boulangerie dans une ville de sept cents habitants, qui en compte déjà deux. Oh ! J'oubliais : c'est sur une île, et je suis un failli réhabilité avec un prêt immobilier exorbitant sur les bras, parce que je vis dans un stupide phare. »

— Je trouve que tu te focalises beaucoup sur l'aspect négatif, avança Huckle avec précaution.

Neil s'approcha en dandinant et vint se frotter contre sa cheville.

— Dis-moi quels sont les points positifs, Huckle. S'il te plaît, dis-moi. Et j'essaierai de me concentrer dessus.

Polly s'effondra sur le sol et enfouit son visage dans ses mains. Elle offrait un spectacle si désolant que Huckle en eut le cœur brisé. On aurait dit une enfant inconsolable.

— Chuuuut, dit-il. Le positif c'est que… peut-être il y aura une mode rétro en faveur du retour des sandwichs au pain de mie ? Tu pourrais l'appeler… je ne sais pas… « La fierté de maman ».

Polly ne daigna pas lever la tête.

— Ou peut-être, ajouta-t-il, que cela ne t'embêtera pas tant que ça de ne pas avoir à te lever et à fabriquer du pain tous les jours.

Alors elle le regarda, stupéfaite.

— Mais c'est mon travail. C'est exactement ce que je veux faire. J'adore ça.

Huckle passa un bras autour d'elle.

— On trouvera un autre endroit, dit-il. Il y a toujours un autre endroit.

— Je ne veux pas être ailleurs qu'ici.

— Ne sois pas stupide. Toi et moi ensemble, où que nous soyons : qu'est-ce qui pourrait mal tourner ?

— Hip ! objecta Neil.

— Ouais, concéda Huckle.

Huckle s'assit près d'eux tandis que la lumière du crépuscule inondait la pièce de couleurs dorées.

— Eh bien, c'est ce qu'on appelle « être dans le pétrin ».

*

Le matin suivant, après avoir préparé la pâte pour la journée, Polly partit se promener. Elle voulait faire un peu d'exercice, faire le ménage dans sa tête et se débarrasser de son irascibilité. Elle avait découvert que la marche l'aidait souvent à clarifier ses pensées. Elle espérait que ce serait le cas aujourd'hui, parce qu'elle était restée éveillée la moitié de la nuit, complètement désemparée, jusqu'à ce que Huckle, lassé de la sentir gigoter, l'ait tournée vers lui et lui ait ordonné : « Maintenant, arrête, c'est ridicule. Endors-toi tout de suite. »

Et étrangement, ses mots avaient eu le pouvoir de la détendre, et enfin elle avait basculé dans le sommeil.

*

C'était une journée ensoleillée, venteuse, avec quelques nuages gris au-dessus des blancs qui filaient à vive allure, mais il ne pleuvrait probablement pas. Polly ne se préoccupait jamais des prévisions météo. Elles ne s'appliquaient tout simplement pas à cet endroit, ce petit affleurement rocheux perdu entre les Cornouailles et la France. C'était certainement plus froid, là-bas en mer, et plus venteux aussi. Mais ils échappaient souvent aux pluies abondantes qui quelquefois plombaient les vertes collines ondoyantes et les champs de Cornouailles. Le continent pouvait être complètement recouvert de nuages épais, alors que Polbearne étincelait sous la lumière d'un doux soleil. Dans ces moments-là, on aurait dit que leur petite « presqu'île » était entièrement déconnectée du monde réel.

Polly se dirigea vers la plage. La chaussée était ouverte, mais elle serait à nouveau recouverte dans une ou deux heures. Par conséquent, son itinéraire devait décrire un cercle : elle ferait un ou deux tours, selon son humeur. Comme la falaise qui surplombait la plage était assez escarpée, cela lui ferait faire un peu d'exercice.

Neil l'accompagnait. Il sautillait joyeusement de roche en roche en battant faiblement des ailes, puis redescendait pour se poser. De temps à autre, quand ils parvenaient à un endroit plat, il se perchait sur son épaule.

— Tu es un petit gars horriblement paresseux, dit Polly en lui caressant les plumes avec affection.

Que faire ? L'idée de ne plus allumer son incroyable four à bois tous les matins la rendait malade. Bien entendu, elle pourrait rester au lit plus longtemps. Maigre consolation pour quelqu'un qui était sur le point de perdre le seul travail qu'elle ait jamais aimé. Tôt le matin, la ville ne dégagerait plus jamais cette odeur divine de pain fraîchement sorti du four. Un pain craquant à l'extérieur, qui renfermait un cœur moelleux et fondant.

Quand les pêcheurs rentraient tôt dans la matinée, les doigts gourds et rouges d'avoir vidé le poisson conservé dans la glace, au bord du quai, elle prenait un réel plaisir à mettre dans leurs mains des roulés encore tièdes et des tasses de café fumantes, tout en lisant la reconnaissance sur leur visage. En serait-il de même quand le beurre salé, frais, hors de prix, ne se mêlerait plus à la mie délicate ? Quand le pain en plastique livré en masse, bourré de conservateurs, d'émulsifiants, de colorants et de tout le reste, retomberait comme un soufflé, sans vie, gélatineux, sorte de bouillie grise dépourvue de saveur qui vous collait au palais ? Est-ce que ce serait la même chose ?

Peut-être devrait-elle téléphoner à Janet, songea-t-elle. Mais elle se souvint de la façon dont la vieille dame avait contemplé ses fils lors des obsèques de Gillian. Elle se remémora la fierté avec laquelle elle avait qualifié Malcolm d'« homme d'affaires ». Le fait qu'elle n'était jamais revenue pour rendre visite à sa sœur à Mount Polbearne, qu'elle n'était pas une seule fois retournée dans sa ville natale depuis que Polly y habitait. Tout portait à croire qu'elle n'éprouvait pas le moindre intérêt pour l'activité de la boulangerie ou son fonctionnement, à partir du moment où elle complétait, aussi efficacement que possible, sa maigre pension et – comme Polly le soupçonnait – qu'elle confiait à Malcolm quelque chose d'utile à faire.

Elle escalada les rochers et se retrouva sur la plage. Le squelette du cargo qui s'était échoué l'année passée – lors de la même tempête qui avait coûté la vie à Tarnie et détruit la majorité de la flotte de pêche – était toujours là, une carcasse livrée à la rouille. Certaines personnes disaient que c'était une verrue, qu'on devrait le mettre en pièces et l'emporter (chaque caisse de sa cargaison, dont les quinze mille canards en plastique, avait déjà été emportée). Mais c'était aussi une attraction touristique d'un genre particulier, des gens venaient de très loin pour y jeter un coup d'œil et de nombreux plongeurs amateurs poussaient jusque-là le week-end pour explorer l'épave, même si cette activité était considérée comme imprudente et extrêmement dangereuse.

Polly s'assit, prit sa Thermos de café et un sac en papier contenant un chou à la crème, et observa l'épave avec un frisson. Celle-ci la fascinait, mais faisait aussi naître en elle un sentiment teinté d'horreur. Elle savait que l'épave avait quelque chose de laid, ainsi renversée dans la baie comme une pièce inutile de Meccano. Pourtant, quelque chose dans ce vieux rafiot dévoré par la rouille et dans la position pitoyable qu'il adoptait dans l'eau la rendait contemplative et un brin mélancolique. Cette carcasse avait fini par devenir une part de Mount Polbearne : la partie émergée de l'iceberg pour les nombreuses épaves qui reposaient sous la surface de l'eau. Les naufrageurs les avaient attirées près des côtes rocheuses, puis volontairement déviées de leur itinéraire vers des criques mortelles.

Neil sauta pour regarder à l'intérieur du sac en papier avec intérêt. Polly l'observait en train de le pousser du bec, véritable maître en la matière, pour atteindre les bonnes choses qu'il renfermait.

— Neil ! s'exclama-t-elle d'un ton affectueux, mais néanmoins exaspéré. Tu es tellement goinfre !

Neil la dévisagea d'un air interrogatif, puis attrapa le sac de son bec et l'apporta jusqu'à elle.

— Non ! Sans blague ? Tu fais ça, toi, maintenant ? Tu rapportes ? (Elle le fixa.) Je ne sais pas si tu es une sorte d'oiseau génial ou si je dois vraiment me faire du souci pour toi.

Elle fouilla dans le sac.

— Là, dit-elle en détachant un petit morceau de chou à son intention.

La pâtisserie était plus légère que l'air et absolument délicieuse. Polly la termina en un clin d'œil, puis elle donna le sac renfermant les miettes à Neil. Il se le renversa immédiatement sur la tête avant de tituber çà et là à l'aveuglette sur les rochers.

— Neil ! lança Polly. Neil, reviens ici.

Il battait sauvagement des ailes à l'intérieur du petit sac. Il vint se cogner contre la Thermos et renversa le café. Polly jura et finit par le rattraper avant de lui arracher le sac. Neil secoua brusquement la tête et voleta de haut en bas pour s'assurer que ses ailes fonctionnaient toujours.

— Ne mets pas de sac sur la tête, ordonna Polly. Ne parle pas aux étrangers, ne laisse personne toucher tes parties intimes, et surtout ne te mets pas de sac sur la tête. Combien de fois déjà avons-nous vécu cette situation ? Et vole au-dessus de la route, ne marche pas.

Un rire fusa dans son dos. Normalement, il n'y avait personne à une heure aussi matinale. Polly se retourna brusquement. Selina se tenait juste derrière elle, en tenue de gym. Elle lui adressa un signe de la main.

— Mon Dieu ! Tu m'as fait une de ces peurs ! déclara Polly.

— Désolée, dit Selina. Mais le petit gars était si amusant.

— Oh, je le lui ai dit et redit. Chaque fois que je ne peux retrouver ce macareux, il est quelque part dans un sac.

Selina sourit et s'avança vers elle.

— Ne t'excuse pas, dit-elle. J'apprécie tout ce qui me fait rire. Et pardon si c'est un oiseau sur le point de suffoquer.

— Qu'est-ce que tu fais ici ? demanda Polly.

Selina leva les yeux au ciel.

— Si je te le dis, tu promets de ne le raconter à personne ?

— Absolument.

— Eh bien, mon psy pense que je devrais faire du yoga. Et prendre un grand bol d'air frais. J'essaie de combiner les deux, même si je me sens du coup complètement idiote. Je me faufile dehors, sans bruit, avant que les autres ne se réveillent.

— Oh, non, je trouve ça bien, la rassura Polly. Tu ne peux pas faire ça dans l'appartement ?

Selina secoua la tête.

— Mon Dieu, non ! Il y a… eh bien, pas mal de raisons. Notamment à cause du plancher car je fais la roulade.

— Oui, je comprends, déclara Polly en songeant à la vieille inclinaison parfaitement instable. Je t'aurais bien offert un peu de chou à la crème, mais je crois qu'on est à court.

— Et ton café s'est fait la malle, déclara Selina en contemplant la Thermos renversée. Tu peux venir en boire un chez moi si tu veux.

— Volontiers, dit Polly, l'air ravie. J'étais assise là, embourbée dans mes pensées, qui ne sont que des âneries.

— Cela ne m'arrive jamais, l'assura Selina avec un clin d'œil.

Et elles se mirent toutes deux en route, avec un Neil légèrement assagi dans leur sillage.

Polly expliqua la situation de la boulangerie à Selina, pendant qu'elles redescendaient les rochers escarpés. En la racontant, elle se sentit un peu délestée de son poids, même si aucune solution ne se présentait encore à elle.

— Bordel de merde, lança Selina (ce qui était approprié aux circonstances). Ce sont de parfaits abrutis. Ils conduiront cet endroit à sa perte.

— Je ne crois pas qu'ils sont de cet avis. Je crois qu'ils pensent obtenir les mêmes profits sans faire de véritables dépenses.

— Dans ce cas, dit Selina, j'ai quelques haricots magiques qui les intéresseront peut-être.

Polly esquissa un pâle sourire.

— Écoute, poursuivit Selina, dès qu'ils verront que ça ne marche pas, ils changeront leur fusil d'épaule et reviendront à ta façon de faire, tu ne crois pas ?

— J'aimerais y croire. Mais ils imagineront probablement que j'ai tout saboté et, au lieu de ça, ils me vireront.

— Hmm, grogna Selina. Un vrai casse-tête. Ne peux-tu pas te lancer dans ce que tu faisais auparavant ? Vendre des trucs de façon illégale ?

Polly haussa les épaules.

— Avant, je ne possédais pas le phare. Et je pense que le pire serait de devoir l'abandonner et le mettre en vente d'un jour à l'autre, alors... On est un peu coincé.

— Ta moitié ne travaille pas ?

— Si, mais... (Polly frotta sa semelle contre le sol.) Cela paraît idiot, mais toute ma vie, j'ai rêvé d'être capable d'y arriver seule. Tu vois ce que je veux dire ? On a fondé notre affaire avec mon ancien compagnon quand j'ai quitté l'université et, bon… ça a raté. Cela a été si incroyable quand la boulangerie a commencé à décoller. Je sais que ce n'était pas vraiment la mienne, mais c'était mon bébé. L'idée d'échouer à nouveau et de devoir tout recommencer… Mon Dieu, je n'ose même pas y penser !

— Tu ne peux pas la racheter ?

— Non. Janet ne s'attend probablement qu'à des offres insensées, comme si elle était devenue une sorte de magnat multimillionnaire, qui vend une maison en or massif. Personne n'est assez stupide pour lui donner ce qu'elle demande. En fait, un de mes amis le serait peut-être, mais je ne veux absolument pas le lui demander.

— Hmm. Tu sais, j'ai toujours voulu me marier avec un riche, et regarde où ça m'a menée.

Un court silence s'ensuivit. Elles grimpèrent d'un pas lourd la minuscule colline qui débouchait sur Beach Street ; le phare surgit sur leur droite.

Jayden avait allumé les lumières à l'intérieur de la boulangerie et Polly lui fit un signe de la main.

— Tu as le temps de prendre un café ? lui proposa Selina. J'ai une nouvelle machine à cappuccino. Elle fait une mousse instantanée.

— Oh, lâcha Polly en jetant un œil à sa montre.

Elle devait vraiment y aller et aider Jayden, mais elle trouvait tellement absurde l'idée que, dans à peine quelques jours, toute la nourriture qu'elle préparait avec amour serait réduite à des plateaux en plastique, avec des sandwichs préemballés et des sachets hermétiquement scellés en usine, contenant du pain blanc coupé en tranches, qui jamais ne s'abîmerait ni ne durcirait. Elle soupira.

— Pourquoi pas ? dit-elle.

*

— Fais attention à la quatrième marche…

— C'est bon, dit Polly avec un sourire, tout en grimpant l'escalier sombre. Je sais.

Comme à l'accoutumée, Neil avait emprunté le chemin le plus court en se contentant de voler jusqu'aux fenêtres de l'appartement. Il semblait tout à fait chez lui, probablement parce qu'il avait trouvé difficile, dans sa petite tête, de se faire à l'idée du déménagement.

Polly jeta un regard circulaire à l'appartement, en même temps familier et étranger. Elle éprouva de la nostalgie pour une époque qui venait de se terminer. Elle devait se rappeler que, quelle que fût l'horreur de la situation actuelle, elle avait été bien pire en ce matin froid et venteux où elle était arrivée ici pour la première fois.

— Oh, c'est beau ! déclara-t-elle d'un ton admiratif et sincère.

Plus aucune trace des coussins ou tapis moelleux dont elle avait garni l'endroit. Au lieu de cela, l'appartement était nu et blanc à la manière d'une galerie d'art ; d'énormes photographies en noir et blanc ornaient les murs. Le mobilier se composait d'un canapé de forme carrée en cuir noir, qui paraissait assez inconfortable, flanqué de deux fauteuils, carrés eux aussi, et d'une table basse en verre. Nul store aux fenêtres.

— Comment est-ce que tu t'accommodes de… la pollution lumineuse ? s'enquit Polly avec précaution.

— Vous êtes incontestablement les pires voisins que j'aie jamais eus, déclara Selina en allumant une énorme machine à café à l'aspect effrayant, bardée de tuyaux et d'instruments de mesure, qui sifflaient et crachotaient. Je porte un masque de nuit.

— Ah, d'accord, dit Polly en jetant des coups d'œil à la ronde. Où est ton chat ?

— Lucas ? Oh, certainement en train de faire un somme sur le lit. C'est l'animal le plus paresseux que l'on puisse imaginer.

— Cool, approuva Polly, et elle s'approcha de la fenêtre pour laisser entrer Neil, tandis que Selina attrapait de minuscules tasses à café carrées.

Ensuite, tout alla extrêmement vite.

Polly défit le crochet en cuivre qui maintenait la fenêtre fermée. Fou de joie, Neil voleta à l'intérieur de ce qu'il considérait comme sa véritable maison. Il regarda gaiement tout autour de lui tout en se demandant où pouvaient bien se trouver les en-cas.

Une voix leur parvint depuis la petite cuisine.

— Ah, il faut aussi que je te dise, il y a quelqu'un…

Consciente de la présence d'un chat quelque part dans la maison, Polly saisit Neil, mais elle fut soudain tout à fait distraite par un homme qui sortait de la chambre, uniquement vêtu d'une simple serviette. Un homme qu'elle reconnut immédiatement. C'était Dubose, qui émergeait à présent de la chambre qui avait été la sienne. Elle en eut le souffle coupé. À cet instant précis, un éclair de fourrure traversa le salon comme une fusée. Il bondit incroyablement haut dans les airs, tout en dents blanches, pointues, et en moustaches, tandis que Polly, toujours sous le choc, demeurait bouche bée.

Le chat de Selina fit tomber Neil d'un seul coup de patte et le projeta au sol. Les griffes du félin lui labourèrent le ventre. Le macareux battait frénétiquement des ailes et émettait de petits cris hystériques. Il criait fort, exactement comme il l'avait fait la nuit où l'orage l'avait propulsé à travers la porte du rez-de-chaussée.

— Oh, mon Dieu ! s'écria Polly en tentant d'écarter le chat.

Lucas, la gueule déjà pleine de plumes, se défendit. Ses griffes acérées comme des aiguilles tracèrent des lignes ensanglantées le long de son bras.

— Nom de Dieu ! s'exclama Selina en se ruant vers elle. Lucas, mon bébé, Lucas, mon chéri, lâche le gentil oiseau, s'il te plaît.

Dubose se précipita pour les aider, avec une expression mêlant culpabilité et hardiesse.

Alors que Neil ouvrait le bec pour pousser un autre cri strident, Polly convoqua toute sa force et dégagea enfin le chat qui lâcha un feulement. Elle s'efforça de séparer les deux animaux. Elle dégoulinait de transpiration. Neil tenta de s'envoler, mais il saignait. Il semblait ne pas comprendre pourquoi il était incapable de voler. À le regarder chanceler vers le sol comme un avion par vent latéral, Polly en eut le cœur brisé. Elle combattit l'instinct primaire qui lui intimait de balancer le chat de toutes ses forces. Au lieu de cela, elle s'approcha de Selina à grands pas et le lui tendit avant de le lui coller sans ménagement dans les bras.

— Peux-tu… (Sa voix parut haut perchée, trahissant

sa rage, elle en avait conscience.) Peux-tu tenir ton chat à l'écart un moment, s'il te plaît ?

Elle se rendit compte qu'elle tremblait. Selina prit Lucas contre elle et se mit à le caresser.

— Là, là, mon bébé. Calme-toi.

Lucas crachait de colère et tentait de se soustraire à ses bras en se tortillant. Il brûlait d'envie d'attraper Neil à nouveau pour finir ce qu'il avait commencé.

— Je ne peux pas croire que tu aies laissé cet oiseau entrer ici, déclara Selina d'un ton accusateur.

— Mais qu'est-ce que tu racontes ? Tu m'as assuré que tu avais le chat le plus doux de la terre, rétorqua Polly. (La panique lui étreignait la gorge lorsqu'elle s'écroula au sol tout près de Neil.) Et que diable fait-il ici, lui ?

Mais toute pensée relative à Dubose quitta immédiatement son esprit dès qu'elle fut agenouillée aux côtés du petit macareux. Neil saignait : ses plumes noires et épaisses avaient été arrachées. Elle sentait son petit cœur battre incroyablement vite dans sa poitrine.

— Mon Dieu ! Je dois l'emmener chez Patrick. Chuut. Chuut.

Elle ôta son gilet et en enveloppa avec précaution le petit oiseau qui gémissait affreusement. Puis elle se releva lentement. Selina peinait toujours à maintenir un Lucas à moitié fou dans ses bras. Dubose se tenait silencieux à ses côtés. Polly se réjouirait éternellement par la suite d'avoir été trop bouleversée pour parler, parce que tout ce qu'elle aurait dit, elle aurait été incapable de le retirer. Elle se contenta de les repousser tous les deux pour se faufiler et courut au bas des marches avec Neil dans les bras.

— Salut, lança Jayden qui sortait pour lustrer les poignées de portes, à l'instant même où elle le dépassait en trombe. Qu'est-ce qu'il t'arrive ?

Mais Polly courut plus vite qu'elle ne l'avait fait de toute sa vie, tout droit sur Beach Street, elle dépassa les pêcheurs qui la saluèrent au passage. Archie se releva lorsqu'il aperçut l'expression sur son visage, puis elle passa devant le magasin de Muriel. À cette heure matinale, avant que la chaussée ne soit ouverte et que les touristes ne débarquent pour la journée, Mount Polbearne était silencieux et endormi, et il était extraordinairement inhabituel de voir quelqu'un courir dans ses rues.

Patrick était là de bon matin, il vérifiait l'état général d'un chien qui avait des vers. Pas trop difficile à diagnostiquer, avait-il conclu à la façon dont l'animal s'était traîné à l'intérieur du cabinet sur son arrière-train. Il lui faudrait désinfecter la zone entière à nouveau un peu plus tard. C'était vraiment compliqué d'avoir un cabinet tout seul parfois.

Soudain, la porte s'ouvrit toute grande avec une rare violence et vint cogner bruyamment contre le mur opposé. Le vieux Mr Arnold sursauta de frayeur. Mifty entraperçut là sa chance et tortilla à nouveau son postérieur sur la table.

— Arrête, Mifty, lui ordonna Patrick en levant les yeux.

Il se figea lorsqu'il découvrit le visage de Polly.

— Qu'est-ce qu'il y a ? demanda-t-il, même s'il n'avait pas besoin de poser la question. C'est Neil ?

Polly hocha la tête. Elle tremblait, incapable de prononcer un mot. Elle lui tendit le gilet maculé de sang. Neil respirait faiblement, les yeux clos.

— Oh, mon Dieu ! s'exclama Patrick. (Il se tourna vers le vieux monsieur.) Puis-je faire patienter Mifty ? Je rédigerai sa prescription un peu plus tard.

— Est-ce le petit oiseau de la boulangerie ? s'enquit Mr Arnold. Oh, le pauvre petit.

Patrick nettoya prestement la table et se lava les mains.

— Dépose-le là, dit-il.

Polly ne pouvait supporter l'idée de s'en séparer. Elle était paralysée par le choc. Patrick dut s'approcher d'elle et soustraire délicatement Neil à ses mains rigides.

Le macareux paraissait minuscule sur la grande table. Une déchirure courait le long de son flanc et il hochait la tête par intermittence.

— Oh, pauvres de nous, pauvres de nous ! marmonnait toujours Mr Arnold dans un coin.

Polly retrouva sa voix, même si ce n'était qu'un couinement aigu.

— Guéris-le, parvint-elle à articuler. Guéris-le, s'il te plaît. Guéris-le tout de suite.

Patrick passa la main sur son crâne chauve.

— C'est bon. J'aurais besoin que tu le tiennes.

Il saisit un livre sur l'étagère.

— Pourquoi est-ce que tu lis ? demanda Polly, le visage livide. Ce n'est pas le moment de lire. Guéris-le.

Elle prit à nouveau Neil dans les bras.

— Chut, dit Patrick assez sévèrement. Ne le touche pas, s'il te plaît. Je vérifie le dosage. Je n'anesthésie pas les oiseaux très souvent. Je ne veux pas me tromper. Si tu voulais bien rester sur le côté pour le moment, ce serait la meilleure façon d'aider Neil.

Polly déglutit, ses mains s'agrippèrent à la chaise qui se trouvait devant elle – la chose la plus proche qu'elle pût attraper – si fort que les jointures de ses doigts blanchirent.

— C'est très dangereux d'anesthésier un oiseau, poursuivit-il. Surtout quand il est en état de choc. Si ce n'était pas Neil, je te conseillerais de le laisser partir.

Polly déglutit avec peine.

— Il a mangé ces deux dernières heures ? Question stupide. Bien sûr que oui.

Il fouilla dans un tiroir et en sortit un gros machin emballé dans du plastique, qui ressemblait à une ventouse pour les toilettes.

— D'habitude, on se sert de ça sur les très gros chiens, dit-il en jetant un coup d'œil nerveux sur Neil. Son bec gêne un peu. OK.

Il attacha le tube qui courait depuis le masque à gaz jusqu'à une bombe portant l'inscription « Isoflurane », puis il fixa très délicatement le masque sur la tête de Neil. Au tout début, le petit oiseau paniqua, mais lorsque Polly s'approcha et lui caressa le cou, il se détendit progressivement et ferma les yeux.

— Bien, dit Patrick. Tiens-toi à l'écart, s'il te plaît.

Il la regarda.

— C'est un chat ?

Elle acquiesça.

— Maudites bestioles, grogna Patrick pour lui-même. Ce sont de foutus dangers, je t'avais pourtant prévenue.

Son visage affichait une expression sérieuse quand il se pencha pour regarder plus attentivement les blessures de Neil. Polly resta sur le côté.

— Y a-t-il quelqu'un que vous voudriez que j'appelle, ma belle ? s'enquit Mr Arnold.

Polly désira instinctivement se retrouver dans les bras de Huckle, mais elle était incapable de parler, pas encore. Elle secoua la tête, hébétée. Non, elle n'y arriverait pas, elle était incapable de parler à qui que ce soit avant de savoir. Neil était assommé par l'anesthésiant, mais Polly ne pouvait chasser de son esprit l'idée qu'il semblait mort.

Mr Arnold (et Mifty qui se tortillait frénétiquement) demeura aux côtés de Polly tout au long de l'opération, la main du vieil homme gentiment posée sur son épaule. Patrick chaussa une paire d'énormes verres grossissants qui faisaient paraître ses yeux très étranges, avant de se pencher sur son patient.

Il retira toutes les plumes autour de la blessure à l'aide d'une pince et nettoya délicatement le sang avec un coton. Il semblait y en avoir une quantité effrayante pour une créature si minuscule. Trois grosses balafres zébraient le ventre de Neil, une par griffe, comme tracées par une aiguille. Chacune l'avait incisé aussi facilement qu'un couteau dans du beurre. Incapable de regarder, Polly se détourna.

Patrick palpa la zone avec dextérité.

— Je crois que tu as eu de la chance, dit-il. Apparemment, les organes vitaux n'ont pas été touchés.

Polly leva des yeux remplis d'espoir, mais le visage de Patrick conservait une expression grave.

— Je peux le recoudre, Polly, et le mettre sous antibiotiques… Mais avec ce genre de chose, ce n'est pas la blessure, c'est le choc. L'anesthésiant et le choc…

Il nettoya encore un peu, couvrit les plaies de

poudre, puis entreprit de recoudre, les mains étonnamment prestes pour un homme d'âge mûr. Polly l'observait en retenant sa respiration. Le temps paraissait s'étirer ; les ombres passaient devant la fenêtre basse du cabinet ; une porte s'ouvrait de loin en loin. Une rafale de vent particulièrement forte fit légèrement trembler le vieux rebord de fenêtre. Polly demeurait clouée sur place, incapable du moindre mouvement, de peur que le moindre mot ou geste ne perturbe l'opération.

Enfin Patrick recula. Il fit à Neil deux injections d'antibiotiques sous-cutanées, au niveau de l'estomac, puis caressa le ventre du petit oiseau et jeta un regard autour de lui.

— Il a besoin de rester au chaud, dit-il. Il me faut une couverture.

— J'ai celle de Mifty dehors, proposa spontanément Mr Arnold.

— Je ne crois pas que les vers soient exactement ce dont ce petit gars a besoin en ce moment, déclara Patrick.

Polly lui tendit son gilet couvert de sang, et Patrick y enveloppa un Neil toujours comateux. Quand il le rendit à Polly, elle laissa échapper un sanglot à demi étouffé. Il lui parut si léger, si fragile dans ses bras.

— Merci, Mr Arnold, dit Patrick. Je vais rédiger la prescription de Mifty et je vous la déposerai en rentrant chez moi, cela vous convient-il ?

Mr Arnold hocha la tête.

— Bien sûr, acquiesça-t-il. (Il retira sa casquette à l'attention de Polly.) Bonne chance avec Neil, mademoiselle. C'est toujours un plaisir de le voir dans les parages.

Le vieux monsieur et son chien toujours tortillant quittèrent le cabinet. Patrick les regarda partir, puis commença à désinfecter entièrement la pièce. Il examina brièvement Polly et celle-ci constata avec effroi qu'il était remonté contre elle.

— Je te l'ai dit, affirma-t-il d'un ton calme. Je t'ai dit de ne pas le garder. C'est un oiseau, pas un animal de compagnie. Il n'est pas domestiqué.

— Je l'ai renvoyé, dit-elle. Il est revenu.

— Eh bien, il n'aurait pas dû, répliqua Patrick dont l'angoisse pour le petit animal se muait en exaspération au fur et à mesure qu'il parlait. Tu as élevé cet oiseau en lui faisant croire que tout le monde était son ami. Que tous ceux qui croiseraient son chemin lui donneraient quelque chose à grignoter. J'ai dû coudre à travers une couche de graisse trop épaisse, ce qui est d'ailleurs assez difficile.

Des larmes roulèrent sur les joues de Polly.

— Alors lorsqu'il rencontre un truc comme ce couillon de chat, il n'a aucune idée de ce qu'il doit faire. Il est complètement dépassé. Crois-tu que ce chat aurait attaqué une volée de macareux ?

— Ce chat-là est un foutu psychopathe, marmonna Polly.

— Non, il ne l'aurait pas fait, poursuivit Patrick, implacable. Parce que les oiseaux qui vivent en bande possèdent d'excellents mécanismes de défense contre les chats, entre autres celui de s'envoler pour échapper aux prédateurs, et pas de s'approcher en se dandinant au cas où ils auraient un truc à manger.

Polly s'empourpra et baissa les yeux.

Patrick se rendit compte que sa peur l'avait rendu désagréable et il tendit une main vers le petit oiseau.

— Je suppose que je n'ai pas besoin de te recommander de prendre bien soin de lui, dit-il d'un ton qui se voulait conciliant.

Polly secoua la tête.

— Et je vais signaler ce chat à la police, dit-elle.

Patrick la dévisagea.

— La police des chats ?

— Les chats ne peuvent pas traîner comme ça et attaquer tout ce qui leur chante ! C'est… c'est méchant !

— Eh bien, les gros macareux gâtés pourris ne devraient pas se présenter comme des cibles alléchantes, souligna Patrick. (Il regretta ses mots à l'instant même où ils déclenchèrent une violente crise de sanglots.) Écoute, je ne voulais pas me montrer si dur avec toi. J'ai conscience que Neil… J'ai conscience que le macareux que tu t'obstines à garder t'a causé une terrible frayeur. Mais c'était parfaitement évitable.

— Je sais, souffla Polly en prenant le Kleenex qu'il extirpa d'une boîte posée sur son bureau. Je sais.

Elle serra Neil encore un plus fort dans ses bras. Elle souleva son corps minuscule pour l'entendre respirer.

— Nous allons le garder ici jusqu'à ce qu'il reprenne connaissance, déclara Patrick. Une tasse de thé ?

Polly hocha la tête.

— Et je dois appeler Huckle, murmura-t-elle.

*

La moto fut plus bruyante que jamais en remontant les pavés, lorsque Huckle revint sur les chapeaux de roues de son ancien cottage, où il fabriquait encore du miel. Par chance, la chaussée était ouverte… Sinon il aurait traversé à la nage. Il laissa son engin au beau milieu de la ruelle et entra au pas de charge.

— Est-ce qu'il va bien ?

Son visage, au teint habituellement hâlé, était livide.

Polly souleva le petit paquet.

— On attend qu'il reprenne connaissance.

Huckle traversa la pièce. Comme d'habitude, on aurait dit qu'il était légèrement trop grand pour le mobilier qui l'entourait.

— Salut, Neil, salut, mon p'tit pote. Qu'est-ce qui t'est arrivé, hein ?

Tout à coup, les yeux du petit oiseau frémirent très brièvement et son bec bougea d'un côté à l'autre.

— Il m'entend ! s'exclama Huckle, ivre de joie. Salut, mon vieux ! Il faut que tu ailles mieux pour remonter dans le side-car. Il adore le side-car, ajouta-t-il à l'attention de Patrick. Il fait dépasser sa tête sur le côté, comme ça il peut sentir le vent dans ses cheveux. Euh… Plumes.

Patrick adressa un regard éloquent à Polly.

— Est-ce qu'il va bien ? demanda-t-elle alors que le petit oiseau s'éveillait dans ses bras. Est-ce qu'il a mal ?

Comme pour répondre à ses questions, Neil vomit sur son pantalon.

— Ouaiiiis ! s'écria Huckle. Neil est génial pour faire le malade. Ça, c'est mon copain.

— Pourrais-tu cesser une seconde d'être si américain ? demanda Patrick en déplaçant Neil promptement jusqu'à la table de consultation.

Il écouta les battements de son cœur à l'aide d'un

tout petit stéthoscope. Huckle se tenait derrière Polly et l'enveloppait de ses énormes bras. Il posa sa tête blonde, et géante, sur la sienne, si petite. Elle s'arrima fermement à lui et observa Patrick en tremblant.

— Hmm, lâcha Patrick.

— Tu dégages une odeur incroyable, chuchota Huckle à son oreille pour essayer de la faire rire.

Mais en cet instant, cela ne marcha pas.

Tous trois observèrent Neil cligner une fois des yeux, puis deux fois. Enfin, il les ouvrit complètement et tenta de se relever en chancelant.

— Neil ! souffla Polly. (Elle s'extirpa de l'étreinte de Huckle et se mit à genoux près de la table d'opération.) Neil, est-ce que ça va ?

Neil tenta un faible cri. Pour Polly, c'était le bruit le plus doux qu'il lui ait été donné d'entendre. Elle tendit un doigt pour le gratter derrière l'oreille et, comme il le faisait toujours, il essaya de bouger le cou pour se frotter contre elle.

Les yeux de Polly se remplirent à nouveau de larmes.

— Oh, mon Dieu ! Oh, mon Dieu ! Il va s'en sortir.

Elle se retourna vers Patrick qui écrivait sur un document.

— Merci, s'exclama-t-elle. Merci !

Elle l'étreignit avec vigueur.

— Hum, dit-il. Est-ce que tu as du vomi de macareux sur ton pantalon ?

— Euh, oui.

— Alors, maintenant, il est sur le mien.

— C'est vrai, dit-elle. Désolée. Toi, est-ce que je peux t'enlacer ? demanda-t-elle à Huckle.

— N'y compte pas, répondit-il.

Il s'accroupit près de l'endroit où reposait Neil, encore un peu désorienté sur la table.

— Salut, p'tit gars, dit-il. Content de te retrouver.

Neil émit un nouveau cri, plus fort cette fois.

— Ouais, il reconnaît son papa, dit Huckle.

— Tu n'es pas son papa, répliqua Patrick d'un ton sec.

— Peut-on le ramener à la maison ? interrogea Polly.

Patrick acquiesça.

— Je vais rédiger la prescription pour les antibiotiques. Deux gouttes, trois fois par jour. Je présume que tu n'as pas de difficulté à le faire manger ?

Polly secoua la tête.

— Et il faut absolument le garder au chaud. Mais après ça, je pense sérieusement que la meilleure chose à faire est d'essayer à nouveau le refuge. Les macareux vivent trente-cinq ans, Polly. Trente-cinq années passées à voler, à chasser, à se regrouper, à se reproduire, à faire tout ce que les macareux sont supposés faire. Il n'est pas trop tard pour Neil.

*

— La vache, il parlait sérieusement, n'est-ce pas ?

Polly fut stupéfaite de constater que c'était à peine l'heure du déjeuner. Il lui semblait qu'un mois s'était écoulé. Elle transportait Neil dans une boîte à chaussures que Patrick avait préparée en vitesse pour elle, et descendit la rue avec précaution, en direction de la boulangerie. Elle avait envie de dormir, mais c'était évidemment impossible. Elle avait du travail.

Beaucoup de travail. Elle avait manqué la matinée entière.

— Je t'ai vue passer en courant ! déclara Jayden, désemparé derrière le comptoir vide. Tout ce que j'ai récolté ce matin, ça a été trois douzaines de miches ordinaires et environ cinquante personnes qui me hurlaient dessus parce qu'elles avaient faim.

— Désolée, s'excusa Polly. Il y a eu un accident.

Jayden écarquilla les yeux.

— Qui ? Qu'est-ce qui s'est passé ?

— Neil s'est fait attaquer, répondit Polly. (Jayden porta les mains à sa bouche.) Par un chat, ajouta-t-elle. Un chat qui vit à l'étage, au-dessus de la boulangerie.

— Elle va devoir s'en débarrasser, intervint Huckle l'air inquiet.

— Je ne pense pas que l'on puisse dire aux gens qui ont des chats de s'en débarrasser, dit Polly.

Huckle secoua la tête.

— Je sais, mais je ne suis pas rassuré de te savoir en bas, avec cette chose à l'étage.

— Il faut qu'il reste près du four, souligna Polly, qui n'avait pas encore posé Neil. (Elle n'avait pas non plus encore raconté à Huckle pour Selina et Dubose.) Et il a besoin d'être près de moi. Nous allons le protéger.

— Bien sûr, dit Jayden en brandissant un rouleau à pâtisserie, l'œil farouche.

Huckle les contempla et soupira.

— D'accord, dit-il à regret. Mais soyez prudents.

Polly hocha la tête.

— Tu ne dois pas partir quelque part ?

— Pas si tu as besoin de moi.

— Non, ne t'inquiète pas pour ça, le rassura Polly.

Tout ira bien. On se voit ce soir. Vas-y, les abeilles vont se mettre en colère. Et ce n'est pas bon, une abeille en colère.

— Elles avaient l'air plutôt fâchées, songea Huckle.

— Eh bien, vas-y alors. Je te verrai plus tard.

— Tu es sûre ? Tu es incroyablement pâle.

— C'est parce que j'ai les cheveux blond vénitien, répliqua Polly vaillamment.

Huckle la dévisagea un long moment, puis lui caressa la joue.

— OK, mon amour. Détends-toi. Je te vois tout à l'heure.

— Est-ce que ça va ? s'inquiéta Jayden, une fois que Huckle fut parti. Je vais te faire un thé.

— Merci, dit Polly. (Il disparut à l'arrière de la boutique.) Et est-ce que tu peux me sortir le pantalon de cuisine ? Je crois qu'il faut que je me change.

Elle baissa les yeux sur Neil qui poussait de petits cris pitoyables.

— Oh, qu'est-ce que je vais bien pouvoir faire de toi ? dit-elle en glissant la boîte au sommet du four.

Il dégageait une douce chaleur à travers ses parois en fonte.

La clochette tinta. Elle leva les yeux et, sur le moment, elle ne parvint pas à se concentrer sur la personne qui venait de passer la porte. Il y eut une pause, puis un reniflement bruyant.

— Quelle est cette foutue odeur ? fit une voix grinçante. Mon Dieu !

Polly cligna des yeux.

— Merde alors, cet endroit pue !

Le cœur de Polly cogna dans sa poitrine.

— Bonjour, Malcolm, dit-elle d'un air sombre.

— Sérieux, d'où vient cette foutue odeur ?

— Un oiseau m'a vomi dessus, répondit Polly calmement.

Malcolm fut si horrifié qu'il regarda droit devant.

— Un quoi ?

Polly pria pour que Neil reste silencieux.

— Un oiseau, répéta-t-elle. J'étais sur le point de me changer.

— Vous êtes venue dans un endroit où vous manipulez et préparez de la nourriture avec du vomi sur vous ?

Pour toute réponse, Neil toussa et vomit à nouveau.

Malcolm n'était décidément pas un bel homme. Et la colère n'arrangeait rien : une rougeur virant à l'aubergine recouvrit entièrement son visage, s'étirant depuis son cou épais et fripé jusqu'au sommet de son crâne. Polly le fixa, impuissante, alors qu'il sortait son portable.

— Salut, M'man. Écoute. Cette fille, celle qui tient la boulangerie… Non pas celle-là. La pimbêche.

Il y eut une pause.

— Ouais, bon, j'ai retrouvé la boutique complètement vide, pas de pain, pas de gâteaux, rien, et elle a encore rapporté ce maudit oiseau… Oui, je le lui ai dit. Oui, elle a eu un avertissement. Et attends d'entendre ça…

Polly se tenait sur des jambes molles en attendant que cela se termine. Malcolm, lui, narrait à sa mère l'histoire du vomi. Il y eut un autre long silence, mais elle perçut le ton horrifié de Janet à l'autre bout du fil. Elle ne fut pas le moins du monde surprise quand Malcolm finit par raccrocher et qu'il se retourna vers elle, plein d'une agressivité légitime.

— Ma mère est d'accord avec moi, manifestement.

Il se redressa de toute sa hauteur, environ un mètre soixante-dix, et goûta pleinement ce moment digne d'un homme d'affaires.

— Je suis certain que vous comprendrez que nous n'avons absolument aucun autre choix que celui de vous laisser partir.

Chapitre 9

Telle une somnambule, Polly laissa tout derrière elle.

La boîte à chaussures dans les mains, elle passa devant les étagères remplies de farine, puis à côté du réfrigérateur, où son levain – à l'aspect répugnant, mais au goût délicieux – était en train de fermenter en faisant des bulles dans sa jatte. Elle dépassa le sel de mer frais, les graines de cardamome et celles de carvi, les grands sacs de raisins secs, ainsi que la levure fraîche et en poudre. Dépassa le livre de recettes qu'elle avait commencé à collecter afin que Jayden puisse faire du pain de temps en temps. Dépassa les stupides cartes postales ornées de macareux que Huckle lui envoyait chaque fois qu'il en dégotait une, punaisées sur le panneau d'affichage à côté du planning. Dépassa le document de l'inspection du gouvernement qu'elle avait réussie haut la main huit mois auparavant. Dépassa les tabliers blancs et les pantalons de chef fraîchement lavés et amidonnés. Elle dépassa Jayden qui se tenait bouche bée, une théière infusant lentement près de lui, sur le comptoir. Le monde de Polly s'effondrait, tandis qu'elle suivait Malcolm sans dire un mot jusqu'à la porte de derrière.

— À présent, vous pouvez envisager de me traîner devant les prud'hommes, déclara Malcolm, si excité à cette idée que des postillons jaillissaient de sa bouche. Mais je peux vous certifier que vous ne gagnerez pas. Je suis allé devant quatre conseils de prud'hommes et je n'ai jamais gagné. On ne gagne jamais. Je peux vous le certifier.

Polly ne lui accorda pas un seul regard. Elle se concentra sur Neil qui avait commencé à s'agiter, manifestement angoissé par sa détresse. Elle ne pouvait se permettre de le contrarier après son opération.

— Chhhh, fredonna-t-elle à l'attention du petit oiseau, chhhh.

Malcolm secoua la tête.

— Incroyable ! Franchement, je crois que vous êtes folle. Je le crois vraiment.

Ils parvinrent à la porte.

— Je vous paierai ce que je vous dois jusqu'à la fin de la semaine. Par pure bonté. Mais je ne veux pas vous revoir ici.

— Oh, Seigneur, dit Polly, réalisant à peine qu'elle s'exprimait à voix haute. Vous êtes un tel porc !

Tandis que Malcolm balbutiait et se préparait à riposter, Polly poursuivit sa route, hébétée. Elle passa devant la magnifique devanture peinte en gris et ornée de l'écriture déliée en italique :

« *La Petite Boulangerie de Beach Street*
Propriétaire : Ms P. Waterford
Fondée en 2014 »

Cela n'avait pas duré longtemps, se prit-elle à songer. Tout était tombé en poussière.

*

Ils gardaient un petit chauffage au gaz dans un placard. Polly le retrouva et l'alluma. Neil n'était pas le seul à avoir froid. Elle le nourrit avec les miettes de plusieurs roulés qu'elle avait recueillies dans un plastique et lui donna de l'eau salée pour l'hydrater. Il l'avala d'un air démoralisé et – elle s'y était préparée cette fois – vomit à nouveau. Elle lui frotta les plumes et décela sans aucun doute possible une étincelle dans son regard, avant qu'il ne commence à sautiller dans la pièce.

— Tu es incroyable, dit-elle. Fabuleux rétablissement.

Huckle entra et aperçut son visage.

— Qu'est-ce qui ne va pas ? Il ne va pas mieux ?

— Ce n'est pas ça, répondit Polly, effondrée. Il va s'en sortir. Mais j'ai tout perdu.

Elle éclata en sanglots. Huckle la prit dans ses bras.

— Eh bien, il te reste encore Neil et moi.

Polly secoua la tête.

— Patrick était vraiment fâché contre moi. Il dit qu'il faut que je laisse Neil vivre à l'état sauvage, sinon un autre animal va le dévorer.

Huckle cligna des yeux.

— Je ne peux pas être près de lui à chaque seconde de la journée, poursuivit-elle. Même si ça va être le cas à partir d'aujourd'hui, puisque je n'ai rien d'autre à faire.

Huckle la fixa du regard.

— Ne t'inquiète pas à cause de ça. Tout va s'arranger.

— Mais je vais avoir trente-trois ans ! Et je n'ai rien !

— C'est absolument faux. Tu as des tas de choses.

— Et on va toutes me les retirer. C'est un désastre !

— Hé ho, ma puce. Ce n'est pas toi, ça. Ça ne va pas durer, je te le promets. Tu ne fais pas les choses comme ça.

— C'est-à-dire ? renifla Polly, tandis que Huckle ouvrait une bouteille de vin.

Il remplit un verre, le contempla attentivement, puis versa un peu plus de vin.

— Tu ne te lamentes pas. Tu te relèves les manches et tu avances. C'est ce que tu as fait quand tu es arrivée ici. C'est ce que tu as fait quand je suis reparti aux États-Unis. Tu as tenu le coup et tout s'est arrangé. Parce que tu es formidable, conclut Huckle.

— Mais je travaille dur, et ça ne marche pas. Et si c'était la fin de la course pour moi, Huckle ? Je ne peux plus rester ici à présent. Qu'est-ce que je vais faire ? Avant de décrocher ce boulot, je mourais de faim.

— Eh bien, je vais trouver du boulot, la rassura Huckle.

— Oui, à Londres, New York ou Savannah, rétorqua Polly.

— Que des trous perdus, ajouta Huckle d'un ton grave.

Il l'enlaça.

— Fais-toi confiance, ajouta-t-il. Fais confiance à

ton talent, et au fait que les gens l'apprécient. Ne compte pas les heures. Et tout va s'arranger.

— Et alors un gros con capable de manger un torchon frit se pointera et détruira tout, déclara Polly.

— Ça ne sert à rien de devenir amère parce qu'il y a des connards sur terre. S'il n'y avait pas de connards, tu ne saurais pas repérer les gens bien.

Il garda le silence un bref instant.

— Et puis, tu sais, tu t'es quand même baladée dans un espace de restauration avec du vomi d'oiseau.

— J'étais dans un état de profonde détresse émotionnelle, précisa Polly. Mais oui, je sais, je sais.

Elle reporta son regard sur la mer. À l'horizon, le ciel virait au violet foncé. Dans sa partie supérieure, il s'estompait vers le rose pâle. C'était absolument magnifique. Elle allait s'efforcer d'être la femme forte et débrouillarde que voyait Huckle.

— OK, dit-elle à l'intention du petit macareux, avant de jeter un coup d'œil à sa montre. Viens, toi, tu dois prendre tes antibiotiques.

Elle pressa le flacon pour faire tomber le nombre de gouttes approprié sur un morceau de pain grillé et regarda l'oiseau le picorer.

— Il va s'en sortir, statua Huckle. Dieu merci. Est-ce que tu as eu des nouvelles de cette femme et de son chat ?

Polly secoua la tête.

— Non. Je crois qu'il est préférable qu'elle reste en dehors de mon chemin. Elle a failli tuer mon oiseau, et elle m'a fait perdre mon boulot.

— Eh bien, je ne crois pas que ce soit tout à fait juste, se risqua Huckle.

— Et il faut que je te dise… (Polly prit une profonde inspiration.) Dubose était là-bas.

— Qu'est-ce que tu veux dire ?

— Il était là-bas. Dans son lit.

Le visage de Huckle se figea.

— Il s'en est pris à une femme vulnérable ?

— Oh, je suis sûre que ça ne s'est pas passé comme ça.

Ils entendirent des pas gravir les marches du phare. Polly fixa Huckle du regard.

— S'il te plaît, non, dit-elle. Fais en sorte que nos ennuis ne s'aggravent pas aujourd'hui.

Huckle la regarda à son tour.

— Mais il a une petite amie chez lui !

Les pas continuèrent leur ascension. La marche était pondérée, prudente. Vaincue.

— Est-ce qu'il a… Est-ce que c'est lui qui est responsable de ça ?

— Non, dit Polly. Ce chat est un danger public. J'ai seulement été un peu… surprise de le découvrir là-bas, c'est tout.

Huckle avait un air furieux que Polly ne lui avait jamais vu. Lentement, avec hésitation, la poignée de la porte tourna.

*

La pièce était silencieuse.

— Est-ce qu'il… Est-ce qu'il va bien ? s'enquit Dubose.

Il semblait véritablement bouleversé. Huckle haussa les épaules.

— Non, grâce à toi, dit-il. Et Polly a perdu son boulot.

— Oh, mon Dieu, merde ! s'exclama Dubose. Je ne savais pas, je suis tellement… tellement…

Huckle secoua la tête.

— Tu ne sais jamais, pas vrai ?

— Pourquoi ? demanda à son tour Polly. Pourquoi étais-tu avec Selina ? Tu sais qu'elle a traversé des moments horribles.

— Ouais, répliqua Dubose. Elle me l'a dit : « Je viens de traverser quelque chose d'horrible et j'ai besoin de faire quelque chose qui me fasse du bien. » C'est tout ce que c'était.

— Est-ce que Clemmie serait du même avis ? demanda Huckle, le visage toujours de marbre.

— Et voilà, c'est reparti, rétorqua Dubose. Le parfait Huckle avec sa vie parfaite et sa parfaite petite amie, son existence bien rangée.

Polly et Huckle échangèrent un regard étonné.

— Et Dubose, celui qui abandonne toujours tout, l'échec total, comme d'habitude. Selina m'a invité chez elle, et le fait qu'elle te fasse venir signifie qu'elle n'avait manifestement pas autant honte de moi ou qu'elle n'était pas aussi embarrassée par moi que vous deux. Elle était contente de me voir, d'ailleurs. Elle n'a pas pris la peine de demander : « Dubose, comment se porte ta petite amie qui se trouve à six mille kilomètres ? » ou « Dubose, comment fonctionne cette ferme pendant que tu prends des vacances ? » Bla bla bla et tout le bazar. Nous sommes deux adultes.

— Qui ont failli tuer notre macareux.

— C'est… (Dubose leva les mains en signe de désarroi.) C'est une affaire de chat.

Il tourna les talons.

— Bon, OK. Tu m'as eu. Je m'en vais.

— Dubose ! hurla Huckle dans l'escalier. Ne pars pas. On va tirer ça au clair.

Mais seuls leur parvinrent les pas bruyants de Dubose depuis sa chambre.

— C'est bon ! cria-t-il. Vous ne m'aurez plus sur le dos !

Huckle descendit en courant.

— Bosey, dit-il. Bosey, s'il te plaît.

*

La journée avait été longue. Polly et Huckle étaient assis en silence. Huckle s'efforçait de réprimer sa colère.

— Il fait toujours ça, finit-il par dire. Prendre la tangente quand les choses se corsent.

Polly était agenouillée près de la boîte à thé et contemplait Neil endormi.

— Est-ce qu'il va revenir ?

Huckle secoua la tête.

— Je ne sais pas. Peut-être qu'il va rentrer. On doit avoir besoin de lui à la ferme. (Il bâilla.) Oh, mon Dieu, quelle journée merdique ! Viens, allons nous coucher.

Polly regarda Neil avec envie.

— Non, objecta Huckle. Il ne vient pas au lit. C'est la stricte limite. Le lit, c'est pour toi et moi. En fait, c'est l'unique moyen de nous libérer l'esprit de tout ça dans l'immédiat.

— Je ne crois pas, déclara Polly en secouant la tête.

Un silence s'ensuivit.

— Ah, intervint Huckle. Un défi.

Il l'attira plus près de lui, fit glisser l'encolure de son tee-shirt et embrassa délicatement le sommet de son épaule parsemée de taches de rousseur. Polly ouvrit la bouche pour dire quelque chose, mais il la fit taire.

— Viens et admire le coucher de soleil. Oublie tout le reste. Je vais bien m'occuper de toi en prenant tout le temps nécessaire pour te faire oublier que tu es triste et que tu as passé une horrible journée, et que je suis triste et que j'ai passé une horrible journée. Par chance, j'ai deux atouts majeurs dans mon jeu : le premier, c'est qu'en général les chocs excitent légèrement les gens ; c'est un fait bien connu. Et le second, c'est que je suis un homme doté d'une patience infinie et que je n'ai nulle part où aller ni rien d'autre à faire que de te rendre heureuse.

Chapitre 10

« Vous avez senti que cela vous aidait ?

— Coucher avec un Américain de passage et briser la seule amitié que j'aie nouée depuis mon arrivée ?

Silence.

— Eh bien, j'ai passé de meilleures soirées.

— Pensez-vous pouvoir être un peu plus clémente avec vous-même ?

— Je ne suis pas sûre que je le mérite. »

*

Polly s'éveilla le matin suivant d'une humeur bien plus optimiste. Il n'était pas si tard que cela lorsque Huckle et elle avaient sombré, épuisés, dans le sommeil. Et comme elle n'avait pas besoin de se lever pour faire du pain, elle avait dormi d'un trait jusqu'à huit heures, ce qui, pour elle, équivalait approximativement à midi.

Le soleil pénétrait directement par la fenêtre de la chambre. Il scintillait sur les vagues qui rebondissaient gaiement. Un ou deux nuages filiformes traversaient en dansant le ciel turquoise, mais mis à part cela, la journée était absolument parfaite. Elle ouvrit avec force la drôle de petite fenêtre arrondie, avant d'inspirer de profondes bouffées d'un air frais et iodé.

Elle se retourna. Huckle était toujours profondément endormi, ses énormes bras en travers du minuscule lit. Un rayon de soleil tombait sur ses cheveux, les éclaircissant jusqu'à les rendre dorés, et sur les fines boucles qui ornaient sa poitrine. Huckle était vraiment beau, et sa contemplation réchauffa le cœur de Polly un court moment. Elle l'aimait tellement que cela l'effrayait parfois ; cela l'effrayait parce qu'un jour les choses allaient changer et qu'elle ne l'aimerait plus, ou qu'il ne l'aimerait plus, ou toute autre catastrophe.

Cela ne leur arriverait pas, pas à eux, elle en fit le serment. Oui, ce serait difficile, vraiment difficile. Mais elle avait déjà traversé des moments difficiles par le passé et elle les avait surmontés, non ? Il était là pour elle. Tout irait bien. Tout se passerait bien.

Elle grimpa à l'étage d'un pas feutré. Pour sa plus grande joie, Neil était debout, sur ses pattes. Il se dandinait à droite et à gauche avec hésitation, mais il y parvenait tout seul. Il émit quelques cris joyeux en la voyant. Elle mélangea ses antibiotiques à un peu de thon et examina ses points : ils étaient propres et secs.

— Eh bien, tu es un bonheur pour les yeux, dit-elle en embrassant sa tête.

Puis, ne sachant pas trop quoi faire d'elle-même comme elle n'avait aucune fournée à préparer, elle s'affaira dans le salon. Elle rangea les assiettes et les verres qu'elle n'avait pas eu le temps de débarrasser la veille, avant… Elle sourit à ce souvenir.

Elle alluma la machine à café. Il restait un peu de pain au fromage de la veille : elle le ferait griller pour Huckle. Elle ne se sentait pas d'humeur à faire du pain aujourd'hui. Ou jamais plus, d'ailleurs, songea-t-elle d'un air abattu. Huckle avait annoncé la veille qu'ils prendraient leur journée et qu'ils passeraient un moment merveilleux. Ils se lèveraient et iraient déjeuner chez Reuben. Mais elle ne se sentait pas vraiment d'humeur. Par ailleurs, elle appréhendait un peu de boire quelques verres de vin et de se retrouver incapable de résister si Reuben proposait de lui acheter la boulangerie ou d'embaucher un tueur à gages ou quelque chose dans le genre. Et en plus, il fallait qu'elle s'occupe de Neil. Mais Huckle s'était montré très convaincant.

Ce dernier entra dans son champ de vision en traînant des pieds. Complètement nu. Bâillant. Elle le contempla avec plaisir alors qu'il trébuchait dans la pièce, la tignasse hérissée.

— Tu sais, si nous devons déménager dans une maison normale, tu ne pourras plus défiler devant les fenêtres à poil.

Huckle se frotta les yeux.

— On est en démocratie, dit-il en reniflant. Fais-moi passer un peu de ce kawa.

Polly lui en tendit une tasse.

— Comment tu te sens ? demanda-t-il en arborant son large sourire ensommeillé.

— Un peu mieux. En fait, ce n'est pas un craquage total. As-tu des nouvelles de Dubose ?

Huckle secoua la tête.

— Il a probablement couché chez Selina hier soir et il profitera de la marée basse de ce matin.

— Tu ne crois pas qu'on le reverra ?

— Si, corrigea Huckle. La prochaine fois. Il y a toujours une prochaine fois. Il se fourrera toujours dans le pétrin.

— Bon, il a raté le pain au cheddar alors, conclut Polly en lui passant une assiette de pain grillé.

— Je vois ça, dit Huckle en le rompant. Mon Dieu, c'est succulent ! Hé, je me disais…

— Quoi ?

— Est-ce que tu aimerais avoir ton cadeau d'anniversaire en avance ?

— Mon anniversaire est dans quatre mois.

— Quatre mois à l'avance ou huit mois en retard, ça revient au même. J'ai pensé que tu aurais besoin de quelque chose pour te remonter le moral. Je l'ai acheté spécialement pour toi et j'ai vraiment hâte de te le donner.

Polly eut chaud au cœur en songeant qu'il préparait cela tellement de temps à l'avance. Ils n'étaient pas ensemble depuis des années.

Huckle sortit une boîte en souriant, et Polly lui retourna son sourire.

— Est-ce que je ne serai pas triste de ne pas avoir de cadeau pour mon vrai anniversaire ?

— Je pense que ça ira, j'ai une mémoire affreuse pour ce genre de chose. N'y fais plus aucune allusion et j'oublierai que je te l'ai donné.

Elle tendit une main hésitante et ouvrit la boîte.

À l'intérieur se trouvait un bracelet orné de charms. Il était de toute beauté. Une chaînette en argent massif retenait un P, un H, un N, un phare, une miche de pain, une moto et un macareux. Elle en eut le souffle coupé.

— Tu m'as dégoté un macareux en pendentif ? Comment as-tu fait pour trouver ça, bon sang ?

— C'était assez difficile, avoua Huckle. Il m'a fallu taper les mots « macareux », « bracelet » et « charm » dans Google. Heureusement qu'il n'est pas mort hier, tout de même. Cela aurait un tantinet gâché mon cadeau.

Polly l'attacha avec précaution à son poignet.

— Il est splendide, dit-elle. Je l'adore.

C'était vrai. Il était parfait.

— Et est-ce que je peux le mettre au clou ?

Huckle ne releva pas immédiatement la plaisanterie, puis il comprit et il la serra contre lui un long moment. En même temps, il fit le vœu de la couvrir de cadeaux, de lui acheter de belles choses chaque jour, pas seulement des charms bon marché. Il aimait tellement la rendre heureuse.

— Tu as l'air d'aller mieux, dit-il, hésitant.

Elle acquiesça énergiquement. Puis elle grimaça.

— Je me suis dit que le fait de ne pas avoir téléphoné à Jayden et d'être allée à la boutique avec du vomi sur moi pourrait, à un certain niveau, être considéré comme… ma faute.

— Mmmm, ponctua Huckle d'un air évasif. Je veux bien. Cela n'empêche nullement que ce type est un abruti complet.

— Un abruti complet, répéta-t-elle. Je n'aurais pas pu travailler avec lui.

— Ce n'était qu'une question de temps, l'assura Huckle.

— Certes, la gerbe n'a certainement pas aidé…

— Probablement pas.

Huckle prit le visage de Polly entre ses mains.

— Tu as l'air d'aller vraiment mieux qu'hier.

— Je me sens beaucoup mieux qu'hier.

— As-tu imaginé un plan parfait à la Polly ?

— Tais-toi.

— OK, alors on est parti pour se soûler chez Reuben ?

— C'est le plus loin que je puisse aller pour le moment.

*

Anticipant un très long déjeuner, ils préparèrent un sac pour la nuit et déposèrent une grande quantité de paille dans la boîte de Neil afin qu'il soit confortablement installé et au chaud. Il allait tellement mieux déjà qu'en le voyant ainsi Polly en avait le cœur léger. Elle s'efforça de ranger tous les horribles événements de la veille dans un coin de sa tête.

La journée était absolument magnifique et les routes encore tranquilles. De minuscules nuages traversaient le ciel à toute allure, et les haies chargées de fleurs précoces diffusaient des senteurs lourdes. Des vaches broutaient des renoncules dans les prés, les jeunes herbes recouvraient les flancs des collines vert pâle. Les énormes champs de colza brillaient d'un jaune éclatant dans la lumière matinale. Déjà les églantiers descendaient en cascade le long des haies et la lavande s'amoncelait sur les bords des routes non entretenues. Il était impossible de ne pas se sentir le cœur léger ou de ne pas se réjouir de l'air frais et des odeurs émanant des pistes et des chemins de traverse, au cœur des Cornouailles.

— Ne fais aucune allusion à tout ça devant Reuben, avait prévenu Polly avant qu'ils ne se mettent en route. Je ne veux pas qu'il essaie de payer pour régler mes problèmes.

— Bien reçu, déclara Huckle, tout en se promettant d'ignorer complètement sa demande.

Tout ce qui pourrait aider Polly, il le ferait, et il n'était pas trop fier pour accepter l'argent, même si Polly, elle, l'était. Par ailleurs, il savait qu'après un verre de vin, elle raconterait tout à tout le monde, de sorte que la culpabilité ne l'étouffait pas.

Reuben possédait une maison au-dessus d'une plage sur la côte nord des Cornouailles, le meilleur endroit pour surfer. Il possédait aussi la plage. C'était l'endroit le plus grandiose que Polly ait jamais visité. Il avait un grand bar et une cuisine de professionnel en bas, et une buvette sur la plage pour lui et ses amis, qu'il comptait par centaines, tous beaux, tous très talentueux, et pour la plupart éphémères. Pour ce qui était de ses vrais amis, il avait Kerensa, Polly et Huckle. Ce qui n'était déjà pas si mal, comme Huckle le soulignait.

Les vagues étaient plutôt calmes ce matin, pourtant un ou deux hommes s'y attaquaient déjà dans le lointain. Kerensa avait mis dehors la plupart des filles qui descendaient de Londres pour traîner dans la région. Elles avaient toutes l'air de sortir de publicités pour maillots de bain et elles faisaient des yeux de biche à Reuben, même si celui-ci ne leur avait jamais accordé le moindre regard de toute façon – ni auparavant ni à plus forte raison à présent. Il pouvait se montrer un tantinet agaçant, mais on ne pouvait mettre en doute la dévotion qu'il portait à son épouse.

Reuben s'affairait déjà en cuisine et aboyait des ordres à un marmiton qui contemplait un vivier de homards.

— Oooh, s'extasia Polly en avisant un grand seau en argent en forme de coquille déjà installé à l'ombre, rempli de champagne, rosé et blanc. Tu sais, je crois que je vais faire de mon mieux pour oublier mes soucis.

— Eh bien, essaie de ne pas tout oublier.

Reuben était, de notoriété publique, un hôte généreux.

— Où est ce type qui pense comprendre les subventions en faveur des producteurs de céréales ? demanda-t-il.

— C'est une longue histoire, répondit Huckle. Je crois que je vais laisser Polly te la raconter.

Huckle l'embrassa, tout en lui tendant la main pour l'aider à mettre un pied hors du side-car. Action qu'il était absolument impossible d'accomplir avec grâce. Ils récupérèrent Neil et se mirent en quête d'un lieu agréable et ensoleillé pour l'installer, en vue d'un somme réparateur. Ils attrapèrent aussi leurs maillots de bain au vol. Il faisait un peu frisquet, mais Reuben avait installé des porte-serviettes chauffants dans les vestiaires, à l'intérieur de petites cabines de plage, ainsi que des peignoirs personnalisés. Ainsi, vous pouviez courir hors de l'eau complètement gelé et vous retrouver dans le peignoir de bain le plus doux et le plus moelleux que l'on puisse imaginer, jusqu'à ce que vous soyez suffisamment réchauffé par le soleil pour l'enlever.

Kerensa descendit pour les accueillir. Peau brunie par le soleil, dents blanches – problème crucial des gens riches de nos jours –, sourcils arqués à grands frais. En s'approchant, Polly remarqua qu'elle ne souriait pas, mais qu'elle serrait les mâchoires.

— Comment vas-tu ? s'enquit Polly. Je suis tellement heureuse de te voir, j'ai eu la pire…

— Atroce, répondit Kerensa.

Polly la toisa du regard, alarmée. Cette conversation lui sembla partir dans le mauvais sens.

— Ouaiiiis ! s'exclama Reuben. Je suis en train de préparer une salade de homard et un homard Thermidor. En gros, si vous êtes un homard, mieux vaut ne pas vous trouver dans un rayon de huit kilomètres, parce que je ne sers que le meilleur homard local et durable. Parce que je suis ce genre de gars génial. Et puis, de toute façon, tout est foutu.

Polly et Huckle échangèrent un regard. Polly donna à Neil ses antibiotiques sur le dernier morceau de pain grillé au fromage avant de le glisser dans une petite couverture jaune, à l'ombre d'un arbre.

— Où as-tu déniché cette couverture ? demanda Huckle.

— Muriel m'en a fait cadeau, répondit Polly. C'était celle de son bébé.

Huckle secoua la tête.

— Très bien.

— Qu'est-ce qui ne va pas chez Neil ? s'enquit Kerensa. Est-ce que quelqu'un lui a dit qu'il n'était pas une personne ?

Reuben s'affaira à ouvrir le champagne.

— Le rosé d'abord, annonça-t-il.

— Non, il a seulement… Il a eu un accident, esquiva Polly en prenant un verre. Puis-je expliquer plus tard ? C'est un peu fatigant d'un point de vue émotionnel. Je crois que nous devrions porter un toast.

— Joyeux non-anniversaire ! s'exclamèrent-ils en chœur et Polly exhiba son bracelet pour que Kerensa et Reuben puissent l'admirer.

Kerensa regarda Reuben, et ce dernier sortit un sac de derrière le seau à champagne.

— Qu'est-ce que c'est ? dit Polly.

— Eh bien, Reuben a aussi prévu un cadeau pour ton anniversaire.

— Mais ce n'est pas mon anniversaire !

— Je lui ai dit de ne pas le faire, déclara Kerensa. Cela dit, j'ai un cadeau à part pour toi. Que tu pourras avoir en septembre.

Polly regarda à l'intérieur du sac bleu pâle. Il venait de chez *Tiffany*.

— C'est un tel frimeur, siffla Kerensa. Je suis tout à fait embarrassée par ce type et par tout ce qu'il représente.

— Mais la honte t'excite… un tout petit peu, conclut Reuben.

Polly reconnut l'emballage, même si elle n'avait jamais vu une vraie boîte de chez *Tiffany* auparavant.

— Mon Dieu ! lâcha-t-elle.

Dedans se trouvait un pochon noué par un ruban bleu foncé, puis une boîte fermée par le même ruban. À l'intérieur il y avait une bourse en velours bleu, fermée par une cordelette coulissante et, dedans, quelque chose enveloppé dans du papier de soie.

Polly riait à présent. C'est comme de peler un oignon, ajouta-t-elle.

Elle l'ouvrit et en eut le souffle coupé.

Ce bracelet à charms était en platine massif. Mis à part cela, il était en tout point identique à celui que Huckle lui avait offert.

— Reuben, espèce de crétin ! s'écria Huckle. Mec, qu'est-ce qui cloche chez toi ? Mais pourquoi est-ce que je t'en ai parlé ? C'était ma grosse surprise ! Tu savais que c'était important pour moi.

Polly gardait les yeux rivés dessus, totalement perdue.

— C'était hyper important, déclara Reuben en hochant gaiement la tête. Huckle t'a acheté un très beau cadeau. J'imagine que tu aimes celui de Huckle. Qui ne l'aimerait pas ? C'est une idée géniale. Je suppose donc que tu aimes aussi le mien. Un jour, tu auras envie de porter de l'argent, un autre jour, tu auras une envie de platine, pas vrai ? Comme ça, tu auras le choix. Tout comme un jour, les filles portent du bleu et un autre, elles portent du noir.

— Merci d'avoir résumé aussi efficacement l'histoire de la mode, conclut Kerensa.

— Un jour, tu mettras ton adorable bracelet offert par Huck, le jour suivant, ton adorable et bien plus coûteux bracelet offert par tes amis Reuben et Kerensa. Je suis foncièrement un génie.

— Espèce d'imbécile ! s'écria Huckle. Tu savais que c'était tout à fait spécial pour moi !

— Je lui ai dit que c'était une idée stupide, lui assura Kerensa.

— Hé, mon pote. (Reuben afficha une expression qui évoquait quelqu'un de blessé, ce qui, sur son visage perpétuellement joyeux et entièrement couvert de taches de rousseur, n'était pas très éloquent.) Je me suis dit que ton idée était vraiment bonne, mon vieux. Pour une fois dans ta vie. Alors fais-moi un procès.

Polly s'approcha et l'embrassa sur la joue.

— Je l'adore, dit-elle. Tu ne t'es pas trompé sur le fait que j'allais l'aimer. Le fait d'en avoir deux est absolument exceptionnel. Alors c'était une idée géniale. Merci beaucoup, beaucoup, beaucoup.

— Sérieusement, il te plaît ? demanda Kerensa.

Polly l'embrassa aussi.

— Je l'adore. Mais donne-moi aussi mon autre cadeau, le jour de mon vrai anniversaire.

— Je suppose que tu pourrais le garder comme copie pour le jour où tu perdras le premier, concéda Huckle.

— Je ne vais pas perdre le premier ! s'exclama Polly. Tout ce que je perds cette année, ce sont mes boulots.

Elle leur raconta toute l'histoire, ponctuée par les soupirs compatissants de Kerensa. Curieusement, à raconter son histoire, là, dehors, le dos chauffé par le soleil, parée de deux magnifiques bracelets, un à chaque poignet, en présence de Huckle et dc ses amis – et de Neil endormi et en voie de rétablissement –, avec un deuxième verre de champagne rosé à la main, cela ne lui paraissait plus aussi désastreux. Jusqu'à ce qu'elle arrive à la fin de son récit.

— Alors, maintenant, en gros, et sans vouloir exagérer la situation, je l'ai dans le baba. Bye bye !

Elle but une autre gorgée de champagne rosé.

— Je suis assez tentée par l'idée de demeurer ici

pour le restant de mes jours, à boire ça. Est-ce que c'est possible ?

Il y eut un long silence, suffisamment long pour que Polly lève la tête et jette un regard à la ronde.

— Quoi ? Je plaisantais, vous savez. Enfin presque.

Kerensa secoua la tête. Elle regardait Reuben.

— Tu veux leur dire ?

— Non, répondit Reuben.

— Tu veux que je leur dise ?

— Non, dit Reuben en faisant une moue avec sa lèvre inférieure.

— Quelqu'un doit leur dire.

— C'était dans les journaux, grommela Reuben en se levant pour aller piquer ses homards.

— Qu'est-ce qui était dans les journaux ? demanda Polly.

Les journaux parvenaient tardivement à Mount Polbearne – et les jours de grand vent, ils n'arrivaient pas du tout. Pour cette raison, mais aussi à cause de son travail très prenant, sans compter la lenteur de leur connexion internet, Polly avait perdu l'habitude de lire autre chose que le *Western Mail* ou, pour être tout à fait honnête, elle jetait aussi un œil aux photos de stars sur les sites *people*.

— Moi, je vais leur dire, beugla Kerensa.

Reuben haussa les épaules.

— Je m'en moque, tu sais.

— Je sais.

— Je m'en moque si tu me quittes.

— Va te faire foutre !

— Quoi ? intervint Polly, tirée brusquement de sa rêverie et pleinement consciente à présent. Qu'est-ce qui se passe ?

Kerensa regarda Reuben.

— Je ne te quitterai pas, faudra t'y faire.

— Pourquoi tu ne le quitteras pas ?

— Eh bien, parce que je ne le ferai pas, c'est tout.

Huckle se pencha en avant.

— Eh, les amis, est-ce que vous pourriez nous dire ce qui se passe maintenant ? Ou alors laissez-nous une série d'indices sinistres qui nous conduiront finalement au Louvre ou un truc du genre.

— J'ai faim, annonça Reuben.

Polly fut soudain terrifiée à l'idée que l'un d'eux fût malade. Ce n'était pas possible. Cela ne pouvait être. Pas alors qu'ils venaient à peine de se marier et qu'ils commençaient à vivre ensemble. Sa gorge se serra.

— Qu'est-ce qu'il y a ?

Kerensa leva les yeux au ciel.

— Eh bien, profite à fond du champagne, dit-elle. Parce que nous devons absolument liquider cette cave.

— Vous déménagez ? demanda Huckle.

— Oh oui, confirma Kerensa.

Reuben faisait glisser un homard dans la casserole d'une main experte.

— Comment ? Pourquoi ? questionna Polly.

Kerensa lui lança un rapide coup d'œil.

— Eh bien, il se trouve qu'il y a du changement pour nous aussi, dit-elle. Parce que quelqu'un – vous devinerez de qui il s'agit – a décidé d'investir tout son argent. L'intégralité, notez-le, s'il vous plaît. Pas une partie dans des investissements échelonnés, une partie dans des obligations d'État, une partie sous le lit et une dans de magnifiques biens immobiliers. Nooooon. L'intégralité.

Polly dévisagea attentivement Kerensa et Reuben.

— Jusqu'au moindre centime… dans une série de la suite de *Star Wars*.

— Oh, les épisodes sortent bientôt ! s'exclama Huckle. J'en ai entendu parler.

— Non, dit Kerensa d'un ton mesuré. Ceux dont tu as entendu parler, ce sont ceux qui sont sous licence, ceux que George Lucas réalise. Tu n'as pas entendu parler des nôtres. La trilogie de la série dérivée Jar Jar Binks.

Personne ne dit mot.

— Tu n'es pas sérieuse ?

— Oh, très sérieuse. Et la comédie musicale Jar Jar Binks, première directement à Broadway, pas question de tournée ni de faire évoluer progressivement un spectacle, oh non…

Elle descendit son verre et le remplit à nouveau.

— Oh, et la chaîne de restaurants à thème Jar Jar, dans les capitales du monde entier.

Huckle se retourna vers Reuben.

— C'est ça que tu es parti faire à l'étranger ?

— Hé, intervint Reuben, fâché. On dit qu'on gagne de l'argent en ne faisant que les choses qu'on aime.

— Oui, quelque chose que l'on aime et que les autres aiment aussi, répliqua Huckle. Comme Polly quand elle fait du pain. Ou Kerensa qui fait… une conférence sur la stratégie organisationnelle.

— C'est gentil à toi de faire semblant de m'inclure, précisa Kerensa.

— Merci mon Dieu ! lâcha Polly.

Tous les autres se retournèrent vers elle.

— Qu'est-ce que tu racontes ? articula Kerensa. C'est un épouvantable désastre.

Polly secoua la tête.

— Je croyais… Je croyais que quelqu'un était malade, ou que quelqu'un allait mourir, merde, après ce qui s'est passé l'année dernière… Je veux dire, sérieusement, il ne s'agit que d'argent.

— Ainsi parle celui qui n'en a jamais eu, déclara Huckle avec ironie.

— Reuben peut inventer un truc génial, comme il l'a fait la dernière fois. Vous le regagnerez.

— Ce n'est pas seulement une question d'argent, rétorqua Kerensa. C'est en réalité plus d'argent que nous n'en avons réellement.

— Mais je croyais que vous possédiez tout l'argent du monde.

— C'était avant que quelqu'un n'essaie de monter une production sur Broadway avec une distribution forte de deux cent quarante personnes, déclara Kerensa. Est-ce que c'était moi ? Je ne m'en souviens plus.

— Qu'est-ce que vous allez faire ? souffla Polly.

— Eh bien, je suis déjà de retour au boulot, ce dont je suis, en toute honnêteté, extrêmement soulagée, après cette longue errance à travers le monde.

Reuben parut un peu sombre. La mine de Kerensa, elle, se fit un peu plus gaie.

— Et je prendrai Reuben pour *sex toy*.

Reuben se ragaillardit.

— Kerensa ! s'exclama Polly.

— Quoi ? Tu préférerais que je me jette du haut d'un pont en criant : « Non, non, je dois me suicider », juste parce que j'ai épousé un débile profond ?

— Non, répondit Polly.

— J'ai toujours mon appartement. Il pourra s'asseoir dans un coin pour y faire ses machins d'ordinateur. Ainsi que des trucs sexuels. Et me présenter ses excuses toutes les dix minutes.

— Sérieux, mon vieux, tu as tout perdu ? s'enquit Huckle avec douceur.

— J'ai vendu cet endroit à un oligarque russe flanqué d'une garde rapprochée de neuf types, de kalachnikovs et d'un hélicoptère de l'armée, indiqua Reuben en agitant les bras. En fait, je l'aime bien.

Polly balaya les alentours du regard. Soudain, elle fut triste. Ils s'étaient tellement amusés ici, dans cet endroit de dingue. C'était là que Huckle et elle avaient échangé leur premier baiser. Là qu'ils avaient rendu hommage à Tarnie. Là qu'elle était venue après avoir ramené Neil au refuge pour oiseaux. Cette maison lui manquerait. Comprenant le fil de ses pensées, Huckle s'approcha et lui caressa la nuque.

— Bon sang, dit-elle. C'est… c'est vraiment la guigne.

— Et pourtant, avoua Kerensa, j'ai légèrement moins peur que ma sœur me tue pour toucher mon héritage.

— Ouais, mais Dahlia est psychotique tout de même, souligna Polly, qui connaissait la sœur de Kerensa depuis longtemps. Elle a essayé de te tuer bien longtemps avant que tu ne rencontres Reuben.

— Ouais, approuva Kerensa. Je croyais qu'elle affirmait que c'était un accident, cet escalier.

Polly secoua la tête.

— Rien n'est jamais accidentel avec Dahlia.

— Exact.

— Bon, intervint Reuben en faisant signe au marmiton qui apporta aussitôt quatre assiettes parfaites de ceviche de homard frais. Mangeons, buvons, soyons heureux et oublions nos soucis.

Huckle parut légèrement gêné.

— Ou alors buvons à Huckle, qui n'a aucun souci.

— En attendant, déclara Kerensa, il va me falloir partir bosser, arrêter d'acheter des sacs à main… Et j'aurai un *sex toy* prisonnier dans mon salon, qui ne sait même pas se servir d'une carte de bus.

— Je vais réinventer totalement la carte de bus, répliqua Reuben, l'air sombre.

Polly leva son verre.

— Mon Dieu ! À nous tous.

*

Polly n'avait jamais dégusté de ceviche auparavant. C'était une sorte de homard cru mariné dans du citron vert et des piments avec une espèce de sauce mayonnaise. C'était le mets le plus délicieux qu'elle ait jamais goûté. Le marmiton se précipita pour remplir leur verre avec un chablis très frais, et Polly se sentit devenir légèrement cotonneuse sous le soleil brûlant. C'était comme si tout ne pourrait jamais plus mal tourner, même si manifestement les choses allaient horriblement mal. Ils se portèrent mutuellement des toasts. Quand Kerensa demanda à Polly ce qu'elle allait faire avec la boulangerie, la jeune femme se contenta de hausser les épaules et de boire une autre gorgée de vin. Tandis que la température de l'après-midi grimpait, ils entrèrent dans l'eau en fendant les flots. Sa fraîcheur délicieuse leur fit l'effet d'un baume. Polly s'allongea dans l'eau et fixa le ciel. Comme d'habitude, quelques mouettes enquiquinantes décrivaient des cercles au-dessus de sa tête. Même la richesse ne pouvait les tenir à distance. Même si, bien entendu, Reuben n'était plus riche désormais. Personne ne l'était.

Dans l'eau, Reuben et Kerensa paraissaient déjà redevenir amoureux, ce à quoi Polly n'avait aucune envie d'assister. Elle laissa les vagues l'emmener où bon leur semblait, et se laissa dériver jusqu'au bord de la baie, juste au-dessous de la maison. Un énorme cube d'allure futuriste avec une terrasse arrondie en façade. Son design évoquait le vaisseau spatial l'*Enterprise*. Ou, comme l'avait dit Reuben, la maison de Tony Stark, étant donné que Tony Stark[1] avait tellement de points communs avec lui.

Elle se trouvait loin des autres à présent. Huckle aimait foncer quand il nageait. L'eau semblait être son élément naturel. Il bougeait ses épaules puissantes et fendait les flots avec aisance. Polly, elle, n'aimait pas mettre la tête sous l'eau et craignait toujours un peu que quelque chose ne vienne lui mordre les orteils. Mais aujourd'hui, il lui sembla que cela avait moins d'importance, qu'elle était parfaitement satisfaite comme ça, gaie et libre, flottant en harmonie avec l'océan. Sa longue nuit y était pour quelque chose. Les deux ou trois verres de champagne aussi. Elle réfléchit à la terrible nouvelle annoncée par ses amis. Ce serait, elle le savait, un

---

1. Antony Stark est le héros d'*Iron Man*.

choc pour eux. Mais d'un autre côté, Kerensa avait toujours obtenu de bons résultats professionnels et elle était habituée à travailler pour gagner sa vie. Et Reuben avait démarré en bidouillant des trucs informatiques dans son garage, il n'y avait aucune raison qu'il ne s'y remette pas. Il aimait exhiber son argent, mais il n'était pas obsédé par la richesse. Et ils s'aimaient vraiment, elle le savait. Dieu merci, Reuben n'avait pas épousé l'une de ces bombes qui traînaient autour de lui, soucieuses d'attirer son attention ainsi que sa carte de crédit. Elle aurait disparu plus vite que la glace dans le seau à champagne. Ou peut-être serait-elle restée dans les parages, au cas où l'oligarque… Peut-être ces bombes étaient-elles livrées avec le bien, comme les machines à laver encastrées, les aspirateurs centralisés ou les systèmes de son multicanal.

Elle leva les yeux vers la villa, mais fut contrainte de les plisser à cause du soleil. Des fourgonnettes et des camions étaient garés en haut, des hommes transportaient des objets hors de la maison. D'en bas, elle put distinguer une sculpture grandeur nature d'un nu représentant Reuben et Kerensa en train de… Oh, mon Dieu ! En proie à un fou rire, Polly se rendit compte qu'elle était un brin plus ivre qu'elle ne le pensait. Instinctivement, elle vérifia qu'elle avait pied. Oui. Bon.

Elle se trouva curieuse d'épier ainsi les déménageurs, et triste aussi, de les voir emballer tous les plaisirs que ces deux-là s'étaient offerts. C'était déroutant : où allaient-ils bien pouvoir revendre tous ces affreux nus de Kerensa ?

Soudain, Huckle se retrouva juste derrière elle. Il

avait nagé rapidement, sous l'eau, ses bras puissants la saisirent et elle poussa un cri perçant. Il ne l'attira pas vers le fond, néanmoins. Mais contre lui, avant de l'enlacer.

— Salut, dit-il. Qu'est-ce que tu fabriques ?

— Je fais ma curieuse, répondit Polly en montrant le haut de la colline. Regarde toutes leurs affaires.

— Ce sont seulement des biens matériels. Ils sont presque en train de faire l'amour là-bas.

— Ils sont répugnants, grommela Polly. Du coup, je vais devoir continuer à observer les déménageurs. C'est le seul endroit où je puisse poser les yeux.

— Tu sais ce que je vois ? demanda Huckle qui flottait tranquillement derrière elle.

— Quoi ? questionna-t-elle à son tour en le dévisageant. Ouah ! Tu ressembles à une publicité pour un après-rasage. Et une chic, hein, pas une pub kitsch de supermarché !

Huckle pointa quelque chose du doigt.

— Qu'est-ce que je regarde ?

— Tu es en train de mater une lampe de presque trois mètres avec une photo de chien dessus, répondit Polly. C'est vulgaire. Toutes leurs affaires sont vulgaires. Je ne l'avais pas remarqué avant, parce que la vue était tellement belle.

Huckle secoua la tête.

— Non.

— Tu es en train de mater un écran de télévision 3D incurvé de deux mètres, de la taille d'un écran de cinéma, celui du salon, à l'étage, dont Reuben ne retrouvait jamais la télécommande et sur lequel Kerensa regardait en boucle ses émissions de déco.

— Pas ça non plus.

Polly plissa les yeux.

— OK. J'abandonne.

— Dans quoi est-ce qu'ils mettent cette affreuse camelote ?

— Affreuse et onéreuse camelote, tu veux dire.

Huckle sourit.

— Je sais. Incroyable, tout cet argent qu'ils ont foutu en l'air pour ça.

— Oui, mais aussi en faveur de nombreuses associations caritatives. Et en faveur de leurs amis, souligna Polly.

— Ouais, confirma Huckle.

Ils remarquèrent deux hommes en train de sortir ce qui semblait être une horloge de parquet en or massif, en forme de dragon, qui arborait deux rubis étincelants en guise d'yeux.

— Peu importe… (Il prit la tête de Polly entre ses grandes mains et l'orienta vers le sommet de la falaise.) Une dernière fois : qu'est-ce que tu vois ? Des tas et des tas de… ?

Polly cligna des yeux.

— Je ne sais pas… Des camionnettes de déménagement ?

— Exactement ! s'exclama Huckle qui était, lui aussi, légèrement éméché. Tu ne saisis pas ?

— Nous allons fonder une société de déménagement ? Parce que je dois te dire une chose, ces gars me paraissent plutôt bons.

— Pas du tout ! s'exclama Huckle en éclatant de rire. Polly, je t'aime tellement, arrête de faire l'idiote.

— Je ne fais pas l'idiote, tu es inutilement mystérieux.

Tous deux riaient à présent et Huckle secoua la tête.

— Un van !

— Je ne pige pas. Comme les chaussures ?

— Un van… comme un camion de boulanger !

Polly éclata de rire. Puis elle s'interrompit. Et rit à nouveau.

— Qu'est-ce que tu veux dire par un camion de boulanger ?

— Eh bien, tu sais, comme un camion de pizza. Un camion avec un four dedans.

— Oui, dit Polly.

— Tu pourrais en avoir un pour le pain et le conduire dans Polbearne.

Polly se retourna pour lui faire face. L'eau lui éclaboussa le visage.

— Pas si simple.

— Non, pas si simple. Il te faudra des autorisations et des machins. Mais le conseil te connaît.

— Le conseil me déteste. Nous avons contribué à stopper leur projet de pont au budget démentiel.

— Ah, oui, admit Huckle. Eh bien, on te mettra une fausse moustache.

— Mais ils ne me laisseront pas conduire un camion de boulanger dans Polbearne.

— Non, approuva Huckle. Mais ils te laisseront peut-être en conduire un jusqu'au parking de l'autre côté, là où vont les pêcheurs… et les gens de Polbearne. Il leur faudra peut-être traverser la chaussée pour venir te voir. (Il cligna des yeux.) Mais tu sais, j'ai comme l'idée qu'ils le feront. Et les touristes tomberaient sur toi en premier.

— Je ne veux pas travailler dans un camion. Je veux mes adorables fours et mon adorable boutique.

— Tu aurais dû y songer avant l'« affaire du vomi ». Et je vais te dire une chose, si tu ne trouves pas très vite un plan, tu risques aussi d'y dormir, dans ton camion.

Polly soupira.

— Où est-ce qu'on va en dégoter un ? Comment allons-nous le payer ?

Les yeux de Huckle errèrent un instant puis se posèrent à l'endroit où le bracelet s'était trouvé, avant qu'elle ne l'enlève et ne le range dans son sac pour aller nager.

— Pas question, dit-elle. Pas question, c'est à moi.

— Pas le mien, banane, dit-il. Reuben a dû t'acheter celui en platine avant que toute cette mouise ne lui tombe dessus.

— Ils ne le reprendront pas, de toute façon, argua Polly. Il est personnalisé.

— Ils pourraient peut-être le faire fondre pour toi.

Polly secoua la tête.

— Je ne peux pas faire ça.

— Le mien est celui qui a une vraie valeur sentimentale, tu le sais ?

— Je le sais.

— Je veux dire, le mien est sans conteste le meilleur des deux.

— Là, on dirait du Reuben.

— Ça tombe bien, déclara Huckle. Parce que je tente d'avoir du génie entrepreneurial. Est-ce que ça marche ?

Polly lui passa les bras autour du cou.

— Je me le demande, dit-elle. Je me demande si on pourrait.

Huckle l'embrassa à pleine bouche.

— On peut tout faire.

— Hé, les copains, arrêtez avec les trucs sexy, pleurnicha la voix de Reuben au-dessus des vagues. Franchement, vous êtes dégoûtants. Et venez manger cette pavlova avant qu'ils n'emportent le four.

Chapitre 11

Polly s'éveilla le matin suivant dans une des suites réservées aux invités, aussi somptueuse que ridicule. Dotée d'un lit circulaire et de rideaux automatisés que la veille – après avoir terminé leur repas sur la plage, ils étaient rentrés et avaient regardé l'épisode 3 de *Star Wars* une dernière fois dans la grande salle de cinéma –, assez éméchée, elle avait insisté pour ouvrir et fermer jusqu'à ce que Huckle lui demande grâce. Neil était sur le sol, près d'eux, et dormait toujours profondément.

Au début, Polly n'était pas certaine de ce qui l'avait réveillée, jusqu'à ce qu'elle prenne conscience que c'était un déménagcur qui emportait un lavabo de l'immense salle de bains attenante à la chambre. Elle cligna des yeux.

— S'il vous plaît, dit-elle, pourriez-vous laisser les toilettes encore un peu ?

Huckle était toujours K-O et ronflait doucement. Polly ne se sentait pas trop dans son assiette et se traîna jusqu'à la salle de bains, mais la vue finit de la réveiller : une immense fenêtre se trouvait au-dessus de la baignoire, offrant une vue plongeante sur la mer, rien d'autre à contempler que le bleu vif, si vif.

— Cet endroit va me manquer, soupira-t-elle tandis que Huckle commençait à bouger. Je n'arrive pas à croire qu'un Russe soit sur le point d'arriver et de tout gâcher.

— Tout gâcher de quelle manière ? grogna Huckle en passant ses doigts dans son épaisse chevelure. Je ne vois pas comment ce pourrait être de plus mauvais goût.

— Avec de l'or jusqu'au plafond et plus de peaux de bêtes ? proposa Polly.

— Oh *yes*, ce serait parfait, déclara Huckle. Tu parais étrangement guillerette après une nuit passée chez Reuben, c'est suspect.

— Nager m'a détendue. Et j'ai dormi pendant tout le film. Il nous l'a montré environ neuf millions de fois et je l'ai vraiment trouvé chiant chaque fois. Du coup, je me sens plutôt bien.

Huckle sourit et jeta un coup d'œil à sa montre.

— Je crois qu'il a dit quelque chose au sujet de sa femme de ménage qui devait partir aujourd'hui.

— C'est si triste, compatit Polly. Kerensa avait toujours aimé l'idée d'avoir une femme de ménage.

Elle jeta un dernier coup d'œil à leur magnifique environnement.

— Et si on fermait la porte à clé pour faire nos adieux à cet endroit ? demanda-t-elle avec un large sourire.

— Je crois que, dans les circonstances actuelles, ce serait une marque de respect, déclara Huckle en roulant sur le lit.

*

De retour à Mount Polbearne, après avoir pris congé de Reuben et Kerensa qui se tenaient courageusement la main au milieu des vestiges de leur majestueux hall d'entrée, Polly et Huckle examinèrent ensemble leurs finances, tout là-haut dans leur salon.

Dehors, c'était une nuit agitée. Les nuages gris s'étaient rapprochés avant de se déchirer. À présent, un orage se préparait. Comme d'habitude, Polly était descendue et avait interdit aux pêcheurs de sortir dans le mauvais temps, et comme d'habitude, ils avaient fait semblant de l'écouter avant de faire demi-tour et de prendre la mer. En réalité, ce n'était pas tout à fait vrai : depuis le drame de l'année précédente, Archie s'était montré bien plus prudent par rapport aux prévisions météorologiques et avait retenu quelques fois la flotte à quai. Mais il ne pensait pas que cet orage-là irait beaucoup plus loin qu'un peu de vent et de pluie, et par ailleurs, ils étaient bien en-deçà de leurs quotas. Par conséquent, avec une expression de lassitude, il largua les amarres et le navire avança en mugissant dans les vagues avides. Polly les regarda partir, pétrie d'angoisse.

Le courant électrique était temporairement coupé à cause des rafales de vent. Le phare, lui, avait des générateurs de secours, mais le bâtiment n'y était pas connecté, aussi Huckle était-il parti en quête de bougies. En temps normal, Polly n'était pas effrayée par les coupures de courant : ils se pelotonnaient l'un contre l'autre et se couchaient plus tôt. Mais ce soir, ils épluchaient la paperasse : activité retorse, mais essentielle et incontournable. Ils allumèrent autant de bougies qu'ils trouvèrent et travaillèrent sur l'ordinateur portable en mode batterie, tout en regardant la pile de factures qui s'amoncelaient sur la table. Ils vivaient vraiment chichement. Mount Polbearne n'offrait pas d'énormes tentations en matière de shopping, en dehors de seaux et de pelles, de frites ou bien un morceau de bois flotté avec le mot « LOVE » peint dessus en blanc. Et Polly cuisinait la plupart de leurs repas avec trois fois rien. Mais il y avait le prêt immobilier, les impôts, l'électricité, l'eau, ainsi que les dépenses habituelles de la vie courante. Polly avait investi toutes ses maigres économies dans le phare, et à présent, leurs revenus étaient infiniment limités. Ils ne représentaient presque plus rien du tout, en réalité. Elle secoua la tête en signe d'incrédulité.

— Oh, bon sang, c'est pire que ce que je pensais, conclut-elle. Sérieux, c'est affreux.

Huckle hocha la tête d'un air grave.

— Cela dit, le destin de Reuben est en tout point semblable, à plusieurs millions de dollars de déficit près.

— Je sais, répondit Polly. Mais, curieusement, je ne peux m'empêcher de penser qu'ils vont s'en sortir.

— C'est certain, approuva Huckle. Ils pensent probablement exactement la même chose à notre sujet.

La flamme des bougies vacilla et leurs ombres illuminèrent la partie supérieure du mur brut, blanchi à la chaux. Une épingle de lumière dans l'obscurité épaisse des flots. L'énorme lampe fondait en piqué sur eux. Polly observa leurs silhouettes, leurs têtes si proches l'une de l'autre dans la pénombre, et encore plus proches ainsi penchées.

— Qu'est-ce qu'on va faire ?

Ils avaient étudié l'éventualité d'acheter une camionnette, et c'était possible, vraiment possible, mais cher. En fait, tout est cher quand on n'a pas d'argent, c'était un fait incontestable, mais acheter une camionnette, la faire nettoyer, l'équiper et la faire agréer allait prendre du temps. Et ils n'avaient pas de temps à perdre. Polly avait besoin de travailler.

Elle avait rendu visite à Jayden, le matin même, car il lui avait envoyé un texto, pris de panique.

— Cet homme bizarre, avait dit Jayden, Flora ne l'aime pas non plus.

— Flora n'aime personne.

— C'est vrai, avait approuvé Jayden en rosissant légèrement.

— Et… l'avait encouragé Polly.

Elle ne pouvait le nier : cela lui avait fait un peu de bien d'entendre quelqu'un dire que sa présence lui manquait.

— Il s'est approvisionné en machins préemballés à l'usine, avait poursuivi Jayden. Je ne pense pas que ce soit moins cher que ce que tu faisais. En réalité, je pense que c'est bien plus cher.

— Mais il n'a plus besoin de me payer pour le faire.

— Ah, ouais. Je n'avais pas pensé à ça.

— Tu n'as plus qu'à les jeter dans la vitrine.

Jayden avait hoché la tête.

— Ils ne sont pas aussi beaux que les tiens, avait-il constaté avec tristesse.

— Eh bien, c'est un bon point. Peut-être que tu en mangeras moins.

— Il compte le stock, avait déclaré Jayden

sombrement. Tout est enveloppé dans du plastique. Un éclair enveloppé dans du plastique ne fait pas très envie.

— Un éclair dans du plastique ?

Polly ne pouvait y croire. Quelle espèce de maniaque envelopperait un éclair dans du plastique ?

— Tout le monde fait tellement attention à son poids aujourd'hui et à ce qu'on doit ou pas manger… Si on s'offre une gourmandise, quelque chose d'aussi savoureux, d'aussi délicieux qu'un éclair, pourquoi ne pas choisir ce qu'il y a de meilleur, confectionné avec de la véritable crème et un vrai glaçage, avec une farine aérienne qui a été levée le matin même ? Le tout conservé au frais pour que la pâtisserie soit absolument exquise en bouche. En une, deux, trois bouchées, on est heureux pour le reste de la journée, parce qu'il est plus léger que l'air. Rien d'aussi délicat, d'aussi divin ne peut faire de mal, pas quand c'est fait avec amour et à partir de bonnes choses.

Sa bouche avait pris un air de défi.

— Je sais, avait déclaré Jayden.

Polly avait entouré ses genoux de ses bras et reporté son regard sur la mer.

— Je le déteste tellement.

— Moi aussi, avait déclaré Jayden en jetant un rapide coup d'œil derrière lui pour s'assurer que Malcolm ne rôdait pas dans les parages.

— Hum… (Jayden était écarlate et fixait le sol.) Est-ce que tu voudrais que je démissionne pour toi ? Parce que tu sais, je le ferais.

Polly avait porté les mains à sa bouche.

— Oh non, Jayden, non ! Absolument pas. Non. Pas du tout. Franchement, je n'aimerais pas que tu fasses une chose pareille pour moi. En fait, en tant qu'ex-patronne, je t'ordonne de ne pas le faire. Sérieusement.

Jayden avait détesté le boulot de pêcheur et il adorait travailler dans une boulangerie. Les boulots dans la région étaient en général saisonniers et difficiles à décrocher, et Polly ne pouvait accepter qu'il abandonne le premier poste qu'il ait jamais aimé. Elle avait posé sa main sur son bras.

— Merci pour ta proposition, elle signifie beaucoup pour moi. Je suis très émue. Mais non, tu n'as pas à abandonner ton boulot pour moi. Il te suffit de le faire convenablement. Patiente ici, puis quand Malcolm s'ennuiera et qu'il partira faire autre chose…

Elle essayait de réfléchir à cette éventualité, mais n'y parvenait pas tout à fait. Elle avait fait attention à ce que sa voix ne s'étrangle pas.

— Ne… Ne nettoie pas aussi bien que tu le faisais avec moi. Non, attends, qu'est-ce que je raconte, tu vas rendre tout le monde malade. Je viens de dire une chose horrible, ne fais pas attention à moi. Contente-toi de faire comme d'habitude, Jayden. Tu es doué pour ça.

Jayden avait rayonné.

— Merci. Personne ne m'a jamais dit que j'étais bon dans quelque chose.

— Eh bien, tu fais du très très bon travail dans une boulangerie. Bien meilleur que ce que cette espèce de crapule ne mérite.

Jayden avait levé les yeux vers elle.

— Tu vas t'en sortir, Polly. Je sais que ça va aller. Quoi que tu fasses.

*

Mais à présent qu'ils avaient les chiffres sous les yeux, Polly avait perdu l'optimisme que son entrevue avec Jayden lui avait donné.

Ils ne totalisaient pas la somme, même en empruntant l'argent pour acheter une camionnette, ce qu'ils ne pouvaient pas faire parce que Polly était un failli réhabilité et que Huckle était américain. De toute façon, la paperasse et la mise en place auraient demandé trop de temps. Temps qu'ils n'avaient pas. Les remboursements du phare étaient très élevés, sans compter les sommes pour les travaux qu'il nécessitait.

Huckle regarda les lumières douces des bougies jouer sur les traits de Polly, qui se mordait la lèvre d'anxiété. Elle était absolument charmante, mais il détestait la voir aussi triste et inquiète. En fait, il sentait que son unique tâche était de la préserver de tout tourment, de la rendre heureuse et de la faire rire, comme la veille, quand il l'avait aspergée dans la crique de Reuben – même si désormais Reuben n'avait plus de crique, et que les journées de jeux aquatiques étaient terminées.

— Bon, dit-il de son ton si langoureux. (Il n'était pas impatient d'y venir, mais cela devait être dit.) Polly, il y a un moyen.

Polly cligna des yeux.

— Je sais. Je sais. On déménage. On déménage, on reprend des boulots de bureau, on se retrouve dans la circulation tous les jours pour le restant de notre vie, on travaille de neuf heures à dix-sept heures. On ne verra plus jamais le soleil se coucher sur la mer, on ne fera plus jamais de pique-nique en plein milieu d'un mardi après-midi. Je sais, c'est la vie, Huckle. Je sais que c'est ainsi que cela se passe pour la plupart des gens et je sais que je ne suis ni spéciale, ni différente, que je ne mérite pas autre chose. Ça m'a pris juste plus de temps qu'aux autres pour le comprendre. Il est temps de grandir. De se débarrasser de ce boulet de phare et de partir faire autre chose.

Un long silence s'ensuivit. Huckle l'attira contre lui et l'embrassa délicatement dans le cou.

— En fait, j'allais dire exactement le contraire, commença-t-il en l'amenant vers lui pour l'asseoir sur ses genoux. Ta place est ici, à faire ce que tu aimes. Tu dois rester ici. Pour tout reconstruire. Pour échouer encore si tu en as envie. Peu importe. Ça finira par porter ses fruits. Continue à réaliser des choses justes, fais-les bien, et tout ira bien. C'est ma promesse.

Polly le regardait sans comprendre.

— Et pendant ce temps, pendant un petit moment…

Il y eut un silence.

— Clemmie a appelé. La petite amie de Dubose. Elle le cherchait.

Ils n'avaient pas vu ni eu de nouvelles de Dubose. Polly supposait que, s'il était chez Selina, elle l'aurait vu, même si elle demeurait à l'écart de la boulangerie. Mais ce n'était pas le cas. C'était comme s'il s'était évanoui dans la nature.

— Il n'est même pas resté en contact avec elle ? demanda-t-elle, choquée.

— Ce n'est pas inhabituel.

— Oh, mon Dieu ! Et si cette nuit-là il s'était noyé sur la chaussée ?

— Je crois que nous serions au courant, dit Huckle. De toute façon, j'ai appelé ma mère. Il leur a envoyé un e-mail… pour leur demander de l'argent.

— Oh ! lâcha Polly. Ton frère est le dernier des opportunistes.

— Je sais. Quoi qu'il en soit, j'ai réfléchi.

Polly ressentit une angoisse au creux de son estomac.

— Je peux rentrer, dit Huckle.

— Non ! s'exclama Polly instinctivement.

— Chut ! Je peux rentrer. Je peux gagner de l'argent à la ferme. Punaise, gagner de l'argent ! C'était à ça que j'étais bon, avant de me lancer dans le commerce du miel. Je n'ai pas travaillé dans une ferme depuis un petit moment, mais j'en suis tout à fait capable. Et ça paie assez bien. Clemmie va m'héberger.

— Tu ne peux pas y aller !

— Est-ce que tu vas m'écouter ou tu vas te contenter de paniquer ? demanda Huckle avec une gentillesse non dénuée de fermeté. Écoute-moi. J'y avais pensé de toute façon, même avant que ça n'arrive, sinon je ne vois pas comment diable on va un jour faire de ce phare autre chose qu'un lieu dangereux.

— Ce n'est pas un lieu dangereux.

— Et si on parlait de la mousse sur les marches ?

— Je ne peux pas croire que tu remettes cette histoire de mousse sur le tapis.

— Je pense seulement que la plupart des gens vivent dans des maisons qui n'ont pas de mousse.

— Eh bien, tant mieux pour eux.

Le visage de Polly exprimait de la colère. Huckle lui caressa le dos et les bras.

— Écoute, dit-il d'une voix basse et apaisante. Je retourne aux États-Unis, je travaille quelques mois, je gagne un peu d'argent. Clemmie a besoin d'aide. Et je garde la place de Dubose au chaud pour son retour. Non pas qu'il le mérite. Je t'enverrai de l'argent. Je te fais confiance pour ne pas le foutre en l'air dans des chaussures et des séances de manucure.

Polly parvint à esquisser un minuscule sourire. Elle ne pouvait se souvenir de sa dernière manucure.

— Quand ta camionnette sera prête et qu'elle roulera, je reviendrai. Je retournerai à ma très astreignante carrière de collecteur de miel occasionnel et d'apiculteur, et de glandeur-avec-Polly-et-Neil.

Polly le regarda.

— Mais tu ne peux pas partir. Tu vas me manquer !

Huckle hocha la tête.

— Eh bien, tant mieux. Je trouverais ça très difficile si tu ne le remarquais pas ou que tu ne t'en souciais pas le moins du monde.

— Est-ce qu'on ne pourrait pas traverser ça ensemble ?

— *C'est* le moyen de traverser ça ensemble. Tous les trois ensemble. Désolé, Poll. Je te demande pardon pour mes casseroles familiales.

Polly écarquilla les yeux. Elle pensa à Selina qui voyait Tarnie partir au loin pendant des semaines, à son travail périlleux à des kilomètres de chez lui. Elle pensa aux femmes de marins partout dans le monde qui attendaient que leurs hommes reviennent à la maison pendant des mois, aux hommes qui élevaient leurs familles pendant que les femmes faisaient des boulots de nuit et à ces mêmes femmes qui s'écroulaient, épuisées, pour essayer de voler quelques heures de sommeil aux bruyantes journées ; aux hommes qui travaillaient sur les plateformes pétrolières ; aux plongeurs, aux soldats, et aux femmes qui laissaient leurs enfants derrière elles dans d'autres pays pour gagner leur croûte. Et à la pauvre Clemmie, abandonnée, amoureuse du bel et insouciant Dubose.

Huckle la saisit et la tint serrée contre lui.

— Ne crois pas que tu ne me manqueras pas, dit-il. Chaque seconde de la journée.

— Toutes les Américaines vont vouloir te dévorer, grommela Polly en essayant d'empêcher les larmes de lui monter aux yeux.

— Ouais. Par chance, il n'y a que l'accent anglais qui m'excite ces derniers temps. Sérieux, tout le reste me coupe toute envie.

Polly éclata de rire.

— *Vous êtes sûûûûûr, monsieurrrr*[1] ?

— C'est quoi ça ? Du libanais ?

— La ferme ! C'est du français.

— Oh, lâcha Huckle. Eh bien, en fait, cet accent me paraît fonctionner aussi.

— Ce qui semble réfuter ta théorie.

Huckle secoua la tête et l'attira plus près de lui encore.

— Ce qui la prouve, dit-il. La seule pour moi dans le monde entier, c'est toi. On a besoin de ça pour nous.

— Tu promets que ça ne durera pas longtemps ?

*

1. En français dans le texte.

Ils soufflèrent les bougies une à une, à l'exception d'une pour chacun, qu'ils emportèrent dans leur chambre et qu'ils placèrent de chaque côté du lit. Dehors, il n'y avait rien, à part de temps à autre les vagues, puis Mount Polbearne, éclairé par la lumière qui provenait d'au-dessus de leurs têtes.

— C'est assez romantique, dit Polly.

— Oups ! Désolé, c'est difficile de faire pipi dans le noir ! hurla Huckle depuis la salle de bains. Désolé !

— Il y *avait* une ambiance romantique dans l'air, corrigea Polly avec un sourire.

Elle s'approcha de la fenêtre et regarda au-dehors. Est-ce qu'elle y arriverait ? Est-ce qu'elle pourrait faire face, une fois Huckle parti ? C'était son rocher, son tout. Mais, elle le sentit en son for intérieur, il y avait autre chose.

Parce qu'elle avait été seule auparavant. Parce qu'elle avait tout recommencé de zéro. Parce que, mis à part l'aide de Kerensa, elle avait dû gérer la mort de Tarnie toute seule. Et cela l'avait changée. Elle n'avait pas un aussi gros manque d'affection qu'autrefois. Même si elle avait échoué, elle savait au fond d'elle que lorsqu'on avait traversé le pire sans s'effondrer, alors les possibilités devenaient plus nombreuses que ce que l'on imaginait. Tout le monde était plus fort que ce qu'il pensait, quand le pire débouchait sur du pire encore. C'était un des rares avantages qu'il y avait à se confronter au pire.

Huckle sortit des toilettes, légèrement honteux, et se blottit contre elle.

— À quoi tu penses ?

— Je pense, répondit Polly, que tant que tu rentres…

— J'ai une femme qui est superbe toute nue et qui fait du pain, un pub chaleureux, une moto et un phare. Je serais curieux de savoir ce que le monde peut offrir de mieux selon toi. Mis à part, tu sais… Une barre de pompier.

Elle sourit et se serra contre lui.

— Ne prends pas ça mal…

— Oh oh, s'exclama Huckle, est-ce que tu vas regarder *Game of Thrones* sans moi ?

— Non ! s'écria Polly, horrifiée. Mon Dieu, je ne te ferais jamais une chose pareille ! Quelle trahison ! Non, on pourra regarder ça ensemble toutes les nuits. Je resterai debout très tard et tu pourras le regarder à la ferme.

Huckle acquiesça.

— OK, dit-il. Les employeurs ne sont presque jamais opposés à ça.

— Non, ce n'est pas ça. Mais tu sais, je ne veux pas dire les choses telles que je vais les formuler…

— Je te crois sur parole.

— Je vais m'en sortir sans toi, expliqua Polly. Pour un petit moment, tu sais. Juste un petit moment. En fait, ton offre de financer ma camionnette… C'est incroyable ! C'est merveilleux ! Je suis absolument aux anges et extrêmement reconnaissante.

— Parfait, approuva Huckle. Je saurai te le rappeler.

— Mais il ne s'agit pas simplement de faire les choses sans toi, poursuivit Polly. (Elle se redressa dans le lit et entoura ses genoux avec ses bras.) Il y a quelqu'un d'autre dont je vais devoir me passer et cela va rendre tout ça difficile.

Huckle la dévisagea.

— Tu es sûre de toi ?

Elle hocha la tête. Une énorme boule dans la gorge.

— Il est temps. Il est grand temps, alors que tout le reste est en train de changer. Je dois vivre sans toi, et Neil doit apprendre à vivre sans nous.

Chapitre 12

C'était une matinée venteuse et lumineuse. Le fond de l'air était froid, la marée haute et les embruns puissants tandis qu'ils déambulaient autour du cap et à travers la ville. De temps à autre, ils incitaient Neil à décoller pour voir comment il se débrouillait. Il battait des ailes et sautillait joyeusement. À tous points de vue, il paraissait complètement rétabli. Ce qui ne signifiait qu'une seule chose.

Polly avait mis une main dans la poche de Huckle pour se protéger du froid. Il la dévisageait. Elle crispait légèrement la mâchoire, mais mis à part cela, elle semblait aller bien.

— Tu parais plus calme que je ne l'avais craint, dit-il avec douceur.

Polly acquiesça d'un signe de tête.

— Je sais.

Neil vint se percher sur son épaule.

— C'est parce que je me moque de ce que raconte Patrick. Neil ne voudra pas partir. Il reviendra. Il retrouvera le chemin de sa maison. Il sait où nous habitons, il sait où est sa maison. Je vais faire ce qui est juste et je vais le conduire au refuge, mais cela ne fera aucune différence.

Huckle émit un son pour exprimer sa réserve. Il pensait que Polly était dans le déni. Le petit oiseau lui manquerait à lui aussi, mais Patrick avait raison : Neil devait s'en aller et trouver sa place dans le monde. Et sa place se trouvait parmi les macareux, pas parmi les humains. Huckle aurait le cœur brisé de voir leur petit compagnon s'envoler. Il comprenait que Polly se raccroche à l'idée que Neil ne la quitterait pas, mais pour lui, c'était vain.

— J'ai donc décidé de ne pas être triste, conclut-elle sur un ton de défi.

— OK, déclara Huckle en serrant plus fort encore la main de Polly dans sa poche. Ouah, il fait frais aujourd'hui.

Il la regarda.

— Tu es sûre de ne pas vouloir venir en Géorgie avec moi ? C'est merveilleux à cette époque de l'année. De grands bougainvilliers partout, toutes les maisons qui ruissellent de lierre, des soirées chaudes, parfumées…

Elle le dévisagea.

— Ça a l'air magnifique. Tu es certain que tu auras envie de revenir ?

— Oui, m'dame. Mais est-ce que je ne pourrais pas t'emporter quand même ?

— Nous avons déjà examiné cette option, objecta Polly. Plus tu auras de vols à payer, plus longtemps tu devras rester pour économiser l'argent. En plus, je dois rester ici pour discuter avec le conseil et effectuer toutes les démarches.

Alors qu'ils bavardaient, Archie surgit devant eux.

— Bon sang ! cria-t-il. Qu'est-ce que c'est que ce truc ? (Il tenait un sandwich de pain de mie au jambon, emballé dans du plastique.) Goûte ça, dit-il en le présentant à Polly. Goûte ça !

— Non, merci, déclina Polly.

— C'est dégueulasse, dit-il, le visage cramoisi. C'est absolument atroce. C'est honteux ! Deux livres cinquante ! Deux livres cinquante pour ça ! C'est plus qu'une seule de tes anciennes miches hyper chères avec des graines et des trucs dedans.

— Que tu n'aimais pas.

— Je ne les aime toujours pas, corrigea Archie. Mais je les aimais foutrement plus que ce qu'on a maintenant.

Il avait l'air défait et épuisé.

— Archie, est-ce que tu arrives à dormir un peu ? s'enquit Polly.

— Non. Mais au moins avant je mangeais correctement. Ça, c'est un simulacre de nourriture.

— Je sais. Je n'aime pas ça non plus.

— Tu dois faire quelque chose. Plus personne ne veut y retourner.

— Mais où allez-vous manger ? demanda Huckle.

— Je sais, répondit Archie. Pour être franc, la grève de la faim est difficile à faire avaler.

Il paraissait triste.

— Leurs roulés à la saucisse ont un goût de merde. Tu sais, je fais des efforts, des efforts, et encore des efforts dans cette ville. On fait tous des efforts pour s'adapter, passer à autre chose, pour s'habituer. Et maintenant ça. Je ne peux pas diriger un bateau de pêche avec des roulés de merde. Je ne peux pas motiver et conduire mes hommes avec ça !

— Je vais essayer de faire de mon mieux, lui assura Polly.

Huckle lui décocha un regard d'avertissement. Le plan consistait à ne piper mot à personne de leur projet. Ils ne voulaient pas courir le risque que Malcolm les contre d'une manière ou d'une autre.

— Eh bien, redouble d'efforts, répliqua Archie.

Polly le regarda s'éloigner.

— Je m'inquiète pour lui, dit-elle.

— Tu t'inquiètes pour tout le monde, souligna Huckle avec justesse.

Ils poursuivirent leur promenade et remontèrent la ruelle principale.

— Je vais juste…

— Tu ne devrais pas, objecta Huckle. Ça va te chambouler.

— Je veux juste voir.

Elle passa la tête par la porte de l'ancienne boulangerie de Polbearne. Flora se tenait là, la mine toujours aussi renfrognée. Elle était revenue au mode dos voûté et cheveux gras, les épaules rentrées, les cheveux dans les yeux, la lèvre inférieure saillante, l'air farouche. Polly devait plisser les yeux pour discerner l'extrême beauté, anguleuse, qui se dévoilait quand elle s'ouvrait au monde. C'était un bon déguisement.

Flora était affublée d'une tenue ridicule de femme de chambre – robe noire, tablier blanc, charlotte à frou-frous – à mi-chemin entre une boniche et une strip-teaseuse. Elle se tenait devant des paquets de pâtisseries insipides, avec l'air de s'ennuyer ferme.

— Salut, Flora.

— Oh, bonjour, m'dame, marmonna Flora.

— Ce n'est que moi, Polly.

— Je dois appeler tout le monde « m'dame » maintenant, précisa Flora.

— Ah bon, cela est censé compenser cette horrible nourriture ? murmura Huckle.

— Comment ça va ? s'enquit Polly.

Flora haussa les épaules.

— Tout le monde n'arrête pas d'entrer en disant : « Bla bla bla, où est Polly ? C'est horrible, je crois que j'ai été empoisonné. » Et ils ne reviennent plus. Malcolm est très fâché.

Polly s'efforça de ne pas paraître satisfaite. Elle lança un coup d'œil en arrière en direction de Huckle.

— Tu crois qu'il pourrait me rendre mon boulot ?

— Je pense qu'il l'aurait fait, si tu ne l'avais pas traité de porc.

— Tout le monde veut traiter son patron de porc, répliqua Polly. Si tu ne peux même pas faire un scandale quand tu es virée et claquer la porte en criant : « Vous êtes un porc ! », tu n'es pas vraiment un être humain.

— Qu'est-ce que tu es alors ? Un porc ?

— Non, c'est de la détresse émotionnelle. C'est bon de l'exprimer. Il comprendra.

— Il pense que tout est votre faute, précisa Flora. Il pense que vous avez monté la ville contre lui.

— Je crois qu'il y est parvenu tout seul la première fois qu'il a dit : « Cette ville est complètement pourrie », répondit Polly. Et quand il a commencé à vendre aux gens des machins en pâte à modeler en guise de nourriture.

Flora offrit à Neil un petit morceau de pain en

plastique. Il le renifla, le picora brièvement avant de reculer.

La sonnette tinta derrière eux. Polly et Huckle se retournèrent, l'air coupable. Malcolm se tenait là. À leur vue, ses bajoues virèrent au pourpre. Cela ne lui allait pas du tout.

— Qu'est-ce que j'ai dit au sujet des oiseaux dans la boutique ? beugla-t-il. (Il se tourna pour faire face à Polly.) Et vous avez le culot de vous repointer ici.

Polly devint écarlate. Elle détestait les conflits.

— Je suis venue prendre des nouvelles de Flora, dit-elle.

— Ne vous inquiétez pas pour Flora, répliqua Malcolm. Et arrêtez donc de monter la ville contre moi.

— En fait, je crois que vous êtes celui qui…

Huckle posa sa main sur son bras.

— Nous n'avons pas dit un seul mot, monsieur, dit-il poliment. Polly s'en veut terriblement d'avoir rapporté quelque chose de sale à l'intérieur d'un endroit dédié à la préparation de nourriture, n'est-ce pas Poll ?

Polly déglutit avec peine.

— Hum, oui, marmonna-t-elle. Désolée.

— En fait, poursuivit Huckle, je crois qu'elle reviendrait probablement travailler pour vous, et se retrousserait les manches, si vous y consentiez.

Polly vira au cramoisi jusqu'à la pointe des oreilles. Elle était furieuse contre Huckle. D'un autre côté, s'il y avait la moindre chance qu'il n'ait pas à partir, ils devaient la saisir, peu importe à quel point cela pourrait être humiliant pour elle.

Malcolm sourit, savourant le fait qu'ils soient revenus l'implorer. Il avait espéré ce moment.

— Aucune chance ! répondit-il. Faire couler mon affaire avec elle en train de comploter dans les parages ? C'est pas demain la veille. Quand la saison d'été va commencer, tout le fric sera pour moi, et je ne prendrai pas le moindre risque. Désolé, mais vous devez comprendre. On ne plaisante pas avec l'hygiène et la sécurité ! Le politiquement correct est poussé à la limite de l'absurde, je vous le dis, mais vous devez comprendre que j'ai les mains liées.

Polly sentit ses poings se serrer.

Malcolm, complètement surexcité, se retourna vers Flora avec un air lascif.

— Vous êtes tout à fait charmante aujourd'hui, ma chère. J'aime beaucoup ce nouvel uniforme.

— Merci, monsieur, déclara Flora, maussade.

— Pourriez-vous faire la révérence ?

Flora s'inclina à contrecœur sous les regards éberlués de Polly et Huckle.

— Espèce de poooorc ! chuchota Polly entre ses dents.

Huckle la pinça légèrement, ce qui était plutôt inattendu de sa part, en lui demandant de se taire.

— OK, au revoir, continua-t-il à voix haute, alors que Polly restait silencieuse de peur de ne pouvoir se contrôler si elle ouvrait la bouche.

Huckle la conduisit jusqu'à la sortie.

— Cet homme est un gros porc ! hurla Polly à tue-tête. Il gâche tout ce qu'il touche. Horrible, horrible bonhomme ! Il fait mourir de faim les pêcheurs et réduit Flora à l'esclavage. Et c'est un raciste !

— Qu'est-ce qui te fait dire qu'il est raciste ?

— Oh, tout le monde sait que si quelqu'un dit que « le politiquement correct est poussé jusqu'à la limite de l'absurde », c'est que ça le démange de tenir des propos racistes.

Huckle ignora cette théorie avec sagesse.

— Pour être honnête, Flora ne semble pas beaucoup moins joyeuse qu'auparavant, souligna-t-il.

— Je regrette que tu lui aies demandé de me rendre mon ancien boulot, ajouta Polly en donnant un coup de pied dans un caillou. C'était humiliant.

— Je sais. Je suis désolé. Je voulais juste en être certain à cent pour cent.

Il la tourna vers lui. Un minuscule rayon de soleil jouait faiblement sur les vagues qui découvraient les vieilles pierres luisantes de la chaussée.

— Parce que sinon, mon amour, comment aurais-je pu supporter de partir ?

*

Polly tenait Neil tout contre elle dans le side-car. Patrick avait signé une autorisation, approuvant grandement sa décision de le ramener au refuge. « Prends un chiot, lui avait-il conseillé. Un animal que l'évolution durant des milliers d'années a transformé en un bon animal de compagnie. » Polly l'avait toisé, les yeux plissés, jusqu'à ce qu'il détourne le regard en premier. Il l'avait aussi suppliée de lui faire du pain, qu'il congèlerait, en échange de la facture impayée de l'opération, que Polly avait expliqué ne pas pouvoir honorer avant un petit moment.

— Cela a entraîné de terribles conséquences sur ma qualité de vie, lui avait assuré Patrick. Nous considérions ta boulangerie comme acquise, Polly.

Polly avait haussé les épaules.

— La vie est faite de changements. Ces choses-là arrivent.

Patrick l'avait dévisagée. L'étincelle avait déserté son regard à elle.

— Cela ne semble pas toujours juste, tout de même.

— C'est parce que ça ne l'est pas, avait-elle répondu faiblement. Ce n'est pas censé l'être. Personne n'a promis quoi que ce soit.

Elle avait baissé les yeux sur Neil qui tentait distraitement de manger un bout de gaze qu'il avait déniché sur le bureau de Patrick. Elle s'était déroulée et il la pourchassait.

— Tout ira bien pour lui, lui avait affirmé Patrick, en lisant ses pensées. Il sera bien. Tout ira bien.

— Combien de fois devra-t-il revenir avant que je puisse le garder avec moi ? avait demandé Polly tout à coup.

Patrick avait soupiré.

— Polly…

— Je le pense vraiment. Combien de fois ?

— Pas une seule fois. Tu dois le laisser partir. Plus il retournera là-bas, plus il passera de temps avec les autres macareux, plus ses instincts naturels reprendront le dessus. Ce n'est pas une peluche. Tu n'es pas dans un dessin animé de Disney.

— Si, en fait, si, avait contredit Polly. Je suis dans *Fantasia*, au moment où tout va absolument mal pour Mickey Mouse. Il commence à se noyer et tous ces balais à franges n'arrêtent pas de lui donner des coups.

— Il ne faut pas voir les choses ainsi. Les animaux ne sont jamais que nos invités. Nous sommes tellement chanceux de les avoir. Ils restent avec nous pour un temps et ils nous rendent la vie plus belle. Puis c'est terminé.

Polly avait hoché la tête. Mais elle n'en avait pas cru un traître mot.

*

La jeune Néo-Zélandaise enjouée qu'ils avaient rencontrée naguère travaillait toujours au sanctuaire des macareux, au nord des Cornouailles. Elle portait un short kaki, ses cheveux bouclés étaient retenus en arrière par une natte peu flatteuse.

— Salut, leur lança-t-elle gaiement. Vous en avez trouvé un autre ?

— Non, c'est le même, répondit Polly avec raideur.

Elle craignait que Neil ne s'angoisse d'être de retour en ce lieu, mais il somnolait paisiblement dans sa boîte.

— Oh, *yes* ! s'exclama la jeune fille. Je me souviens de vous maintenant. Incroyable ! Un macareux voyageur… Génial !

Elle souleva Neil hors de sa boîte. Il la dévisagea, à moitié endormi.

— Vous avez fait la guerre, jeune homme, constata-t-elle en découvrant ses cicatrices. Qu'est-ce qui s'est passé ?

— Attaque de chat, expliqua Polly.

La jeune fille acquiesça.

— Vous auriez dû faire attention à ça. C'est pour ça qu'il sera mieux ici, de retour à la mer.

Polly hocha la tête, hébétée. *Ce n'est pas pour toujours*.

— Salut, toi, dit-elle au petit oiseau en soulevant son bec près de son nez. Il est temps de partir en vacances, OK ?

Neil émit un petit cri aigu et regarda autour de lui avec intérêt. Il y avait très peu de macareux dans les environs de Mount Polbearne, car les mouettes avaient pas mal défendu leur territoire. Neil bougeait sa petite tête à droite et à gauche, puis il leva son regard en direction de Polly, perplexe.

Je le reverrai.. Je le reverrai. Parce que sinon je ne pourrai pas faire face. Elle devait s'accrocher à cette pensée.

Elle l'embrassa très brièvement et le posa sur les rochers, près de quelques petits bassins naturels où les macareux étaient déjà en train de se rassembler autour du nouvel arrivant. L'air s'emplit du brouhaha des oiseaux. Les rochers étaient maculés de guano. Ils paraissaient passer, sans le moindre doute, le plus merveilleux moment de leur vie, tous ensemble. À proximité, des enfants vêtus de coupe-vent s'étaient réunis, tout excités, pour les observer. On les nourrissait d'un énorme repas de poissons. D'autres volées de macareux déchirèrent le ciel. Ils virevoltaient et tournoyaient, ivres de liberté ; ils dansaient dans les rafales de vent.

Ce fut Huckle qui se baissa rapidement pour vérifier que Neil avait toujours la bague « Miel Huckle », qui datait d'il y a longtemps. Il enfouit son visage dans les plumes du petit oiseau.

Ce fut Huckle qui le regarda faire un pas un peu chancelant, puis un autre. Ensuite, il se tint sur le côté du bassin creusé dans la roche, comme un enfant un premier jour d'école. Il jetait des coups d'œil de côté aux autres macareux et se rapprochait par petits pas ininterrompus, tout en jouant la nonchalance. Ce fut Huckle qui, sans la moindre gêne, lui envoya un baiser tout en disant : « Va, mon petit chéri, continue. »

A contrario, Polly se sentait paralysée. Elle ne pouvait faire un geste. Elle se remémora en un éclair Neil en train de jouer, si solitaire, près du bassin à l'extérieur du phare, et elle refoula immédiatement ce souvenir. Il reviendrait. Il le ferait. C'est certain. Elle s'agrippa à la main de Huckle et la serra si fort qu'il faillit pousser un cri. Mais au lieu de cela, il serra la sienne en retour.

*

« Si nous sommes sûrs de nous, alors faisons-le tout de suite », avait dit Huckle. Des propos qui faisaient incontestablement sens au moment où ils en avaient discuté dans le phare, bien confortablement installés et pelotonnés à la lumière des bougies, alors qu'ils se préparaient à aller se coucher, mais qui n'en avaient absolument plus aucun, maintenant qu'ils se tenaient là, debout, à la gare ferroviaire, trois jours plus tard.

Polly avait insisté pour l'accompagner en taxi jusqu'à la gare. Un bus la ramènerait à la maison. En fait, il y avait un bus par jour. Elle ne savait pas quand il passait, mais elle s'en moquait éperdument. Elle ne pouvait supporter l'idée que Huckle se trouve encore sur le sol de Cornouailles et de ne pas être avec lui.

— Qu'est-ce que tu fabriques sur mon téléphone ? protesta-t-il, tandis qu'elle triturait les touches.

— J'insère une alerte Google pour « Mount Polbearne », dit-elle. Comme ça, tu sauras ce qu'on est en train de faire.

Il éclata de rire.

— Mais… La réponse est : rien, dit-il. C'est pour ça que nous aimons ce lieu.

Polly le dévisagea.

— C'est juste un mémo. La dernière fois que tu es parti, je croyais que je ne te reverrais jamais.

— Je sais, dit Huckle en reprenant son téléphone et en rejetant son paquetage sur l'épaule. (C'était celui de son père pour le Viêtnam et Huckle n'en avait jamais utilisé d'autre.) Mais cette fois-ci, c'est sûr. C'est seulement un boulot. Un travail difficile et ennuyeux, et ensuite je reviendrai avec des tonnes de cash et je serai un homme entretenu qui fait mumuse avec du miel.

— Et avec moi, souligna Polly. Je veux que tu fasses mumuse avec moi.

Huckle sourit.

— Oh, bien sûr. Mais tu sais, tu es bien plus qu'un hobby pour moi, Polly Waterford.

Ils restèrent ainsi, tous deux silencieux. La gare était déserte. Elle se situait sur une ligne secondaire pratiquement pas desservie (Huckle devrait changer de train pour rejoindre Londres). On pouvait entendre toutes sortes d'oiseaux chanter la gloire du printemps dans les haies. Les buissons poussaient par-dessus les bords des quais et le salon de thé, abandonné depuis des lustres, voyait surgir pissenlits et pâquerettes à travers le béton fissuré. Le ronflement des lignes électriques rompait l'épais silence de la matinée :

l'air était devenu plus lourd et la pression atmosphérique plus pesante. On aurait dit qu'un orage se préparait.

Polly cligna des yeux.

*

— Tu sais ce que j'imagine ? avait dit Kerensa, deux ou trois soirs plus tôt, tandis qu'elles partageaient dans une ambiance lugubre une bouteille de vin blanc – le moins cher de Mount Polbearne, provenant de raisins cultivés sur plusieurs territoires de l'ancien bloc soviétique, comme l'étiquette l'affichait fièrement.

— Qu'est-ce que tu imagines ? avait répondu Polly.

— J'imagine que toutes ces épreuves vont t'être bénéfiques. J'imagine qu'il va te faire sa demande.

— Ne sois pas bête ! avait réagi Polly avec passion. Comment aurions-nous les moyens d'un mariage ? En vendant un rein ?

— Ce n'est pas une question de mariage.

— C'est toi qui dis ça ?

Le mariage de Kerensa avait été un somptueux étalage de richesses, façon Kardashian. Il avait duré trois jours et avait laissé chaque invité cassé, en larmes et épuisé. Polly n'était d'ailleurs pas certaine que cela avait été l'intention première de son amie.

— Ne me demande pas quelle sorte de maison nous pourrions avoir à Plymouth pour le prix de ce mariage, avait ronchonné Kerensa. J'ai décidé de ne pas réfléchir en ces termes par égard pour ma paix intérieure.

Elle avait avalé une grosse gorgée de la piquette qui leur décapait la langue.

— Ceci participe également à ma paix intérieure.

Polly avait hoché la tête.

— Quoi qu'il en soit, mon Dieu, non, avec tout ce qui se passe, c'est loin d'être inscrit sur l'agenda. Nous n'en avons même pas discuté.

Kerensa avait levé un sourcil.

— Oui, mais avant qu'il ne parte… Il voudra faire quelque chose, non ?

Polly avait secoué la tête. Elle n'avait jamais senti que Huckle et elle… eh bien, elle aimerait… elle y avait pensé, elle devait bien l'admettre. Pas à un grand mariage en blanc : Polly était toujours plus heureuse en coulisses, derrière la scène. Son rôle de demoiselle d'honneur au mariage de Kerensa avait suffisamment fait d'histoires pour toute une vie. Mais parfois, dans ses moments les plus apaisés, elle pensait vraiment à un bébé blond et joufflu, à la peau dorée (et à tout un tas de barrières de sécurité pour escalier…).

Mais elle n'en avait jamais parlé et Huckle n'y avait jamais fait allusion. De plus, le timing ne pouvait être plus mal choisi, elle avait donc chassé cette idée de son esprit.

« Nan », avait-elle dit en adoptant une nonchalance qu'elle ne ressentait pas vraiment. Il avait fallu beaucoup de temps à Huckle pour oublier son ancienne petite amie, Candice, et beaucoup de temps pour s'engager à nouveau. Elle ne voulait pas lui mettre la pression. Et le fait qu'il retourne aux États-Unis, là où Candice la Parfaite serait sans aucun doute en train de se pavaner sur d'incroyables talons, tout en effectuant des activités extraordinaires et étonnamment lucratives, avec un emploi bla bla bla, ne lui avait pas échappé.

— Nan, je ne suis pas le moins du monde tracassée par tout ça. Tout du moins en comparaison avec les deux millions de choses qui me tracassent à ce moment précis.

Kerensa avait bu un peu plus de vin.

— Bien dit, avait-elle conclu, l'air éméchée. Dans la richesse et dans la pauvreté… Ça fait vraiment chier.

*

Dans la gare ferroviaire, pas un souffle ne perturbait l'épais feuillage : ni le thym sauvage qui poussait librement et escaladait la barrière couverte de rouille, ni le vaste champ de pâquerettes qui formait le remblai. C'était comme si la nature et la ligne de chemin de fer vivaient ensemble, en parfaite harmonie. Ils se regardaient. Comme s'il n'y avait personne d'autre dans le monde entier. Comme si, comme dans *Max et les Maximonstres*, les vignes avaient revendiqué le monde entier.

Huckle fit un pas vers elle et inclina son menton de sa main puissante. Ses yeux pétillaient, comme toujours. Son regard bleu clair contemplait le monde, en espérant qu'il soit bon pour lui. Et, en conséquence, en général il l'était. Mais aujourd'hui, il y avait aussi de la tristesse en lui et de l'inquiétude.

Polly déglutit et essaya de ne pas songer à sa conversation avec Kerensa. Mais si cela devait se passer maintenant, elle regrettait de porter sa vieille salopette toute élimée, roulée en bas et délavée, avec une chemise à fleurs en dessous. Elle ne pouvait savoir que Huckle la trouvait encore plus jolie que dans la plus coûteuse des robes de bal. Pour le reste de sa vie, chaque fois qu'il penserait à elle, elle porterait cette tenue, le soleil ferait étinceler ses cheveux, exactement comme à cet instant, l'air serait lourd et il n'y aurait pas un souffle de vent. Il l'attira contre lui, tout près, posa un baiser délicat sur les taches de rousseur qui saupoudraient son nez, et il prit conscience tout à coup qu'il y avait tellement, tellement de choses qu'il avait envie de dire – pour un homme peu loquace –, que cela l'accablait, et que s'il commençait, s'il essayait même de faire sortir les mots, alors il se mettrait à pleurer et ne monterait pas dans ce train. Il ne partirait jamais et ils se retrouveraient dans une situation encore pire que celle dans laquelle ils étaient.

Alors, même s'il voyait les yeux de Polly rivés sur lui, écarquillés et légèrement perdus, il ne pouvait s'exprimer. À cette seconde précise, il y eut un faible souffle de vent, un coup de sifflet, puis un rugissement, et la vieille voiture – c'était une de celles avec les portières actionnées à la main – s'arrêta lentement.

— Huckle... dit Polly.

Soudain se déversa hors des wagons un long cortège de jeunes hommes et femmes, riant bêtement, chargés de champagne. Les hommes étaient vêtus de costumes queues-de-pie et de hauts de forme, et les femmes portaient des robes colorées, des chapeaux et des bijoux de tête. Elles gloussaient et criaient à tue-tête. Derrière eux surgit de nulle part une flotte de voitures noires élégantes, ornées de rubans bleus et roses, qui s'arrêta devant la porte de la gare.

— Un mariage, murmura Polly.

Il devait se dérouler dans un des grands hôtels plus bas sur la côte ; un événement très chic au vu des invités. Le train se vida presque entièrement et, au milieu du bruit et des couleurs de cette foule, Huckle souleva son paquetage avec précaution, monta dans le train, puis pencha sa tête ébouriffée hors de la fenêtre baissée.

— Polly…

Elle le regarda, emplie d'espoir, les yeux grands ouverts, tout en s'agrippant à sa main. Mais il était trop haut pour qu'elle puisse l'embrasser. Aucun d'eux ne put le croire quand le chef de gare fit retentir son sifflet, et que le train déserté commença à se mettre en branle, lentement, avec tellement de mots non prononcés et tellement de baisers non échangés. Alors Polly commença à accélérer le pas à côté du train, mais c'était idiot bien entendu, et tout ce qu'elle pouvait dire c'était : « au revoir » et tout ce qu'il pouvait faire, c'était de pencher un peu plus sa tête au-dehors et de crier : « Je reviendrai ! Je reviendrai ! » d'une façon qui, aux oreilles de Polly, résonnait comme s'il s'efforçait de convaincre quelqu'un, possiblement elle, possiblement lui-même. Et puis, dans un souffle de vent qui retomba : « Je t'aime. »

Quelques minutes plus tard, le train ne fut plus qu'un point dans l'horizon verdoyant, et Polly se détourna, avant de s'éloigner. Elle pénétra dans la grande foule joyeuse qui papotait avec excitation et se déversait dans des voitures qui descendaient gaiement le petit chemin de la voie ferrée, accompagnées de cris de joie et d'encouragements. On fit sauter le bouchon d'une bouteille. Elle les regarda partir, puis elle progressa d'un pas lourd dans la même direction, pour finalement s'asseoir et attendre un bus qui ne viendrait jamais, pour rentrer chez elle dans un phare où tout ce qui était lumineux était à présent éteint.

Chapitre 13

« Je me sens toujours si seule.

— Ne pourriez-vous pas donner un petit peu plus de vous-même ?

— J'ai essayé. Mais ensuite, il a complètement disparu de la ville, alors j'ai bien compris la leçon. Je ne sais pas. Je crois qu'ils me détestent tous à cause de mon chat. Et parce que j'ai pécho le frère de Huckle ou quelque chose du genre. Ils parlent tous de moi, tout le temps.

— C'est la réalité, vous pensez, ou quelque chose que vous projetez ?

— Quelle est la différence ? »

*

Deux semaines plus tard, Polly avait plus ou moins renoncé au sommeil puisque rien ne l'obligeait plus à se lever. Ses moules à pain, sa gouttière à baguettes tout comme sa levure vivante étaient délaissés dans un coin de la cuisine.

Se nourrir et nourrir ses amis, apprécier de bons

produits et une agréable compagnie, travailler lentement et rigoureusement : tous ces plaisirs, qui autrefois lui procuraient une grande joie, avaient été mis de côté. Elle avait perdu le goût de tout cela et s'apitoyait sur son sort. Malcolm avait ordonné à Jayden de recouvrir le nom de Polly d'une couche de peinture, et il l'avait fait, ce qui lui avait donné le sentiment d'être un collaborateur en temps de guerre même si Polly lui avait assuré que cela n'avait pas d'importance, comme il le lui avait expliqué par la suite. Cependant, comme il ne disposait pas de la même peinture gris pâle que Chris, l'ex de Polly, avait utilisée, l'opération se résumait à de grosses traces de pinceau marronnasses.

Toutes les nuits, Polly s'asseyait près de la fenêtre et faisait semblant de ne pas guetter le retour de Neil. Huckle appelait, mais à l'entendre aussi déprimée et si différente de ce qu'elle était d'habitude, il ne pouvait s'empêcher de s'inquiéter. Il se faisait beaucoup de souci pour elle.

Huckle lui-même travaillait à un rythme effréné. Lorsqu'il était arrivé fatigué et couvert de poussière, il avait été surpris par la chaleur qui régnait dans les vastes plaines de Géorgie, au milieu des hauts épis de maïs. Il avait retrouvé Clemmie en pleine dépression nerveuse, s'efforçant tant bien que mal de gérer les fournisseurs, les créanciers, les travailleurs agricoles ainsi que les pluies torrentielles – qui n'étaient pas de saison – et le chaos généralisé. Quand elle l'aperçut, elle éclata en sanglots.

— Je croyais que c'était Dubose qui revenait.

— Je ne ferai pas l'affaire ?

Clemmie sanglota.

— Tu seras… Tu seras bien meilleur.

Dès que Huckle éplucha les comptes de la ferme, il sut pourquoi. C'était un bazar sans nom. Il était impossible de comprendre ce que Dubose avait fabriqué tout ce temps. Avec un soupir las, déboussolé par le décalage horaire, il laissa Clemmie lui préparer du thé glacé – boisson qui lui avait terriblement manqué –, puis il prit place dans le bureau minuscule et sombre de la vieille ferme en bois. Les deux ou trois mois à venir promettaient d'être très longs.

*

Deux semaines plus tard, il commençait à peine à reprendre la situation en main. Il discuta avec les grossistes, planifia un calendrier convenable pour les ouvriers agricoles et commença à remettre progressivement tout en ordre. Nuit après nuit, il lui avait fallu examiner attentivement les comptes et parcourir des colonnes de chiffres. Ces tâches lui rappelaient son ancien emploi à la ville… et les raisons qui l'avaient poussé à le quitter. Ses journées débutaient tôt le matin – la ferme comptait un troupeau laitier ainsi que des cultures – et se poursuivaient tard dans la soirée. Clemmie le nourrissait de gruau de maïs et de bacon le matin, de gaufres et de poulet grillé le soir, mais il interrompait à peine son travail, même pour manger. Par ailleurs, il avait conscience de ne pas témoigner autant d'attention à Polly qu'il ne l'aurait dû. Mais ici, alors que le soleil inondait les vastes hectares de terre d'une chaleur aux reflets dorés, il avait sous les yeux le gagne-pain de nombreuses personnes, que Dubose avait mis sérieusement en danger. Par conséquent, il lui fallait baisser la tête et arranger la situation. D'aussi loin qu'il se souvînt, il n'avait jamais travaillé aussi durement.

*

Même si Huckle avait ouvert un compte bancaire pour elle et avait commencé à envoyer de petites sommes tandis qu'il reprenait progressivement la ferme en main, Polly n'avait pas utilisé le moindre centime de ce pécule. Elle n'avait pas regardé un seul van, pas même réfléchi aux éventuelles préparations qui conviendraient à ces nouvelles conditions, plus exiguës. Pourtant, l'été approchait à grands pas. La saison était courte et Polly avait tout intérêt à en tirer le maximum, avant que les gens ne décident qu'un bon déjeuner à Mount Polbearne représentait une telle perte de temps qu'ils ne s'en donneraient plus la peine.

Entre les Cornouailles et la Géorgie, le décalage horaire était de six heures, ce qui compliquait les choses car leurs échanges téléphoniques avaient lieu tard dans la nuit et Polly avait alors l'air endormie, voire un peu abattue. De plus, elle parlait beaucoup de son macareux. Huckle avait envie de lui dire de retourner en cuisine et de préparer du pain, pour l'amour du ciel, mais il ne savait pas comment le lui faire comprendre sans se montrer désobligeant. Il décida de contacter Reuben afin qu'il donne à Polly un bon coup de pied aux fesses. Cependant, trouver un peu de temps dans sa journée était assez difficile.

*

En Cornouailles, le temps était aussi lourd et instable que l'humeur de Polly. Cette dernière avait complètement abandonné l'idée de dormir. Elle passa une des chemises en épais tartan de son amoureux, enfila des sandales et descendit les escaliers en colimaçon à grand renfort de clop-clop. Puis elle ouvrit la porte et plongea dans une chaude nuit étoilée, éclairée par une lune presque pleine.

Elle se pelotonna plus étroitement dans la chemise et s'aventura au bas des rochers. Le pub et la baraque à frites étaient fermés. Les marins pêcheurs étaient partis depuis longtemps rejoindre les zones de pêche, où les radars bipaient pour indiquer les bancs de poissons qui évoluaient en toute innocence sous les chalutiers, et informer les pêcheurs des endroits où jeter leurs filets. En levant les yeux vers le ciel paré de pierres précieuses, elle se dit que la nuit n'était pas mauvaise pour un marin. Certaines nuits l'étaient, mais pas celle-ci.

Elle déambula lentement sur les galets découverts par la marée basse, entre les brise-lames qui couraient derrière la jetée. Quand la mer se retirait, elle révélait une sorte de plage d'où l'antique chaussée qui menait au continent se déployait dans toute sa splendeur. Elle ramassa une pierre et la lança de toutes ses forces dans l'eau. Puis une autre, et encore une autre.

— Aïe ! s'écria une voix. Attention là-bas, vous allez éborgner quelqu'un !

Polly sursauta.

— Oh, bon sang ! s'exclama-t-elle. (Elle se retourna, toute colère oubliée.) Tu m'as fait une de ces peurs !

Selina se tenait devant elle.

— Désolée. Je t'ai vue là en bas et… Bon, ben, je voulais… je voulais m'excuser.

Polly déglutit avec peine.

— Tu as failli tuer mon oiseau, répliqua-t-elle, incapable de se retenir. Il était presque mort.

— Je ne savais pas que c'était ton oiseau. Il est entré en voltigeant. Je n'en avais pas la moindre idée. Je suis tellement désolée.

— Les chats ne devraient pas tuer les oiseaux.

— Est-ce que je t'ai dit que le véto m'avait rebattu les oreilles avec cet événement ? Il m'a aussi menacée de retirer ses griffes à Lucas, ce qui est parfaitement illégal.

Polly était heureuse d'entendre que Patrick avait pris sa défense.

— Mais je suis tellement, tellement désolée. Je n'avais pas conscience qu'il représentait autant pour toi. Lucas s'est comporté comme un chat.

— Je sais, approuva Polly. Je le sais bien. Neil n'aurait pas dû sautiller dans toute la maison, il aurait dû être en train de voler dehors.

— C'est ce que font la plupart des oiseaux, non ?

Polly avait les yeux brillants de larmes.

— Nous avons dû nous en séparer.

— Ce n'est pas vrai ! s'exclama Selina, sous le coup de la surprise. C'est si dur. Pas à cause de Lucas, quand même ?

— Non, répondit Polly. En fait, si. Et non. Pas seulement à cause de lui.

Selina s'approcha et l'entoura d'un bras.

— Je suis vraiment désolée, dit-elle. Je suis sincèrement désolée pour toi. (Elle s'interrompit.) Tu n'imagines pas à quel point c'est bizarre pour moi de dire ça à quelqu'un d'autre.

Polly esquissa un pâle sourire.

— J'imagine.

Elle avala la boule qui lui nouait la gorge.

— Il me manque, dit-elle. Ils me manquent tous les deux, ils me manquent tellement. Huckle est parti lui aussi.

— Je sais. Je n'ai pas entendu sa moto de cinglé depuis des lustres. Chez Muriel, j'ai surpris quelqu'un qui disait qu'il était parti travailler très loin. Puis ils m'ont tous regardée comme si j'étais aussi responsable de ça. Après…

— Où est allé Dubose ?

— Je ne sais pas. C'est une sorte de manie chez moi, de faire disparaître les hommes en un instant.

Polly la dévisagea.

— Pourquoi…

— Parce que… répliqua Selina. Parce que j'étais incroyablement seule et parce qu'il s'est montré gentil avec moi.

Un puissant flash-back ramena Polly une année en arrière, avec Tarnie. Elle secoua la tête.

— Je comprends. Et les gens ne te blâment pas.

— Vraiment ? Au fait, ils pensent tous que tu es folle d'avoir acheté ce phare.

— Merci pour le scoop, déclara Polly d'un ton sec.

Selina baissa les yeux et donna un coup de pied dans un caillou.

— Apparemment, je me suis débrouillée pour tout faire foirer. C'est le message qu'on m'envoie. Où que j'aille, tout le monde se tait. Comme si je gardais chez moi un tigre qui avait attaqué le maire ou quelqu'un dans le genre.

Elle releva les yeux, un rictus aux lèvres.

— Je ne me doutais pas que Neil était la personne la plus populaire de cette ville.

— Ouais, approuva Polly avec tristesse. Ouais, il l'est.

— Et moi je suis la salope maniaque qui a essayé de le trucider.

— Je suis certaine qu'ils ne disent pas ça.

— Peu importe. Tu sais, même le véto n'aime pas Lucas.

Polly garda un silence prudent.

— Comment marche la boutique en bas ?

— Tu veux dire depuis que je t'ai aussi fait perdre ton boulot ?

— Je demande, c'est tout.

— La semaine dernière, ils ont jeté un tas de sandwichs au thon invendus, et l'endroit a empesté pendant une semaine. Lucas a pété les plombs, il a déchiré tous les sacs-poubelles.

— Oh, mince, pauvre Jayden.

Soudain, Selina se baissa vers les rochers et lança avec colère une pierre dans la mer.

— Pauvre Jayden ! Pauvre Polly ! Pauvre Neil ! Pauvre tout le monde ! Tu sais, c'était le dernier endroit où je pouvais aller. C'est le bout du chemin pour moi. Pas de boulot, rien à faire, mes indemnités touchent à leur fin. Et maintenant je suis là et tout le monde me déteste. Je bousille tout, tout, absolument tout. Et même quand je n'ai pas du tout l'intention de tout bousiller, c'est quand même ma putain de faute parce que j'ai un putain de chat. Comme si j'étais l'unique personne au monde à posséder un de ces foutus animaux ! Je n'avais pas réalisé. Je croyais que c'était juste un oiseau.

Polly secoua la tête.

— Désolée. C'était ma faute. J'ai compris. Il n'aurait pas dû… Je n'aurais pas dû en faire un animal de compagnie. Les oiseaux de mer ne sont pas des animaux de compagnie. Il n'aurait pas dû me suivre partout.

La voix de Polly se brisa.

— C'est une bonne chose qu'il soit parti.

Selina fixait toujours la mer.

— Je foire tout ce que je touche.

Polly ôta la grande chemise bien chaude de Huckle et l'enroula autour des épaules de Selina.

— Chuuut, souffla-t-elle. C'est bon. Ce n'est pas ta faute. Rien de tout cela n'est ta faute.

Toute l'animosité que Polly avait nourrie à l'encontre de Selina et de son chat s'évanouit en constatant à quel point cette dernière était triste et fragile. Elle se sentit coupable de l'avoir évitée, trop enlisée qu'elle était dans ses propres problèmes et trop bouleversée par l'accident de Neil pour vouloir passer du temps en sa compagnie.

La température devenait glaciale. L'aube n'allait pas tarder à pointer. C'était l'heure la plus froide et la plus lugubre de la matinée, le moment où le monde entier semblait montrer son pire visage.

Polly ne connaissait qu'un seul moyen de s'en sortir. C'était la première fois depuis longtemps qu'elle ressentait cela. Peut-être était-ce le fait de rencontrer une personne aussi triste qu'elle-même. Peut-être était-ce cette matinée en particulier. Ou bien le drapeau blanc qui surgit quand on comprend que, finalement, les autres ne sont pas là pour nous faire souffrir et nous causer du tort ; que les intentions de la plupart des gens sont identiques : faire du mieux possible. Parfois ça marche, parfois non. Elle se rendit compte que Selina ne complotait pas pour blesser son oiseau et lui faire perdre son boulot. Que les autres ne sont, comme nous-mêmes, que des êtres humains faillibles. Si l'on était capable de pardonner aux autres, alors c'était presque comme si l'on se pardonnait à soi-même, et cela faisait autant de bien.

— Euh… Je me disais…

Toujours en colère, Selina se frotta le visage d'un revers de manche. Polly en fut un peu attristée, car elle se dit qu'elle devrait laver la chemise d'Huckle et ne plus sentir son odeur.

— Quoi ?

— Tu sais, répondit Polly, quand je me sens atrocement mal, il n'y a qu'une seule chose qui me fasse du bien.

— Je n'ai pas vraiment envie d'un verre maintenant, rétorqua Selina.

— En fait, il ne s'agit pas de cela.

Selina la dévisagea.

— Quoi alors ?

— Suis-moi, enchaîna Polly en lui tendant la main.

*

Dans la cuisine du phare, Polly alluma toutes les lumières. Ces dernières étaient affreusement vives car ils n'avaient pas trouvé le temps de remplacer les néons fluorescents qui bourdonnaient au-dessus de leur tête. Elles clignèrent des yeux.

— OK, dit Polly, en remarquant que Selina continuait de trembler. (Elle était vraiment terriblement maigre.) Commençons par le commencement. Et le commencement, c'est un café. Noir.

— Faut-il vraiment qu'il soit noir ?

— Oui. J'ai encore oublié d'acheter du lait.

Elle alluma la machine à café et jeta instinctivement un regard alentour, à la recherche de Neil. Le petit oiseau était captivé par le bruit que faisait la machine et il aimait s'avancer vers elle avec bravoure. Puis elle se souvint qu'il n'était plus là. Bientôt, se dit-elle d'un ton sévère.

Elle remplit deux petites tasses d'un café épais et crémeux et, malgré les protestations de Selina, y ajouta du sucre.

— Chuuut, on a du travail qui nous attend.

Elle alla chercher la levure vivante dans le réfrigérateur où elle s'était développée pendant des semaines. Laissée à l'abandon.

— Qu'est-ce que c'est ?

— Tais-toi et bois ton café, répondit Polly en passant une main sous le robinet, jusqu'à ce que l'eau soit chaude.

Elle ajouta soigneusement l'eau à la levure, puis mélangea.

— Ça a l'air encore pire, déclara Selina. Et ça sent mauvais.

— Tais-toi.

Elle noua autour de sa taille le tablier ridicule, orné

d'un macareux – cadeau de Huckle – et donna le plus joli, signé Cath Kidston, à Selina.

— C'est pour quoi, ça ?

Polly prit la farine qui se trouvait sur l'étagère du haut – celle de bonne qualité – et versa entièrement le sac d'un kilo dans un grand saladier avant de remuer. Elle ajouta une pincée du meilleur sel de mer, autant de sucre et un peu d'eau sans cesser de remuer, jusqu'à ce que, de son œil averti, elle jugeât que la consistance était correcte. Puis elle mit le tout dans le robot pétrin et régla la vitesse.

Ensuite, elle recouvrit deux plans de travail d'une grande quantité de farine légère et divisa le mélange de pâte en deux parts égales.

— Bon, dit-elle.

Selina ne la quittait pas des yeux.

— Je ne cuisine pas.

— Eh bien, c'est bon à savoir, poursuivit Polly. Il ne s'agit pas de cuisiner, mais de faire du pain.

Elle alluma le poste. La radio locale diffusait de la bonne musique à cette heure matinale. Le DJ, Rob Harrison, enchaînait les morceaux entraînants pour aider tous ceux qui devaient se lever tôt à sortir du lit, aussi bien les fermiers, que les marins pêcheurs, les surfeurs, les ramasseurs de fruits… C'était comme s'il se doutait qu'ils avaient besoin d'un coup de main.

— Ça fera l'affaire, dit-elle, tandis que Pharrell résonnait à plein tube à travers la pièce. Allons-y. (Elle commença à taper et à tirer sur le morceau de pâte collante.) Fais comme moi.

Selina la regarda sans ciller avant de jeter un œil à sa jolie manucure.

— Enlève tes bagues. Allez.

Selina fixa ses doigts, ses mains tremblaient.

— Oh, lâcha Polly en interrompant le pétrissage une minute. Désolée. N'enlève pas tes bagues.

La fine alliance et la bague de fiançailles de Selina ornaient sa main droite, pas la gauche, le doigt des veuves. Polly ne l'avait pas remarqué auparavant. Selina les contempla un long moment.

— Non, dit-elle. Non, je vais le faire. Il le faut. Ce sont des chaînes.

Polly ne souffla mot durant un long moment, tandis que Selina observait à nouveau ses mains. Puis, lentement, avec plaisir, elle fit glisser les anneaux de son doigt et, d'un geste rapide, elle plongea ses mains dans la grosse boule de pâte collante.

— Argh ! s'écria-t-elle, tout en souriant pour la première fois.

Du bout du nez, Polly poussa le bouton du volume de la radio, un talent développé par presque tous les boulangers, ensuite elles se mirent véritablement au travail : elles cognèrent la pâte, la projetèrent violemment sur le plan de travail, la lancèrent de-ci de-là, la frappèrent en se défoulant contre le monde entier. Polly savait qu'il était pratiquement impossible de trop la pétrir à la main – c'était plutôt le robot qu'il fallait surveiller –, elle s'en donna donc à cœur joie. Elle prit alors conscience combien cela lui avait manqué, à quel point même la sensation douloureuse lui avait manqué, tout comme le travail de ses bras tandis qu'ils donnaient de grands coups dans la pâte et qu'ils la lançaient. Elle sentit le nœud au creux de ses épaules commencer progressivement à se desserrer. Ses épaules descendaient d'un cran. Elle se rendit compte qu'elles devaient se trouver au niveau de ses oreilles, comme si elles portaient les soucis du monde entier, ou comme si elles soutenaient, à elles seules, la voûte céleste.

Une fois le morceau terminé, la radio passa une autre chanson pleine d'énergie, exactement ce qu'il leur fallait. Polly constata que cela faisait longtemps qu'elle n'avait plus écouté de musique. Elle l'apprécia encore davantage. Elle sentit ses hanches bouger et un sourire se dessina sur son visage quand elle remarqua que Selina était tellement absorbée par son travail, tellement appliquée à frapper, tirer, cogner la pâte – ou Tarnie, ou ses soucis, ou quoi que ce fût – qu'elle aussi remuait inconsciemment en rythme.

— C'est ça, l'encouragea Polly, alors que la pâte commençait à changer d'apparence, sa consistance devenant homogène et malléable au fur et à mesure que le gluten gagnait en élasticité.

— Ouah ! s'extasia Selina, légèrement rose et essoufflée. On dirait du boxercise[1].

— C'est bien meilleur que le boxercise, promit Polly.

Derrière elles, les premières lueurs roses commençaient à caresser la mer.

— Bon, dit Polly. Allons les mettre au chaud. Oh, malheur !

— Quoi ?

— Mon four est resté éteint si longtemps. Normalement, je ne l'éteins jamais, dit-elle avec tristesse. Et j'ai toujours un coin chaud. Bon.

Elle alluma tout de même le four et plaça la pâte dans des bols couverts de torchons propres pour

1. Une activité sportive entre la boxe et l'aérobic.

qu'elle lève. Puis elle nettoya les surfaces d'une main experte. Quand elle se retourna pour proposer un café à Selina, elle la retrouva affalée sur la table, endormie aussi profondément qu'un enfant.

Polly conduisit avec douceur Selina vers le fauteuil près de la porte avant de monter à l'étage chercher une couverture. Elle l'en couvrit, puis alla flâner dehors avec un café. La rosée reposait lourdement sur les brins d'herbe rabougris qui pointaient entre les rochers. Le ciel s'illuminait un peu plus chaque seconde. Il fallait qu'elle jette un œil à la pâte. Les pêcheurs seraient bientôt de retour et ce serait bien d'avoir quelque chose de chaud à leur donner. Elle ouvrirait un pot des dernières cuvées de miel, fabriqué par Huckle. Celui à la fleur d'oranger, avec la légère saveur d'agrumes, qu'elle adorait.

Elle se surprit à fredonner gaiement. Elle déposa la pâte dans des moules et la laissa lever encore. Ses doigts la démangeaient, habitués qu'ils étaient à faire dix fois plus dans une même matinée. Elle prit soudain conscience à quel point cela lui avait manqué. Vraiment. Au début, elle avait considéré comme un luxe le fait de ne pas devoir se lever aux aurores, mais ce travail était le sien. Il définissait qui elle était en quelque sorte. Sans emploi, elle était triste et nerveuse. Il lui fallait commencer à organiser les choses, songea-t-elle en déposant les moules dans le four, avant de décider subitement qu'elle allait préparer un peu de pâte feuilletée pour des croissants. Cela ne pourrait pas faire de mal.

*

L'odeur du pain chaud réveilla Selina, lovée comme un chat dans le fauteuil. Même si elle n'avait fermé l'œil que deux ou trois heures, elle s'étira avec délice.

— Oh ! dit-elle en clignant ses grands yeux de chat. Qu'est-ce que c'est ? Ça sent divinement bon. J'ai faim. (Elle eut l'air perplexe.) Pourtant, je n'ai jamais faim, dit-elle, un peu confuse. Pourquoi est-ce que j'ai faim ?

— Je pense que tu as faim, parce que tu as participé à la préparation de ton petit déjeuner.

— J'ai fait ça ? (Elle fronça les sourcils.) Bon sang, j'ai cru que j'avais rêvé ! (Elle regarda autour d'elle.) Mais je suis bien là, dans un phare.

— Absolument. Ici.

Elle posa le pain frais sur la table en bois. Une couche de beurre fondu recouvrait son cœur tendre à la mie aérienne. La croûte bien pétrie craquait sous la dent avec un goût savoureux de noisette. Une bonne cuillerée de miel et une énorme tasse de thé (Polly n'aimait pas les tasses contenant moins d'un demi-litre) complétaient ce simple repas. Le soleil matinal dardait ses rayons étincelants par les fenêtres.

— Oh, mon Dieu ! s'extasia Selina. C'est absolument parfait.

Elle mordit dans le pain de ses petites dents blanches. Polly sourit. Cela faisait indéniablement un bien fou de nourrir à nouveau les autres.

— Incontestablement, souligna-t-elle. Et c'est toi qui l'as fait.

— Oh là là ! Alors je suis vraiment forte.

Polly sourit à nouveau.

— Mange autant que tu veux, dit-elle en emportant un grand plateau où s'entassaient des piles d'épaisses tartines de miel ainsi qu'une tasse vide. Je passe voir les pêcheurs.

Elle aperçut les bateaux à l'horizon en train d'avancer péniblement. Elle espérait que la nuit avait été bonne.

— C'est pour quoi la tasse ?

— Les pêcheurs font le meilleur thé de la terre. Je vais toujours me ravitailler à leur fontaine.

*

Les garçons étaient transis, affamés, épuisés et absolument ravis de revoir Polly.

— Je pensais que tu étais partie pour toujours, dit Kendall. Je croyais que tu étais partie vivre avec ton oiseau.

Archie grommela.

— Ne sois pas ridicule, Kendall. Tu veux dire avec Huckle.

Kendall regarda Archie.

— L'un ou l'aut'.

— Bon Dieu ! dit Polly. Pour quelle espèce de folle me prenez-vous ? Non, ne répondez pas.

Par chance, ils étaient trop occupés à mâcher.

— Comment vont les affaires ? demanda-t-elle à Archie, qui se contenta de secouer la tête.

Il avait toujours l'air malheureux.

— Je fais de mon mieux, dit-il, puis il s'approcha d'elle. Je souhaite… Je souhaite seulement…

— Quoi ?

— Rien, dit Archie tristement.

— Dis-moi.

Il la regarda.
— Je peux ?
— Bien sûr.
— Eh bien, la nuit dernière… C'était un peu agité, tu vois ?
— Hmm hmm.
— Ça m'a… Ça m'a terrorisé. (Il détourna le regard.) Je suis terrifié, Polly. Vraiment. Je ne me sens pas du tout légitime en tant que responsable du bateau, des hommes et de tout ça.
— Mais tu fais du super boulot ! Tout le monde te trouve génial !
— C'est parce que je n'ai jamais été mis à l'épreuve, rétorqua Archie avec émotion. Ils ne m'ont pas encore percé à jour.
— Chut, dit Polly. Tout le monde ressent la même chose.
Archie leva une tartine en l'air.
— Facile à dire pour toi. Quand tu peux faire des trucs comme ça.

*

À présent que Polly avait retrouvé son allant, elle s'était rendue sur le continent – où la connexion internet était convenable – pour y rejoindre Reuben, enrôlé dans l'Opération Camion.

Ils se retrouvèrent dans un petit café de Looe, où tous les hommes portaient la barbe et des chemises de bûcheron, et où les boissons étaient servies dans des pots à confiture. Polly trouva cela très étrange.

Reuben pointa le bout de son nez avec quarante

minutes de retard, ce qui arrangeait plutôt Polly, car ainsi elle eut le temps de passer en revue l'ensemble des offres de vans. Presque tous étaient d'anciens camions à burger qui paraissaient encrassés par la graisse de milliers de noctambules ivres, sortis en titubant de boîtes de nuit. Néanmoins, le dur labeur n'effrayait pas Polly. Leurs prix variaient énormément, à partir de deux mille cinq cents livres et au-delà, mais Huckle avait lourdement insisté sur le fait qu'elle devait acheter ce qu'il lui fallait.

« Si tu as l'intention de te lancer, avait-il dit, il faut que tu le fasses bien. »

Elle avait aussi créé un fichier qui listait les tâches à accomplir. Elle aurait pu calculer le budget réel les yeux fermés. Elle avait travaillé assez longtemps à la boulangerie pour savoir exactement ce qu'il lui fallait et combien cela coûtait. En fait, avec une équipe plus réduite, sans loyer et quelques coûts fixes, elle pourrait s'en sortir avec moins de frais qu'à la boutique.

Et comme elle n'avait pas de clientèle régulière à fournir, elle pourrait se concentrer sur des produits avec une marge de profit légèrement plus élevée – des sandwichs et des pizzas ainsi que des miches – et laisser les gâteaux et les petits pains aux fabricants de plastique de Malcolm. Il lui faudrait, de toute façon, prouver clairement à la mairie qu'elle ne concurrencerait aucun des commerces existants. Elle briguait une licence de snack-bar.

Elle fit défiler la liste de camionnettes d'occasion qui avaient toutes l'air un peu déglinguées, avec un petit pincement au cœur. Chacune d'elles, songeat-elle, incarnait les espérances et les rêves réduits à néant de son propriétaire. Leur brillante idée de restauration s'était changée en poussière. Pour qui se prenait-elle à vouloir tout à coup mettre un projet sur pied au beau milieu de nulle part, en espérant que cela marcherait ? Était-elle tombée sur la tête ?

Pourtant, elle n'avait pas le droit de penser de la sorte. C'était sa meilleure option à ce stade – la seule à vrai dire – et Huckle avait pris la peine de partir à des milliers de kilomètres pour l'aider. Elle fit défiler page après page les *pasty trucks* et les caravanes d'un blanc sale reconverties pour l'occasion… Et c'est alors qu'elle le vit.

Elle le contempla, puis détourna le regard. Puis elle le regarda à nouveau, tout son cafard oublié.

Il était écrit : *Piaggio Porter 2010.*

Ce van était sensiblement plus cher que tous les autres, mais…

C'était un van Volkswagen de deux couleurs : rouge foncé et blanc. Un côté s'ouvrait par un pan coulissant pour révéler des plaques de cuisson sur rails, exactement comme dans une boulangerie. Juste derrière se trouvait un four à bois professionnel. De l'autre côté, une grande fenêtre surmontée d'un auvent était destinée à la vente. Le véhicule avait l'air en parfait état. La description annonçait qu'il avait été équipé pour vendre des tourtes, deux ans plus tôt, pour un montant de trente mille livres. Polly était incapable de dire si cette estimation était juste, mais la camionnette lui semblait absolument parfaite. Ce qui expliquait probablement, songea-t-elle, pourquoi elle coûtait deux fois plus que tous les vans de sa catégorie.

Elle le contemplait toujours quand Reuben arriva. Elle s'était inquiétée pour lui ; inquiétée à l'idée qu'il ait perdu son air fanfaron, son envie irrépressible de raconter à quel point il s'en sortait bien. Mais elle n'aurait pas dû : alors qu'elle commandait sa deuxième boisson – honteusement chère – à la fleur de sureau et au gingembre, il entra en sautillant dans de ridicules chaussures de sport à l'édition limitée, signée Kanye West. Polly le savait uniquement parce qu'il en avait parlé à de nombreuses reprises. Elle était d'ailleurs surprise que les huissiers chargés du redressement judiciaire ne les aient pas encore saisies. Son large visage recouvert de taches de rousseur était aussi joyeux que d'habitude.

— Salut ! s'exclama Polly, ravie de le revoir. Comment vas-tu ?

— Fantastiquement bien. Je triomphe gaiement de mes petits revers !

— Je vois ça. (Polly jeta un regard dans la rue.) Comment es-tu venu ?

Il grimaça légèrement à cette question.

— Ils ont pris mon Segway, tu le crois ? Comment suis-je supposé me déplacer moi, maintenant ?

Il fit un signe de la main à l'intention d'un serveur qui examinait son téléphone.

— Un crème.

— Hum, dit Polly, tandis que le serveur était toujours absorbé par son téléphone. Il n'est pas à ton service.

— C'est le cas à présent et tout le temps que je resterai assis dans son café, répliqua Reuben.

— Oui, mais il ne voit pas les choses comme ça, dit Polly. Il faut que tu dises « s'il te plaît ».

— Pourquoi je dirais « s'il te plaît » ? Je le paye

pour ça. Et s'il va effectivement me le chercher, je le paierai plus.

Reuben avait lancé ces derniers mots d'une voix forte – il parlait toujours d'une voix forte –, ce qui parut avoir l'effet escompté, puisque le serveur barbu s'écarta lentement du comptoir.

Reuben reçut son crème avec satisfaction, mais sans dire merci.

— Alors, ça ne te dérange pas d'être en semi-retraite ? s'enquit Polly.

Reuben secoua la tête.

— Tu plaisantes. Je travaille plus que jamais. Et j'ai enfin assez de relations sexuelles.

Tous les autres clients du café firent semblant de ne pas prêter l'oreille. Cela ne ressemblait pas beaucoup à un rendez-vous d'affaires, songea Polly. Et puis comment Reuben et Kerensa pouvaient-ils avoir davantage de relations sexuelles ? À ce moment-là, elle réalisa à quel point Huckle lui manquait et rougit.

— Bien, dit-elle.

Elle lui montra le van qu'elle avait trouvé sur Internet.

— Oh oui ! dit Reuben. J'aime bien.

— Alors qu'est-ce que je fais ? Je veux dire, comment je mets cette espèce de truc sur pied ?

Reuben fit pivoter l'ordinateur portable vers lui.

— Qu'est-ce que c'est que cet ordinateur ? De quand il date ? Il est nase. Comment est-ce que tu peux le transporter ? Le mien est fabriqué à partir de titane de la Nasa. Il pèse environ cent grammes.

— Je ne vois pas ce que ça représente, précisa-t-elle avec patience.

— Tu peux le faire tourner sur le bout de ton doigt,

assura Reuben. Celui-ci est épouvantable. Je veux t'en acheter un neuf.

— Ils n'ont pas emporté ton ordinateur ?

— Humm, grommela Reuben.

Il ouvrit une nouvelle feuille de calcul.

Il tapait incroyablement vite.

— OK, dit-il. Business plan 101.

— C'est quoi, 101 ?

Reuben la regarda et sourit.

— Cesse d'avoir l'air aussi nerveuse, petite.

Polly jeta un nouveau regard à la photo du van.

— J'ai tenu un commerce, dit-elle. Je sais quelques trucs quand même. C'est seulement que… Tellement de choses semblent échouer. Tout semble s'effondrer.

— Ne sois pas bête, dit Reuben. Bien sûr que c'est le cas. C'est comme ça que ça marche.

Il lui sourit d'un air encourageant.

— Tu sais combien de start-up j'ai lancées avant de toucher le gros lot ?

Polly secoua la tête et haussa les épaules.

— Neuf ! Neuf de ces conneries. Mais je m'en foutais, parce que je savais que j'y arriverais. Alors j'y suis arrivé. Et puis tout a foiré à nouveau.

Il éleva sa cuillère et la voix.

— Mais on continue. On le regagnera à nouveau. La seule chose en quoi il faut croire, c'est que tu es géniale.

— Je suis plutôt médiocre, lâcha Polly avec hésitation.

— Tu vis dans un foutu phare ! Tu es géniale ! s'exclama Reuben. Pas aussi géniale que moi, puisque tu n'as jamais possédé d'hélicoptère. Mais à part ça…

Polly le regarda.

— Dis-le !

— Je ne vais pas dire ça ! Je suis britannique !

— Dis-le ! (Reuben se retourna vers le serveur, qui était à présent appuyé contre le mur.) Tu le dis, toi aussi. Tire-toi de ce café et implique-toi dans ce que toi et ta barbe voulez faire comme boulot.

Le serveur à l'allure nonchalante se redressa d'un coup.

— Je veux devenir monteur, mec.

— Génial, approuva Reuben C'est génial comme ambition. Allez, vas-y.

— Reuben ! s'exclama Polly. On n'est pas dans *Le Loup de Wall Street*.

— Absolument tout est comme dans *Le Loup de Wall Street*, répliqua Reuben qui trouvait que ce film, à la grande ambition, était le meilleur de tous les temps. Tu le veux ou pas ? Tu veux réussir ou pas ? Tu veux que ta vie s'améliore ou pas ?

— Oui.

— Alors, dis-le.

Polly soupira.

— Dis-le !

— Je suis géniale, dit-elle à voix basse.

— Plus fort, lui intima Reuben.

— Je suis géniale, répéta-t-elle à un volume normal.

— Plus fort !

— Je suis génial ! hurla soudain le serveur barbu. Puis il arracha son tablier, le jeta au sol et gagna la porte à grandes enjambées.

Reuben et Polly le regardèrent partir avec surprise.

— Ah, ah, déclara Reuben, boissons gratuites. Génial.

*

Ils restèrent deux heures à réfléchir dans ce café et, après maintes discussions, ils parvinrent à établir les fondements et la structure d'un business plan alliant à la fois solidité et flexibilité.

Polly avait beaucoup appris du cabinet de graphisme qu'elle avait lancé avec son ex, même si cette entreprise s'était soldée par une faillite. Elle avait aussi compris beaucoup en regardant Gillian Manse gérer les comptes – elle avait été très efficace, trop efficace en réalité. La vieille boulangerie était restée à flot bien plus longtemps qu'elle ne l'aurait dû grâce à la solide gestion de sa propriétaire. Polly se demandait si une retraite plus précoce n'aurait pas offert à Mrs Manse une vie plus longue et plus heureuse.

Mais elle ne resta pas distraite très longtemps : elle fut vite happée à nouveau par le monde des comptes de pertes et profits et des mises de fonds. Elle n'avait jamais vu Reuben travailler autant qu'à cet instant. Il était pleinement absorbé et son intense concentration ne faiblit pas une seule seconde. Pour la première fois, elle comprit parfaitement pourquoi ce petit geek avait tenu le monde dans le creux de sa main et pourquoi on ne pouvait parier qu'il ne referait pas exactement la même chose un jour.

— Fais comme ça, dit-il. Sers-toi de l'argent de Huckle, la banque ne t'aidera pas. Tu peux tout de même ouvrir un petit compte professionnel, sur lequel tu déposeras de l'argent gratuitement pendant six mois. Tu le feras, hein ?

Polly hocha la tête.

— Je viendrai voir le van avec toi. Mais ton boulot maintenant, c'est de faire du charme à la mairie pour qu'ils t'accordent la licence. Imprime des photos de la camionnette. Même si tu ne l'acquiers pas, le fait qu'elle soit si jolie jouera en ta faveur. Et puis tu leur demandes seulement de pouvoir la garer sur un parking, après tout. Je ne vois pas pourquoi cela poserait un gros problème, ils laissent bien les camions de glaces venir jusque-là, non ?

— Pas jusqu'en ville, objecta Polly en pensant au mauvais coup que ce serait pour le magasin de Muriel et pour la baraque à frites si leurs précieuses concessions à l'intérieur des murs étaient remises en cause. L'argent que rapportait la vente de glaces durant les chaudes journées estivales les aidait à tenir tout au long des violents orages hivernaux. Et elle était précisément en train de mettre au point une concurrence identique vis-à-vis de quelqu'un d'autre.

— Bon, parle-leur de toute façon. Puis ils inspecteront probablement la camionnette.

— Tu en connais un rayon là-dessus, déclara Polly.

— Non. Je présume seulement qu'ils auront envie de vérifier, de temps à autre, que tu ne vends pas des ordures. Est-ce que tu as l'intention de vendre des ordures ?

Polly fit non de la tête. Reuben se leva avant de secouer frénétiquement son portefeuille. Il laissa assez d'argent pour son café. Polly fit de même pour ses boissons.

— Faut respecter les petits commerces, dit Reuben en caressant l'encadrement de la porte du café au moment de sortir. Faut tous les respecter.

Il déposa un léger baiser sur la joue de Polly.

— Bon. Je rentre à la maison. Quand je parle business plans, je me sens toujours d'humeur sexy.

Polly leva les yeux au ciel et suivit son regard. Garée derrière le café se trouvait une minuscule, mais non moins étincelante trottinette pliante, manifestement hors de prix.

— Sérieux ? dit Polly.

— Et ouais, répondit Reuben. Tout à fait. Je l'ai planquée dans une haie. Bon, qu'est-ce que tu es ?

Polly lui sourit. Il lui avait fait l'effet d'un remontant.

— Heu, géniale ?

Reuben secoua la tête et monta sur sa trottinette.

— Non.

Polly était perplexe.

— Quoi alors ?

— Putain de géniale ! hurla-t-il en filant dans ses chaussures de sport ridicules, son pantacourt coûteux et ses lunettes de créateur.

Tandis qu'il disparaissait au bas de la vertigineuse colline, évitant de peu une femme qui se battait avec une énorme poussette, Polly perçut un faible écho porté par la brise : « Putaaaaaiiiinnnn de géniaaaallllleee ! »

Chapitre 14

Une fois que Polly eut imprimé tous les formulaires à la bibliothèque de Looe, les démarches ne furent pas aussi compliquées qu'elle l'avait cru. La conseillère municipale l'avait brièvement dévisagée, avant de parcourir sa demande. Elle lui avait indiqué qu'elle devrait avoir une poubelle municipale à proximité, que toute prolifération d'ordures ou de mouettes provoquerait une révision de sa licence, qu'il lui faudrait afficher un certificat hygiène et sécurité à l'attention du public, et que l'autorisation vaudrait pour une période d'essai de trois mois seulement, au niveau de l'entrée latérale du parking : pas à l'entrée de Mount Polbearne lui-même, qui était classé au patrimoine mondial et qui devait être traité comme tel. Elle pourrait aussi installer une table de pique-nique tant qu'elle ne dépassait pas plus de quinze centimètres sur la voie publique, qu'elle serait assujettie à des inspections sur place à n'importe quel moment et qu'elle pourrait exploiter son commerce entre huit heures et seize heures, sept jours par semaine. Pour la somme de trente-cinq livres.

Polly acquiesça, incapable de croire que ce pouvait

être aussi simple. Toutes ces semaines passées à traîner et à pleurer sur son sort lui paraissaient une énorme perte de temps. Cela pouvait-il vraiment marcher ? Peut-être. Elle avait appelé les vendeurs du van, qui l'avaient toujours, et s'était préparée à y aller et à négocier. Reuben avait proposé de l'accompagner, mais Polly avait supposé que la première impression qu'il donnait n'était pas idéale pour mener une transaction amicale avec des gens – même si elle trouvait qu'il était formidable.

— Et il vous faudra porter une résille sur la tête, ajouta la conseillère.

Polly la dévisagea.

— Sérieusement ?

— Ce n'est pas moi qui fixe les règles, répliqua la femme. Pour être exacte, j'en établis certaines. (Elle lissa sa veste de costume rouge cerise, qui semblait chaude, par-dessus sa robe fleurie.) Mais en l'occurrence, cela vient de bien plus haut. Oui, bien plus haut que moi.

— Une résille sur la tête ? répéta Polly.

Soudain, l'image de l'adorable petit van au charme pittoresque proposant une nourriture chic et un endroit pour s'asseoir et manger tout en contemplant la mer prit une tournure légèrement moins élégante. La résille ne faisait pas partie du projet jusque-là.

La femme la toisa d'un air sévère.

— La résille sera-t-elle une cause de rupture de contrat ?

— Non, se dépêcha de dire Polly. Mais est-ce…

— Oui.

— Que pensez-vous de petites casquettes de baseball vraiment classes ?

— Nous ne sommes pas disposés à délivrer des licences à des personnes qui ne sont pas engagées, déclara la femme qui hésita à lui remettre les formulaires.

— D'accord. Très bien, très bien. Merci mille fois. Nous ferons absolument tout ce qu'il faut.

— Il vaut mieux, approuva la femme. Car nous avons le droit de vous faire fermer sur-le-champ. Bonne chance !

*

Polly se trouvait dans le train en direction de Penzance. Elle parlait à Huckle au téléphone. Jayden l'avait conduit jusqu'au continent dans un bateau-taxi le matin même, car la chaussée était submergée.

— Rien d'autre à faire, avait-il souligné, l'air sombre.

Les ventes s'étaient complètement effondrées à la boulangerie et il n'avait plus le droit de bavarder avec les clients à présent, alors il passait la majorité de la journée à contempler la mer au-dehors. Il était toujours heureux de ne pas être au large, mais ce luxe ne tenait plus qu'à un cheveu. Il s'en rendit compte davantage encore un matin, quand les gars entrèrent dans la boulangerie et se moquèrent de lui et de ses affreux roulés à la saucisse.

Malcolm ne se portait pas mieux que lui. Il se plaignait de la paresse et de l'inutilité de Jayden, puis il disparaissait deux ou trois jours avant de refaire surface en dégageant une vieille odeur d'alcool. Et il passait beaucoup plus de temps dans l'autre boulangerie que dans celle de Beach Street. Jayden le suspectait de draguer Flora. Sa relation avec elle avait tourné court, il pensait néanmoins qu'elle pourrait trouver beaucoup mieux que ce crétin miteux.

Le sourire gai de Jayden avait disparu de ses lèvres, alors que le bateau entreprenait péniblement la traversée jusqu'au continent. C'était une matinée venteuse. Le soleil était au rendez-vous, mais à cause d'un petit vent frais, Polly avait emporté un gilet bien chaud en laine.

— Ramène quelque chose de bien, dit-il à Polly. Trouve une solution.

Il rougit.

— Si cela… cela marche bien… Est-ce que je pourrai venir travailler avec toi à nouveau ?

— Bien sûr, dit Polly, qui n'avait jamais imaginé pouvoir se débrouiller entièrement toute seule, mais qui ne pouvait voir comment son activité requerrait deux postes plein-temps.

Jayden fut ragaillardi.

— Tu vas y arriver, Polly. Tu l'as déjà fait.

Polly se rappela ses mots, quand elle contempla par la fenêtre la magnifique vue qu'offraient la falaise et l'océan. Dissimulé par la végétation se dressait un incroyable pensionnat très ancien évoquant un château. Muriel lui en avait parlé, mais elle ne l'avait jamais remarqué auparavant. Elle l'examinait d'un air songeur, tandis qu'un groupe de personnes gesticulaient sur un terrain distant où se déroulait une partie de crosse. C'était très différent de sa propre éducation, pensa-t-elle. Et de son présent aussi, tout bien réfléchi.

— Pol ? (Huckle sembla agacé, ce qui était assez

inhabituel chez lui.) Tu m'écoutes ? On dirait que tu es à des kilomètres.

— Désolée, s'excusa Polly. J'ai été distraite. Peut-être que je devrais donner des cours d'économie domestique.

— Quoi ?

— Désolée. Fais comme si je n'avais rien dit. Je raconte n'importe quoi. Et dans un wagon silencieux !

Choquée par son propre comportement, elle se leva et sortit pour rejoindre les toilettes. À présent, il était presque impossible d'entendre quoi que ce soit.

— Ne paye pas plus de quatre mille, Polly ! Quatre mille, OK ? Je sais que tu n'aimes pas faire ça, mais il va falloir négocier. Tu es une femme d'affaires maintenant. Tu n'es pas là pour faire en sorte que ces gens t'apprécient, tu fais ton boulot. Et c'est le seul boulot que tu aies, alors applique-toi. Il ne s'agit pas seulement de fabriquer des scones, tu sais.

Polly était mécontente.

— Je le sais, répliqua-t-elle.

Mais il avait raison, elle en était convaincue. Elle détestait marchander, ne pouvait même pas supporter de le faire sur un marché, elle trouvait le concept humiliant.

— Alors, fais-le, dit Huckle d'un ton sévère.

Parcourue d'un frisson, elle réalisa à quel point il lui manquait.

— Tu es nu ? demanda-t-elle soudainement.

— Arrête ! Je suis sérieux ! Mets-toi au boulot !

— Je vais me mettre au boulot. N'empêche, qu'est-ce que tu portes ?

Elle perçut le sourire dans sa voix.

— J'ai un rendez-vous à la banque à propos de la ferme.

— Et ?

— Alors je ne peux pas continuer à bavarder avec toi.

— Dis-moi simplement…

— Costume, chemise rayée. Cravate bleue.

— Ooh, dit Polly. Je crois que ça me plaît encore plus que quand tu es nu. Est-ce que tu es boutonné jusqu'au cou ? J'aime ça chez un homme, comme si ses boutons pouvaient exploser à n'importe quelle seconde. Je pourrais défaire tes boutons très, très lentement…

Elle eut l'impression qu'il respirait légèrement plus fort à l'autre bout du fil.

— Arrête, dit-il finalement. Je dois aller à mon rendez-vous.

— Ne sois pas trop long.

— Moins tu dépenseras d'argent pour ce camion, plus vite je reviendrai à la maison, dit-il.

Sa voix trahissait son désir.

*

Il fallut un bon moment à Polly pour trouver l'adresse que l'homme lui avait donnée au téléphone. Elle y parvint enfin et fut accueillie par un grand type tout maigre, pas loin de la trentaine, avec une pomme d'Adam proéminente et coiffé d'une casquette de base-ball.

— Salut. Evan, désolé, dit-il immédiatement, comme s'il s'excusait d'exister.

— Je suis désolée, déclara Polly à son tour, la traversée a été plus longue que prévu.

— Où habitez-vous ?

— À Mount Polbearne, dit-elle.

Elle s'attendait à la réaction habituelle. Les gens voulaient toujours savoir comment il était possible de vivre là-bas : qu'est-ce qu'on y faisait ? Comment est-ce qu'on allait dans les magasins ? Est-ce qu'il n'y avait pas tout le temps des noyés ? Mais Evan leva à peine un sourcil.

— Euh, dit-il. Bon.

Polly aurait volontiers bu un verre d'eau, mais elle n'osa pas demander au cas où l'école de commerce Huckle aurait estimé que c'était un aveu de faiblesse. Du coup, elle s'abstint.

— Euh, le van ?

Evan parut nerveux.

— Ah oui, dit-il en triturant les clés.

Ils se trouvaient devant une rangée de petites maisons mitoyennes plutôt délabrées. Elle le suivit à travers le jardin situé à l'arrière. Une pensée fugace traversa son esprit : d'après les statistiques, un très faible pourcentage de *serial killers* passait des annonces de vans, n'est-ce pas ?

— Vous avez eu beaucoup de visites ? interrogea-t-elle d'un ton guilleret, en se demandant si elle devait composer le numéro de la police sur son portable au cas où.

— Non, seulement vous, lâcha la voix sur un ton douloureux.

Le jardin était plus grand que ce qu'elle avait imaginé. Il était envahi par les mauvaises herbes, parcouru de plantes rampantes et de dalles fissurées ici et là, et ponctué de chaises en plastique toutes tachées. Au fond se trouvait un grand garage. Il fallut un moment à Evan avant de mettre la main sur la bonne clé.

— Alors, vous avez arrêté les camions de restauration ? dit Polly joyeusement.

Pour toute réponse, Evan frissonna. Un petit « Mmm » puis un faible « Dieu merci » s'échappèrent de ses lèvres.

Le garage était sombre, les fenêtres sales laissaient à peine passer la lumière éclatante du jour. Au début, Polly eut du mal à discerner quoi que ce soit, mis à part la forme imposante qui surgissait progressivement de l'obscurité. Elle cligna des yeux avant de s'avancer. Evan resta en retrait comme s'il répugnait à s'approcher.

— Voici donc… commença Polly, mais Evan n'esquissa pas l'ombre d'un mouvement.

Elle lança un regard en arrière. Le visage du jeune homme exprimait ouvertement le dégoût.

— Hum, poursuivit Polly. Est-ce que ça va ?

Les épaules d'Evan tremblèrent faiblement, et Polly se demanda s'il allait pleurer.

— Ce maudit camion, lâcha-t-il finalement.

— Oh ! Est-ce que cela vous ennuie si l'on ouvre pour que je jette un œil ? dit Polly en montrant la porte basculante du garage.

Evan haussa les épaules. Polly tourna la poignée et la porte bascula avec un gémissement ; la lumière pénétra à flots.

Le van était en meilleur état que dans l'annonce. Nulle odeur de graisse ou de renfermé, comme elle l'avait craint. Quelques éraflures zébraient la carrosserie rouge foncé, mais Polly y remédierait facilement. Elle fit le tour complet et, avec inquiétude, donna un coup de pied dans les pneus. Elle n'avait aucune idée de la raison pour laquelle les gens faisaient cela, mais Huckle lui avait dit de le faire avec un air entendu.

Puisque Evan n'esquissait pas le moindre geste pour l'aider, elle ouvrit la portière toute seule. À l'intérieur se trouvaient, comme prévu, les rangées de plaques à four toutes neuves, en acier inoxydable immaculé, qu'elle avait aperçues dans l'annonce. Idéales pour des miches de pain fraîches. Elle ne connaissait pas la marque du grand four, mais elle remarqua immédiatement qu'il était bien installé, avec une ventilation appropriée et assez d'espace pour chauffer très fort avec un minimum de désagrément pour le boulanger. L'évier avait été raccordé et semblait pratiquement neuf. Elle ne comprenait pas.

Elle descendit du petit camion. L'auvent qui se dépliait au-dessus du côté dédié à la vente était orné de joyeuses rayures rouges et blanches. Elle fit le tour du van plusieurs fois sans déceler le moindre défaut.

— Evan, que s'est-il passé ?

Evan baissa la tête.

— Vous voulez une tasse de thé ?

Polly acquiesça.

*

Ils prirent place dans le jardin, sur des transats maculés, à l'abri du vent. Polly gardait les yeux rivés sur la camionnette par la porte ouverte.

— C'était pour mon frère et moi. (Evan fixait le sol comme s'il confessait un méfait.) On allait travailler ensemble. Fabriquer des *pasties*, faire le tour des festivals, tu vois ce que je veux dire ?

Polly hocha la tête.

— Génial ! approuva-t-elle.

— On a épuisé toutes nos économies pour équiper le van.

Sa peau était pâle et son teint maladif dans la lumière du soleil. Polly se demanda s'il ne passait pas trop de temps sur des jeux vidéo.

— Notre premier été, c'était cet été-là… Il y a trois ans. Tu te souviens ?

— Est-ce que c'était l'année où tous ces gens ont failli périr noyés au festival de Glastonbury ?

Evan hocha la tête.

— Oh, mon Dieu ! La pluie ! Il a plu et plu, encore et encore. La moitié des falaises du Devon s'est effondrée. Partout où nous allions, nous étions assiégés par des gens qui tentaient de s'abriter sous notre auvent. Ils n'avaient pas envie de tourtes, ils voulaient seulement ne plus se faire tremper. Tout était recouvert de boue. Mouillés. Transis. Debout aux aurores tous les jours. Circulation de dingue. Enlisés dans la boue. Garés. Impossible de bouger. Et les autres concessions. C'est une zone de combat là-dehors, tu sais. Une zone de combat. Rien ne les arrête. Les pneus crevés. Le four éteint. Bien que cela ait pu être à cause de la pluie latérale.

Il leva le regard vers elle, les yeux lui piquaient.

— On était à une fête au milieu d'un champ. Embourbés comme d'habitude. Même si quelqu'un avait voulu un *pasty*, il n'aurait pu arriver jusqu'à nous, puisque tout le monde essayait de s'abriter sous l'auvent. Nous leur avons demandé de bouger. Tu sais ce qu'ils ont fait ? Tu sais ce qu'ils ont fait ?

Polly fit non de la tête et serra plus fort sa tasse de thé.

— Ils ont retourné le van ! Notre Nancy ! Ils l'ont retournée dans la boue et ils nous ont laissés là. Cinq cents des meilleures tourtes écrasées dans la gadoue, sous une pluie battante, les ambulances Saint-Jean et les Manic Street Preachers[1]. On aurait dit la bataille de la Somme. Mais en pire, à cause des foutus Manic Street Preachers.

Il fut parcouru d'un nouveau frisson.

— Je n'y retournerai jamais.

— Qu'est-ce que tu fais aujourd'hui ? demanda Polly par politesse.

— Je me suis engagé dans l'armée, répondit Evan contre toute attente. J'imagine que ça ne peut pas être pire. Et puis un jour, je pourrai tirer sur ces hippies de merde.

Polly n'était pas certaine de ce qu'elle devait répondre, aussi préféra-t-elle siroter son thé en silence.

— Et combien de temps avez-vous géré votre affaire ?

— Ne fais pas ça, enchaîna Evan d'un ton farouche. Tu as l'air d'une gentille fille. Tire-toi tant qu'il en est encore temps. Quoi que tu fasses, ne te mets pas les camions de glaces à dos. Ce sont les bâtards les plus vicieux de la Terre.

— Les camions de glaces ?

— Les camions de la mort.

---

1. Il s'agit d'un groupe de rock gallois.

— OK, dit Polly. Est-ce qu'il a subi des dégâts quand il a été retourné ?

Evan secoua la tête.

— Elle est brillamment conçue, notre Nancy. Elle ne m'a jamais lâché. C'était une machine loyale et fidèle dans un combat perdu d'avance.

Polly pensa qu'il passait définitivement beaucoup trop de temps dans sa chambre.

— Bon… Est-ce que je peux faire un essai sur route ? Je te laisserai mon passeport.

— Je te le répète, ne gâche pas ta vie.

— Ah ! Franchement, il est beaucoup trop tard.

Elle lui décocha un autre regard.

— Tu as les clés ?

— Elles sont là-dedans. Je ne peux pas regarder. Franchement. Je ne peux pas la voir repartir. Je souffre d'un syndrome de stress post-traumatique. Mon médecin m'a dit qu'il va me mettre sous traitement.

— Je vais juste faire le tour du pâté de maisons, déclara Polly patiemment. Tu es vraiment certain de vouloir entrer dans l'armée ?

— J'attendrai au coin. Si tu flanches, nous la pousserons ensemble jusque dans le garage.

*

Polly avait déjà conduit un van auparavant, quand elle avait déménagé ses meubles de son ancien appartement de Plymouth jusqu'à Mount Polbearne. Ce van-ci était plus petit que le camion de déménagement, même si elle pouvait sentir le poids du four à l'arrière. Mais ce dernier était judicieusement placé et contrebalancé par le moteur, doté d'une grosse capacité de traction. De fait, la conduite n'était pas aussi difficile que cela. Comme elle n'avait pas l'autorisation de stationner dans le parking la nuit entière, il lui faudrait déplacer la camionnette tous les jours ; elle y arriverait sans problème si elle notait bien les marées.

L'intérieur était impeccable. Le compteur affichait moins de huit mille kilomètres. Polly éprouva de la compassion pour Evan ; elle estimait que le van valait bien plus que le prix qu'il en demandait. D'un autre côté, la voix d'homme d'affaires de Huckle résonnait à ses oreilles, appuyée par une certaine somme d'argent en poche.

Elle appuya sur le klaxon. Il émit un son enjoué qui la fit sourire. Puis elle arrêta le van à un coin de rue pour vérifier s'il était facile à installer. Elle déroula l'auvent à l'aide d'une manivelle, puis le cala sur les deux supports qui se glissaient dans les côtés. Le comptoir affichait de bonnes dimensions. À l'arrière de la porte coulissante, de l'autre côté du camion, se déployait un plan de travail rabattable maintenu par des charnières. Les plateaux pour les produits frais se situaient à sa gauche, quand on était face au comptoir, et à sa droite le four, un petit frigo à boissons et un minuscule évier. Ils obstruaient l'arrière du van qui, comme elle l'avait deviné, n'était pas censé s'ouvrir. Elle se déplaça à l'intérieur en se demandant où diable elle pourrait bien installer une machine à expresso. À regret, elle abandonna l'idée de tenir un petit café. Un jour.

Elle regarda par-delà le comptoir, se représentant

de nombreuses personnes en train de faire la queue… Il lui faudrait beaucoup de petits sacs en papier, les entortiller rapidement, les faire passer par-dessus le comptoir, enchaîner avec le client suivant. Elle se demanda si elle pourrait servir directement les bateaux de pêche et de plaisance, étant donné que l'embarcadère se trouverait juste derrière, près de la jetée. Elle s'imagina leur lancer des sandwichs et recevoir des poissons en guise de paiement. Elle sourit à cette idée idiote, mais au fond d'elle, elle y croyait un peu.

— Salut.

Un enfant d'environ huit ans se trouvait devant elle. Son visage était couvert de taches de rousseur. Il cligna des yeux.

— Qu'est-ce que tu as dans le van ?

— Euh, rien encore, dit Polly avec un sourire. Qu'est-ce que tu voulais ?

— Sais pas. Mais j'aime bien ton camion.

— Ça me paraît être un bon début, dit Polly.

En réalité, il lui restait une part de pain d'épices de la veille. Rendu compact par la mélasse, il livrait une saveur riche et pas très sucrée, pour qu'il s'accorde bien avec une couche de beurre. Mais elle préférait ne pas donner de sucrerie à un enfant qu'elle ne connaissait pas, alors elle se contenta de cligner des yeux.

— Un jour, il y aura des choses à grignoter dans ce van, promit-elle. Et tu pourras en acheter.

— Cool, dit le gamin. Il y aura des frites ?

— Non.

— J'aime bien les frites. Des pizzas ?

— Ce sera du pain, dit Polly toujours souriante.

Le garçon la regarda.

— Quoi, grillé et tout ça ?

— Heu, oui, ou seulement du pain frais.

Il la contempla d'un air sceptique.

— Pour de vrai ?

— Oui ! C'est une bonne idée, non ?

— Alors les gens vont venir et voudront des frites, et tu leur donneras du pain tout simple ?

— Oui, c'est ça, petit.

— Je pense qu'ils vont vraiment se fâcher quand ils découvriront qu'il n'y a pas de frites. Et pourquoi pas des glaces ?

— Je vais démarrer et m'en aller maintenant.

Le garçon la regarda descendre la rue tout en secouant la tête avec gravité.

— Merci, dieu du sucre, déclara Polly pour elle-même avec colère.

Elle continua de l'observer dans le rétroviseur, son humeur joyeuse quelque peu entamée.

Evan n'avait pas bougé de son coin de rue quand elle revint.

— Oh, dit-il. J'espérais vaguement que je ne le reverrais pas.

— Je n'allais pas voler ton van, Evan.

Il hocha la tête. Ils retournèrent dans le jardin. Elle n'était pas certaine de la façon de procéder.

— OK, dit-elle. J'aimerais acheter Nancy.

Evan la dévisagea.

— Mais elle est maudite, je te l'ai dit. Tu as l'air gentille. Tu ne devrais pas l'acheter.

— Je suis sûre qu'elle n'est pas maudite, déclara Polly.

— Quoi, tu dis que c'était notre faute ?

— Non ! s'exclama Polly.

Un silence s'ensuivit. Evan poussa un long soupir.

Polly s'inquiétait pour lui. Elle n'était pas certaine non plus de qui devait reprendre la parole en premier. Finalement, ils s'exprimèrent en même temps.

« Eh bien », lança Polly, à l'instant précis où Evan disait : « Alors. »

Elle le laissa parler en premier, mais il fit de même, de sorte qu'ils retombèrent dans le silence. Enfin, Evan soupira à nouveau et se redressa légèrement.

— Elle est flambant neuve, dit-il. Tu sais que nous avons fait toutes les installations nous-mêmes. Le four, l'évier, le réfrigérateur… Tout est absolument neuf.

— J'en ai conscience, déclara Polly, inquiète.

— Je veux dire que personne n'avait posé la main sur ce matériel avant nous. Avant que ces bâtards du festival ne mettent leurs sales pattes dessus. Maintenant, il est contaminé.

— Mmm, dit Polly.

Qu'est-ce que Huckle avait dit ? « Agis calmement et prends un air détaché. Fixe un point à mi-distance, fais semblant que cela ne t'importe pas le moins du monde et que tu pourrais partir à tout instant. » C'était ce qu'il fallait faire.

Elle regarda dans le lointain les longues herbes qui se balançaient dans la douce brise estivale et s'efforça de ne pas poser les yeux sur Nancy, le malheureux van rouge, stationné à nouveau dans son garage. Elle ne pouvait s'empêcher de tripoter nerveusement son sac, abritant l'argent liquide qu'elle avait emporté. Elle n'avait jamais vu autant d'argent auparavant, pas dans la vraie vie.

Il y eut encore un silence qui menaçait de s'éterniser. Polly sentit son cœur cogner dans sa poitrine.

Et s'il voulait un retour sur investissement ? Peut-être que si elle lui proposait deux ou trois cents de plus… Non, se gronda-t-elle. Huckle avait dit qu'elle devait faire baisser le prix, pas monter. Elle devait marchander et le faire descendre de cinq mille cinq cents livres à quatre mille. Mais si elle l'obtenait à cinq mille, elle pourrait toujours dire qu'elle avait discuté pendant des heures, mais qu'il n'avait pas cédé d'un pouce. Bien entendu, Huckle n'y croirait pas, mais c'était son plan malgré tout.

— Alors, lâcha Evan, je ne vais pas la laisser filer à moins de deux mille livres.

— Quoi ? s'exclama Polly en croyant qu'elle avait mal entendu. Deux mille ?

— Mille huit cents et c'est ma dernière offre, conclut Evan. Emmène ce truc hors de ma vue.

— Mais tu ne peux pas la vendre à ce prix-là !

— OK, mille six cents, si tu as du liquide et la paperasse.

— Non, non, tu ne comprends pas, ce n'est pas du tout assez.

— Pour refiler une malédiction… déclara Evan d'un air sombre. Je crois que tu vas finir par y laisser bien plus que de l'argent.

— Oui, mais quand même, déclara Polly avec autorité. Deux mille cinq cents livres. Sinon, c'est du vol.

— Tu me délivres, objecta Evan. Deux mille deux cent cinquante.

Polly leva les yeux au ciel.

— Deux mille quatre cents. Et c'est ma dernière offre.

— Marché conclu, concéda Evan, abattu.

Polly se pencha en avant pour lui serrer la main.

— Non, merci. Tu portes la marque sombre à présent.

— Je te paie, enchaîna Polly soudain pressée de quitter cet endroit.

Elle avait acheté un billet aller-retour à utiliser dans la journée, à tarif réduit, n'osant imaginer qu'elle n'aurait pas besoin du retour.

— Tu ne veux pas un billet pour Looe par la même occasion ?

Evan haussa les épaules.

— Oh, mon Dieu ! On a fait le Looe Beach Festival aussi. Quelqu'un a vomi du cidre partout sur notre comptoir. On a récolté une amende parce qu'on avait versé tellement de Javel qu'on a tué toute la faune et la flore environnantes.

— Je suis désolée de l'apprendre.

Polly attrapa son sac et essaya de se lever sans donner l'impression de fuir.

— Bon, déclara Evan, il faut que j'y aille. J'ai un tournoi de *World of Warcraft*.

— Je ne te retarde pas davantage, conclut Polly en s'efforçant de retirer discrètement l'appoint de son portefeuille, afin qu'il ne remarque pas qu'elle avait en réalité bien plus d'argent.

Evan apporta les papiers du véhicule : le van était vraiment flambant neuf, trois ans, tout droit sorti de l'usine, les principales révisions à jour, le contrôle technique effectué. Polly ne pouvait croire en sa bonne étoile. Il la regarda au moment de signer.

— C'est ta dernière chance, dit-il.

— Je prends le risque.

— Tu es courageuse, déclara le jeune homme.

Vraiment courageuse. J'aimerais te dire bonne chance, mais c'est… c'est impossible. J'espère seulement que ça ne te coûtera pas la vie.

— Merci, dit-elle alors qu'ils terminaient la transaction.

Elle le chercha du regard dans la lunette arrière. Il l'observait en train de s'éloigner au volant, secouant la tête d'un air sinistre face à un orgueil si imprudent.

— Allez, Nancy, déclara-t-elle en tapotant le volant en imitation bois. Voyons si nous pouvons faire du meilleur boulot entre filles.

*

Sur le chemin du retour, Polly songea au phare et à quel point elle se sentait seule à l'idée de revenir avec un véhicule aussi fantastique – Nan le van ! – sans que Huckle soit là pour s'exclamer de joie, ni Neil pour sautiller et entreprendre une bonne vieille exploration de l'intérieur. Peut-être ce soir, le petit macareux retrouverait-il le chemin de la maison. Peut-être était-il passé par l'ancienne demeure de Reuben. Il aimait aussi cet endroit-là. Mais il était sur le chemin du retour. Elle le savait.

Quand enfin elle réussit à avoir Huckle au téléphone, il lui parut crevé, mais ravi.

— As-tu vraiment marchandé pour qu'il baisse le prix de moitié ? demanda-t-il, incrédule. Polly, tu ne lui as pas montré tes jambes, hein ?

— Non ! Il s'avère que je suis une négociatrice de génie. Incroyable, pas vrai ? Tu ne pensais pas que j'avais ça dans la peau.

— Mmm, fit-il seulement. De quoi a-t-elle l'air sous le capot ?

— Impeccable.

Il ne lui était même pas venu à l'esprit de jeter un coup d'œil au moteur et de toute façon, si elle l'avait fait, elle n'aurait pas su que regarder.

— Pol, dit Huckle. Tu es en train de me mentir ! Es-tu certaine de ne pas avoir rapporté un sac de haricots magiques que tu vas devoir planter dans le jardin ? Le gars t'a certifié qu'un van allait pousser dessus, pas vrai ?

— Non ! s'écria Polly. Je t'enverrais bien une photo si elle ne mettait pas huit heures pour arriver à cause de la connexion internet.

— Huit heures, c'est bien, déclara Huckle. Ça ne me dérange pas.

— Ce ne sont pas des haricots magiques.

— Est-il possible que ce soient deux moitiés de vans, soudées ensemble ?

— Je ne peux pas croire que tu mettes en doute mes incroyables capacités de négociation, s'indigna Polly. Je regrette de ne pas t'avoir dit que je l'avais eu pour quatre mille livres et de ne pas avoir empoché la différence.

— Tu ajoutes le vol au mensonge. Tu es une vilaine fille.

Polly sourit.

— Est-ce que je serai punie comme il se doit quand tu rentreras à la maison ?

— Oh oui, dit-il en fixant des yeux l'énorme pile de formulaires gouvernementaux et de paperasses qu'il avait rapportés de la ville et qui auraient dû tous êtres remplis des mois auparavant. J'y compte bien.

— Tu ne peux pas rentrer à la maison maintenant ? Maintenant qu'on a le van ? Je peux acheter des tas d'ingrédients avec le reste de l'argent, et Jayden dit qu'il ne voit pas pourquoi je ne récupérerais pas toutes les herbes et les épices de la boulangerie étant donné qu'ils ne fabriquent plus rien de frais : ce ne serait pas du vol, ils ne s'en servent pas, ça prend la poussière. Alors on pourrait démarrer et tu rentrerais à la maison.

— Les choses n'en sont qu'au début, objecta Huckle. Tu prends les commandes d'un fonds de commerce. Cela ne fonctionne pas comme ça. Une éternité va s'écouler avec des jours calmes, des passages à vide et des jours où personne ne pointera le bout de son nez. La saison n'a même pas encore commencé. Il va te falloir de l'argent pour rester à flot pendant cette période. Tu vas devoir payer la taxe d'habitation. Et la redevance télé, même si je n'ai aucune idée de pourquoi vous, les Britanniques, devez payer pour la télé, puisque vous ne la regardez jamais.

— Par habitude, marmonna Polly. Et puis, si tu ne la paies pas, on te met en prison.

— Je suis si heureux d'avoir refait ma vie dans ce pays, déclara Huckle avec gravité. (Polly entendit des portes s'ouvrir et quelqu'un parler dans le fond.) OK, il faut que j'y aille.

— Absolument, approuva Polly, comme si elle aussi était très occupée, et non comme si elle n'avait absolument rien à faire de toute la soirée, à part s'agiter dans un phare désert, à regarder la télé avec une réception épouvantable, livrée à elle-même, et combattre le désir – et finalement y céder – de manger le reste de pain d'épices. Au revoir, mon amour.

— Au revoir.

*

Huckle raccrocha et se dirigea vers la cuisine. Clemmie y était assise, vêtue d'une vieille robe en lin, ses grosses bottes près de la porte. Elle avait l'air épuisée. Elle leva les yeux, parla d'une voix douce, teintée d'un très fort accent du sud des États-Unis.

— Pendant qu'il était là-bas… Est-ce qu'il a… Je veux dire… Il y a eu une autre fille ?

Huckle leva les mains en l'air.

— Tu n'auras qu'à lui demander, dit-il.

Il ne voulait absolument pas être impliqué dans ce genre d'histoire. Les yeux doux de Clemmie s'attristèrent un peu plus, tandis qu'elle lui faisait passer une énorme assiette remplie de travers de porc avec une pomme de terre au four. Elle soupira.

— Tu sais, tu pourrais passer le relais pour la ferme, déclara Huckle. Une fois que j'aurai tout régularisé. Une fois qu'elle sera à nouveau sur pied. Tu pourrais la mettre en gérance et retourner en ville.

Clemmie secoua la tête.

— Non. Elle est à nous.

Puis elle leva les yeux vers lui et se toucha le ventre.

— Et ça aussi, c'est à nous.

Cela ne se voyait pas encore.

— Oh, Clem, dit Huckle, le cœur presque brisé pour elle.

Il voulut partir traquer son frère et lui faire entrer du plomb dans la cervelle.

— Il est au courant ?

Elle secoua la tête.

— Je veux le lui dire en face.

Huckle songea douloureusement à la promesse qu'il avait faite à Polly : régulariser la situation, gagner un peu d'argent, puis rentrer directement à la maison. Soudain, il n'apprécia pas du tout d'être bloqué au cœur de cette Géorgie chargée d'une humidité torride, tandis que Polly était assise sur un rocher en train de profiter du soleil et du vent frais des Cornouailles qu'il aimait tant. Il voulait être là-bas avec elle.

Il débarrassa la table à la place de Clemmie qui sombra immédiatement dans le sommeil au creux du fauteuil. Il déposa une couverture sur elle avant de regagner l'étage. Mais il ne parvint pas à s'endormir. Il n'y avait pas d'air conditionné dans la minuscule chambre d'amis.

Il demeura allongé sur le lit, bercé par le chant des cigales. Il s'inquiétait : et si Dubose ne revenait pas ? Que ferait-il ? Il dressa la liste de toutes les tâches qui l'attendaient le lendemain. Ayant grandi dans une ferme, Huckle ne se faisait aucune illusion sur la dureté du travail. C'était la raison pour laquelle sa mère avait à tout prix voulu qu'il trouve un travail de bureau. Mais les boulots en intérieur ne lui convenaient pas non plus. Il avait seulement envie de… Il se remémora une journée de l'année précédente ; cela devait être l'anniversaire de Polly, le vrai, pas une occasion stupide pour de faux. C'était le jour où il avait enfin réussi à installer cette baignoire de m…

Ils ne pouvaient s'offrir la magnifique baignoire avec pieds en griffes que Polly brûlait d'avoir : la salle de bains avait une fenêtre avec vue sur la mer et elle rêvait de s'allonger et de contempler les flots au-dehors. Mais, quelques jours avant son anniversaire, Huckle avait débarrassé d'anciennes ruches une imposante demeure, vendue et divisée en appartements. Les ouvriers du bâtiment avaient commencé leur œuvre quand soudain Huckle l'avait vue. Ce n'était pas le modèle tendance qui collait à la mode actuelle de la récup'. C'était un authentique, antique, énorme bac en cuivre : le type de baignoire qui, à une époque, n'était même pas raccordée. Il la contempla avec émerveillement.

— Je sais, quel tas de vieilleries ! avait déclaré le maçon en le dépassant à grandes enjambées, tout en transportant des tuyaux en cuivre. Franchement, presque tout est recyclable de nos jours, on peut vendre n'importe quelle vieille camelote pour une fortune, et ces idiots croient qu'ils ont quelque chose de foutrement spécial. Mais ça...

— Hum, s'était risqué Huckle. En fait...

Elle était plus grande que le side-car, si bien qu'il avait dû effectuer le retour avec une prudence extrême. L'énorme baignoire tenait en équilibre à la verticale comme s'il transportait un géant, retenue par des cordes. L'entreprise n'était pas sûre, elle était même plus qu'incertaine ! Tous les conducteurs qui l'avaient dépassé avaient klaxonné en le traitant d'idiot fini. Dans un virage, le bac était même tombé du véhicule. Il lui avait fallu vingt-quatre heures pour raccorder le foutu machin sans que l'eau jaillisse dans tous les sens. Neil avait adoré le chantier. Il était ravi quand un petit ruisseau gouttait avant de jaillir à torrents d'un tuyau non soudé. Il parcourait alors les flaques d'eau en tous sens et s'ébrouait joyeusement, tandis que Huckle pestait et jurait avant d'attraper un autre morceau de canalisation.

Enfin, ce fut terminé. Le cuivre poli étincelait merveilleusement dans la lumière rose du début de soirée : c'était l'automne et le soleil se couchait tôt, mais ce jour-là, il faisait inhabituellement jour. Polly bâillait après une longue journée passée à la boulangerie. Les gens semblaient brûler d'envie de manger des glucides à cette période de l'année. Elle avait aussi beaucoup de demandes pour réchauffer des plats, service qu'elle rendait volontiers, mais tout cela prenait du temps. Jayden lui avait fait remarquer qu'elle ferait fortune rien qu'en vendant du fromage fondu sur du pain et des grandes tasses de thé. À un moment, elle avait sérieusement envisagé cette possibilité.

Huckle l'avait accueillie à la porte, lui avait pris la main et conduite à la salle de bains (de laquelle il l'avait bannie les trois derniers jours, l'obligeant à utiliser la douche du rez-de-chaussée – mais comme elle s'habituait à peine à l'incroyable luxe de vivre dans une maison comptant deux salles d'eau, cela ne la dérangeait pas).

— Tu insinues que je sens mauvais ? avait demandé Polly, qui comme toujours, sentait divinement bon le pain chaud, la confiture de cerise et le sucre glace.

Huckle avait poussé la porte. Il avait allumé les cent bougies chauffe-plats en provenance d'*Ikea* qu'ils avaient pris au passage l'année précédente, alors qu'ils achetaient quelques meubles rudimentaires. Faute de fleuriste à Mount Polbearne, il avait disposé tout autour des frondes de fougères odorantes qu'il avait ramassées dans les dunes. Il avait vidé la moitié de l'huile de bain coûteuse que la sœur de Polly lui avait envoyée pour Noël, une huile que Polly considérait trop précieuse pour l'utiliser. Il avait aussi rapporté une bouteille de prosecco, la deuxième moins chère de la boutique de Muriel. Ne pouvant s'offrir un seau à glace, il avait versé tous les glaçons dans le lavabo avant de le remplir d'eau froide.

La baignoire en cuivre semblait tout droit sortie du laboratoire du Dr Frankenstein. Elle étincelait néanmoins agréablement à la lumière des bougies, tandis qu'une vapeur parfumée recouvrait les fenêtres dépourvues de rideaux, révélant un ciel qui s'assombrissait. Dans la baignoire, quoique l'eau soit manifestement bien trop chaude pour lui, Neil barbotait gaiement en mordant de temps à autre le canard en plastique de Polly, dont il était tombé amoureux, mais qui demeurait insensible à ses avances.

Polly s'était retournée vers Huckle et jetée à son cou.

— C'est le plus beau des plus beaux cadeaux d'anniversaire, du genre baignoire-pas-tout-à-fait-à-griffes-mais-plutôt-boîte-de-conserve que j'aie jamais eu !

— C'est vrai ? avait demandé Huckle en baissant les yeux sur son visage souriant. Tu n'aurais pas préféré que l'on économise pour en acheter une neuve ?

Polly avait secoué la tête.

— Elle est étanche ?

— Hum, plus ou moins, avait répondu Huckle en avisant la tuyauterie avec appréhension.

— Et tu l'as trouvée et installée pour moi ?

Il avait acquiescé.

— La plomberie, c'est compliqué.

Polly était déjà en train d'enlever son haut.

— Je l'adore ! Je l'adore ! Je l'adore !

Huckle avait attrapé le prosecco avant de jeter un regard circulaire.

— Mince ! J'ai oublié les verres.

— Les verres qui sont deux étages plus bas en empruntant l'escalier gelé ?

Huckle avait hoché la tête.

— On se servira du verre à dents, avait-elle suggéré. Nettoie les traces de dentifrice d'abord.

— Oh, je ne sais pas… avait objecté Huckle. Cela pourrait apporter un léger goût de menthe au vin. Voire l'améliorer. Ce n'est pas un prosecco très cher.

Polly avait arboré un large sourire.

— Ça me va.

Nue, elle était adorable dans la lumière des bougies, inconsciente, songea Huckle, de l'effet qu'elle faisait au naturel. Son physique n'était pas parfait, pas comme les femmes des magazines – ou son ancienne petite amie, Candice, qui travaillait sans relâche à son apparence. Mais Candice détestait être nue, ne se regardait jamais dans un miroir sans critiquer toutes les imperfections imaginaires de son corps entretenu. Pour Polly, la nudité n'était rien d'autre qu'un corps sans vêtements. La belle courbe de ses hanches offrait un spectacle magnifique.

— Neil, dehors, avait-elle ordonné.

Neil avait sautillé sur le rebord de la baignoire avant d'émettre un cri à son intention.

— Quoi ? Oh !

— Qu'y a-t-il ? avait demandé Huckle.

— Il veut que je me débarrasse aussi du canard. Question de jalousie.

Polly avait lancé le canard en plastique hors de la baignoire. Neil était venu le chercher et avait commencé à le traîner par le bec pour le faire sortir de la salle de bains. Huckle l'avait regardé sortir.

— Ton oiseau est bizarre.

Polly n'avait pas répondu.

— Tu as lavé le verre à dents ?

— Oui ! Dois-je ouvrir…

Polly s'était glissée dans l'eau.

— Oh, mon Dieu ! C'est incroyable, avait-elle dit. Aïe !

— Qu'est-ce que c'était ?

— Un rivet. Ne t'inquiète pas, je l'adore. Je vais juste éviter les rivets.

Elle avait fermé les yeux de plaisir et s'était enfoncée directement sous l'eau.

— Oh, mon Dieu ! Une vraie baignoire.

Elle n'en avait pas auparavant, et son dernier appartement comportait une baignoire compacte, comptant une demi-douzaine d'inconvénients.

Huckle lui souriait tandis qu'elle remontait progressivement à la surface. Elle l'avait contemplé, alors qu'il tenait la bouteille.

— Ne l'ouvre pas tout de suite.

Il avait levé un sourcil.

— Non ?

— Non. Je pense que nous devrions baptiser notre baignoire.

Il ne se l'était pas fait répéter deux fois et avait retiré son tee-shirt. Polly avait souri avec admiration, comme elle le faisait toujours. Elle ne croyait pas avoir rencontré plus bel homme de toute sa vie. Une légère toison aux reflets dorés descendait depuis son torse en un étroit filet le long de son ventre plat et continuait plus bas sous son nombril.

— Attention aux rivets, avait-il dit d'une voix rauque.

Plus tard, Neil avait joué pendant des heures dans les flaques savonneuses qu'ils avaient laissées sur le sol de la salle de bains.

*

Huckle somnola, s'éveilla, jeta un coup d'œil à sa montre. Il était tôt en Angleterre. Elle ne serait pas encore réveillée. Il voulait trouver le temps pour une longue discussion, pour lui dire à quel point elle lui manquait tout en lui annonçant qu'il allait rester là encore un moment. Il regrettait de l'avoir encouragée à ramener Neil au refuge. Il savait qu'elle pensait que le petit macareux allait revenir d'un moment à l'autre. Lui n'y croyait pas.

L'année précédente, Neil était encore un bébé : il avait retrouvé le chemin de sa maison et de la personne qu'il prenait pour sa maman. Cette année, c'était un adolescent : il avait perdu toutes les plumes marron, toutes douces, presque vaporeuses, que Polly adorait caresser. Huckle estimait que les macareux filles – ou garçons – seraient bien plus intéressants pour lui. Il aurait souhaité que Polly ait un peu de compagnie, surtout maintenant que Kerensa était retournée travailler à temps plein.

Quelques heures plus tard, alors que l'aube commençait à éclairer lentement le ciel, et que les hommes se levaient et s'étiraient dans la cour, Huckle s'extirpa péniblement de son lit, se lava le visage dans le petit lavabo sur pied, se brossa les dents, enfila sa salopette et descendit au rez-de-chaussée à pas feutrés, avide du café le plus fort possible, avant de partir travailler. Il devait refouler toutes les pensées de Mount Polbearne loin, très loin de lui. Il allait se passer pas mal de temps avant qu'il ne puisse rentrer à la maison.

Chapitre 15

Il ne fallut pas longtemps à Nan le van pour devenir une source d'attraction pour la communauté locale. Il y avait peu de véhicules à Mount Polbearne et encore moins d'activités pour les enfants. Quelqu'un avait suggéré d'aménager un square avec des balançoires sur le terrain de l'église en ruine, au sommet de la colline, mais le statut de patrimoine mondial de l'Unesco y faisait obstacle. C'était certes décevant, mais les habitants réalisèrent ce qu'aurait donné le spectacle d'une balançoire à bascule sur la silhouette fière et antique de l'île.

Ainsi, venir examiner le van devint un but de promenade. Assez fréquemment, Polly se retrouvait à devoir arracher un enfant de la marche en métal menant à la cabine et à réfléchir à un panneau « Ne pas escalader ». Bien entendu, tous les locaux – et accessoirement amis – n'envisagèrent pas une seconde qu'elle n'appréciait pas que leurs enfants grimpent partout. Par ailleurs, Polly ne pouvait courir le risque de se transformer en Mrs Manse en leur interdisant de le faire. Si bien qu'elle essaya seulement de ne pas trop grimacer quand ils rayaient le van.

Elle fit venir Reuben la première fois qu'elle essaya d'allumer le four. Il était furieux qu'elle ne l'ait pas emmené quand elle était partie acheter le van.

— J'aurais marchandé à ta place, lui assura-t-il avec colère. Tu sais que je suis le meilleur en affaires et pour ce genre de trucs. C'est très bête, Polly. Tu as perdu beaucoup d'argent.

Polly acquiesça.

— Alors, pour combien tu l'as eu ?

— Oh, mieux que la moitié du prix, répondit-elle, désinvolte.

Reuben demeura silencieux deux secondes, ce qui était presque un record.

— Hum. Eh bien, j'aurais pu faire mieux que ça, dit-il.

Il aurait pu. Polly préférait ne pas penser au pauvre Evan, dans sa petite maison délabrée, jouant à l'ordinateur, avec les deux livres cinquante en petite monnaie que Reuben aurait extirpées de sa poche.

— Je sais, dit-elle en se retournant vers lui avec son regard le plus irrésistible. Mais j'ai pensé que tu serais encore meilleur en allumage de four.

Par simple mesure de sécurité, elle avait emprunté l'extincteur – le vraiment très gros, celui prévu au cas où le phare serait bombardé par une puissance étrangère ou si un avion s'écrasait dessus. Il lui avait fallu une demi-heure pour le traîner au bas de l'escalier.

— OK, dit-elle. Je pense que je suis prête.

En réalité, elle était plus que prête. Selina, qui faisait mine de flâner dans les parages tôt ce matin-là, alors qu'elle espérait ardemment être invitée, trouva Polly qui préparait une grande fournée de ciabattas fraîches et salées ainsi qu'un pain de campagne bien sombre. Plus trente-deux petits pains. Et un gâteau roulé à la confiture.

— Tu organises une fête ? demanda Selina, qui se releva les manches avant de se joindre à elle.

— Non. Ce n'est qu'une répétition. Un entraînement. Je me suis légèrement emballée, je crois.

— Tu crois ? répéta Selina. Peut-être que si cinq mille personnes se pointent pour écouter Jésus...

Polly soupira.

— Je sais. J'ai raté mon coup.

Selina resta à bavarder jusqu'à ce que Reuben apparaisse, puis ils descendirent avec l'extincteur.

— Tu es qui, toi ? apostropha Reuben avec grossièreté.

— Voici Selina, répondit Polly avec prudence. Elle était mariée à Tarnie, le pêcheur.

— Tu as organisé une fête adorable en son honneur l'année dernière, ajouta Selina. J'y ai été très sensible.

— Oh oui ! s'exclama Reuben. Je me souviens de toi ! Tu m'as l'air plutôt sexy pour une femme de pêcheur.

— Reuben ! s'écria Polly. Ne fais pas ton Reuben.

— Mon observation est absolument correcte. Il ressemblait à un bâton chevelu. Elle a l'air sexy.

Polly porta la main à sa bouche. Mais à sa grande stupéfaction, Selina éclata de rire.

— C'est vrai ! approuva-t-elle en riant. Il ressemblait vraiment à un bâton chevelu.

Maintenant, Polly se sentait insultée à la place de Tarnie.

— Je le trouvais mignon, dit-elle. De beaux yeux bleus.

— Oui, mais tu sais, pas mal de cheveux. Sur un

bâton. (Selina en riait encore.) Oh, mon Dieu ! Personne ne s'était moqué de lui depuis si longtemps…

— Tu vois ! s'exclama Reuben. Polly croit qu'elle sait ce que je devrais dire.

— Mais non ! protesta Polly. Tout bien pesé, oui. Je pencherais plutôt pour me montrer polie à l'égard de quelqu'un qui est décédé il y a à peine un an.

— C'est bon, dit Selina. Je ne suis pas du tout offensée. En fait, ça me remonte le moral. Est-ce que tu vas allumer le four du van ? J'ai fait des tonnes de trucs.

La contribution de Selina en cuisine s'était en réalité résumée à un peu de roulage de pâte, mais Polly ne la contredit pas.

— Bien sûr, répondit Reuben. Reste bien en arrière.

Il attisa le poêle à bois, avivé par des flammes de gaz à l'arrière et sur les côtés. C'était vraiment un équipement dernier cri : il chauffait rapidement, mais il apportait toujours une fantastique saveur de feu de bois. Une cheminée pointue dépassait du sommet du van et ils gardèrent le comptoir latéral ouvert pour une ventilation supplémentaire.

La veille, Polly avait récuré le van de fond en comble, même s'il était impeccable et qu'il n'avait presque pas servi. Elle se demandait si Evan et son frère n'avaient pas baissé les bras trop vite. Retenant sa respiration, elle observa Reuben se pencher, une allumette extralongue à la main et allumer le four qui émit un très faible craquement. Alors qu'il reculait, les flammes du gaz s'embrasèrent et le feu commença à crépiter.

— Je déclare à présent cette espèce de minuscule

fournil de van, plutôt bizarre d'ailleurs, ouvert. Pour Polly et la veuve sexy.

— Reuben, si tu n'arrêtes pas de qualifier Selina de sexy, je le dis à Kerensa.

— Quoi ? Mais pourquoi ? Elle s'en moque. Je trouve des tas et des tas de femmes sexy, mais il n'y en a qu'une seule que je veux sauter à longueur de journée. C'est génial !

Polly roula des yeux en direction de Selina qui souriait toujours et qui apparemment trouvait Reuben plutôt charmant. Puis elle monta à l'intérieur du van, se pencha à la fenêtre et fit un signe de la main. Selina et Reuben prirent les premières photos officielles, avec le phare en arrière-plan.

— Alors ? Ne penses-tu pas qu'il est temps que nous te trouvions un gentil gars ? déclara Reuben à Selina.

— Est-ce qu'il pourra être plus grand que toi ? demanda Selina.

— Ouais, ouais, ouais, dit Reuben. J'ai compris. J'ai tout à fait cerné ton penchant pour les bâtons chevelus, *baby*.

— Hum, Nan et moi, on adorerait avoir une minuscule part de votre attention pendant dix secondes, si c'est possible ? brailla Polly avec gaieté, en installant ses toutes premières miches.

*

En ce matin d'été irradié de lumière, Polly se leva à quatre heures, avant même la sonnerie du réveil. Elle frétillait d'impatience.

Son premier réflexe fut d'appeler Huckle, mais il se trouvait dans un bar bruyant avec un groupe d'ouvriers agricoles, et elle pouvait à peine l'entendre. Avant l'arrivée de Huckle, les hommes s'étaient relâchés : ils n'avaient plus reçu ni directive ni encouragement pour les inciter à s'impliquer davantage. Huckle avait dû hurler sur chacun d'eux. Alors ils avaient obtempéré et fait de leur mieux pour remettre l'exploitation d'aplomb en un peu plus d'un mois. Il était fier du dur labeur accompli et avait senti qu'une soirée hors de la ferme leur ferait du bien. Par conséquent, ils avaient tous grimpé à l'arrière d'un pick-up pour une sortie en ville, dans le café des sports le plus proche. Ils semblaient d'une humeur bouillonnante.

En percevant le vacarme ambiant, Polly se sentit encore plus seule. Elle ne pouvait se souvenir de la dernière fois où elle s'était retrouvée dans un bar bondé, pour prendre du bon temps avec un groupe de personnes. Cela semblait amusant.

— Non, non, j'écoute, déclara Huckle, tandis que plusieurs centaines d'hommes s'époumonaient devant un match de base-ball, retransmis par l'écran télé au-dessus de sa tête.

Il buvait une bouteille de bière et aurait préféré être à la maison avec Polly. En fait, il en avait tellement envie qu'il en aurait pleuré. Polly, cependant, lui parut impatiente.

— Alors ! dit-elle.

— Euh, hei… hein ?

— C'est aujourd'hui !

— Je croyais qu'on était lundi.

— On est mardi, Huckle ! On est mardi là où je me trouve.

Huckle cligna des yeux, désorienté. Un autre rugissement explosa parmi les spectateurs.

— C'est le jour d'ouverture ! Je commence aujourd'hui !

— Ah ouais ? Cool !

— On dirait que tu es occupé, déclara Polly, dépitée.

Par la fenêtre du phare, elle ne discernait rien du tout. C'était comme si le reste du monde avait simplement largué les amarres avant de partir à la dérive.

— Des trucs de boulot.

— Ouaiiis ! lança la foule, tandis que leur équipe frappait un coup de circuit.

— Je sors, dit Huckle avec précipitation.

Dehors, tout le monde dansait dans les rues et faisait retentir des cornes.

— Désolé, c'est une sorte de *World Series*[1].

— Bon. J'espère que les bleus gagnent.

— Sérieux ? Impossible ! Ils sont nases !

Polly esquissa un sourire.

— Bon, quoi qu'il en soit, je voulais juste te dire qu'on est mardi. Je démarre aujourd'hui.

Huckle était sur le point de lui souhaiter bonne chance, mais son portable le lâcha dans un bref grésillement et un faible bourdonnement. Plus de batterie, même pas assez pour un rapide texto. Il jura à voix basse et se demanda s'il pouvait faire un aller-retour pour régler ça.

---

1. La Série mondiale représente les épreuves finales de la Ligue majeure de base-ball nord-américaine.

— Huck ! Mon pote !

C'était Jackson, l'éleveur en chef.

— Rentre, rentre ! On te doit tous bien ça. Tu vas sauver nos boulots ! Rentre et laisse-moi t'offrir une bière. On a passé une super journée.

À regret, Huckle se laissa reconduire à l'intérieur.

*

La journée ne s'annonçait pas comme le super nouveau départ de Polly, songea-t-elle, l'air morose. Les nuages étaient arrivés et il tombait des cordes. Elle se demanda un instant s'il y avait un fond de vérité dans la malédiction décrite par Evan, mais elle chassa cette pensée de son esprit tandis qu'elle plaçait, avec doigté, les miches dans des moules. Puis, elle disposa les petits pains en rangs ordonnés pour les faire mi-cuire, avant de terminer leur cuisson à l'intérieur du van, de façon qu'ils soient servis tout chauds aux clients. Elle examina ses ingrédients avec soin. Combien de personnes feraient la queue dans un parking sous la pluie pour une miche de pain ?

Il était trop tard pour réfléchir à cette question. Ils s'étaient engagés. Elle était dans le coup. Huckle était dans le coup. Nan le van était en bas…

Polly fit quatre allers-retours entre le phare et le van, transportant le pain et les petits pains, les disposant soigneusement sur les plateaux en inox. Puis elle démarra. Elle avait tout chronométré pour attraper la marée basse, mais la pluie tombait à torrents et ruisselait sur les pavés, les rendant affreusement glissants. Elle fut prise d'inquiétude à l'idée que le van ne dérape et ne termine dans l'eau… Elle n'avait jamais conduit sur la chaussée, elle était toujours avec Huckle dans le side-car.

Non, bien sûr que non, se raisonna-t-elle.

Bon. Huckle n'était pas là. Il n'était pas là depuis un moment et il n'était pas là dans l'instant. Aucun intérêt à penser de la sorte, se sermonna-t-elle avec colère, étant donné qu'il était parti pour lui donner un coup de main.

À huit heures, ce jour de mai, par une matinée humide et plombée de nuages bas, elle se gara sur le petit parking municipal gratuit, près de la chaussée. Lors des week-ends d'été, il était pris d'assaut, rempli de gens occupés à déballer leur pique-nique et leurs cannes à pêche. Les enfants armés d'épuisettes frissonnaient toujours d'excitation face à cette route parfois visible et parfois submergée par les flots. Les pères au front rougi sortaient des paravents, des tubes de crème solaire et des bouteilles d'eau de leurs coffres de voiture, comme s'ils partaient en expédition dans le Sahara.

Mais ce matin-là, il n'y avait pas un chat. Le vieux Jim, le pêcheur à la ligne, passa à proximité, avec sa canne.

— Bonjour, Jim, dit Polly.

— Bonjour, Polly, répondit-il, mais il ne sembla pas du tout intéressé par ce qu'elle faisait dehors à une heure aussi matinale, une résille trempée sur la tête, en train de dresser un auvent dans un parking gris et désert.

— Puis-je te proposer un petit pain ? demanda Polly avec entrain.

Jim la regarda.

— Ma mère me prépare toujours mes sandwichs, dit-il avec tristesse. Les jours de pêche, en fait.

— Tu n'aimerais pas essayer autre chose ?

Jim secoua énergiquement la tête.

— Ma mère sait comment je les aime, tu vois. Fromage et cornichons, mais sans que le fromage touche les cornichons.

— Effectivement, je n'en ai pas des comme ça. Mais j'ai des petits pains.

Jim secoua à nouveau la tête.

— Nan, on n'a pas envie d'un petit pain après un sandwich. On veut un Kit Kat.

Il poursuivit sa route en pataugeant sous l'épais rideau de pluie, avec son ciré usé et un suroît jaune sur sa tête grisonnante.

— Au revoir alors ! s'exclama Polly. Bonne chance avec le poisson !

Elle réussit à soulever l'auvent. Ce n'était pas facile et elle n'était pas certaine que le résultat fût splendide, mais elle y était arrivée. Puis elle retourna à l'intérieur du van qui au moins était douillet grâce à la chaleur du four. Un tantinet trop douillet, en réalité. Elle dut ouvrir la portière arrière car le four chauffait vraiment beaucoup – ce qui eut le pénible effet de laisser entrer la pluie – et elle contempla ses deux cents petits pains tout en se demandant si elle ne s'était pas montrée trop optimiste pour un premier jour.

Elle y avait fait allusion en ville, mais sans insister, car elle ne voulait pas que le mot circule qu'elle démarrait une sorte de service de remplacement. Elle faisait confiance à Malcolm pour trouver un moyen de lui barrer la route, sa haine envers elle paraissant farouche.

— C'est ça ton plan marketing ? lui avait demandé Kerensa. Audacieux !

À présent, elle était assise toute seule dans le van d'un rouge joyeux, en regrettant de ne pas avoir emporté un livre. Elle se faisait l'effet d'être la seule personne à des kilomètres à la ronde, l'unique habitante de Cornouailles. Elle regarda les petits pains parfaitement alignés et s'interdit de tous les manger.

À neuf heures, une mouette monta directement les marches du van – elles avaient gagné en témérité depuis un moment –, et Polly lui indiqua la direction à suivre dans un juron. La mouette y fut complètement indifférente et lui répondit par un cri tout en posant ses yeux perçants sur les petits pains.

— Je ne frappe jamais les oiseaux, lui dit Polly avec sérieux. Jamais. Mais ce que je vais faire, c'est faire semblant de te donner un coup de pied, et je vais voir si ça marche.

Elle projeta sa jambe en avant. La mouette l'ignora complètement. Polly lui hurla dessus à nouveau. L'oiseau lui décocha un regard méprisant. Alors elle émit un énorme rugissement de lion. Cela fonctionna : le volatile recula à petits pas et descendit les marches en battant des ailes, mais la jeune femme ne savait pas si elle pourrait continuer à longueur de journée.

Elle soupira et jeta un coup d'œil à son téléphone. « Comment ça se passe ? » l'interrogeait Kerensa par texto. C'était un petit peu tôt, estimait-elle.

« Génial, répondit-elle. La duchesse de Cornouailles vient de passer pour commander cent quatre-vingt-dix gâteaux pour le prince George. »

Elle se ravisa et le supprima. Elle calcula l'heure

qu'il était à Savannah – trois heures du matin – et soupira.

Elle contemplait la pluie au-dehors tout en s'exhortant à ne pas s'inquiéter, elle avait traversé des moments bien pires. Puis elle se demanda combien de jours précisément elle devrait se dire de ne pas s'inquiéter parce qu'elle avait traversé des moments bien pires. Parce que ce n'était pas la vie qu'elle avait choisie. Soudain une voiture s'arrêta. C'était une BMW à l'allure agressive, un peu abîmée sur les flancs. Polly remit sa résille sur la tête, au cas où elle appartiendrait à quelqu'un du conseil, et arbora un sourire engageant.

— Que diable fabriquez-vous ici ?

Malcolm sortit de la voiture, écarlate de colère.

— Qu'est-ce que c'est que ce bordel ?

Polly vira au rouge vif. Elle savait qu'elle devait s'attendre à sa visite, mais elle faisait tellement son possible pour éviter toute confrontation, qu'elle était au supplice en cet instant.

Elle jeta un regard de côté en regrettant l'absence de Reuben. Il adorait ce genre de situation. Il serait entré immédiatement dans la bataille, et aurait aimé cela. Kerensa aussi s'y serait engagée. Même Huckle aurait probablement pu désamorcer calmement la situation.

Au lieu de cela, Polly se sentit affreusement mal, à la fois effrayée et paniquée à l'idée de devoir traiter avec quelqu'un qui était en colère contre elle. Puis elle se sentit ridicule. Pourquoi prenait-elle tout tellement à cœur ? Elle était adulte, non ? Elle devait être capable de gérer cette situation, sinon comment pourrait-elle se considérer comme une femme d'affaires ?

— C'est seulement un van, couina-t-elle.

— Non ! C'est un projet vicieux pour ruiner mon gagne-pain ! beugla Malcolm, même s'il était dix heures du matin et que son gagne-pain aurait dû être ouvert et tourner depuis cinq heures. Vous voulez que ma mère meure de faim, c'est ça, votre plan ? Vous essayez de tout détruire ? Êtes-vous assez salope pour faire cela ?

Polly fit non de la tête.

— Non. Pas du tout. C'est seulement… (Elle s'exhorta à ne pas pleurer. *Huckle ne pleurerait pas.*) C'est seulement… C'est la seule chose que je sache faire.

Malcolm la fixa du regard.

— Alors vous ôteriez le pain de la bouche de quelqu'un qui le mérite vraiment ?

— Quoi ? Mais non. Ce n'est pas ce que je veux.

Il avança vers elle à grandes enjambées, son visage rouge et boutonneux détonnait désagréablement avec son imperméable couleur moutarde.

— Vous savez, cracha-t-il, le regard féroce, j'aurais pu être un pro.

— Quelle sorte de professionnel ? demanda Polly d'une voix tremblante.

— Trompettiste, répondit Malcolm, comme si c'était évident. Et quand je n'ai pas pu obtenir de boulot parce que ce secteur est totalement miné – soit dit en passant, il ne s'agit pas de compétences, mais de réseau –, quand ils m'ont bloqué tout accès, eh bien, je ne me suis pas laissé aller, n'est-ce pas ?

— Je ne sais pas, hasarda Polly, les yeux rivés au sol.

Elle prit conscience qu'elle ne gérait pas au mieux la situation et s'efforça de se remémorer toutes les astuces que Kerensa lui avait données concernant l'affirmation de soi.

— Je me suis relevé et je n'ai jamais regardé en arrière, et voyez où j'en suis.

À sautiller dans tous les sens au milieu d'un parking détrempé dès dix heures du matin, songea Polly.

— Maudite trompette.

— Cela vous manque de ne plus faire de trompette ? s'enquit timidement Polly.

Malcolm poussa un long soupir avant de reprendre son expression colérique. Polly remarqua que ses lèvres avaient l'air tout à fait adaptées pour jouer de la trompette : légèrement écartées, elles laissaient échapper un filet de salive quand il était exaspéré, ce qu'il était sans aucun doute à cet instant.

— Non ! hurla-t-il avec fureur. Un peu. Ce n'est pas le sujet. Le sujet, c'est que vous devez apprendre certaines leçons de vie à présent.

— J'ai parfaitement le droit d'être ici, répliqua Polly en tremblant. J'ai une licence.

— Oui, rugit Malcolm. Et par conséquent, j'ai parfaitement le droit d'être ici moi aussi.

Une voiture ralentit sous la pluie, les essuie-glaces clapotant frénétiquement. Malcolm se dirigea vers elle à grands pas et tapa à la fenêtre.

— J'espère que vous n'aviez pas l'intention d'acheter du pain ici, mon vieux, dit-il d'un ton désagréablement amical. Parce qu'il est absolument dégueulasse.

Polly porta sa main à la bouche.

— Mais… articula-t-elle.

— Vous ruinez mon commerce, dit-il en se tenant bien droit et en criant à travers le rideau de pluie, donc je ruine le vôtre. Et je suis certain de tenir plus longtemps que vous.

Polly avait envie de pleurer.

— Pourquoi n'iriez-vous pas voir ailleurs ? lança-t-il. Je m'en moque. Partez. Retournez d'où vous venez.

— Plymouth ?

— Ouais. Je viens d'une vieille famille de Mount Polbearne. Nous étions là en premier.

Mais elle ne l'avait jamais vu ici auparavant.

— Prenez votre tas de boue tout rouillé et allez tenter votre chance ailleurs.

Une autre voiture donna l'impression de ralentir sous la pluie battante, mais lorsque le conducteur vit Malcolm faire de grands gestes avec ses bras, comme s'ils étaient un couple en train de se disputer, il se ravisa prestement.

— Vous ne pourrez pas gagner ici. Vous n'y arriverez pas. Vous devriez abandonner dès maintenant. Vous avez échoué à la boulangerie, vous échouerez ici. C'est fini pour vous.

Polly hoqueta sous l'effet d'une espèce de sanglot grognement. Puis elle fit la seule chose qui lui vint à l'esprit : elle referma avec fracas la petite ouverture du van et fit de même avec la porte.

Ce n'était en aucun cas une solution, elle en avait conscience. D'un autre côté, elle était maintenant à l'intérieur, dans une atmosphère chaude et confortable, et Malcolm était toujours au-dehors, faisant les cent pas sous la pluie. C'était un petit soulagement, après tout. De plus, elle pouvait pleurer en paix maintenant.

Malcolm éructa encore quelques mots, mais heureusement, grâce au vent et à la pluie dehors, et au générateur à l'intérieur, elle ne put entendre ce qu'il disait. Elle patienta un moment jusqu'à ce qu'elle ait cessé de pleurer. Elle essaya de se convaincre qu'il n'était qu'un horrible crétin et un pathétique joueur de trompette, même si un peu d'elle-même savait au fond que c'était un moyen sournois de se donner le courage d'ouvrir le van.

Mais ce n'était pas le cas, se persuada-t-elle. Elle se tenait debout face à la médiocrité : face à une nourriture affreuse, faite par des paresseux, vendue à des gens qui ne savaient pas que la nourriture pouvait être meilleure, et que si elle l'était, la vie le devenait aussi. Cela tombait sous le sens.

Elle devait se convaincre que ce qu'elle faisait valait la peine. Ce n'était pas une bouillie industrielle produite à la chaîne par une usine qui se moquait bien de savoir si le produit était de qualité, nutritif et fabriqué avec les meilleurs ingrédients. L'usine bourrait le tout de conservateurs chimiques et d'agents stabilisants pour conserver le moelleux. Elle intégrait aussi des e-trucs, du sel et des copeaux de bois, pour ce qu'elle en savait, afin de fournir des denrées pas chères, rassasiantes et faciles à faire. Ce qu'elle préparait, elle, était bon, et c'était important, et elle allait montrer au monde qui elle était… dès qu'elle serait capable de sortir de ce van.

Elle entendit, très faiblement, par-dessus le bruit de ferraille du générateur le vrombissement de la voiture qui s'éloignait. Elle ouvrit le volet, prête à lui crier dessus, mais le parking était toujours balayé par des torrents de pluie, complètement détrempé et absolument désert. Elle n'eut pas l'impression d'avoir remporté une victoire.

*

Vers seize heures, Polly était prête à précipiter le van dans la mer et accordait nettement plus de crédit au concept de malédiction.

La pluie s'était à peine calmée. Une famille avec trois enfants braillards à l'arrière avait roulé jusque-là, en espérant y trouver des *fish and chips*, tout en regrettant que la météo ait gâché à ce point leurs vacances ; mais grâce au ciel, ils avaient aperçu le van de *fish and chips*, et c'était la seule chose susceptible de faire tenir les enfants en place. Jamais plus. Cela leur apprendrait à passer des vacances à la maison. Ils avaient voulu visiter Mount Polbearne, mais ils ne pouvaient s'y risquer avec ce temps. La mère semblait au bord des larmes.

— J'ai… J'ai quelques ciabattas au fromage, lui proposa Polly.

— Vous avez quoi, madame ? demanda la mère en jetant des regards nerveux à la voiture garée derrière elle et en tirant son k-way sur ses épaules.

Les fenêtres de la voiture étaient tout embuées, un bruit sourd et sinistre frappait les vitres, comme s'ils étaient dans *World War Z*.

— De simples frites feront l'affaire, vous savez. Ce sera parfait.

— Je ne vends pas de frites, répondit Polly sur un ton d'excuse. C'est un camion de boulanger.

La femme lui parut sur le point d'éclater en sanglots.

— Un camion de boulanger ? En bord de mer ?

(Sa bouche ornée de rouge à lèvres rose s'affaissa.) Mais bon sang, où avez-vous pêché une idée pareille ?

Des cris s'échappèrent de la voiture maculée, pouvant ressembler à : « Des frites ! Des frites ! Des frites ! »

— Un camion de boulanger ? réitéra la femme, comme si Polly allait à tout instant tirer sur un rideau et dire : « Je plaisante ! Haddock ou cabillaud ? »

— J'en ai bien peur, répondit Polly.

La femme secoua la tête.

— Bon, savez-vous si on peut trouver des *fish and chips* dans le coin ?

— Il y en a un génial à Mount Polbearne.

Toutes deux se tournèrent d'un même mouvement et portèrent leur regard sur le grand affleurement rocheux, à demi dissimulé par une brume grisâtre. La chaussée disparaissait complètement sous des vagues grises, la mer paraissait déchaînée. Mount Polbearne n'aurait pu ressembler davantage à une île qu'aujourd'hui.

La femme recula d'un pas.

— Plus jamais, dit-elle.

Elle jeta un coup d'œil à sa voiture, comme si elle redoutait de retourner à l'intérieur. Elle toisa une nouvelle fois Mount Polbearne. Puis elle battit en retraite et Polly se sentit affreusement mal.

Vers dix-sept heures, tandis que la chaussée se découvrait progressivement, et au moment même où elle remballait ses produits avec lassitude, elle aperçut Muriel qui avançait à toute vitesse dans sa direction. Le soulagement d'apercevoir un visage ami était immense, et Polly lui adressa de grands signes. Muriel fit de même et parcourut la distance restante à la hâte.

— Quelle journée, dit-elle. Pourrie ! J'espère que ça va s'arranger bientôt, je n'ai pas vendu un seul seau ou pelle en quatre jours.

— Tu as vendu d'autres choses, quand même ? s'enquit Polly.

— Oh, mon Dieu, oui ! Du chocolat chaud pour l'essentiel. Du chocolat chaud et le *Puzzler*[1].

— Je n'ai absolument rien vendu, dit Polly d'un air sombre, même si elle détestait donner l'impression de s'apitoyer sur son sort.

— C'est parce que tu démarres ton affaire au beau milieu d'un orage, l'assura Muriel avec sagesse. Tu ne peux pas t'attendre à ce que tout converge en même temps. Quoi qu'il en soit, je suis ici pour te sauver, parce que j'ai des commandes secrètes en provenance du village.

Le visage de Polly s'éclaira. Voilà la solution : les habitants ! Ils la sauveraient ! Elle savait que les bonnes gens de Mount Polbearne ne la laisseraient pas tomber. Elle aurait pu embrasser Muriel.

— Ouaiiiis ! s'exclama-t-clle. C'est une nouvelle fantastique ! Génial ! Qu'est-ce que tu aimerais ? Et je peux te ramener aussi !

Muriel toisa le van d'un air sceptique.

— Je crois que je préfère marcher, franchement.

— Mais il pleut des cordes !

— Oui, eh bien, jusqu'à ce que tu prennes le coup de main.

Polly sourit.

— Très bien. Qu'est-ce qu'il te faut ?

Muriel extirpa un bout de papier de sa poche.

---

1. Il s'agit d'un magazine de mots croisés.

— Un pain de campagne pour Patrick. Un pain de mie tranché pour moi. Une demi-douzaine de petits pains pour Mrs Cranford.

Polly attendit, impatiente.

— Et ?

Il y eut une pause un peu embarrassante.

— Bah, c'est tout.

— C'est tout ? répéta Polly en songeant avec désespoir aux queues qui se formaient devant la porte de la boulangerie et à la reconnaissance à laquelle elle était tellement habituée.

Muriel parut préoccupée.

— Je sais, Pol, dit-elle d'un ton réconfortant. Je pense… Tu sais, tu n'as pas été là depuis un moment. Je pense que les gens se sont habitués à ton absence en quelque sorte. Je veux dire, ils ont vécu sans la boulangerie de Beach Street pendant une longue période…

Tandis qu'elle enveloppait les quelques commandes dans des sacs en papier, Polly sentit son cœur se serrer. D'accord, elle ne s'était pas attendue à être hissée sur les épaules des villageois et à défiler dans toute la ville… Peut-être un tout petit peu, mais pas réellement. Mais elle avait espéré qu'il y aurait des habitués, des personnes à qui elle manquait, qui rendraient l'entreprise viable financièrement, surtout hors saison.

— Bon, je viens tout juste de démarrer, conclut-elle vaillamment en prenant la menue monnaie que Muriel lui tendit. Ce n'est que le début.

— Ce n'est que le tout début ! s'exclama Muriel en hochant vigoureusement la tête. C'est le jour 1 ! Et regarde comme ton van est mignon.

— Mmm, grommela Polly, qui avait passé toute la

journée à contempler Nan le van, lequel commençait à lui sortir par les yeux.

La pluie s'était calmée et un frêle rayon de soleil tentait de se frayer un passage à travers l'épaisse couverture nuageuse. Il éclaira la chaussée et les pavés détrempés qui serpentaient jusque chez elle.

— Es-tu certaine de ne pas vouloir profiter du voyage ? demanda Polly.

— La route a l'air vraiment glissante. Tu sais quoi, tu conduis et je serai juste derrière toi. Je serai en très bonne position pour te donner un coup de main au cas où…

— J'en suis tout à fait capable ! l'assura Polly.

Elle en était parfaitement capable en effet. Est-ce que ce serait suffisant pour qu'elle reste sur la chaussée ?

Chapitre 16

La semaine entière se poursuivit ainsi, grise et épouvantable. Chaque matin, Malcolm, montrant encore plus d'acharnement et d'énergie qu'il ne l'avait fait jusque-là, surgissait devant le van, la menaçait, évoquait des courriers d'avocat et se moquait de ses produits qui diminuaient tous les jours un peu plus, car elle arrivait à court d'ingrédients : elle détestait devoir jeter son stock ou le distribuer gratuitement aux pêcheurs, ce qui leur donnait de mauvaises habitudes.

Huckle téléphonait, mais sa voix trahissait un tel épuisement que Polly ne pouvait supporter l'idée de lui révéler qu'ils couraient droit à l'échec. Elle s'efforçait de paraître enjouée et optimiste, et ne faisait aucune mention du comportement agressif de Malcolm, au cas où Huckle aurait pris le premier vol pour le réduire en bouillie. Au lieu de cela, elle parlait d'une construction lente, de patience en attendant la saison. Tout ce qu'il fallait, c'était jeter un sort à la météo pour qu'elle soit bonne.

Elle ne se doutait pas le moins du monde que son ton calme et modéré était bien plus effrayant pour

Huckle que son enthousiasme débordant ou son profond désespoir. Il était très inquiet.

*

La deuxième semaine, Polly commença réellement à se remettre en question. Elle avait vendu quelques broutilles : deux ou trois chauffeurs routiers longue distance avaient, on ne sait comment, fait le chemin jusqu'à elle. Ils avaient apprécié de manger autre chose que des traditionnels roulés au bacon. Elle les avait renvoyés à leur itinéraire, en direction de Land's End, Penzance et Truro, avec le sourire le plus grand qu'elle pouvait afficher, en espérant malgré tout qu'ils passeraient le mot au sein de leur communauté.

Mais ce n'était pas assez. C'était même très loin d'être assez. Muriel et Patrick qui achetaient des miches, et les pêcheurs qui de temps à autre passaient des commandes de sandwichs, voilà toute la participation de la ville. Les vacanciers s'offraient à l'occasion un pain par pur désespoir, parce qu'il n'y avait rien d'autre de ce côté-ci de Mount Polbearne. Cela leur faisait passer le temps en attendant que les eaux reculent, quand ils étaient arrivés trop tôt ou trop tard pour traverser. Mais les gens qui manquaient les horaires de marée ne constituaient pas, elle le savait, un véritable business plan. Elle ne gagnait pas sa vie. Loin de là.

Elle restait assise dans le van toute la journée, le récurant elle-même, faisant de son mieux pour retrouver le sourire quand quelques rares clients surgissaient. Puis elle fixait la mer, les murs, s'efforçait de ne pas paniquer alors que les minutes s'égrenaient avec une lenteur interminable, jusqu'à ce qu'elle finisse par remballer au moment de la dernière marée de la journée. Une fois dans son phare, elle s'écroulait sur le lit, toute seule, et recommençait le lendemain matin. Elle ne savait pas combien de temps elle pourrait continuer ainsi.

*

C'était une journée légèrement plus prometteuse, le premier mardi de juin. Une brume matinale traversait les eaux et pénétrait loin dans Beach Street. En regardant en bas depuis le phare, on ne discernait pratiquement rien. Mais le soleil se mit bientôt à briller et à la dissiper ; il allait faire chaud une fois que l'aube se serait levée. Polly le devinait, tandis qu'elle chargeait le van avec le fruit de ses efforts matinaux : une focaccia aux tomates séchées – qui serait, elle le savait, bientôt perdue –, accompagnée d'un petit pot d'huile d'olive pour faire trempette ; la douceur et le salé se mêleraient pour donner la plus délicieuse des bouchées. Quelques petits pains aux raisins tout légers et recouverts de glaçage – le parfait en-cas pour ceux qui attendraient la marée basse (elle était plus confiante pour ces produits-là). Et une bûchette parsemée de lardons et de beaucoup de poivre noir fraîchement moulu, une sorte de concession au sandwich bacon. Si un client l'achetait au lieu du traditionnel sandwich bacon, elle estimait qu'il serait satisfait.

Elle fit la traversée en conduisant prudemment sur la chaussée. Elle savait que les insulaires regardaient

Nan avec amusement et un peu d'inquiétude. Polly, elle, était tout à fait confiante quant à sa conduite. C'était à partir du moment où il fallait vendre ses pains que tout commençait à aller de travers.

Elle se gara à sa place habituelle. Le parking était chaque jour un peu plus fréquenté, la saison commençait à prendre de la vitesse avant de décoller vraiment. S'il vous plaît, supplia-t-elle une nouvelle fois en silence, s'il vous plaît, faites en sorte que ça reparte pour moi.

Ce matin-là, une voiture anormalement élégante était déjà garée. C'était une petite BMW blanche à l'allure sportive pourvue d'une capote en toile. Le type de véhicule que Kerensa avait l'habitude de conduire avant que ses options dans ce domaine ne se réduisent à une trottinette ou la marche.

Polly l'examina en se demandant si c'était encore un particulier à la recherche d'une résidence secondaire. En général, il s'agissait plutôt de familles. Cette voiture n'appartenait pas à un chef de famille, ou alors il ou elle était particulièrement audacieux.

Elle déplia et fixa l'auvent, disposa les miches encore légèrement fumantes, ajouta la petite ardoise mentionnant les prix et fit de son mieux pour prendre un air enjoué.

Une jeune femme incroyablement mince et à l'allure sophistiquée s'extirpa du véhicule. Sa chevelure était retenue en arrière en une queue-de-cheval brillante qui se balançait dans son dos. Elle ne ressemblait pas à quelqu'un du coin, songea Polly. Mount Polbearne ne lui conviendrait pas. Il lui fallait quelque chose d'un peu plus évolué, c'est certain, si elle était à la recherche d'une maison de vacances. Mais elle arbora un sourire engageant malgré tout. Une cliente restait une cliente.

La jeune femme avança dans sa direction d'un pas décidé, un large sourire dévoilait des dents bien soignées. Elle levait haut les genoux quand elle marchait, comme un cheval majestueux, et Polly l'envia sur-le-champ.

— Salut ! lança la jeune femme en tendant la main avec l'assurance tranquille de quelqu'un qu'on est en général heureux de voir, qu'on en ait conscience ou pas. Kate Lacey.

Il fallut à Polly une seconde pour remettre le nom.

— Oh, mon Dieu ! lâcha-t-elle.

— Vous savez qui je suis ? s'étonna Kate. Mon Dieu, c'est incroyable ! Alertez la presse. Attendez un instant… C'est moi, la presse.

Elle leva les yeux au ciel.

— Le journal, déclara Polly, paralysée. Oh, mon Dieu ! Le journal.

— Oui. Je venais vous demander le chemin jusqu'à la boulangerie de Polly Waterford, à Mount Polbearne. Apparemment, j'ai mal évalué la marée.

— Oui, c'est difficile. Hum…

Elle regarda Nan le van, dignement éclaboussé à l'arrière par la boue et l'eau salée, tandis qu'elle avait roulé lentement sur la chaussée, tous les matins.

— Vous voyez, le fait est que… J'ai oublié de vous appeler. En fait, je suis Polly Waterford.

Kate eut l'air perplexe.

— Quoi ? Et c'est avec ça que vous allez travailler ?

— Pas exactement, répondit Polly, le cœur serré. Ce moment aurait dû être sa chance, son tremplin vers la gloire. Mais à présent, avec son stupide van…

Cette femme incroyablement classe se contenterait de faire demi-tour et de rentrer chez elle, elle le savait. Ou pire, elle écrirait une critique dure et acerbe. Elle poussa un profond soupir.

— Hum, je ne travaille plus à la boulangerie.

Elle n'avait pas envie d'entrer dans les détails, mais Kate l'interrogea aussitôt.

— Pourquoi ça ?

— Le nouveau propriétaire... déclara Polly, avant de se censurer rapidement. Bref, c'est un peu différent. Désolée, j'ai été débordée, j'ai oublié de vous en informer et j'aurais dû...

Kate plissa les yeux.

— Alors, en gros, maintenant, vous avez un camion à burger ?

— Hum, ce n'est pas tout à fait...

Du coin de l'œil, Polly aperçut la vieille BMW décatie tourner avant de pénétrer sur le parking. Oh non, songea-t-elle. Oh non, pas maintenant. Non, non, nooooon. S'il vous plaît. Tout, mais pas ça.

Son vœu n'était pas parti pour être exaucé. La voiture s'arrêta en faisant crisser ses pneus tout en projetant une gerbe d'eau qui leur trempa les jambes. Malcolm en sortit d'un bond, le visage aussi rouge que d'habitude.

— Ne mangez pas ici ! hurla-t-il. Elle est sale.

Polly soupira et vira au rouge vif, son humiliation était totale. C'était ce qui allait être écrit dans la presse nationale. Toutes ses chances de mener une carrière dans la boulangerie étaient complètement fichues. Ce serait sur Internet et, par conséquent, visible par encore plus de monde.

— S'il vous plaît, Malcolm, l'exhorta-t-elle à voix basse, mais en vain.

Polly avait envie de pleurer tandis que la journaliste écoutait poliment l'homme sans décliner son identité. Pourquoi le ferait-elle alors que les ragots venaient à elle ?

Il s'épuisa enfin et cessa de fulminer, une expression satisfaite sur le visage.

— Bon, eh bien, c'est fichu pour un autre de vos clients. Il n'en reste plus maintenant, hein ? Vous regrettez maintenant ? Mmm ? Vous avez quelque chose d'autre à faire ? Peut-être des trucs de secrétaire. Ou du management d'oiseaux, hein ? Ah ! Elle est bonne, ah ! Du management d'oiseaux !

Polly évitait de trop penser à Neil même dans les meilleurs moments, et cet instant n'était définitivement pas le meilleur. Une larme lui monta aux yeux. Malcolm claqua la portière et s'éloigna sur la chaussée. Kate le suivit des yeux.

— Est-ce qu'il arrive souvent que des conducteurs tombent à l'eau ? demanda-t-elle d'une voix claire.

Polly secoua la tête.

— Non, jamais.

— Dommage. (Elle se retourna vers Polly, un sourire aux lèvres.) Je présume qu'il s'agissait du nouveau patron.

Polly acquiesça.

— Ouah, dit Kate. Pas étonnant que vous ne travailliez plus pour lui. Il est cinglé.

Curieusement, le simple fait que quelqu'un d'autre trouve que Malcolm avait un comportement étrange eut un énorme effet sur Polly. Elle prit conscience qu'elle pensait que, d'une certaine manière, elle méritait d'être agressée. Elle n'avait personne à ses côtés, enfin pas vraiment, pour lui dire qu'elle se trompait.

— Je ferai un signalement, déclara Kate. C'est du harcèlement.

Polly déglutit. Elle n'oubliait pas que Kate était journaliste. Faire un commentaire ne serait probablement pas une idée géniale.

— Aimeriez-vous… Aimeriez-vous manger quelque chose ? proposa-t-elle timidement.

— Oui ! s'exclama Kate. C'est pour cette raison que je suis là, vous vous souvenez ?

Elles s'assirent toutes deux sur le muret du parking et dégustèrent des tranches de bûchette aux lardons toutes chaudes, sous un ciel chargé de nuages gris, tout en se racontant leur vie. Kate fut très impressionnée par le fait que Polly vive dans un phare et Polly éprouva de la compassion pour Kate, quand cette dernière lui raconta avec moult détails les problèmes qu'elle rencontrait avec l'homme qu'elle fréquentait à Londres. Finalement, l'entretien se mua en une conversation plutôt agréable pour toutes deux.

Au bout d'une heure, Kate se leva pour partir. Polly avait servi une autre personne entre-temps, un vieil homme qui voulait deux roulés. Elle s'était sentie nerveuse, car elle redoutait que Kate ne la prenne davantage en pitié. Elle empila des tas de friandises sur les bras de la journaliste pour qu'elle les emporte.

— Vous n'allez pas passer au village ?

Kate fronça les sourcils.

— À quoi ressemble la boulangerie de cet homme ?

— Horrible. À moins que vous n'aimiez que votre pain ne dure deux mois. Dans ce cas, c'est l'idéal.

— Mmm, grommela Kate. Non, alors. Heureuse de

vous avoir rencontrée. Je dois toutefois vous préciser qu'habituellement nous ne faisons pas de critiques sur les camions dans nos pages Gourmets. Je ne sais pas ce que mon rédacteur en chef en dira.

— J'en ai conscience.

— Je vais tenter le coup, d'accord ?

— Ne leur racontez pas l'altercation.

Kate fronça les sourcils.

— Je ne peux pas vous le promettre.

— Je sais.

Elles échangèrent un sourire et une poignée de main, puis Kate partit, et Polly resta assise là, sur le parking, encore quatre heures de plus.

Chapitre 17

Huckle était mal assis, à une table minutieusement dressée, dans la maison de son ex-petite amie, dans un univers aussi immaculé que possible. Il regrettait d'être là. Quand Candice avait appris son retour, elle avait insisté – et il était difficile de lui dire non. C'était étrange, songea-t-il. Il lui avait fallu tellement de temps pour l'oublier, et à présent qu'il y était parvenu – et qu'elle s'était fiancée à un homme très sportif prénommé Ron, qui faisait des triathlons –, c'est tout juste s'il se rappelait pourquoi.

Candice avait invité une fille. Elle était blonde, riait bêtement, pensait manifestement qu'elle était destinée à Huckle, ce qui était effectivement le cas. Candice voulait que Huckle revienne au pays et dans son cercle social. Elle l'appréciait et elle estimait qu'il gâchait sa vie à s'enterrer dans un autre pays. Il n'était pas fiancé, ni marié, il avait choisi de quitter le pays. En amour comme à la guerre, tous les coups sont permis, non ? Et cela serait un joli coup pour elle si elle parvenait à caser son ex si sexy (il y avait beaucoup d'aspects que Candice n'avait pas aimés chez Huckle : son manque d'ambition, sa façon de ne pas se préoccuper des apparences ou d'être accepté en société. Le sport en chambre, en revanche, n'avait jamais posé de problème. Cela lui manquait plus qu'elle ne pourrait jamais l'admettre, peu importe le nombre de triathlons pour lesquels Ron s'entraînait) et à lui restituer son boulot de consultant de haut vol. Tout le monde penserait qu'elle était incroyablement cool et elle pourrait organiser une fête tellement charmante.

— Encore Polly, soupira Candice, après qu'il se fut faufilé hors de table pour prendre un appel de Cornouailles. Mon Dieu, elle est vraiment en manque d'affection !

Huckle fronça les sourcils. Polly lui avait semblé un peu déprimée au téléphone, c'était vrai, mais c'était plutôt normal ces temps-ci. Il s'y habituait.

— Elle traverse des moments difficiles là-bas, expliqua-t-il. Cela prend plus de temps qu'elle ne le pensait pour faire décoller son affaire. Je ne sais pas pourquoi cela la rend si malheureuse, pourtant.

Il mettait cela sur le fait que Neil et lui lui manquaient, mais il était surpris par son manque de ressort. En temps normal, elle ne restait pas déprimée très longtemps.

— Eh bien, ce n'est pas ainsi que l'on gère une affaire, déclara Candice. Est-ce que tu as réfléchi à l'idée de réintégrer ton ancienne société ? Tu gagnerais tout l'argent dont tu as besoin bien plus vite qu'avec cette stupide ferme. Laisse ton frère se débrouiller tout seul, c'est de loin le meilleur service que tu puisses lui rendre.

Elle s'était toujours intéressée au travail de Huckle et lui avait prodigué de nombreux conseils précieux.

Huckle secoua la tête. Il avait promis à Clemmie de ne rien dire à personne au sujet du bébé, même pas à Polly. Honnêtement, à présent qu'il avait réussi à faire en sorte que la ferme fonctionne correctement et qu'elle génère des bénéfices, il aurait dû la quitter. Cependant, il ne pouvait s'y résoudre. Il ne savait pas comment l'annoncer à Polly, mais si elle rencontrait des difficultés avec ce van, si vraiment elle n'arrivait pas à le faire marcher, alors peut-être devrait-il rester de toute façon, juste pour gagner sa vie. Maudit Dubose !

— Je ne crois pas.

— Veux-tu que je dise un mot à ton sujet ?

— Pas encore, répondit Huckle.

Il n'en arriverait pas à ce point-là : devoir rester aux États-Unis, à temps plein pour gagner sa croûte. N'est-ce pas ?

— Eh bien, as-tu fait la connaissance de Lily ?

Lily arbora un large sourire. Ses dents étaient absolument parfaites, sa peau avait la couleur du miel. Huckle lui sourit poliment en retour, même s'il était ailleurs.

— Salut ! s'exclama Lily. J'enseigne le yoga ! Tu as l'air d'en avoir besoin.

— C'est vrai ? s'enquit Huckle.

*

« Ces jours-ci, le "pittoresque" a le vent en poupe : quelques tables à l'allure patinée, des fleurs des champs arrangées dans des pots de confiture, des drapeaux et des banderoles, des morceaux de

bois flotté disposés çà et là, et le tour est joué. Cela devient lassant. Je suis certaine que vous en conviendrez. Alors un grand merci aux pionniers solitaires qui, là-dehors, sont bien décidés à apporter un peu d'audace et d'authenticité à notre assiette.

Le simulacre de confort d'un soi-disant décor traditionnel est loin d'être la tasse de thé de Polly Waterford.

Elle mène ses affaires, isolée au beau milieu d'un parking battu par des vents violents. Aux quelques privilégiés qui ont réussi à la débusquer, elle propose un pain fabriqué dans la plus pure tradition artisanale – et pour une fois, le terme est légitime et non galvaudé comme l'a été le "bio" attribué à tort et à travers, il y a cinq ans. Régulièrement injuriée par des clochards, et maltraitée par la météo, Polly fait du pain pour elle-même, et si vous êtes assez chanceux pour la localiser et le partager avec elle, alors vous pourrez vous considérer comme un véritable gourmet.

Elle vit seule dans un phare… »

— Je ne vis pas seule dans un phare, protesta Polly en colère dans sa cuisine, avant de se rendre compte qu'elle parlait à voix haute dans un phare désert.

« … ce qui lui donne la solitude absolue et la pureté nécessaire pour peaufiner la confection de ses miches. Elle ne cherche pas le moins du monde à embellir les apparences, pas même la sienne, ce qui rend encore plus admirable et impressionnant le chemin ardu qu'elle a choisi. »

Polly grommelait pour elle-même.

— Si je m'étais souvenue qu'une journaliste venait, j'aurais mis un peu de rouge à lèvres. Et j'aurais probablement lavé le van.

« Cependant, si l'extérieur est brut, l'intérieur est, lui, très particulier, avec quelques-uns des pains de campagne les plus étonnants, des roulés à la farine complète... Il semble qu'il n'y ait rien à quoi Polly ne puisse s'attaquer... »

Le téléphone sonna. C'était Selina.

— Ma chérie, c'est toi dans le journal ?

— Oui. Ils me font passer pour une sorcière. Une sorcière effroyablement seule.

— C'est incroyable ! s'exclama Selina.

— D'être une sorcière ?

— Elle dit que tu es une découverte extraordinaire.

— Ouais, si tu es à la recherche de nouveaux sortilèges.

Son téléphone émit le bip caractéristique du double appel. Elle s'excusa auprès de Selina et le prit.

— Tu es une sorcière ! hurla Kerensa d'un ton jovial. Montre-nous tes pouvoirs effrayants !

— Tais-toi ! répliqua Polly. Je ne suis pas une sorcière !

— C'est comme ça qu'elle te décrit.

— Je sais.

— Mais tu sais aussi que c'est vraiment bien !

Polly poussa un soupir.

— Tu crois ça ? En gros, j'apparais comme un croisement entre Maléfique et l'Agence Tous Risques.

— C'est un croisement prodigieux, déclara Kerensa. Souviens-toi, je suis un gourou du marketing. Et puis tous les copains de Reuben vont venir maintenant.

— Qu'est-ce que tu veux dire ? Je croyais que Reuben avait perdu tous ses copains en même temps que son argent.

Kerensa poussa un grognement bruyant.

— Merci pour ce beau témoignage de confiance envers mon compagnon.

— Désolée, s'excusa Polly.

Reuben avait fréquenté des tas de types cool et de mannequins. Polly présumait simplement qu'ils étaient passés au multimillionnaire suivant.

— Non, tu as raison, concéda Kerensa. Ce sont d'horribles girouettes. Mais ils restent en contact avec Reuben au cas où il referait quelque chose de génial et où toutes les fêtes recommenceraient.

— Eh bien, ils ont l'air vraiment adorables, déclara Polly. (Elle marqua une pause.) Attends un peu. Pourquoi il ne me les enverrait que maintenant ?

Reuben avait manifestement écouté par le haut-parleur et s'immisça dans la conversation.

— Au cas où tu aurais été nulle, bien sûr, répondit-il. Et si tu avais changé et que tu étais devenue complètement nase ? Bon sang, ne sois pas folle ! Bien sûr qu'il fallait que j'attende de voir.

— Oh ! Alors, je suppose que je dois te dire merci.

— De rien !

— Tu as même l'air ensorcelante sur la photo, dit Kerensa.

— Arrête ça, répliqua Polly. Ma mère a déjà fait une crise de panique.

Ils avaient envoyé un photographe plus tard ce jour-là – ce que Kate n'avait pas mentionné, de sorte que Polly n'avait toujours pas mis de fichu maquillage. Le vent s'était levé entre-temps, et il n'y avait pas âme qui vive dans les parages. Il l'avait fait asseoir sur le muret, le van légèrement flou derrière elle et plus loin à l'arrière-plan surgissait l'énorme masse de Mount Polbearne. Sur la photo, sa chevelure blond vénitien flottait derrière elle. Polly fixait la mer, avec une expression pensive – ou comme sa mère l'avait formulé, vraiment triste – comme si elle se disait : « Oh, mon Dieu ! C'est une erreur. » Le titre en dessous disait : « Pureté à Polbearne ».

— Sorcière vierge et solitaire, déclara Kerensa avec entrain. Encore mieux !

*

Huckle contemplait le lien en ligne. Il le fixait, son cœur empli d'un tel désir qu'il pouvait à peine respirer. Elle avait l'air si triste, il ne l'avait jamais vue aussi triste. Et elle avait tellement minci. Où étaient passées sa poitrine généreuse, les courbes douces de ses hanches ? Cette Polly-ci était anguleuse et méditative.

Il ressentit une énorme nostalgie pour la vie qu'ils menaient : les soirées tranquilles à écouter le cri des mouettes, à embêter Neil, à lire avec complicité ou à cuisiner, ou bien à rester seulement à côté l'un de l'autre, à ne jamais quitter la pièce sans une douce caresse, un rapide baiser, un geste affectueux. Il voulait tendre les bras vers elle, mais ils paraissaient s'éloigner encore davantage l'un de l'autre. Il imprima l'article, avant de le plier et de le glisser dans son portefeuille.

« Tu veux que je parle d'un boulot pour toi ? » disait le texto de Candice. On pouvait faire confiance à Candice pour travailler un dimanche matin au saut du lit. Elle avait même probablement déjà fait sa séance de sport. Elle voulait que Huckle vienne bruncher avec Lily et elle – des smoothies au chanvre et des omelettes aux blancs d'œufs –, et Ron qui parlait de son portefeuille d'actions.

Il n'avait pas envie de lui répondre pour le moment. Il ne voulait pas reconnaître qu'il était bloqué dans cette ferme. Et même s'il ne l'était pas, même si par quelque miracle, Dubose devait réapparaître, il refusait d'admettre qu'il lui faudrait de toute façon trouver un boulot pour les faire tenir durant le long hiver en Cornouailles, étant donné ce que l'article révélait clairement : elle ne gagnait absolument rien. Ils vivaient dans un endroit dépourvu d'isolation qui nécessitait des tas de travaux afin de le rendre habitable. Ils avaient besoin d'argent, nom d'un chien ! Il adorait Polly, mais pourrait-elle s'en sortir ? Ça semblait mal parti. Vraiment. Il contempla la photo un long moment et se demanda comment il allait pouvoir lui annoncer qu'il ne rentrerait pas de sitôt, qu'il se sentait tiraillé.

*

Huckle n'arrivait pas à la joindre au téléphone. Il supposait que tout le monde avait envie de lui faire part de ses commentaires. Il espérait qu'ils étaient positifs. Finalement, la sonnerie retentit, un bruit métallique et si lointain.

— Salut ! Qui est cette femme incroyablement sexy dans ce magazine ?

— Sérieux ? Parce que tout le monde ici m'envoie des liens vers l'Armée du Salut. À part deux types vraiment étranges qui ont écrit au journal en disant qu'ils voulaient m'épouser parce qu'ils aiment le pain et la solitude.

— Mmm, grogna Huckle. Eh bien, tu aurais dû sourire.

— Vraiment ?

— J'aime ça quand tu souris.

— Ça a été assez difficile, dit Polly.

— Mais c'est un bon article.

— Tu le penses vraiment ?

Il y eut un léger silence embarrassé. C'était nouveau.

— Peu importe, dit Huckle. Parce que tu sais, je veux… Je veux dire, tout va bien ici. Je remets la ferme sur des rails. Cela avance.

Une autre pause.

— Bon, dit Polly. C'est génial.

— Et tu sais, je suis certain que c'est le début de quelque chose pour toi…

— Je l'espère, déclara Polly.

Ils l'espéraient tous deux.

Chapitre 18

En fait, ils n'eurent pas à attendre longtemps. Le lundi, il y eut quelques voitures de plus.

Le mardi, il y avait la queue.

« Oh, mon Dieu ! » avait lâché Polly, ce premier matin-là. Ces clients-là ne ressemblaient en rien à ceux qu'elle servait habituellement.

Ils étaient d'une curiosité ardente, ils la mitraillèrent de questions à propos du procédé qu'elle utilisait, des ingrédients et de leur provenance, de sa technique. C'étaient des gourmets, des gens qui n'appréciaient que les denrées les plus rares et les plus originales, comme Selina le lui expliqua quand elle la rejoignit un peu plus tard et qu'elle resta pour l'aider. Polly était, semblait-il, une découverte. Nombreux parmi eux testèrent un peu de la miche aux graines qu'elle avait disposée en dégustation, comme ils l'auraient fait d'un vin : ils la conservaient en bouche, la faisant rouler et rouler encore, ou bien ils la pinçaient entre les doigts et émettaient des bruits appréciatifs. Tous les hommes portaient la barbe.

Elle envoya un texto à Kate afin de lui dire un

merci extatique, et Kate lui répondit qu'elle le méritait et qu'elle semblait en avoir besoin. Ce qui était vrai.

L'autre fait étrange était que bon nombre de voitures ne se dirigeaient pas ensuite vers Mount Polbearne, même si le ciel était dégagé et la marée basse. La plupart se contentaient d'entrer dans le parking, d'acheter du pain – pour pouvoir se vanter, l'informa Selina – et repartaient. Il y avait également une bonne proportion de surfeurs que Polly reconnaissait plus ou moins comme étant des amis de Reuben. Tous achetaient des miches chaudes et des petits pots de beurre pour emporter sur la plage, mais ils commençaient à les grignoter dès qu'ils avaient le sac entre les mains. La majorité des gens faisaient de même : le pain avait encore meilleur goût quand il était tout frais sorti du four, il remplissait la bouche avec gourmandise, les petites graines se coinçaient entre les dents, la croûte craquante au goût de noisette explosait en bouche, l'intérieur moelleux se mêlait au délicieux beurre fondu.

— C'est de la balle, déclara un des surfeurs d'une voix forte, ce qui était très gratifiant.

Un autre fait étrange était que la moindre voiture qui passait à proximité ralentissait. Les passagers baissaient leur vitre et jetaient des coups d'œil. Comme si la présence d'une file d'attente était suffisante pour que les gens s'arrêtent. Dès qu'ils sentaient l'odeur du pain frais qui se diffusait en volutes à travers le parking, ils se disaient qu'ils en voulaient aussi, et les enfants également. Alors les miettes s'éparpillaient dans la brise tourbillonnante. Polly éprouvait un sentiment qu'elle n'avait pas ressenti depuis longtemps : le bonheur profond de nourrir les gens avec un produit fait maison, naturel et de qualité. Le plaisir se lisait sur leurs visages, tandis qu'ils humaient les senteurs, qu'ils faisaient craquer la croûte ou encore qu'ils pressaient la mie moelleuse. L'espace d'un instant, elle entrevit en chacun d'eux l'enfant affamé qu'il avait dû être, se précipitant hors de l'école après une journée froide, prêt à tout pour un pain grillé. Elle vit les plus âgés se remémorer un voyage en Italie – avant de se marier et de crouler sous les lourdes responsabilités –, au cours duquel, pour la première fois, ils avaient mangé un pain comme celui-là, dans la lumière du soleil, et combien cela avait été merveilleux.

Tendre des petits pains, envelopper de grosses miches dans des sacs en papier d'un mouvement du poignet. À onze heures trente, elle avait tout liquidé et s'était retrouvée, contre toute attente, en train de fermer le van. Les gens encore dans la queue poussèrent un profond soupir de dépit. Selina déclara que c'était bon signe, alors que la foule commençait à se dissiper.

Malcolm pénétra sur le parking juste au moment où ils étaient sur le point de partir. Il sourit pour marquer sa satisfaction en apercevant le van fermé.

— C'est bien ! brailla-t-il de sa fenêtre. On accepte la défaite.

Selina s'apprêtait à lui répondre, mais Polly la retint.

— Non, dit-elle. Je ne veux pas que les choses empirent.

— Mais c'est un petit con.

— Je le sais. Mais un petit con qui pense que je ne suis pas une menace est bien préférable pour moi, tu comprends ?

— Mmm. Si tu le dis.

Elle jeta un regard circulaire avec tristesse.

— C'est bon de voir quelque chose qui marche bien, dit-elle.

— Eh bien, je peux te remercier pour cela, dit Polly. Notre réconciliation m'a vraiment aidée à sortir de ma déprime.

— C'est vrai ?

— Oui, affirma Polly. Et as-tu emmené Lucas se faire dégriffer ?

*

Les jours suivants, il se passa exactement la même chose. Les gens faisaient la queue, et parmi eux – Polly fut extrêmement satisfaite de le constater – quelques barbus revinrent en habitués. Chaque jour, elle augmentait les quantités et se retrouvait sans rien avant l'heure du déjeuner. Le temps s'améliorait lui aussi, ce qui impliquait un parking plus rempli. Le mot avait circulé : on pouvait acheter son pique-nique là-bas, plutôt que de le trimballer. Du coup, elle faisait de très bonnes affaires avec les familles. Au bout d'une semaine durant laquelle elle dormit à peine et où elle se retrouva constamment en pleine montée d'adrénaline, elle appela finalement Huckle pour lui faire partager l'incroyable nouvelle : en fin de compte, ils commençaient à avoir du succès.

Elle était assise avec l'antique téléphone sur une chaise face à la mer. Quelques mouettes décrivaient des cercles tout en se battant pour quelque chose. Elle ne pouvait s'avouer à quel point Neil lui manquait, à quel point elle était jalouse de ces fichues mouettes. Ni combien de nuits elle était restée assise bien droite dans son lit, convaincue qu'il allait taper à sa fenêtre. Ni avec quelle intensité elle regardait toujours l'appartement de Selina quand elle passait devant, au cas où il serait allé directement là-bas.

Mais elle n'avait aucun signe de lui. C'était la période de reproduction, les semaines avaient passé, et…

Polly déglutit avec peine. Il allait revenir. Il le fallait. C'était son macareux et c'était tout. Quoique… S'il se souvenait qu'elle l'avait ramené deux fois au refuge, peut-être croyait-il qu'on ne voulait plus de lui.

Non. Elle ne pouvait penser de la sorte, pas maintenant que la situation commençait à s'arranger. Mais c'était comme si la pression qui retombait légèrement avec Nan le van avait rendu la perte de Neil plus douloureuse. Elle essaya de ne pas penser à quel point ce serait charmant pour lui de sautiller sur le toit du camion, de dévorer les miettes disséminées dans le parking et de dire bonjour à tout le monde…

Elle se dit sévèrement qu'un parking n'était absolument pas un endroit pour un petit oiseau et elle essaya de plaquer un sourire sur son visage avant de téléphoner à Huckle. Elle aurait aimé reporter cet appel à plus tard – c'était le milieu d'après-midi pour lui –, mais elle n'avait pas le choix : elle était exténuée, et il lui fallait se lever à quatre heures pour commencer à préparer les miches. Jayden lui manquait terriblement pour la partie récurage et le passage de serpillière. Le fait de devoir tout faire elle-même l'éreintait, mais elle n'avait pas d'autre solution : la cuisine et le van devaient être absolument irréprochables à tout moment. Elle ne serait pas capable de garder les yeux ouverts une seconde de plus et elle avait vraiment envie de l'appeler.

— Huck ?

Huckle se dirigeait à l'instant même vers la laiterie. Il savait parfaitement que ce n'était pas la faute de Polly si leurs fuseaux horaires n'étaient pas compatibles, mais ses appels avaient tendance à tomber aux moments les plus inopportuns.

— Salut ! dit-il.

— Es-tu prêt à faire nos comptes ?

Il fut quelque peu ragaillardi en entendant sa voix enjouée. Elle avait quitté le registre maussade auquel il s'était habitué ces dernières semaines.

— Hé, Jackson ! cria-t-il par la porte ouverte. Je suis là dans deux minutes, OK ?

— Pas de problème, répondit son collègue calmement.

Au fil des semaines où ils avaient travaillé ensemble, ce dernier en était venu à supposer que sa petite amie devait être la femme la plus exigeante du monde, étant donné qu'elle choisissait les plus mauvais moments pour l'appeler. Mais les animaux semblaient apprécier Huckle et c'était tout ce qui comptait.

— Je t'écoute, déclara Huckle.

Polly énonça une somme qui ne suffirait même pas à couvrir le carburant de son tracteur.

— Mmm, grogna Huckle.

— Tu oublies quelque chose, objecta Polly.

— Vraiment ?

— Oui !

Elle n'avait parlé à personne de toute la journée

hormis de brefs échanges avec ses clients. Elle adorait discuter avec Huckle, même si apparemment il devait y aller.

— Continue, alors, répéta-t-il.

Elle lui rappela les piètres recettes des jours précédents, même si cela les rendait tristes. Elle avait cessé de le faire cette semaine, et il avait présumé que c'était parce qu'elles étaient bien trop déprimantes.

Polly marqua un silence théâtral.

— C'est le… net !

— Qu'est-ce que tu veux dire ?

— C'est le chiffre net après retrait des matières premières, de l'essence et… Tiens-toi bien…

— Je suis prêt.

— De ton remboursement pour le van !

Il y eut une pause.

— Quoi, en totalité ?

— Non, pas en totalité, répondit Polly, légèrement abattue. Ne sois pas ridicule. Non, je veux dire, au *pro rata* pour la semaine.

Huckle effectua quelques calculs rapides dans sa tête.

— Mais c'est… c'est incroyablement bon !

— Je sais ! s'exclama Polly.

— Est-ce que c'est uniquement grâce à l'article ?

— Eh bien, disons que c'est l'article, mais aussi le fait que je suis géniale.

Huckle sourit avec un plaisir non feint.

— C'est vraiment en train de bouger. Tu augmentes les quantités ?

— Oui. Et la météo pour la semaine prévoit du bleu et encore du bleu.

— Températures chaudes ?

— Eh bien, qu'entends-tu par chaudes ?

— N'allons pas sur ce terrain-là, dit-il. Il fait 41 °C ici.

— Assez chaud pour des seaux, des pelles, des petites laines. Et les écoles vont fermer leurs portes très bientôt : y compris ces écoles privées très snobs où l'on pense que passer des vacances dans une vieille station britannique qui tombe en ruine est vraiment stylé.

Huckle secoua la tête.

— C'est incroyable, dit-il. C'est génial ! Je ne peux pas croire que tu reprennes la situation en main.

— Tu ne peux pas y croire ?

— Si. Si, bien sûr que si !

À présent, c'était au tour de Polly de sourire.

— Bon, dit-elle. Je crois que quelqu'un va probablement pouvoir utiliser l'autre moitié de son billet bientôt.

Huckle cligna des yeux.

— Ce n'est que le début, avança-t-il. Ce n'est peut-être qu'un sursaut.

— La vie est un sursaut. Il faut s'adapter quoi qu'il arrive, non ?

— Oui, mais tu vois, pour être certains…

Un long silence s'ensuivit.

— Tu n'as pas envie de rentrer à la maison ? risqua Polly.

— Quoi ? Oh si, bien sûr que si. Ce n'est pas juste. Mais je ne peux pas laisser Clemmie.

— Écoute. Il faut que tu prennes conscience que Dubose ne reviendra pas. Il se prend pour un étudiant en pleine année sabbatique. Il vit au jour le jour. Dis à Clemmie que c'est terminé. Il faut qu'elle retourne… Je ne sais pas d'où elle vient. Mais elle ne peut pas diriger une ferme toute seule, et elle t'en demande trop.

— Oui, approuva Huckle. Mais il y a autre chose.

Et il lui raconta.

Polly jura à grands cris.

— Dis-lui, l'encouragea Polly. Envoie-lui un e-mail et raconte-le-lui.

— J'ai promis que je ne le ferais pas. Elle veut lui apprendre la nouvelle elle-même.

— Mais alors tu vas rester là-bas pour toujours ?

— Non.

— Ce n'est pas juste, déclara Polly. Ce n'est tout simplement pas juste.

Elle entendit la pointe d'irritation dans sa propre voix et se détesta de paraître aussi égoïste et odieuse. Elle savait que ce n'était pas la faute de Huckle ; il faisait ce qui était juste. Mais il lui manquait tellement.

— C'est une belle ferme, déclara Huckle. Cela pourrait vraiment bien marcher pour eux. Bien mieux que si Clemmie retournait vivre chez sa mère, en ville, pour élever un bébé toute seule.

— Eh bien, c'est ce qui va se passer.

Il y eut une longue pause.

— Polly. Il s'agit de ma nièce ou de mon neveu dont on est en train de parler.

Polly se mordit la langue sous l'effet de la frustration et de la déception.

Elle voulait se montrer meilleure que cela, ne pas laisser sa colère transparaître.

— Je sais, je sais. Mais tu devrais le lui dire.

— Ce n'est pas à moi de le faire.

Polly poussa un profond soupir.

— Et puis, tu sais, je peux gagner de l'argent ici. Beaucoup d'argent. Ça va nous aider… dit Huckle.

— Je gagne de l'argent !

— Depuis trois jours.

— Quoi ?

— Mr Huckle ?

La voix de Jackson filtra par la porte de la grange.

— Écoute, je ne voulais pas dire ça, dit Huckle. Je t'appelle dans la matinée, OK ? Il faut vraiment que j'y aille.

Polly sentit sa gorge se nouer. Elle voulait le supplier de rentrer, d'aller à l'aéroport et de rentrer. Mais bien entendu, elle ne pouvait pas. Elle voulait être gentille, vraiment. Mais elle était tellement fatiguée.

— Très bien, lâcha-t-elle. Mais ne m'appelle pas dans la matinée. Je suis trop occupée.

Huckle tiqua.

— Mais j'en ai envie.

— Eh bien, ça m'est égal.

Ils marquèrent une pause.

— Et tu ne m'as pas demandé si Neil était revenu.

— Est-ce que Neil est revenu ? demanda Huckle, incrédule.

— Non, répondit Polly.

Et elle raccrocha.

Chapitre 19

— Tu devrais avoir l'air plus heureuse, observa Kerensa qui avait fait une halte en coup de vent alors qu'elle allait d'une réunion à une autre, le long du littoral des Cornouailles.

Elle dégusta un petit pain au sucre. Il était délicieux. Elle en dévora un autre du regard avant de secouer la tête.

— Tu peux le prendre, l'invita Polly.

— Non, je ne peux pas. Si je grossis trop et que je ne rentre plus dans ces vêtements, je ne pourrai pas m'en acheter d'autres.

— Tu ne devrais pas avoir l'air aussi heureuse, constata Polly. Je suis horriblement jalouse.

Kerensa sourit pour elle-même.

— Tu sais, cela ne va pas si mal.

— Que fait Reuben ?

— Des trucs incroyables. Nous avons parcouru l'essentiel du *Kāma Sūtra*. Et il travaille à un site de rencontre dédié aux personnes qui demandent du temps pour être appréciées.

— Tu veux dire des moches ?

— Non ! s'écria Kerensa. Seulement des gens que

la plupart des autres n'aiment pas de prime abord. Reuben essaie de convaincre Malcolm de s'inscrire.

— Je ne pense pas que Malcolm se rende compte que tout le monde le déteste.

Profitant du beau temps, elles pique-niquaient sur le bord de mer, près de la jetée. Archie réparait des filets sur le pont de son bateau, bercé par la douce houle, avec l'aide de Sven le Scandinave. C'était un travail minutieux. Le soleil flamboyait.

Le seul problème de Polly tenait à présent à la contenance de ses fours et du van. Quoi qu'elle prépare, elle vendait toute sa marchandise. Les vacanciers venaient d'un peu partout : le camping local l'avait autorisée à déposer un flyer et maintenant les gens s'attroupaient, armés de leurs gourdes, et s'asseyaient sur les rochers près du van. Les promeneurs de chiens passaient devant chaque matin et en profitaient pour faire quelques emplettes, tandis que les résidents de Mount Polbearne continuaient à donner leur liste de courses à Muriel. Tout se déroulait incroyablement bien. Il lui manquait simplement quelqu'un avec qui le partager.

Elles n'étaient pas assises près de *La Petite Boulangerie de Beach Street*. Polly ne voulait pas risquer que Malcolm en sorte et lui hurle dessus, au seul motif qu'elle partageait le même code postal que lui, si tant est que Mount Polbearne ait eu un code postal. Elles se trouvaient à proximité du port, mais elles arrivèrent à percevoir la voix qui provenait de la boutique, rugissante. Elles se retournèrent toutes les deux.

C'était Jayden, le visage rond, écarlate, qui arrachait son tablier. Il le balança à l'intérieur de la boutique et en ressortit à grandes enjambées.

— Je démissionne, espèce de pauvre con !

— Oh oh, lâcha Polly.

Elle n'avait jamais vu Jayden en colère de toute sa vie.

— Je démissionne et personne ne travaillera pour un salaud tel que vous !

Polly se leva d'un bond et vint à sa rencontre.

— Tout va bien, mon grand ?

— C'est un con ! s'écria Jayden en avançant droit vers elles à grands pas, hors d'haleine et complètement chamboulé. Oh ! C'est un pain grillé aux raisins ?

— Tout à fait, répondit Kerensa. Et tu pourras en avoir si tu t'assieds et que tu nous racontes les moindres détails sordides.

Mais Malcolm avait déjà atteint l'encadrement de la porte et, en regardant derrière elle, Polly comprenait déjà l'origine du problème et pourquoi les choses avaient si mal tourné. Malcolm avait posé un bras possessif autour du cou de Flora.

La stupéfaction coupa le souffle de Polly. Flora affichait un air aussi inexpressif et détaché que d'habitude, mais les lèvres charnues de Malcolm s'ouvraient sur un sourire triomphal, et il caressait l'épaule de la jeune fille d'un air suffisant.

Polly secoua la tête en signe d'incrédulité.

— Je n'y crois pas, dit-elle. Elle préfère Malcolm ? Comment ose-t-il poser ses immondes pattes sur cette fille magnifique ?

Jayden semblait au bord des larmes.

— Qu'est-ce qui s'est passé, Jayden ? Ce n'est pas seulement parce que c'est son patron, n'est-ce pas ? Il ne l'a pas forcée ?

Jayden secoua la tête.

— Non, répondit-il. C'est parce qu'elle a dit qu'elle en avait assez de toute cette poésie et des fleurs et de tout le reste. Je croyais que les filles aimaient la poésie et les fleurs.

— Flora n'est pas une fille comme les autres.

— Non, soupira Jayden. Tu sais ce qu'il a fait ?

Polly secoua à nouveau la tête.

— Il lui a acheté un batteur.

— Elle voulait faire du pain, répliqua Polly. Est-ce qu'il va la laisser faire ? Il pourrait sauver la boutique dans ce cas.

— Non, c'est juste pour son plaisir. Elle n'a pas le droit de faire du pain dans la boutique.

— Celui-là alors !

— Tu savais qu'il jouait de la trompette ?

— Oui, j'étais au courant.

— Il lui jouait la sérénade ! Sous sa fenêtre !

— À la trompette ?

— Moi, je sais seulement jouer des cuillères.

— Beaucoup de gens aiment les cuillères musicales, s'efforça de le réconforter Polly.

— Flora a dit qu'elle trouvait que les cuillères étaient nases, poursuivit Jayden. Je ne crois pas qu'elle apprécie beaucoup plus la trompette. Mais elle a aimé le batteur. Et puis elle dit qu'il lui parle, alors que tous les autres se contentent de baver.

— Oh, Jayden ! Ce sont des nouvelles vraiment nulles. Je suis tellement, tellement désolée.

Jayden renifla bruyamment.

— Je m'en moque, dit-il. Ils ne vendent que de la merde de toute façon. Dégoûtant. Cela constipe tout le monde, ces horribles machins blancs. Cela ne fait de bien à personne. Ça vous bouche les boyaux.

J'espère que ça lui bouche aussi les siens, ajouta-t-il avec amertume en jetant un coup d'œil en arrière, en direction de *La Petite Boulangerie de Beach Street*. (Il baissa la tête.) Elle était tellement belle, soupira-t-il d'un ton plaintif.

Polly pensa à la belle Flora. Elle avait présumé que la beauté était un raccourci dans la vie, mais pas qu'elle menait à un batteur.

— Pourquoi ne lui permet-il pas de faire du pain ? interrogea Kerensa en secouant la tête.

— Il a dit qu'il ne voulait pas qu'elle abîme ses magnifiques mains. Mais tu vas continuer à lui prendre tous ses clients, pas vrai ? ajouta Jayden, gonflé d'espoir.

— Eh bien, tu sais quoi ? Je ne me sens plus coupable à ce sujet, déclara Polly, qui avait été victime de trop nombreuses agressions matinales. Et encore moins maintenant que je sais que je ne vais pas te faire perdre ton travail.

— Est-ce que je peux venir travailler avec toi ? Je peux venir dans ton van ? Je n'ai pas eu la permission de le visiter, Malcolm l'interdisait à tout le monde. Désolé.

— Pas de souci, dit Polly, même si elle pensait avec un peu de regret aux premiers jours passés sans le moindre signe d'un visage amical. Je comprends. Mais je ne gagne pas encore assez pour te payer convenablement… Je peux éventuellement te proposer quelques matinées et un peu de nettoyage, mais c'est tout. Et je ne sais même pas si cela va continuer.

— Bien sûr que ça va continuer, assura Kerensa. Tout ce qu'il te fallait, c'est que les gens découvrent à quel point tu es géniale. Maintenant que c'est fait, rien ne peut plus t'arrêter !

Polly sourit.

— Merci, Ke.

Elle lui toucha la main.

— Je le ferai, dit Jayden. Je ramasserai à la pelle tous tes trucs crasseux. Puis je les déverserai devant son pas-de-porte.

— Non, tu ne feras pas ça, dit Polly.

Même si ce n'était plus sa boutique, elle adorait toujours le magnifique gris pâle de la devanture de *La Petite Boulangerie*. Elle était toujours aussi adorable, même si elle n'avait plus le droit de franchir cette porte.

— OK, concéda Jayden, avant d'ajouter à voix basse pour lui-même : Peut-être dans sa voiture.

— Si tu pouvais prendre le créneau tôt le matin… poursuivit Polly. Mais ce n'est vraiment pas beaucoup, je suis désolée.

— Ça m'est égal. Tout plutôt que travailler pour ce démon.

Kerensa sourit à l'attention de Polly.

— Quand Huckle rentre-t-il ?

L'humeur enjouée de Polly retomba instantanément.

— Oh, mon Dieu ! Ne m'en parle pas.

— Ah…

— Je n'en peux plus d'attendre. J'ai besoin qu'il revienne. Bientôt ! Maintenant, en fait. Je suis en train de vieillir toute seule.

— Bon, je serai là à cinq heures, annonça Jayden, l'air stoïque. Je vais voir si quelqu'un d'autre a besoin d'un travailleur de nuit.

— Merci, Jayden. Tout va bien se passer, je te le promets.

Elles patientèrent jusqu'à ce qu'il ait lentement gravi la colline.

— Est-ce que ça va aller ? s'enquit Kerensa à voix basse. De tous les couples dont je pensais ne jamais me faire de souci, vous deux êtes en tête de liste.

— Je ne sais pas, répondit Polly en étreignant ses genoux. Je ne sais vraiment pas.

Elle se remémora l'année passée, quand Huckle avait tout bonnement supposé qu'elle voudrait rester à Savannah avec lui, pour mener l'existence facile d'une jeune Américaine, le laissant veiller à tout. C'est vrai, l'idée de ne pas avoir à se préoccuper de l'argent, ou à traiter avec de parfaites crapules comme Malcolm était tentante… Alors même qu'elle songeait à cela, elle entendit soudain le son d'une trompette qui résonnait quelque part dans le lointain, et elle poussa un soupir.

— Est-ce que ça vaut le coup de rester ici ? l'interrogea Kerensa, en mettant des mots sur les pires craintes de Polly. Si Huckle ne veut pas revenir ?

— Il doit revenir, répondit Polly, impassible.

— Et si c'est charmant là-bas…

Polly regarda autour d'elle.

— Mais regarde ça ! Regarde tout ça ! Est-ce que ce n'est pas adorable ?

— Parce qu'on se les gèle et qu'on n'a pas d'argent ?

— Non ! s'écria Polly. Parce que c'est à moi. C'est quelque chose que j'ai fait et construit. Il y a des hauts et des bas, mais c'est le fruit de mon travail, tu comprends ?

— Mais en Amérique, c'est le sien, poursuivit Kerensa avec douceur.

Polly déglutit.

— Mais quand je l'ai rencontré, il n'était qu'un vendeur de miel. C'était un gars du coin qui travaillait les produits locaux avec créativité, tout comme moi. Exactement ce que j'avais envie de faire.

— Oui, mais à cette époque-là, il se remettait d'une déception amoureuse et s'enterrait à l'autre bout du monde. Il n'était pas… il n'était pas nécessairement lui-même.

Un long silence ponctua ces propos.

— Oh, Ke, tu le penses vraiment ?

— Je ne sais pas. Mais il n'est pas là. Et je crois qu'il est temps que tu y réfléchisses.

Polly reporta son regard sur les flots.

— Mais je ne pourrai pas… je ne pourrai pas quitter cet endroit.

— Pourquoi ça ? demanda Kerensa avec tendresse. Il y a des tas d'endroits où tu pourrais être heureuse, mais en ce moment, Mount Polbearne n'en fait pas partie. Il t'angoisse comme une folle. Il existe plein de lieux où être heureuse, mais il n'existe qu'un seul gars avec qui je t'ai vue heureuse, Polly Waterford.

Polly baissa la tête.

— Mais le van est en train de porter ses fruits.

— C'est vrai.

— Et…

— Et ?

Kerensa la dévisagea.

— Et il faut que j'attende le retour de Neil.

— Polly !

— Je sais, je sais. Mais il va revenir, j'en suis persuadée. Et si je ne suis pas là…

— Neil est un oiseau.

— C’est un oiseau très spécial.

— Il est loin, quelque part en train de passer à l’instant même un super moment, occupé à faire ce que les oiseaux font. OK ? Il a un petit cerveau et il vit le meilleur moment de sa vie, parce qu’il est libre. Tel qu’il doit l’être. Tu dois te mettre ça dans la tête.

Polly acquiesça.

— Et si tu laisses Neil se mettre entre Huckle et toi, et faire obstacle à une relation adulte, dans laquelle on fait des compromis et on s’épaule mutuellement et inconditionnellement – ce que Huckle a toujours fait, soit dit en passant, même quand tu te plaignais qu’il remplisse des obligations qui devaient être une vraie plaie pour lui aussi –, alors tu le regretteras amèrement. Et je ne pense pas que c’est ce que Neil aurait souhaité pour vous deux.

— Je sais, avoua Polly.

Elle leva les yeux, abattue, et son regard tomba pile sur Malcolm et Flora qui se promenaient bras dessus bras dessous, au bord de la mer. Malcolm gesticulait de manière expansive.

— Oh oui, ma famille a été assez influente ici pendant longtemps, disait-il d’une voix forte. Nous avons dirigé cette ville pendant des centaines d’années. Cela remonte à des lustres. C’est une grosse responsabilité, bien entendu.

— Ouah, dit Flora. C’est incroyable !

Elle examina sa montre.

— Oh, j’ai encore raté la marée basse.

— Tu n’as pas à t’inquiéter, la rassura Malcolm. J’ai aussi un appartement ici, bien sûr.

Flora aperçut Polly.

— Oh, bonjour, Miss Waterford ! Vous étiez dans le journal ? Maman m'a dit que vous étiez dans le journal. Pas un de ceux que nous lisons, mais quand même, dans le journal ! C'est bien. Ils sont venus et m'ont demandé s'ils pouvaient me prendre en photo aussi, mais j'ai dit : « Sûrement pas. »

— S'ils t'avaient prise en photo, ils t'auraient embarquée à Londres sur-le-champ, déclara Polly. Toujours pas tentée ?

Flora secoua la tête.

— Nooon. C'est plein de vieux messieurs répugnants qui essaieraient de me tripoter à longueur de temps, comme toujours.

Polly regarda ostensiblement en direction de Malcolm, mais il fixait la mer, impassible, l'ignorant superbement.

Flora se rapprocha de Polly tandis que Malcolm continuait à marcher.

— Je sais ce que vous pensez, dit-elle à voix basse. Mais je n'ai jamais rencontré quelqu'un qui s'intéressait à moi.

— Tu es sûre qu'il ne fait pas semblant ?

Flora haussa les épaules.

— Personne d'autre n'a ne serait-ce qu'essayé. Ce gars mignon, Jayden, qui travaillait pour vous. Il ne me disait même pas bonjour.

— Ah, lâcha Polly.

Flora contempla le sol et l'effleura de son pied fin et élégant.

— Je suis désolée, vous savez, avoua-t-elle. J'aimais mieux la boulangerie quand vous faisiez des trucs.

— Merci.

— Et votre oiseau était incroyable, marmonna-t-elle.

Polly leva les yeux vers elle, à la fois surprise et émue.

— Cela signifie beaucoup pour moi, dit-elle. Merci. Et ne te sens pas obligée de…

— Flora ! hurla Malcolm depuis la colline, en haut d'une rue pavée. Viens et montre-moi ce truc que tu fais avec la machine qui tourbillonne.

— Il veut que je lui fasse du pain ! annonça Flora en rosissant.

Elle se mit en route pour le rejoindre ; Polly et Kerensa la regardèrent s'éloigner.

— Ça alors ! lança Polly. Ce bon vieux truc du « Fuis-moi j'te suis, suis-moi j'te fuis » marche d'une bien étrange façon.

Elle fixa son regard loin à l'horizon. Un énorme orage semblait prêt à éclater, des nuages noirs se pressaient çà et là. Elle fronça les sourcils.

— Ça ne m'a pas l'air très joli.

— Je sais, confirma Kerensa d'un air sombre.

— Tu veux passer la nuit ici ? Tu as raté la marée basse.

— Non, je vais attendre la prochaine. Je regrette que Reuben n'ait plus son foutu bateau, il aurait pu venir me chercher. C'est la seule chose qui me manque. Avec l'hélicoptère.

— Il va lui falloir un moment en trottinette.

— Respect pour la trottinette, répliqua Kerensa. Il a perdu près de quatre kilos sur ce machin.

— Quoi ? De honte ?

Kerensa sourit.

— Tu devrais savoir depuis le temps que Reuben ne connaît pas la honte.

Elle donna le bras à Polly.

— Allez, viens partager un petit verre de cidre.

*

Plus tard, Polly faisait des signes d'au revoir à Kerensa de l'autre côté de la chaussée. La marée descendait, mais les vagues continuaient d'éclabousser et de recouvrir le haut des pavés. Kerensa était néanmoins une conductrice sereine et aguerrie, et elle poussa la petite Datsun, à laquelle elle avait été réduite, sans incident.

Polly fronça les sourcils en observant le ciel et croisa les doigts pour que l'électricité ne saute pas en cas de gros orage. C'était la période des tempêtes : il y avait eu deux ou trois journées très chaudes, mais de forts courants d'air froid ne cessaient de tourbillonner. Le phare lui-même ne s'éteignait jamais bien entendu – il possédait un générateur de secours –, mais les pièces d'habitation étaient branchées sur le secteur et rester assise dans le noir au-dessus de l'océan n'était pas franchement une partie de plaisir, sauf quand Huckle était présent. Là, c'était une grosse partie de plaisir.

Le ciel continuait de se voiler dans un air fortement chargé en électricité. La température augmentait et les nuages dévoilaient des marbrures moutarde et pourpres que Polly n'aimait pas du tout. Elle décida d'appeler Huckle.

— Salut, dit-elle avant qu'il n'ait pu dire un mot. Désolée pour hier.

— Personne n'a dit que cela allait être facile, enchaîna Huckle immédiatement. C'est bon. Tu as le droit de te sentir seule. Mais tu sais que tu ne l'es pas.

— Je sais. Kerensa me l'a dit. Et Jayden aussi. Puis Selina a appelé et…

— Tu vois ! Tu es entourée de tous tes potes. Je n'ai pas un seul ami dans les parages ! À part…

Sa voix s'affaiblit.

— À part qui ?

— Eh bien, je vois un peu Candice. En toute amitié.

Polly sentit ses nerfs se crisper. Elle n'avait jamais rencontré Candice, mais elle savait que premièrement, elle était incroyablement en forme, blonde et belle d'après une photo sur laquelle elle était tombée, et deuxièmement, elle avait brisé le cœur de Huckle, si bien qu'il avait déménagé sur un autre continent pour s'éloigner d'elle. Il avait dit que tout cela était du passé, mais les hommes disent des tas de choses.

— Évidemment, dit Polly, le cœur cognant dans sa poitrine. (Elle observa une pause.) Tu la vois beaucoup ?

— Je la vois de temps en temps, ainsi que Ron, son fiancé.

— Et que devrais-tu faire, selon elle ?

Ce fut à ce moment-là que Huckle commit l'erreur fatale.

— Eh bien, tu sais, c'est une femme d'affaires…

Polly se mura dans le silence. Une très longue pause s'ensuivit.

— Et qu'est-ce que je suis, moi ? demanda-t-elle finalement. Une amatrice ?

Huckle se sentit à la fois exaspéré et coupable.

— Polly, il faut que tu arrêtes ça.

— Arrêter quoi ? De tenir une boutique ?

— Non ! D'essayer de me piéger ! Depuis mon départ, tu essaies de trouver des arrière-pensées à tout ce que je dis. Tu me reproches des choses sur lesquelles nous étions d'accord tous les deux.

— Ce n'est pas vrai !

— C'est précisément ce que tu fais.

— Eh bien, je suis très fatiguée.

La voix de Huckle trahissait son épuisement.

— Nous sommes tous les deux fatigués, Poll. Il faut que tu fasses un petit peu plus d'efforts.

— Ce n'est pas toi qui es assis ici tout seul dans…

— Dans un phare, je sais. Le phare que tu as insisté pour acheter malgré l'agent immobilier et le métreur qui t'ont suppliée de ne pas le faire. Le phare qui nécessite des milliers et des milliers de livres pour le rendre vaguement habitable. Le phare dans lequel nous campons. Le phare que tu n'imagines pas quitter cinq minutes pour venir passer du temps avec moi. Le phare qui, soit dit en passant, compte plus d'une pièce, ce qui représente plus que mon espace actuel, parce que ma vie se trouve à la ferme aujourd'hui, et que je vis dans une chambre d'ami de la taille d'une boîte avec un lit une place. Pour toi. Mais je t'en prie, continue de te plaindre.

Polly n'avait jamais entendu Huckle aussi en colère. Il en fallait tellement pour l'énerver. Elle tenait presque pour acquis qu'il se montrerait toujours doux et encaisserait ses différentes humeurs. C'était nouveau et plutôt choquant.

Elle déglutit avec peine.

— Est-ce que tu peux rentrer ?

— Pas encore, répondit Huckle. Peux-tu venir ici ?

— C'est le milieu de la saison.

— Eh bien, dans ce cas, il nous faudra simplement continuer ainsi.

Et il y eut une minuscule pause durant laquelle tous deux se demandèrent avec inquiétude s'ils en seraient capables.

Chapitre 20

Huckle ne pouvait s'empêcher d'être énervé contre Polly. Elle était à la maison, entourée de tous ses amis, ses affaires marchaient bien, tout allait pour le mieux. Pourquoi éprouvait-elle le besoin de lui en vouloir tout le temps ? Tandis que lui, de son côté, avait surpris Clemmie dans la cuisine, pliée en deux, pleurant toutes les larmes de son corps. Il avait couru vers elle, paniqué à l'idée qu'il y ait un problème avec le bébé. En réalité, elle était simplement morte de peur. Il avait hurlé qu'il allait envoyer un e-mail à Dubose, mais elle l'avait supplié de n'en rien faire. Il avait eu terriblement envie de donner un grand coup de pied dans le mur pour évacuer sa frustration. À la place, il était reparti faire les comptes : le foin, le maïs, les réserves de fourrage. C'était une ferme solide. Il n'y avait aucune raison que Dubose ne puisse en tirer de bons revenus et y mener une existence heureuse. Aucune.

Polly avait passé une bonne partie de la nuit à se retourner dans son lit, avant de renoncer au sommeil vers trois heures du matin. Aussitôt levée, elle avait commencé à pétrir la pâte fraîche, à l'enrouler, comme d'habitude. C'était la seule chose susceptible de la calmer. Elle avait envie d'appeler Huckle, mais qu'en ressortirait-il ? Une nouvelle querelle ?

Il avait très clairement énoncé sa position. Tout en pétrissant, elle raviva une de ses peurs les plus enfouies, les plus sombres : qu'il soit plus heureux en Amérique qu'il ne l'était à la maison avec elle. Elle ne pouvait s'empêcher de penser ainsi. Elle savait qu'il travaillait très dur, mais elle supposait que la vie devait quand même être plus facile là-bas.

À Polbearne, ils ne bénéficiaient pas vraiment des commodités offertes par le monde moderne : une moto ; un phare antique et en très mauvais état, qui s'effondrait et avait terriblement besoin de réparations et d'attentions ; pas de wi-fi, ni même de réception télé à peu près convenable ; pas de théâtre ; pas de culture ; un semblant de métier qui rapportait trois francs six sous et qui se terminait à onze heures, tous les matins.

Elle s'efforça de ne pas laisser tomber ses larmes dans la pâte. Même Rob Harrison, le plus matinal de tous les DJ, était incapable de lui remonter le moral. Elle aimait Huckle, elle l'aimait à la folie, mais elle aimait aussi son travail, elle aimait Mount Polbearne. Sa vie était ici : tout ce qu'elle avait construit toute seule, à partir de rien. Et puis, on l'avait acceptée ici, en fin de compte – enfin, plus ou moins. C'était chez elle.

Tout en pétrissant la pâte, elle cogitait et était parcourue d'émotions contradictoires. Aussi l'arrivée de Jayden à cinq heures, qui l'obligea à sécher ses larmes en toute hâte, constitua-t-elle un grand soulagement, pour ne pas dire une véritable bénédiction. Il entreprit un récurage minutieux de la cuisine – un grand secours pour Polly – tout en racontant avec excitation qu'il avait fait un saut au bureau de poste du continent pour leur signifier qu'il était disponible. Sur place, il avait discuté avec le facteur qui avait effectué la tournée de Mount Polbearne pendant vingt ans, et qui avait cru devenir fou à cause de l'absence de noms de rue, de la similitude de la moitié des noms de famille, et des nombreuses, nombreuses heures passées à attendre que la marée descende pour effectuer sa tournée. Sans compter le poids qu'il trimballait dans les sacoches accrochées au vélo, qui d'ailleurs n'était pas du tout adapté aux pavés glissants d'humidité. Par conséquent, il détestait cette maudite île, et si cela n'avait tenu qu'à lui, les villageois, s'ils voulaient leur courrier, auraient dû marcher jusqu'au continent comme des personnes tout à fait normales, nom d'un chien ! C'était un scandale absolu et tout ça lui avait valu une sciatique. Bref, le facteur s'apprêtait à prendre sa retraite, et Jayden était reparti avec un formulaire de candidature, ce qui l'enthousiasmait plutôt. Il estimait qu'il pourrait commencer à cinq heures chez Polly, faire sa tournée et avoir terminé ses deux boulots vers neuf heures.

— Ainsi je ferais d'une pierre deux coups et j'aurais toute la journée pour moi, dit-il avec satisfaction. Ce serait la belle vie. Et j'économiserais. Pour la plus belle caisse que Mount Polbearne ait jamais vue.

— Il n'y a que quatre voitures à Mount Polbearne, souligna Polly.

Cela ne valait vraiment pas la peine de les faire traverser la chaussée : outre le fait qu'il n'y avait nul endroit pour conduire, l'eau salée et l'air iodé rongeaient le métal au bout de six mois à peu près. Et l'assurance coûtait une somme folle. Tellement folle, en réalité, que Polly suspectait ceux qui avaient une voiture ici de ne pas être assurés du tout.

— Dans ce cas, la mienne sera facilement la plus belle, pas vrai ? remarqua Jayden avec une logique implacable, alors qu'ils chargeaient les miches fraîches, pas encore tout à fait cuites, jusqu'au plafond de Nan le van.

À cette heure-ci, la lumière au-dehors mêlait le rose au doré, les nuages épais de la veille s'étaient dispersés. La journée promettait d'être magnifique.

— Alors, Huckle peut revenir maintenant ? demanda Jayden.

— Pour l'amour du ciel, est-ce qu'on pourrait arrêter de me poser cette question ?

Le visage de Jayden, aux traits enfantins et chaleureux, se rembrunit soudain.

— Oh ! Cela doit te rendre triste.

— Oui, en effet, répondit Polly dans un souffle.

— Ne peux-tu pas simplement lui dire de revenir maintenant que tu as ton super van ? Et que je travaille pour toi, ainsi que cet éblouissant mannequin.

— Selina ?

— Ouais.

— Attends, je croyais que Flora était la plus belle femme que tu aies vue de toute ta vie et qu'elle t'avait complètement brisé le cœur.

— Ouais, approuva Jayden timidement. Je n'ai pas rencontré beaucoup de femmes adultes. Je n'ai que des frères, et ensuite avec la pêche… Je vous trouve toutes charmantes. Vous sentez toutes si bon.

— Heu… D'accord, conclut Polly à la hâte.

— Oh, je ne parlais pas pour toi. Tu es ma patronne.

— Ah, d'accord.

— Quoi qu'il en soit, j'espère que Huckle rentrera bientôt, poursuivit Jayden. Il me manque vraiment.

— Merci, Jayden, dit Polly en ouvrant la porte du phare.

Elle ne la verrouillait que pendant l'été et uniquement en journée, et encore, ce n'était que depuis le jour où elle était rentrée chez elle et qu'elle avait retrouvé une famille de vacanciers les yeux écarquillés dans son salon, avec le père qui improvisait un discours ressemblant à peu près à : « … Et puis un jour, les gardiens du phare se sont simplement évanouis sans laisser de trace. » À la suite de quoi elle avait dû les chasser, faisant peur aux enfants qui l'avaient prise pour le fantôme du phare. Depuis lors, elle avait installé une pancarte « Propriété privée » au bas des marches, même si a) elle trouvait que c'était un peu mesquin, étant donné que la vue appartenait à tout le monde, et que b) cela ne dissuadait pas les gens de gravir les marches, de contourner le bâtiment et de tapoter son van au passage.

Alors qu'ils arrivaient à hauteur du van, elle reçut un tel choc qu'elle faillit en lâcher son plateau. Ils restèrent tous deux figés, à le regarder fixement. Sur le pan fermé – le flanc qui faisait face à la mer, le plus éloigné du phare – était griffonné, en énormes lettres rageuses, le mot « GARCE ».

— Oh, mon Dieu ! lâcha Polly. Merde !

Avant de faire tomber les miches, elle les posa avec précaution sur le sol et porta sa main à la bouche.

Jayden secoua la tête.

— Mais qui diable a pu faire une chose pareille ?

Il pivota dans sa direction.

— Il n'y avait personne quand je suis arrivé. Mais je n'ai rien vu, c'était de l'autre côté, et il faisait sombre.

— Je sais. Pourquoi ferait… ? Oh, mon Dieu ! Qui ferait… ?

Ils marquèrent une pause.

— Malcolm, dirent-ils en chœur.

— Il a dû découvrir à quel point le van marche bien, déclara Polly.

Le mot tagué était si agressif, si choquant, d'une telle méchanceté.

Jayden retourna en courant à l'intérieur du phare et en ressortit avec des produits de nettoyage et une brosse, mais c'était peine perdue, ils ne pourraient rien effacer. C'était fait proprement, avec de la peinture en bombe. Il faudrait repeindre intégralement le van.

— Je vais le tuer, déclara Jayden.

— Mais qu'est-ce qui arrive à notre village ? Tout était toujours si joyeux ici. Et maintenant, ce ne sont plus que des hurlements, des insultes bombées, des graffitis et des trucs affreux.

— Tu vas le dire à Huckle ?

Polly songea à toutes les choses qu'elle avait dissimulées à Huckle (le harcèlement, les cris) de peur de le mettre en colère, mais aussi de le renvoyer à son impuissance – il était si loin –, et par crainte qu'il lui demande de partir. Elle fit non de la tête.

— Cela risquerait trop de l'énerver, conclut-elle. (Elle renifla fortement.) Dieu merci, tu es là, dit-elle à Jayden, qui fronça les sourcils.

— Je pense que ma présence ne fait qu'aggraver

la situation. Je crois que c'est peut-être à cause de moi et des problèmes à la boulangerie. C'est la goutte d'eau qui fait déborder le vase.

— Malgré tout, je ne suis pas une garce, déclara Polly. Non que ça fasse une quelconque différence.

Jayden retourna en direction du phare.

— As-tu des vieux draps ?

— Heu… songea Polly. Un seul.

C'était le drap dont elle se servait pour recouvrir la boîte de Neil quand il faisait froid pendant l'hiver.

— Est-ce qu'on peut l'utiliser ? s'enquit Jayden. Il faut que tu recouvres ça, sinon les gens vont le montrer du doigt, se moquer et raconter des tas de trucs.

— Merci, Jayden. Euh, ouais. Il est dans le placard à droite du quatrième escalier.

— Hein ? Quatrième ? Sérieux, je ne sais pas comment tu fais pour vivre ici.

Ces mots résonnèrent dans la tête de Polly. Au large, les bateaux de pêche avaient repris la direction du port et les vagues étincelaient de rose et de doré sous les rayons du soleil matinal. L'endroit était aussi magnifique que dans un rêve, la fraîcheur de l'aube avait été balayée par le soleil levant, aussi lentement que le pain qui levait dans son moule avant d'être doré par la chaleur du four et savouré avec la promesse d'un nouveau jour. Et pourtant, le petit monde intérieur de Polly donnait l'impression d'être réduit en poussière.

Un des bateaux de pêche s'approcha dangereusement des rochers.

— C'est quoi, ça, Polly ? brailla Archie, l'air préoccupé en montrant le van du doigt. Qui a fait ça ?

Polly haussa les épaules.

— Le nouveau gars de la boulangerie, je crois.

Le visage d'Archie s'assombrit.

— Bon, c'est fini, dit-il. J'en ai plus qu'assez de tout ça. On va le boycotter.

— On a déjà essayé de le boycotter, expliqua Kendall, mais on a eu un peu faim. Leur bouffe est horrible, mais tu sais…

— Chuuut, dit Archie. Tu n'étais pas supposé en parler.

— C'est bon, le rassura Polly. Ça ne me dérange pas. Vraiment. Vous ne pouvez pas traverser la chaussée chaque fois qu'il vous faut un sandwich.

— On le fera à partir de maintenant, répliqua Archie. Et nous le dirons à tout le monde.

— Et on mettra le feu à la boulangerie, ajouta Kendall.

— Non, ne fais pas ça ! s'écrièrent Polly et Archie aussitôt.

— Tout de même, c'est terrible, déclara Archie en secouant la tête. Je suis désolé d'assister à ça dans notre ville.

Polly acquiesça.

— Moi aussi.

— On dirait que tant de choses ont mal tourné depuis l'année dernière.

Polly dévisagea Archie avec inquiétude. Chaque fois qu'elle s'était dit qu'il allait un petit peu mieux, qu'il donnait l'impression de surmonter son chagrin, qu'il portait moins le poids du monde avec lui sur le bateau, il lui donnait tort. Selina passait par des hauts et des bas très pénibles, mais au moins elle essayait. Et Polly elle-même… Elle se sentait tellement coincée.

Jayden redescendit avec le drap.

— Ohé ! cria-t-il. Est-ce que vous avez vu ce que ce con a fait à Polly ?

— On va réduire la boulangerie en cendres ! s'exclama Kendall.

— Non, on ne va pas faire ça ! répéta Archie.

— Oh ouais, brûlons-la, approuva Jayden. Il le mérite amplement.

— Ouais ! renchérit Kendall.

— Peut-être qu'on peut se contenter du drap pour l'instant, intervint Polly. Merci. Pas d'incendie. Et je suis sérieuse.

Archie acquiesça.

— On va venir arranger ça, dit-il. Laisse-nous rentrer les prises et on passera te voir dans un petit moment.

*

Polly et Jayden traversèrent prudemment la chaussée jusqu'au parking et installèrent leur étal. Le vieux drap de Neil dissimulait l'horrible injure. Ils commencèrent à servir l'habituelle foule de clients – plus nombreuse encore ce jour-là, grâce au beau temps – et vendirent prestement petits pains et baguettes.

Une personne accapara Polly pour lui expliquer qu'elle fabriquait un fromage local et pour savoir si elle serait éventuellement intéressée pour en mettre dans des sandwichs. Polly le goûta ; c'était un bleu doux et crémeux, absolument délicieux, si bien qu'elle prit les coordonnées et promit d'y réfléchir.

Jayden disparut à huit heures et Polly attendit que Selina vienne l'aider, mais son amie n'apparut pas.

Leur arrangement était très informel et il était probable que Selina ait mis à profit cette merveilleuse journée pour aller bronzer. Polly servit et nettoya à tour de bras, mais sortit aussi les pains du four avant qu'ils ne brûlent, rendit la monnaie, sourit aux habitués et, bien qu'elle soit encore sous le choc et bouleversée par ce qui s'était passé un peu plus tôt, elle fut assez occupée pour ne plus trop y penser.

La situation s'améliora encore lorsque, comme prévu, le petit bateau-taxi apparut avec Archie, Sten et Kendall à son bord, flanqués d'un gros pot de peinture verte.

— Désolée, déclara Archie. Le vert, c'est tout ce que nous avons à cause du bateau, tu vois. (Le *Trochilus II*, leur bateau de pêche, était d'une belle couleur vert vif.) Mais je te garantis que c'est la meilleure peinture qui soit. Elle ne bougera pas une fois qu'on l'aura posée.

— C'est ce qui m'inquiète, avoua Polly, qui avait vaguement songé à faire repeindre le van à la bombe, comme on le faisait habituellement pour les véhicules, plutôt qu'avec une peinture pour bateaux.

Mais elle ne savait pas vraiment combien elle allait payer ni même si elle pourrait trouver le temps. De toute façon, les garçons avaient l'air tellement contents et enthousiastes à l'idée de l'aider, qu'elle n'avait d'autre choix que de les remercier, de les gâter avec ses merveilleux petits pains au sucre – qui, malgré sa tristesse, étaient légers, frais et fruités, en un mot délicieux –, et les laisser appliquer une couche de peinture si épaisse sur l'offensant graffiti qu'on avait l'impression que le van était alourdi d'un côté.

— Voilà, c'est fait, déclara Archie. Qu'en pensez-vous, madame ?

— Je vous remercie chaleureusement. C'est beaucoup mieux.

En vérité, cela valait mieux qu'une insulte, certes, mais c'était bien désolant par rapport à l'adorable van rouge et blanc d'origine. Mais cela importait peu pour le moment. L'essentiel était que le graffiti ait disparu. Que se passerait-il ce soir ? Polly n'en avait aucune idée. Devrait-elle s'asseoir pour attendre Malcolm ?

— On est sur le point d'aller mettre le feu à la boulangerie, déclara le jeune Kendall.

— Parlons sérieusement, maintenant, poursuivit Archie en se penchant vers l'avant. Pourquoi est-ce que l'on ne t'accompagnerait pas quand tu iras le voir ? Ou bien tu préfères appeler Paul ?

Paul était l'agent de police en service, auquel on faisait rarement appel à Polbearne.

Polly n'avait réfléchi à aucune de ces deux options.

— Eh bien, je ne sais pas.

— Sinon il va recommencer, dit Archie. Cela ne nous dérange pas de venir. On ne travaillera pas ce soir de toute façon.

— Pourquoi ? demanda Polly. Cela ne vous ressemble pas de prendre un jour de congé.

— Les prévisions météo sont vraiment mauvaises, plus tard dans la journée.

— Vraiment ?

Il n'y avait pas un seul nuage dans le ciel. Au large, des bateaux aux voiles blanches dansaient sur les flots bleus comme dans un dessin d'enfant. C'était magnifique : une journée sur le littoral anglais aussi parfaite que sur une photo, et les ventes de pain le confirmaient.

— Bien sûr. Cet orage qui n'a pas éclaté hier, il ne s'est pas envolé. J'imagine qu'il attend seulement son heure. Il est en train de monter en puissance.

Polly regarda le ciel bleu.

— Je ne comprendrai jamais la météo.

— Personne ne la comprend, déclara Archie. Personne ne la comprend, à part nous, les pêcheurs, et personne ne nous écoute jamais.

Polly pensa soudain à quelque chose et fit demi-tour sur elle-même.

— Ah, dit-elle. Est-ce qu'on a pris une photo du graffiti avant de le repeindre ?

— Pourquoi ça ? demanda Kendall.

— Pour le montrer à l'agent de police.

— Oh ! s'exclamèrent les garçons.

Malheureusement, dans leur enthousiasme à l'aider, personne n'y avait songé.

— Cela ne fait rien, les rassura Polly. J'espère que cela n'arrivera pas à nouveau.

Archie fronça les sourcils.

— Il ne suffit pas d'espérer, déclara-t-il. Il va falloir que tu l'affrontes. A-t-il été malveillant envers toi auparavant ?

Polly hocha la tête et, avec hésitation, elle décrivit la manière dont Malcolm l'avait intimidée. Les pêcheurs étaient choqués. Tandis qu'elle servait les derniers clients et qu'elle installait sa pancarte « Rupture de stock », ils débattirent entre eux et insistèrent auprès d'elle pour qu'elle revienne sur l'île en bateau avec eux pour parler à Malcolm. La marée montait, recouvrant la chaussée.

— Juste une discussion, précisa Archie. À moins que tu ne préfères que nous y allions nous-mêmes.

— Nooon ! s'écria Polly.

Elle soupira. Elle détestait les affrontements et, apparemment, c'était quasiment tout ce qu'elle vivait en ce moment.

Son rythme cardiaque s'accéléra tandis qu'elle comptait la recette : encore en hausse. Les touristes affluaient en nombre, et elle avait collé l'article en haut d'une fenêtre de Nan le van, pour que les gens puissent le lire. Et mieux encore, le *Western Morning News* l'avait repris dans ses pages et comptait venir interviewer l'actrice de cette *success story* locale, ce qui donnerait un nouveau coup de pouce aux affaires. Par conséquent, elle avait toutes les raisons d'être heureuse. Au lieu de cela, elle ressentait exactement le contraire. Un serpent habitait le paradis.

La journée était toujours des plus parfaites tandis qu'elle fermait à clé la portière du van. Polly jeta des coups d'œil inquiets alentour, mais le parking paraissait rempli de familles à l'allure habituelle : des papas tatoués, des mamans qui sermonnaient leurs enfants pour qu'ils ne courent pas en direction de la mer ; des gens qui regardaient leur montre et les horaires de marées ; un couple en train de musarder près du van, au cas où il s'animerait à nouveau.

Elle était sur les nerfs. En temps normal, elle s'asseyait toujours dans un bateau, mais aujourd'hui, à peine consciente, elle se tint debout à la proue.

— Qu'est-ce que tu fais là-haut ? demanda Archie.

— Je me donne du courage, répondit Polly en cherchant son équilibre. (Elle nota une légère houle, plus prononcée que la magnifique journée ne le laissait supposer.) J'imite Napoléon.

— Ah, d'accord, dit Archie. C'est bien ce que je pensais, mais je n'osais pas le dire.

— Qui est Napoléon ? interrogea Kendall. Est-ce qu'il a brûlé un tas de choses ?

Polly fixa son regard droit devant elle, sur l'ombre de Mount Polbearne qui surgissait, énorme et menaçante contre le ciel. D'habitude, elle le voyait comme l'endroit le plus charmant et le plus chaleureux au monde, baigné de fraîcheur et de lumière, mais aujourd'hui l'affleurement rocheux lui apparut comme paré d'une ombre sinistre.

Alors que le petit bateau avançait à grand-peine, elle tourna néanmoins son menton vers l'horizon et se cramponna à son courage tout en répétant ce qu'elle allait dire.

— Sois calme et digne, lui conseilla Archie, qui se tenait derrière elle. Dis-lui que tu as des photos que tu vas remettre à la police.

— Hum, dit Polly. Ouais, nous aurions dû les prendre.

— Et que tu as un témoin.

— Un témoin avec une dent contre lui, ajouta Polly.

— Je suis un membre intègre de la communauté, déclara Jayden. Même si je suis un brin dérangé à cause d'un chagrin d'amour. C'est passager, vous savez.

— Et que s'il ne cesse pas sa campagne de harcèlement et d'intimidation, il va se retrouver avec de sérieux problèmes.

— Et alors on réduira sa boutique en cendres ! intervint Kendall.

Ils amarrèrent le bateau en face de *La Petite Boulangerie de Beach Street*. Elle aurait bien besoin d'un ravalement, remarqua Polly avec tristesse. Son propre nom, bien entendu, avait déjà été recouvert de peinture, mais les marées chargées en sel abîmaient considérablement les corniches. Quant au gris, il était parcouru de stries et commençait à se faner. Par les vitres sales, on distinguait quelques *empire biscuits* disposés çà et là, en train de prendre la poussière. À la grande colère de Polly, un mot indiquant « comme mentionné par le *Bugle on Sunday* » était collé sur la vitrine avec du scotch qui se fendillait.

Elle en aurait pleuré de voir ce qui était advenu de la petite boulangerie qu'elle avait autrefois tant aimée. Une foule de gens montait et descendait joyeusement les ruelles pavées, balayées par d'incessantes rafales, tout en mangeant des glaces de chez Muriel, des *fish and chips* de chez Andy. Sa cour était d'ailleurs remplie de visiteurs venus profiter du temps magnifique. Au-delà des rochers situés de l'autre côté, la plage était parsemée d'enfants armés d'épuisettes, occupés à ramasser des bernard-l'hermite dans les petits bassins entre les rochers ; ainsi que d'adolescentes qui gloussaient et trafiquaient leurs téléphones sans réseau tout en descendant un peu leurs maillots de bain inspirés des *fifties*. On déballait des pique-niques, dont plusieurs comprenaient ses propres miches ; on badigeonnait de crème solaire des bambins blasés ; on fendait les vagues en courant et en poussant des cris, puis on repartait en sens inverse aussi rapidement.

Mais *La Petite Boulangerie de Beach Street* demeurait complètement déserte.

Archie la regarda.

— Tu veux que l'on entre avec toi ?

— Non, dit Polly, avec plus de courage qu'elle n'en avait réellement. Mais pourriez-vous m'attendre dehors ? Juste au cas où il commencerait à me jeter des petits pains durs comme des pierres à la figure ?

Les pêcheurs acquiescèrent.

— Tu as fait beaucoup pour nous, déclara Jayden avec tendresse, dans son dos. Tu en es capable. On est là pour toi.

— Avec des allumettes, ajouta Kendall.

Polly hocha la tête et descendit du bateau. Dans une ville pourtant envahie de monde, elle n'aurait pu se sentir plus seule.

— OK, dit-elle. Allez, à l'attaque.

Chapitre 21

Elle poussa la porte de *La Petite Boulangerie de Beach Street* qui s'ouvrit avec un grincement ; les gonds avaient besoin d'être huilés, songea-t-elle. Elle laissa la porte légèrement entrouverte, avant de se rendre compte qu'elle s'attendait à ce que Neil lui emboîte le pas en sautillant. Son absence lui donna envie de pleurer, mais elle réussit à se reprendre.

Flora était avachie derrière un étal de pain de mie tranché à l'air fatigué et de quelques petits pains qui semblaient très durs. À l'intérieur, elle retrouva d'autres *empire biscuits* bon marché aux couleurs vives : Polly n'avait rien contre les *empire biscuits* en général, mais ceux-là étaient emballés dans du plastique et avaient manifestement été achetés par lots, tout bonnement parce qu'ils avaient déjà dû passer beaucoup de temps sur une étagère. Les autres rayons étaient vides. Ce spectacle l'attristait profondément.

Flora se raidit, l'air gênée, et redressa son corps élancé, si bien que l'on pouvait discerner sa silhouette longiligne de mannequin.

— Euh, bonjour, Miss Waterford.

Polly fit de son mieux pour sourire.

— Tu as déjà tout vendu ?

— Non, pas vraiment.

— Qui s'occupe de l'ancienne boulangerie ?

Flora haussa les épaules.

— Malc dit qu'il est plus rentable de… euh… *rationaliger*, expliqua-t-elle en rougissant.

— Vraiment ? déclara Polly.

Elle ne tirait absolument aucune satisfaction à voir le commerce courir ainsi à sa perte, mais elle ne se sentait pas le moins du monde coupable non plus. On offrait aux gens des déchets ou des produits de qualité. Avec un peu de chance, ils opteraient pour la qualité et il n'y avait pas de quoi en avoir honte.

— Est-il dans les parages ? demanda-t-elle en sentant sa voix se serrer dans sa gorge. J'ai besoin de lui dire deux mots.

L'espace d'un instant, elle espéra qu'il serait sorti, puis elle se rappela avoir vu son immonde BMW dans le parking. De toute façon, reporter cette entrevue ne serait bénéfique pour personne.

Flora haussa une nouvelle fois les épaules.

— J'imagine.

Elle se pencha en avant et s'exprima à voix basse.

— Vous savez, je pensais qu'il était différent, mais il est absolument comme tous les autres.

Polly se mordit la langue, tandis que Flora disparaissait à l'intérieur du fournil qui ne servait plus à rien à présent.

— Malc ! Miss Waterford est ici pour te parler.

Il y eut une sorte de juron étouffé. Flora émergea à nouveau.

— Il dit que vous devez patienter, dit-elle, embarrassée. Désolée.

— Pas de problème, déclara Polly. J'ai vendu tout mon stock.

Tandis qu'elle restait là à attendre, elle remarqua qu'une désagréable odeur de renfermé, un peu aigre, flottait dans l'air. Elle se demanda s'ils avaient pensé à jeter la levure qui se trouvait au réfrigérateur, avant qu'elle n'imprègne tout le reste. Apparemment non. Ils allaient avoir un sacré choc quand ils ouvriraient le frigo.

Finalement, tout en boutonnant sa chemise avec ostentation, comme s'il avait parcouru la cuisine complètement nu – ce qui était peut-être le cas, Polly ne doutait plus de rien à son sujet –, Malcolm émergea et regarda sa montre avec impatience.

Ce geste mit Polly dans une rage folle. S'il s'était véritablement investi en termes de temps et d'efforts dans cet endroit, au lieu de les gâcher dans une campagne de harcèlement continu contre elle, alors la boulangerie – sa boulangerie à elle, comme elle ne pouvait s'empêcher de la considérer – serait encore une entreprise débordante d'activité, florissante et joyeuse, remplie de clients, d'employés, d'enfants et de macareux, à la place de cette morgue qui empestait la levure.

— Besoin d'aide ? demanda-t-il d'un ton acerbe.

— Oui. Je suis ici pour vous dire que votre petite campagne s'arrête là. Maintenant.

— Quelle campagne ?

— Les hurlements, les intimidations et le vous-savez-quoi, déclara Polly d'une voix tremblante. Avez-vous entendu parler de diffamation ? Apparemment, la police prend ça très au sérieux ces derniers temps.

— Quoi ?

— Vous avez bien entendu. Et je ne parle pas de la destruction de la propriété d'autrui, ma propriété. Ni du vandalisme, ni des graffitis, ni du fait que d'une manière générale, vous êtes répugnant ! Elle hurlait.

— Attendez une minute ! brailla Malcolm aussi sec, le visage cramoisi. On est dans un pays libre aux dernières nouvelles et je peux faire tout ce qui me chante sans vous demander la permission, espèce d'amoureuse des oiseaux. Et ceci n'est pas votre propriété, espèce de fabulatrice, nous vous l'avons répété des millions de fois.

— Ne vous approchez plus de ce qui m'appartient ! ordonna Polly. Et si vous posez, ne serait-ce qu'un doigt sur…

— De qui diable parlez-vous ? ricana Malcolm. Flora aime ça. Pas vrai, ma chérie ?

— Hum, dit Flora en fixant le sol.

— Pas elle. Mon van ! Nan le van ! s'époumona Polly. Ne vous approchez pas de lui !

— Quel est le problème avec votre foutu van ?

— Ne vous en approchez pas !

— Allez, mon chou, c'est seulement une plaisanterie !

— C'est tout sauf ça !

Il y eut un bruit métallique quand la porte s'ouvrit et qu'une Selina, l'air complètement endormie, fit son entrée dans la pièce. Elle sentait l'alcool et avait d'immenses cernes sous les yeux.

— Désolée, dit-elle, mais pourriez-vous arrêter de faire tout ce boucan ? Certains d'entre nous essaient de dormir là-haut.

— Euh, Selina, il est onze heures du matin, déclara

Polly. Tu n'as juste pas l'habitude d'entendre un bruit ici, parce qu'il a perdu tous ses clients.

Selina fixa Polly comme si elle ne la reconnaissait pas. Malcolm continuait de hurler.

— Et c'est votre putain de faute, espèce de petite pisseuse, voleuse !

Polly recula vers la sortie.

— Je n'irai pas sur ce terrain-là. Si vous vous approchez encore de nous, qu'importe la distance, j'appelle la police.

Malcolm secoua la tête en signe d'incrédulité.

— Bien, dit-il. Ils pourront embarquer votre vieux tas de rouille.

La luminosité du jour la fit cligner des yeux, alors qu'elle émergeait de l'obscure boutique. Un petit garçon se précipita dans ses jambes.

— Désolé ! brailla-t-il gaiement.

— Salut, déclara Polly d'un air triste, en baissant les yeux vers lui.

— Est-ce que c'est le magasin de pains ? demanda-t-il avec excitation.

— Eh bien, en quelque sorte, répondit-elle en faisant un pas de côté pour le laisser passer.

— Maman dit que je peux avoir un gâteau dans le magasin de gâteaux ! Elle dit que c'est un magasin de gâteaux très célèbre.

Sa mère approcha dans le dos de Polly, une femme l'air gaie, vêtue d'une jupe à pois et d'un chemisier blanc.

— Eh bien, ça l'était, dit cette dernière en jetant un coup d'œil désabusé à la boutique. Je me souviens de cet endroit l'année dernière, c'était incroyable.

— Les choses changent, déclara Polly d'une voix morne.

— En effet.

— Et puis il y avait un oiseau dans le magasin de gâteaux ! lui confia le petit garçon.

— Je ne crois pas qu'il y soit encore, marmonna Polly.

Le visage du garçonnet s'effondra.

— Ne sois pas triste, Josephus, le rassura sa mère en examinant la vitrine poussiéreuse, l'air déçue. Et si on achetait une glace à la place ?

— Une glace ! Une glace ! s'exclama le petit garçon au prénom étrange, manifestement ravi.

Il dépassa la boulangerie en sautillant et grimpa la colline en compagnie de sa mère. Polly soupira.

*

Polly s'assit de l'autre côté de la jetée. Les larmes ruisselaient sur son visage. Son endroit, l'endroit qu'elle avait défendu, qu'elle avait aimé, le foyer auquel elle avait cru appartenir : c'était comme si un crapaud s'y était faufilé en rampant, une espèce de grosse verrue toxique.

Selina passa à proximité et fit mine de continuer son chemin sans s'arrêter. Polly lui fit signe d'approcher.

— Salut, dit-elle. J'ai besoin d'un visage ami.

Selina la dévisagea curieusement. Soudain, Polly eut l'impression que le monde entier se liguait contre elle. Elle se dit qu'elle était un peu paranoïaque et que ce n'était pas très constructif.

— Oh, Selina, dit-elle d'un air triste.

— Quoi de neuf ?

Polly secoua la tête.

— Je n'y arrive pas… Tout a mal tourné, avoua-t-elle. Tout.

Selina se contenta de renifler sans dire un mot.

— Pourquoi as-tu une telle gueule de bois ? s'enquit Polly.

Selina se mordit la lèvre et son visage se contracta.

— Parfois les mécanismes qui me permettent de faire face s'enrayent. (Elle regarda Polly.) Jayden m'a accompagnée au pub.

— Il semblait pourtant aller bien ce matin.

— Il devait être encore soûl, dit Selina.

Polly se massa le dos.

— C'est bon. Ça nous est arrivé à tous. La prochaine fois, appelle-moi. Je sais où Andy garde les dernières bouteilles de vin provenant de la réserve de Kerensa.

Selina fit un geste dédaigneux de la main.

— Ouais, comme tu veux, dit-elle avant de se détourner.

Même si c'était le milieu d'après-midi et que le soleil diffusait encore sa chaleur, les nuages se massaient à nouveau : la même lourdeur dans l'air, une étrange nuance de jaune colorait tout. Polly flâna en direction de la ville et retrouva Jayden.

— Tout le monde est horrible aujourd'hui, Jayden, déclara-t-elle.

— Ouais. Je me sens mal moi aussi.

Il leva les yeux vers le ciel.

— Ce n'est pas une bonne couleur, dit-il. Je vais dire aux garçons de ne pas sortir.

— Ils n'en ont pas l'intention. Archie est devenu

très prudent avec la météo. Et toi, qu'est-ce qui t'arrive ?

— Je suis allé boire avec Selina, confessa-t-il.

— Seulement boire ?

— Oui, répondit-il, même s'il rosissait encore. Je ne recommencerai pas.

— Vous vous êtes soûlés à mort tous les deux ? Elle s'est montrée vraiment bizarre aujourd'hui.

Jayden ne pipa mot.

— Et si tu as passé ta nuit à boire avec Selina, comment as-tu fait pour te lever et venir travailler à cinq heures ?

— J'ai fait ça ? Ah oui ? Ça alors, je ne m'en souviens même pas.

— Oh, bon sang ! Je vais toucher deux mots à Andy. Vendre des boissons qui font perdre la mémoire sur une île est le truc le plus cinglé qui soit. Vous auriez pu tous deux tomber de la chaussée et vous tuer. Bon, va-t'en. Va te coucher. Demain, on travaille.

Le visage de Polly s'assombrit.

— Malcolm a déclaré la guerre. Et nous allons la gagner.

Chapitre 22

Polly prépara tout ce qu'elle pouvait pour le jour suivant. Elle se dit qu'elle devait parler à Huckle des tentatives d'intimidations de Malcom, tout en évitant le chantage sentimental visant à le ramener à la maison, surtout avec ce que Clemmie était en train de traverser. Elle soupira. Comment quelqu'un pouvait-il la détester à ce point ? C'était une sensation horrible.

Elle s'assit devant la fenêtre, en haut du phare. Les nuages avaient pris une teinte inquiétante : une sorte de moutarde profond mêlé à des nuances tirant vers le pourpre. C'était une vilaine couleur ; elle évoquait une toile représentant un monde extraterrestre qui rendait Polly très mal à l'aise. Le soleil continuait malgré tout de percer, et les bateaux de plaisance voguaient toujours au rythme des flots. Les bateaux de pêche, en revanche, étaient amarrés à quai, bien en sécurité. Archie aurait une bonne nuit de sommeil, ce soir.

Au creux de son siège, elle somnola et fit un rêve étrange dans lequel elle voyait Tarnie nager. Il ne cessait de remonter à la surface et d'appeler Selina, mais seule Polly était là pour l'entendre. Elle finit par lui dire : « Non, ce n'est pas moi que tu veux, ce n'est pas moi », mais il ne pouvait l'entendre, et se contentait de tendre ses grands bras hâlés. Ses cheveux, plus longs à présent, s'emmêlaient dans les algues. Ses yeux bleus l'imploraient et lui racontaient qu'il était perdu entre les profondeurs et le monde ; ils la suppliaient de l'écouter. Elle était incapable de l'entendre. Puis il se mit à hurler.

*

Elle se leva d'un bond, alarmée, tandis qu'un deuxième coup de tonnerre gigantesque ébranlait les portes du phare. Le fracas était extraordinaire, l'orage devait être tout près. À l'instant précis où cette pensée traversa son esprit, un énorme éclair zébra le ciel devant ses yeux, illuminant une mer pourpre. Les nuages filaient à toute allure ; ce n'était pas encore le soir, et pourtant il faisait aussi sombre qu'en pleine nuit. Les vagues déchaînées formaient des pics aussi irréguliers que redoutables, les creux gagnaient sans cesse en profondeur. Quelque part dans le phare, résonna un autre claquement épouvantable. Polly sursauta de peur : elle avait laissé une des fenêtres ouvertes – elle le faisait toujours au cas où Neil rentrerait, même si de temps en temps, elle retrouvait le sol de la salle de bains trempé. Elle commença à descendre, légèrement nerveuse, encore imprégnée d'une sensation pleine d'étrangeté, de celles qui naissent d'un profond et lourd sommeil s'achevant sur un cauchemar.

Alors qu'elle descendait les marches, un coup de tonnerre tonitruant retentit à nouveau, suivi de peu par un éclair, et subitement, toutes les lumières du phare s'éteignirent.

*

Piégée dans l'obscurité de l'escalier en colimaçon, Polly jura et attendit collée au mur jusqu'à ce qu'elle ait repéré à tâtons le chemin pour descendre. Sans surprise, elle constata que la fenêtre de la salle de bains du bas était ouverte. Elle la referma et regarda au-dehors.

De ce côté, le phare donnait sur la ville. Cependant, à cet instant précis, on ne distinguait plus aucune ville : le réseau électrique entier avait disjoncté. Dieu merci, le faisceau du phare possédait son propre générateur de secours, qui lui permettrait de continuer à balayer les alentours du rocher obscur de Mount Polbearne.

Les petits cottages donnaient l'impression de se blottir les uns contre les autres, tout en détournant les yeux des assauts de la tempête, dans une tentative désespérée pour lui échapper. Soudain, un craquement fracassant, assourdissant, déchira le ciel. Depuis la fenêtre, Polly vit la pluie se jeter furieusement contre les rochers, puis elle se rendit compte que ce n'était plus de la pluie, mais d'énormes grêlons qui balayaient la zone et se ruaient violemment sur tout ce qu'ils pouvaient trouver.

— Oh, mon Dieu ! lâcha-t-elle à voix haute, soudain effrayée.

Elle entendit quelque part le tintement caractéristique du verre brisé. Était-ce à l'étage ? Est-ce qu'un grêlon particulièrement gros avait cassé une fenêtre quelque part ? Elle perçut un autre tintement, puis un autre. Polly se retrouva soudain en train de chercher un peu d'air, oppressée par l'angoisse. Elle souhaitait plus que jamais une présence à ses côtés ; la compagnie rassurante de Huckle lui manquait terriblement.

Puis elle s'inquiéta pour Mrs Brodie et Mrs Carter, des personnes âgées qui habitaient en haut de la colline, dans des cottages mal isolés. Cela dit, durant des générations elles avaient traversé, ainsi que leurs familles, de nombreuses tempêtes sans avoir l'électricité, supposa-t-elle. Il était peu probable que cela les dérange outre mesure ; elles devaient probablement se trouver bien mieux loties qu'elle ne l'était, elle, ridiculement exposée dans ce phare. Pour commencer, elles n'étaient certainement pas en train de se cogner partout en cherchant les restes de ces bougies chauffe-plats que Huckle avait allumées pour elle, la nuit où il avait inauguré la baignoire. Elle parvint à dénicher une importante réserve d'allumettes et alluma deux ou trois bougies. C'était rassurant d'avoir un peu de lumière, si faible fût-elle, jusqu'à ce qu'elle entrevoie une terrifiante apparition, une sorte de sorcière surgie de nulle part, dans le miroir obscur de la salle de bains. Elle poussa un cri, mais le son s'évanouit, balayé par le hurlement du vent, la grêle qui s'abattait et un autre coup de tonnerre.

« Conneries, dit-elle pour elle-même. Conneries conneries conneries ». Elle se rendit compte qu'elle tremblait et s'exhorta à cesser ces âneries. C'était un orage. Elle vivait sur un affleurement rocheux au beau milieu de l'océan. Les orages faisaient évidemment partie du décor.

Elle éprouva subitement une vive reconnaissance pour la prudence et la sagesse d'Archie. Si la flotte était sortie ce soir, cette situation aurait été invivable pour tout le monde. Dieu merci, ils se trouvaient tous à l'abri.

Malgré cette pensée rassurante, il lui serait impossible de trouver le sommeil, tant le vent malmenait le phare de tous côtés.

Certaines nuits, quand Polly était suffisamment fatiguée, elle pouvait dormir malgré les orages, blottie au chaud dans son lit douillet, bien en sécurité sous les couvertures. Mais ce soir, la situation n'était pas comparable. Cette tempête était cataclysmique. Elle eut une pensée pour son ancien appartement, elle s'inquiéta pour la digue et l'antique église juchée au sommet de l'île, qui perdait des pierres, çà et là, et dont l'état de délabrement ne cessait d'empirer. C'était déjà une lutte pour obtenir de l'administration locale qu'elle vienne vider les poubelles, alors investir dans une bâtisse qui s'effondrait et glissait dans la mer, lentement mais sûrement… La tempête ne ferait qu'aggraver la situation.

Elle prit une bougie, avança doucement, et entreprit de gravir, avec maintes précautions, l'escalier qui menait au salon. De là, elle pourrait voir davantage et aurait moins de chance d'être terrorisée par son propre reflet. Néanmoins, son ombre grimpant les marches sur les murs de la haute cage d'escalier évoquait une image extraite d'un album pour enfants.

— C'est décidé, grommela-t-elle. Je vais prendre un chien.

Une fois parvenue à la fenêtre du salon, elle attrapa son portable, mais bien entendu il ne captait aucun réseau, et l'antique téléphone avec ses énormes touches ne fonctionnait pas non plus.

Si elle n'avait pas été aussi effrayée, la vue depuis les fenêtres lui aurait paru curieusement fascinante. Sous le ciel lacéré, de minuscules pointes de lumière, disséminées un peu partout sur l'île, trouaient l'obscurité comme des aiguilles : des bougies aux fenêtres. Une ou deux lueurs avançaient contre le vent, dansant dans le noir ; manifestement, des habitants allaient s'enquérir de l'état de leurs voisins ; ici et là surgissait une lampe torche plus lumineuse. Hormis le balayage du faisceau toutes les vingt secondes, ce spectacle devait être pratiquement identique à ce qu'il avait été cent ans plus tôt, songea Polly. Ou deux cents ans. Voire plus.

Même fenêtres fermées, le fracas du dehors continuait d'assaillir ses oreilles. Hypnotisée, elle ne pouvait quitter des yeux ce spectacle, fascinée par l'impression de regarder en arrière vers un monde sombre, où la seule lumière était celle du feu, où effectivement sur une île, on était tributaire de tous ceux qui nous entouraient pour s'en sortir : pas de conseil municipal, ni de gouvernement, ni de supermarché. Tout ce qu'il y avait se trouvait sous nos yeux, tous ensemble dans le même bateau.

Elle jeta un regard aux embarcations amarrées au port. Bien qu'on ait pris la peine de les séparer par des pneus pour éviter qu'elles ne s'entrechoquent trop violemment, elles se heurtaient tout de même. Les vagues se projetaient très haut au-dessus du mur. Elle se souvint comment, certaines nuits, l'eau venait cogner contre les fenêtres de l'appartement. C'était sans aucun doute une de ces nuits : elle ne se rappelait pas avoir jamais vu une marée aussi haute. L'océan était en furie : ce n'était vraiment pas le moment de se retrouver en mer.

Elle fixa son regard sur le minuscule village éclairé à la chandelle : de temps à autre, une ombre passait. Une silhouette sombre qui se déplaçait rapidement. Personne ne dormait ce soir. Elle songea à tous les gens appartenant au passé de Polbearne, à leurs noms qui se répétaient si fréquemment dans le cimetière dominant la ville : les Brody, les Tarnsforth, les Manse. Toutes les vies – difficiles, dangereuses, avec des conditions plus rudes qu'elles ne l'étaient aujourd'hui – qui s'étaient écoulées ici, dans des foyers sans chauffage, qui dépendaient d'un vent favorable et d'une bonne pêche, ou pire, de la générosité de la mer qui voulait bien rendre ce qu'elle avait pris.

C'étaient tous ces aspects qui lui avaient fait aimer Mount Polbearne, le sentiment que cette beauté n'était qu'un prêt, temporaire, qu'elle avait des limites : le travail et la peine en représentaient le coût. Cela n'avait jamais été un foyer pour les riches. Jusqu'à aujourd'hui, avec les vacanciers du week-end et leurs résidences secondaires, leur joli restaurant de poisson et leurs voix fortes, décomplexées. Mais de fait, Mount Polbearne appartenait à ses habitants, les gens qui avaient été élevés ici, qui avaient de la famille ici, qui étaient restés ici dans les mauvaises périodes comme dans les bonnes.

Polly était perdue dans ses rêveries. Malgré tout, elle commença lentement à prendre conscience d'un fait et se leva d'un bond, soudainement en proie à l'horreur. La ville était obscure, le monde entier était plongé dans l'obscurité. Seule la foudre qui pourfendait le ciel les illuminait par intermittence. Le phare s'était éteint.

Chapitre 23

« Et si le phare s'éteint ? » avait-elle demandé à son notaire qui pratiquait les honoraires les moins chers qu'ils avaient pu trouver à l'époque. Il avait paru un petit peu mal à l'aise et avait répondu : « Eh bien, vous appelez les gardes-côtes. » Huckle avait ricané en ajoutant : « Polly, tu n'auras qu'à emporter une très grosse lampe torche là-haut et tourner en rond, à toute vitesse. » Et Polly avait rétorqué : « Ce n'est pas très drôle, cela pourrait être dangereux. » Lance, le jeune agent immobilier, ne se souvenait pas avoir jamais entendu que le phare s'était éteint, puis il avait marqué une pause avant d'ajouter : « À part durant la journée. » Huckle avait gloussé à nouveau. Polly l'avait accusé de ne pas prendre les choses au sérieux et il lui avait collé un gros baiser sur la joue en disant : « Puis-je vous rappeler, madame, que c'est vous qui achetez une maison à quatre étages, avec une pièce par palier et coiffée d'un énorme chapeau électrique, ce qui, selon moi, est la chose la moins sérieuse au monde. » Le notaire avait jeté un œil à sa montre, plutôt irrité, avant de déclarer : « Est-ce que cet oiseau a vraiment le droit de marcher sur des documents importants ? » Cela avait mis un point final à la conversation. Il y avait eu une tempête auparavant. Une terrible tempête qui avait ébranlé Mount Polbearne, qui avait détruit la moitié de sa flotte de pêche et emporté l'un de ses meilleurs hommes. Ils étaient à peine en train de s'en remettre. Durant cette tempête, Polly avait dormi tout du long. Elle n'avait pas pris conscience de ce qui se passait, à quel point la situation était sérieuse et atroce.

Cette fois, elle en avait conscience. Et cette fois, elle se trouvait en plein cœur des événements.

*

À présent, Polly regrettait profondément sa désinvolture et sa bêtise ; elle devait appeler les gardes-côtes, mais toutes les lignes étaient coupées et les portables hors d'état de marche. C'était une tempête exceptionnelle par sa soudaineté, et elle n'avait aucun moyen de contacter qui que ce soit susceptible de remédier à la situation.

Ils allaient sûrement le remarquer, songea-t-elle. Assurément, les gens remarqueraient qu'il n'y avait plus de phare et enverraient quelqu'un sur-le-champ. Évidemment.

Mais comment arriveraient-ils jusqu'ici ? La chaussée était parfaitement impraticable, et comment diable mettrait-on un bateau dans cette… Personne ne le ferait, à part la RNLI[1]. Aucun bateau ne se

1. L'institution royale nationale des bateaux de sauvetage.

risquerait au milieu de ce truc, ce serait complètement dingue.

Elle jeta une couverture sur ses épaules, car la nuit était vraiment glaciale, et retourna en bas dans la salle de bains.

*

« Merci *Ikea* », songea Polly. D'accord, c'était absolument inutile, mais c'était mieux que rien. Elle avait quatre-vingt-cinq bougies chauffe-plats, qu'elle mit toutes dans une taie d'oreiller et les emporta jusqu'au sommet, jusqu'à la porte qui menait à l'extérieur du phare.

Le secteur électrique était coupé, tout comme le générateur de secours. L'étendue de ses connaissances techniques sur le sujet s'arrêtait là. Huckle aurait su quoi faire. Il l'aurait relancé, comme il le faisait avec sa fichue moto, cela aurait été facile pour lui. Mais elle n'avait aucune idée de ce qu'il fallait faire.

Et miracle – elle l'avait oubliée –, une immense et antique lampe torche était suspendue à un clou, près de la clé. Elle vérifia : elle fonctionnait bien. Elle poussa un énorme soupir de soulagement, puis avec appréhension, déverrouilla la porte qui donnait sur l'escalier de la passerelle.

*

Au début, elle crut qu'elle n'avait pas réussi à déverrouiller la porte, qu'elle était bloquée : en fait, le vent soufflait tellement fort qu'elle ne parvenait pas à l'ouvrir. La tempête ne montrait absolument aucun signe d'apaisement. La grêle avait cessé, immédiatement remplacée par un rideau de pluie abondante, qui la trempa des pieds à la tête dès qu'elle réussit enfin à ouvrir la porte de force. Celle-ci heurta lourdement la cage d'escalier métallique, et Polly mit un pied à l'extérieur sur la passerelle avec précaution.

Le vent lui coupa la respiration ; elle était incapable de prendre une bouffée d'air. Des torrents de pluie s'abattirent sur elle. Les éclairs crépitaient et vibraient à travers le ciel, d'abord d'un côté, puis de l'autre, et les vagues martelaient les rochers en contrebas. Le tonnerre semblait se trouver juste au-dessus de sa tête, comme si quelqu'un jetait des meubles lourds du ciel. Elle s'agrippa à la balustrade métallique, convaincue qu'à tout moment elle allait glisser et chuter, dégringoler le long du flanc de la haute tour, pour atterrir en un amas chiffonné à ses pieds. Peut-être, songea-t-elle, l'enterreraient-ils dans Nan le van. Elle ravala un sanglot et s'efforça d'empêcher ses mains de trembler, mais elle était littéralement paralysée par l'angoisse. Il lui fallut solliciter tout son courage pour ne pas faire demi-tour et retourner à l'abri dans phare. Personne ne l'aurait blâmée si elle avait agi de la sorte.

Mais elle n'en fit rien. Gémissant faiblement, d'une voix impossible à discerner dans le fracas de la tempête, elle avança doucement, centimètre par centimètre, pour s'agripper à la balustrade opposée. L'acier antique oscilla, en équilibre instable dans le vent, si bien qu'elle se dit qu'elle allait se retrouver catapultée par-dessus le frêle garde-corps. Elle repensa avec regret aux journées ensoleillées où ils avaient monté et descendu cet escalier en courant, comme si ce n'était rien du tout. Si elle s'en sortait, elle déménagerait dans un bungalow. Au milieu du désert.

Elle posa un pied sur l'échelle, puis l'autre. *Je peux le faire. Je peux le faire.* Mais elle n'était pas encore parvenue au-dessus du corps de la bâtisse, entre la tour du phare et l'armature métallique de la lanterne qui se trouvait tout en haut dans les airs. Aussitôt, le vent la gifla en plein visage, comme s'il essayait volontairement de lui arracher la tête. Elle était littéralement aveuglée par la pluie qui s'abattait droit dans sa bouche ouverte, jusqu'à lui couper le souffle. Ses cheveux étaient plaqués contre son crâne, ses vêtements complètement trempés.

Honnêtement, Polly ne savait pas comment elle y était arrivée. S'agrippant à deux mains aux balustrades, elle se força à avancer, un pied après l'autre. À un moment, elle faillit perdre l'équilibre. Elle se tordit la cheville et hurla sous l'effet de la douleur, en sautillant à cloche-pied, son cœur en proie à la panique. La lampe se balançait à sa bouche, car elle ne pouvait la tenir et assurer son équilibre en même temps.

Finalement, elle atteignit la porte située à l'arrière du phare. Elle dut batailler pour trouver la clé, harcelée par les bourrasques, luttant pour ne pas laisser tomber la lampe torche, sanglotant un peu à cause de la douleur à sa cheville, et terrifiée à l'idée de lâcher la clé à travers la grille et de la perdre à jamais.

Elle réussit à maîtriser ses mains tremblantes assez longtemps pour tourner la clé. Elle s'effondra à l'intérieur de la lanterne, son cœur martelant sa poitrine, et elle claqua la porte derrière elle. Même si le vacarme était toujours aussi assourdissant au-dehors, dans cette pièce obscurcie, tout paraissait plus calme. Le mugissement qui hurlait tout à l'heure aux oreilles de Polly retomba à un volume plus raisonnable. Un ou deux petits carreaux dans la partie inférieure de la construction avaient volé en éclats, mais l'épais coffrage était lui toujours intact.

Mais dehors, quel spectacle ! Pas un seul oiseau dans le ciel, ni lune ni étoiles, seulement une énorme cuve bouillonnante de nuages et de flots en furie, qui se ruaient à travers le ciel, à travers l'océan, jusqu'à annihiler toute différence entre les deux. Et le bruit, oh, mon Dieu ! Le vacarme était insupportable même depuis l'intérieur, parce qu'il évoquait la peur, et tout ce qu'une tempête pouvait faire à des gens qui ne menaient pas une vie paisible et douce sur le continent.

Polly laissa tomber la taie d'oreiller pleine de bougies et alluma sa lampe torche. Elle braqua la lumière tout autour d'elle sur les lourdes machineries et remarqua au passage que la grosse lampe ne pivotait plus. Elle trouva le panneau à fusibles, mais ne discerna rien qui aurait pu l'aider, même quand elle monta et descendit les interrupteurs. Le réseau électrique de la région entière était hors service, et ses manipulations n'enclenchèrent pas le second générateur. C'était donc tout à fait inutile.

Elle déglutit avec peine et s'avança vers le coffret où il était indiqué « Générateur ». Elle ne l'avait jamais ouvert auparavant. Légalement parlant, il n'était même pas sa propriété ; il appartenait à la Trinity House[1], et Polly en avait simplement cédé les droits d'accès en échange de la propriété du lieu. Elle n'avait pas la moindre idée de ce qu'il fallait faire, elle savait seulement que c'était un cas de force majeure.

Sans surprise, une fois qu'elle eut trouvé la clé Allen qui déverrouillait le panneau, elle se retrouva face à un amas de fils électriques. Il n'y avait là rien dont elle pourrait se débrouiller. Elle jura à l'intention du panneau – ce qui ne lui fut d'aucune aide non plus –, mais en se penchant, elle remarqua quelque chose contre le mur : une énorme lanterne à brouillard, de forme carrée, et datant d'un autre temps, pourvue d'une grosse batterie à l'intérieur.

Elle l'alluma de ses doigts tremblants et, à son immense soulagement, elle s'éclaira : elle brilla même tellement fort qu'elle l'aveugla complètement et qu'elle dut reculer. Dès que ses yeux furent habitués à la lumière, elle avança à nouveau pour l'attraper avec précaution par l'arrière. Puis tirant sa couverture sur ses épaules – on gelait ici quand le faisceau était éteint –, elle s'approcha de la fenêtre et dirigea l'immense lanterne à brouillard en direction de la nuit.

Ce n'était pas grand-chose ; la lumière pénétrait à peine à plus de vingt mètres dans la noirceur hurlante. Mais la question n'était pas de savoir ce qu'elle voyait, elle. Il s'agissait, avec un peu de chance, de permettre aux autres de voir le phare. Non que quelqu'un ait pu se trouver là-dehors. Pas en mer. C'était impossible, n'est-ce pas ? Elle hésita à marcher en rond dans la pièce pour donner l'illusion que la lumière bougeait,

1. Service britannique des phares.

mais elle finit par se dire que ce n'était pas utile. Par ailleurs, elle n'avait absolument aucune idée de la durée de vie d'une batterie et du temps qu'il faudrait aux services d'urgence pour parvenir jusque-là. Alors, elle se leva et braqua la lanterne contre la fenêtre, aussi près de la mer que possible. Mount Polbearne était à peine visible de là-haut, rien de plus que des flammeroles fantomatiques à travers un rideau de pluie battante. « Allez, la tempête. Arrête de souffler. Continue ton chemin vers un endroit où les gens ne perdront que deux ou trois tuiles », supplia Polly.

Soudain, un bruit strident résonna derrière elle. Polly sursauta. « Bon Dieu », lâcha-t-elle tandis qu'il retentissait à nouveau : une sorte de larsen. Elle tourna la tête pour voir d'où diable cela pouvait bien provenir. Quelque part, à l'autre bout de la pièce, une lumière rouge clignotait. Elle se dirigea vers elle. Le bruit se déclencha à nouveau.

En fronçant les sourcils, Polly posa la grosse lumière sur un tabouret près de la fenêtre et se retourna vers la pièce sombre afin de l'explorer. En s'approchant, elle découvrit un talkie-walkie, et son cœur bondit. *Le monde extérieur ! Merci, mon Dieu !* Elle le saisit et tripota quelques boutons. Il avait manifestement été branché car il était chargé.

— Polly ? Polly ? À vous. Polly ? Polly ? À vous, surgit une voix déformée.

Elle pressa le bouton « Répondre ».

— Jayden, est-ce que c'est toi ?

Une longue pause s'ensuivit.

— Jayden ?

— Non.

La voix était reconnaissable à présent. C'était Selina.

— Hé ! dit Polly. (Elle avait oublié l'étrange comportement de Selina, un peu plus tôt dans la journée.) Est-ce que les garçons sont là ?

— Non, répondit à nouveau Selina. (En effet, il y avait moins de lumières dans les rues.) Ils sont tous partis en direction de la plage. La RNLI est passée les chercher. Ils partent de là-bas. Le long de la côte, il paraît que c'est désastreux. Mount Polbearne est le seul endroit où les bateaux sont restés à quai.

— Parce que nous, nous savons ce que peut faire une tempête comme celle-là, dit Polly en frappant du poing le vieux pupitre. Oh, mon Dieu ! Oui, nous savons.

Elle prit une profonde inspiration.

— Tu peux me voir ? demanda-t-elle.

— Seulement une faible lueur. Je suis en haut, pourtant. Si j'étais en bas, à hauteur de bateaux..., je ne sais pas. Tu ne peux pas faire plus de lumière ?

— Si, ironisa Polly. En fait, la lumière du phare fonctionne, mais je me suis dit que ce serait plus drôle de la laisser éteinte.

— Comment c'était de grimper là-haut ?

— Difficile, rétorqua Polly.

Un silence ponctua ses paroles.

— Tous les hommes dehors, une nouvelle fois, murmura Polly, tandis qu'elles pensaient toutes deux à une autre tempête.

— Archie a dit qu'il y avait des vacanciers dehors. Des gens qui se la coulaient douce dans des bateaux.

Polly se remémora instantanément cet après-midi

magnifique : toutes ces voiles qui dansaient joyeusement sur les flots en direction de l'horizon.

— Oh, mon Dieu ! s'exclama-t-elle.

Et elle regarda dehors en tentant désespérément de voir à travers la tourmente, inclinant la lumière vers le bas pour percer l'obscurité. La tempête passerait, elle serait bientôt terminée, et tout irait bien. Tout ce qu'elle avait à faire, c'était pencher cette lampe.

Chapitre 24

Polly se sentit somnoler, tandis qu'elle maintenait la lampe inclinée pour balayer les vagues en contrebas. Comment cette tempête pouvait-elle ne pas montrer le moindre signe d'accalmie ? Elle rugissait sans cesse depuis plus de deux heures maintenant. La jeune femme pensait avec angoisse à ce que les hommes courageux enduraient le long de la côte, avec la RNLI. Bien que tout le monde soit peut-être en sécurité à présent.

Au moins, Mount Polbearne n'avait pas d'arbres – aucun ne poussait à cause des assauts du vent sur les hauts de la colline. Mais sur le continent, des arbres étaient certainement en train de tomber, bloquant des routes. Des tuiles s'envolaient des toits ; des cabines de plages étaient écrasées comme des allumettes ou simplement soulevées dans les airs. Elle pensa avec compassion aux cafés du bord de mer et aux petites cahutes vendant du matériel de surf qui s'étiraient en chapelet le long des centaines de kilomètres du littoral. L'adorable petite cuisine qui se trouvait dans l'ancienne demeure de Reuben pourrait-elle résister ? Les Cornouailles avaient été frappées de plein fouet auparavant, et elles pourraient l'être à nouveau, elle le savait. La ligne de chemin de fer serait inondée. Des avions seraient retenus au sol. Au moins, elle n'aurait pas à s'inquiéter de l'arrivée à l'improviste de Huckle, sans qu'elle se soit rasé les jambes. Elle y songeait parfois, se disant que cela se produirait peut-être, mais c'était avant que son absence ne soit considérée comme normale.

Elle regarda au-dehors le cœur de l'interminable nuit. L'extérieur ne semblait plus qu'un vide apocalyptique empli de hurlements, et non l'endroit bercé par une douce brise qu'elle considérait comme son foyer.

Tout à coup, elle aperçut quelque chose. Elle cligna des yeux, doutant de ce qu'elle avait vu. Puis elle s'approcha de la fenêtre. Ce fichu Plexiglas tout rayé : si une lumière pouvait éclairer à travers, il n'était pas adapté pour voir dehors. Elle regarda fixement devant elle… Ce qu'elle distingua lui coupa le souffle.

*

Dehors, sur la chaussée – ou plutôt à l'emplacement de la chaussée quand elle n'était pas ensevelie sous plusieurs mètres d'eaux tumultueuses –, quelque chose de blanc s'agitait dans une lumière à peine perceptible. Polly injuria à nouveau sa lampe qui manquait de puissance, et força sur ses yeux. Quelque chose bougeait là-bas. Est-ce que c'était un débris flottant de grandes dimensions ? Elle espérait que c'était le cas : quelque chose qui aurait été arraché à un navire – une bâche, une bouée de sauvetage ou un truc sans importance.

Mais alors il ne serait pas en train de se balancer si violemment dans le vent, pas comme ça, d'avant en arrière, comme s'il était encore attaché à une bôme.

À l'instant où elle jurait de plus belle, une lumière pourpre explosa, tout près, comme un feu d'artifice. Une fusée éclairante. Quelqu'un avait tiré une fusée de détresse.

C'est alors qu'elle le vit. C'était un dériveur, un petit Laser en bois, ballotté d'un côté à l'autre, pilonné par les vagues. Il y avait des silhouettes dessus – Polly pouvait les voir à présent –, deux silhouettes. L'une d'elles était très petite. Oh, mon Dieu ! L'une des silhouettes était celle d'un enfant.

Ils étaient loin de toute terre, pas assez proches pour se mettre à nager, ce qui aurait été impossible de toute façon : ils auraient été balayés aussitôt et projetés contre les rochers, précisément ceux dont le phare avertissait du danger.

Mais ce qui restait du bateau était balancé et brinquebalé par les flots, prenant plus d'eau qu'ils ne pouvaient en écoper. Sa proue s'enfonçait de plus en plus profondément et remontait de plus en plus difficilement sur la crête de chaque nouvelle vague monstrueuse, avant de se retrouver à nouveau aspirée dans un creux. C'était comme si le bateau essayait de naviguer sur des barres d'immeubles ; les vagues étaient maintenant hautes de plus de deux étages.

Polly tenta de braquer la lumière vers le dériveur, puis courut au talkie-walkie qui se ranima en grésillant.

— Je l'ai vu, dit Selina immédiatement. J'ai vu une lumière, mais je n'ai pas vu d'où elle venait. Oh, mon Dieu, Polly, il n'y a personne ici !

— C’est là-bas, près de la chaussée.

— Oh, mon Dieu ! répéta Selina.

Si le petit bateau était projeté contre la chaussée, il volerait en éclats. Les deux personnes à bord seraient précipitées dans l’eau avec leurs gilets de sauvetage. Des gilets de sauvetage qui étaient destinés à les maintenir à la surface sur une mer calme, pas à les protéger de la force de succion et d’entraînement d’une tempête de force 9.

— Selina, dit Polly en s’efforçant de conserver une voix la plus calme possible. Je crois que j’ai vu un enfant.

Il y eut une pause, avant que Selina ne jure vertement.

— Je vais essayer de rappeler les gardes-côtes, dit-elle avant de couper brusquement le contact.

Polly fit les cent pas, impuissante. Chaque fois qu’elle voyait le petit dériveur disparaître sous une déferlante, elle disait une prière silencieuse pour qu’il émerge à nouveau. Mais il réapparaissait toujours plus tardivement et plus faiblement.

Ce devait être leur dernière fusée, car plus aucune ne fut lancée. Il était difficile de discerner la voile blanche en lambeaux ; elle se résumait à quelques battements irréguliers, aperçus au milieu de folles spirales. Rien n’était pire, songea Polly, que de rester là, désirant désespérément agir, mais sans être capable de prendre une décision. Elle voulait tendre le bras, ramasser le petit bateau, et les ramener à l’intérieur. Elle versa des larmes de frustration.

Le talkie-walkie grésilla enfin. Polly l’attrapa.

— Est-ce qu’ils sont en route ? Il nous faut un hélicoptère, dit-elle d’une voix éraillée.

— Ils sont tous sortis ! s'exclama Selina d'une voix affolée. Ils sont tous sortis à cause des appels. La moitié de ces foutues Cornouailles faisait apparemment de la voile cet après-midi, malgré les avertissements. En fait, la moitié de ces putains de Londoniens, plus exactement.

— Merde.

Elles observèrent un long silence.

— Sais-tu… demanda Selina.

— C'est très… déclara Polly en même temps.

Elle regarda dehors. La voile palpitait à peine.

— Oh, mon Dieu ! dit Selina. Bon, j'ai fait un peu de rame à la fac.

— J'ai… Mmm, pas vraiment, tenta Polly. Mais je sais où ils sont.

Il y eut un silence plus long encore.

— Il n'y a absolument personne ? Pas même Jayden ?

— Pas même Andy, répondit Selina. Pas même Malcolm.

Polly déglutit. Son cœur se mit à battre plus vite.

— Nous devons essayer, dit-elle enfin.

— Je savais que tu allais dire ça.

— Je vais apporter la grosse lanterne.

— Je vais rédiger mon testament, conclut Selina.

Chapitre 25

La descente ne lui parut plus aussi dangereuse, à présent qu'elle avait un autre sujet d'inquiétude. À nouveau, les fortes rafales la secouèrent et la pluie vint lui fouetter le visage, mais cette fois-ci elle s'y attendait. Elle se montra prudente avec les balustrades branlantes et éteignit la grosse lanterne pour conserver la batterie quand elles en auraient vraiment besoin. Elle pourrait certainement retrouver d'instinct son chemin parmi les rochers.

Même si les minutes étaient comptées, elle fit une halte au niveau de la penderie du rez-de-chaussée pour prendre trois choses : l'énorme ciré jaune vif qui appartenait à Huckle ainsi que le suroît assorti qu'il utilisait pour pêcher, et une combinaison de plongée que Reuben lui avait achetée pour son anniversaire, quand elle avait dit qu'elle aimerait apprendre à surfer – sans jamais en trouver le temps. Il lui avait aussi offert une planche de surf haut de gamme et d'autres petits accessoires, mais elle ne les avait pas vus depuis longtemps et supposait qu'ils avaient été liquidés en même temps que la maison. Mais la combinaison de plongée était encore là.

L'enfiler fut une vraie torture : la panique la faisait transpirer, et elle dut arracher ses vêtements mouillés avant de pouvoir se comprimer à l'intérieur. Les secondes passèrent comme l'éclair, tandis qu'elle se tortillait pour la faire remonter, sans oublier un seul instant les petites silhouettes perdues dehors, sur l'océan. C'était comme dans un cauchemar, mais elle se concentra sur ce qu'elle savait être bien réel : dehors il faisait incroyablement froid, avec des vents très violents et des eaux déchaînées, et elle ne pourrait aider qui que ce soit si elle ne s'aidait pas d'abord elle-même.

Finalement, elle parvint à la mettre. Elle était étonnamment inconfortable. Elle passa aussi les petits chaussons et le ciré. L'espace d'une milliseconde, elle se dit qu'elle devait vraiment avoir l'air d'une folle, puis elle se rappela que cela n'avait aucune importance. Elle attrapa la seconde combinaison – celle de Huckle – et la lanterne avant de s'arracher au phare. La porte vint percuter durement le flanc de la tour, rebondit avec fracas et se referma en claquant.

Ici, au niveau du sol, le temps n'était pas aussi mauvais, même si elle marchait contre le vent. Un éclair fendit le ciel et éclaira les marches qui conduisaient plus bas. Polly évalua son chemin avec précaution en essayant de trouver le juste équilibre entre hâte et sécurité. Les vagues se jouaient du mur du port et glissaient par-dessus comme s'il n'existait pas. Et au-delà du mur, l'obscurité. Polly tourna la tête pour voir la forme indistincte du phare disparaître derrière elle. Il n'y avait pas de vision plus inquiétante que celle d'un phare qui se retrouvait dans le noir.

Elle dépassa les bateaux de pêche qui se heurtaient avec fracas, rebondissant les uns contre les autres et se percutant. Ils émettaient leur propre cri d'alarme qui écorchait les oreilles. Elle vérifia les amarrages tandis qu'elle passait devant en courant, mais ils semblaient solidement attachés.

Selina patientait avec angoisse près du bateau-taxi. Polly monta dedans à toute vitesse et lui lança l'autre combinaison.

— On mettra les gilets de sauvetage une fois à bord.

— Est-ce que tu as la lampe ?

Polly s'assura qu'elle était braquée sur la mer avant de l'allumer. Le faisceau puissant avança beaucoup plus à travers les vagues qu'il ne l'avait fait depuis le sommet du phare. Juste au-delà de sa portée, elle put discerner quelques lambeaux blancs et ce qui pourrait être l'orange d'une bouée de sauvetage.

— Il est là, dit-elle.

Elles s'accordèrent sur le fait que Selina ramerait pour l'essentiel. Polly barrerait. Les deux jeunes femmes échangèrent un regard, toutes deux très pâles.

— On peut le faire, assura Polly.

Elle claquait des dents. Selina acquiesça, le menton crispé. Elle sauta dans le bateau tandis que Polly le tenait.

Polly s'était préparée aux assauts de l'océan, pourtant la violence et le froid de la pluie la prirent par surprise, et quand un torrent d'eau salée se déchaîna sur elle, elle en eut le souffle coupé. Elle commença immédiatement à écoper.

Selina faisait preuve d'un courage incroyable. L'eau bouillonnante aurait été de loin beaucoup trop violente pour le petit moteur, aussi se mirent-elles à progresser contre les vagues à la simple force des bras. Selina grognait et tirait sur les rames avec ardeur. Polly s'efforçait de l'aider, mais elle ne devait pas lâcher la barre au risque que les flots ne les emportent au loin.

— À gauche ! hurla-t-elle. Va à gauche ! Je veux dire bâbord ! Non, je veux dire… Si, je veux vraiment dire bâbord, ça a le même nombre de lettres que gauche. Bâbord !

— Gauche fera l'affaire ! cria Selina.

Debout, Polly prenait de plein fouet la violence de chaque vague, tandis qu'elles avançaient à travers les eaux, et pour la première fois elle comprit ce que Tarnie lui avait expliqué un jour : il était possible de se noyer en mer sans même se retrouver sous la surface.

Elle dirigea la lumière vers l'avant et tout autour d'elles, mais fut incapable de déterminer la position des deux personnes. *S'il vous plaît, faites qu'on n'arrive pas trop tard. Faites que tout ceci ne soit pas vain.* Il ne pouvait pas ne rien rester de ce qui avait existé : l'excursion de la journée, la famille, le petit bateau. Les gens ne disparaissaient pas comme ça dans la mer. C'était impossible. Sauf qu'il y avait une seule leçon qu'elle avait apprise de son existence dans cette partie du monde, une leçon à la fois étrange et étonnamment belle : c'était possible et cela arrivait. La mer était magnifique, elle pimentait la vie, mais elle ne vous appartenait pas. Elle n'était pas là pour être apprivoisée : l'océan était sauvage et il prenait ce qu'il voulait.

Elles avançaient lentement. Selina s'épuisait à lutter

contre le vent. Quand elle s'en aperçut, Polly tenta de l'encourager en criant.

— Allez ! hurlait-elle en s'étirant au risque de tomber. Vas-y !

Il n'y avait quasiment rien : pas de restes de voile, pas de mât non plus, rien à l'exception d'un coussin flottant à rayures, qui montait et descendait à la manière d'un bouchon.

— Va là-bas ! s'époumona Polly, tandis qu'il dérivait loin d'elles. Là !

— C'est seulement un débris de l'épave. Ce n'est rien, Polly, que des déchets. Continuons à regarder.

— Non ! s'exclama Polly, certaine d'avoir vu quelque chose. Non, continue.

Selina soupira en frappant violemment la surface avec ses rames. Polly tendit le bras pour attraper le coussin, dangereusement loin, et à la seconde exacte où elle faisait ce geste, Selina dit quelque chose.

— Quoi ?

C'était une réelle lutte pour entendre quoi que ce soit par-dessus les mugissements du vent.

— Je sais, dit Selina en la regardant droit dans les yeux, hors d'haleine. Juste au cas où… au cas… Je sais pour Tarnie et toi.

Polly secoua la tête en faisant jaillir de l'eau autour d'elle.

— Jayden me l'a dit la nuit dernière, quand on s'est soûlé. Alors je suis partie et j'ai fait ça à ton van. Je suis désolée.

— Tu as fait quoi ? (Polly se retourna vers la mer, son cœur tambourinait dans sa poitrine.) Tu as tagué Nan le van ?

Repérer le coussin ballotté dans les vagues était

difficile, mais lorsque Polly réussit finalement à pointer la lumière dessus et à l'attraper dans son faisceau, elle aperçut un éclair orange et ce qui ne pouvait être autre chose que des cheveux.

— Là !

Revigorée, Selina propulsa le bateau à travers le rideau de pluie opaque sur les flots déchaînés. L'eau salée mettait la gorge de Polly à vif, l'intérieur de son nez lui parut récuré. Les yeux lui piquaient et elle pouvait à peine les garder ouverts.

— Là !

Elles s'approchaient à présent et Selina ressentit une véritable décharge d'adrénaline qui lui permit de parcourir la distance restante. Polly se pencha par-dessus la proue et Selina la retint avec les dents par l'arrière de son ciré, ridiculement grand, tandis qu'elle continuait de ramer pour sauver leurs vies.

— Sérieux, tu es en train de me dire ça maintenant ?

Selina ne pouvait parler, le ciré toujours entre les dents, mais elle marmonna quelque chose qui ressembla à un « Désolée pour le van ».

Le gros coussin heurta la proue du bateau. En dessous, s'accrochant à l'extrémité fermée par une glissière, livide et froid, se trouvait un homme dont le nez et la bouche sortaient à peine de l'eau. Suspendu à son cou, les yeux fermés, si bien que Polly fut d'abord saisie par une horrible peur, il y avait un petit garçon.

L'homme était si fatigué qu'il ne les vit pas, ne s'aperçut pas de leur présence même quand Polly braqua la lampe sur lui, puis qu'elle l'écarta pour ne pas l'aveugler.

— Attrape d'abord l'enfant, dit Selina.

Polly dut tirer très fort pour que le garçon, à demi conscient, relâche sa prise. L'homme ne le remarqua même pas. À elles deux, elles parvinrent à le hisser dans le bateau, puis elles dézippèrent le sac de survie étanche qui contenait les couvertures argentées et en enveloppèrent le petit garçon. Selina vérifia les signes vitaux.

— Il respire, dit-elle. Mais on a intérêt à se dépêcher.

Polly fit plusieurs tentatives pour arracher l'homme au coussin flottant ; il ne voulait pas, ou ne pouvait pas, lâcher prise. Elle se mit finalement debout et retira l'énorme enveloppe que représentait son ciré, puis elle remit son gilet de sauvetage par-dessus sa combinaison de plongée.

— Je te promets que je ne savais pas qu'il était marié, Selina. Je te le promets.

Puis elle se retourna et plongea dans les flots redoutables.

*

Polly combattit la panique qui l'envahit au milieu des déferlantes et de leur vacarme. Elle parvint à se contenir, et son gilet de sauvetage la ramena à la surface. Elle saisit l'homme par-derrière et, avec une force dont elle ne se savait absolument pas capable, elle le souleva, aidée par l'élan d'une vague, avant de le projeter contre le bateau. Selina l'attrapa et le laissa choir lourdement au fond de l'embarcation, comme un sac de pommes de terre.

— Je déteste la mer ! hurla Selina.

Puis elle écarquilla les yeux en apercevant quelque chose qui approchait derrière elles.

— Pollllly !

Polly se rua à l'intérieur du bateau à la seconde précise où une vague démentielle l'emporta comme s'il s'était agi d'une planche de surf, et le précipita tout droit sur le rivage.

— Bâbord ! Gauche ! Bâbord ! Gauche ! braillait Selina, la main sur la barre, essayant désespérément de se frayer un chemin entre les rochers.

Polly se leva prestement, complètement trempée, et tint la lampe en l'air, mais cela n'avait plus aucune importance à présent. Selina ne parvenait pas à contrôler le bateau. Elles étaient propulsées à une telle vitesse par la puissance de la vague qu'à partir de maintenant, tout n'était plus qu'une question de chance.

Polly commit l'erreur de jeter un coup d'œil derrière elle, dans l'obscurité. Au début, étrangement, elle ne perçut qu'un épais rideau noir surgissant dans son dos, ou bien l'immense gueule béante d'un animal ; c'était, de toute façon, quelque chose de tellement anormal, tellement épouvantable, que sa bouche s'ouvrit toute grande. Puis elle prit conscience de ce dont il s'agissait : un gigantesque mur d'eau, une vague monstrueuse qui s'élevait des profondeurs.

Selina avait lâché les rames. Les jeunes femmes bougèrent ensemble, se tenant les mains pour retrouver l'équilibre. Elles campèrent leurs pieds de chaque côté des corps allongés au fond du bateau, en faisant de leur mieux pour les tenir fermement et les garder en sécurité.

Durant un instant, le mur d'eau agit comme un paravent : il les protégea de la tempête et du bruit, et tout leur parut baigné d'un silence sinistre. Et puis, boum ! Elles furent propulsées comme une balle d'un revolver. Une force inimaginable, qui les encerclait, s'empara du petit bateau et le balança en direction de la côte. Tout ne fut plus que chaos et Polly entendit un effroyable cri sortir de sa bouche. Leur embarcation se retrouva dans une aberrante position, en train de chuter d'un mur d'eau comme dans un dessin animé.

Le cours du temps ralentit. Tout s'atténua autour d'elle : le fracas et les hurlements, l'eau, les mains qui s'agrippaient à elle. Polly lâcha Selina. Tout sembla s'estomper, la laissant seule, et bizarrement, assez calme.

Elle se surprit à espérer que ce serait rapide, que son cerveau serait anéanti sans qu'elle en ait conscience. Puis, soudain, elle pensa à Huckle, et à quel point ils avaient été heureux. La première fois qu'ils avaient fait l'amour, dans cette pièce dorée, couleur de miel ; au moment passé allongés sur le sable au mariage de Reuben ; à la fois où il lui avait rendu son parapluie sous la pluie et où ils avaient couru au milieu des dunes ; à sa tentative ridicule pour la soulever au moment de passer le seuil du phare et l'ascension des cent soixante-dix-huit marches qui s'était soldée par un échec total et des fous rires hystériques. Elle pensa aussi à sa famille, à sa vie. Mais ce à quoi elle se raccrocha, l'image la plus forte, c'était la vision de ses cheveux couleur paille avec son nez légèrement de travers, sa poitrine aux reflets dorés, son rire facile et son débit de paroles très lent. Et une simple goutte de miel, à la fois acidulée et douce, en train de rouler sur sa main puissante, offerte à Polly pour qu'elle la lèche, un miel provenant de l'une de ses ruches, dans un jardin frémissant de bourdonnements, de l'odeur des fleurs et de la délicate chaleur d'une belle matinée de printemps…

Crac !

Le bruit la ramena instantanément à la réalité, et elle se retrouva projetée en l'air, hors de l'eau. Tout à coup, le ciel s'entrouvrit au-dessus de sa tête et laissa brièvement entrevoir une étoile chargée d'espoir qui suscita son émerveillement. Puis, dans un grand bruit d'éclaboussures, Polly se retrouva engloutie dans l'eau glaciale et tourbillonnante. Les vagues l'aspirèrent de plus en plus vers le large, avant de la projeter à nouveau sur le rivage dans un fracas tonitruant. Lorsqu'elle se sentit happée par une force immense surgissant des profondeurs, un cri résonna en elle : non ! Instinctivement, elle poussa sur ses jambes, s'aida de ses bras, se rua en avant en cherchant le sol à tâtons. Elle sentit alors les graviers, projeta ses mains à terre sur les petits cailloux et avança à la seule force de ses bras. Cette fois, elle ne laisserait pas la mer la reprendre ; elle ne l'emporterait pas, elle ne prendrait plus aucun de ses proches, plus jamais. À présent, au tréfonds d'elle-même, elle sentait pour la première fois une chaleur, comme si une flamme avait été allumée ; une flamme déterminée qui la poussait vers l'avant, plus haut, le long de l'affleurement rocheux situé entre le mur du port et la chaussée. Elle grimpa encore plus haut, se hissa hors de portée des vagues, puis elle se retourna pour estimer les dégâts.

Dieu merci, Selina était là, qui s'étranglait et toussait, mais qui déjà se relevait. Il y avait aussi l'homme et la petite forme du garçon toujours enveloppé dans la couverture.

Et maintenant surgissaient au-dessus d'eux des douzaines de villageois, des mains se tendaient pour aider, les tirant doucement pour les relever, les envelopper de couvertures et leur proposer des tasses de thé brûlant. Et des voix leur demandaient s'ils se sentaient bien et s'ils étaient tous là.

Chapitre 26

Polly fut soulevée par-dessus le mur ; elle claquait toujours des dents. Toutes ses forces – qui avaient tiré l'enfant jusque dans le bateau, qui lui avaient permis de faire basculer l'homme à l'intérieur, qui l'avaient aidée à écoper, qui lui avaient permis de se traîner pour échapper à l'étreinte de la mer quand ils avaient percuté le rivage – l'avaient totalement abandonnée, et ses jambes se dérobèrent sous elle.

À son immense gêne, ils durent la porter, comme un phoque de dix tonnes échoué, et la firent asseoir avant qu'elle ne s'écroule. Même avec la combinaison de plongée, elle tremblait de la tête aux pieds.

— Tu vas devoir enlever ça, dit Muriel avec son habituel sens pratique.

Polly hocha la tête. L'idée même d'enlever un seul de ses vêtements lui semblait au-dessus de ses capacités physiques à cet instant précis.

Muriel fut la première à le dire, mais pas la dernière.

— Mais à quoi diable pensiez-vous ? Vous êtes des filles de la ville ! Vous êtes complètement folles, vous auriez pu vous tuer !

— Est-ce qu'ils sont… Est-ce qu'ils sont tous…

— Tout le monde est de retour, répondit quelqu'un. C'est bon, ma belle. Vous avez été géniales.

— Mais… Mais… objecta Polly. Vous ne m'écoutez pas ! Vous n'écoutez pas.

Elle savait où elle avait vu les boucles dorées du petit garçon, elle venait d'en prendre conscience, et son cœur fut saisi de panique.

— Non ! hurla-t-elle en claquant des dents. Il faut que vous m'écoutiez ! J'ai vu cette famille. Je les ai vus un peu plus tôt. Cet enfant a une mère. Je l'ai vue ce matin !

La matinée paraissait tellement loin.

— Il y a peut-être une autre personne !

Il y avait maintenant beaucoup plus de gens présents. Le bateau de la RNLI était rentré avec – elle crut comprendre plus tard – l'équipage d'un chalutier de Looe qui était imprudemment parti en mer. Et Archie et Kendall se tenaient en face d'elle, ainsi qu'Archie secouant la tête.

— Je ne peux pas croire que vous soyez sorties avec le bateau-taxi, dit-il, furieux. Vous n'êtes pas entraînées ! Vous auriez pu mourir !

— Je me suis entraînée, dit Polly. Mais, Archie, ils étaient trois. Il faut que vous y retourniez.

Le visage d'Archie – son visage fatigué, brut, qui avait passé l'année entière à s'inquiéter de son nouveau commandement – se contracta et il scruta Polly.

— Tu en es sûre ?

L'esprit de Polly était embrumé, mais elle était certaine d'une chose : si la mère n'avait pas été en mer avec eux, elle serait en train de faire une scène de tous les diables.

— Oui, je suis sûre.

Archie acquiesça, une seule fois, et fit demi-tour.

— Allez, les gars, dit-il à l'attention des hommes épuisés qui se trouvaient derrière lui. On y retourne.

Il n'y eut pas un seul murmure de désaccord, pas une seule plainte. Kendall, Jayden, Sten et les autres s'alignèrent sans délai ; ils obéirent à leur capitaine sans la moindre objection. L'instant d'après, ils avaient disparu, repartis dans la nuit déchaînée.

Puis Polly vomit sur la jetée.

*

Une autre silhouette approcha du groupe en gesticulant. Avec lassitude, Polly tourna la tête dans sa direction. C'était Malcolm. Qu'est-ce qu'il pouvait bien vouloir maintenant, celui-là ?

Elle ne pouvait entendre ce qu'il disait, à cause du rugissement du vent encore puissant dans ses oreilles, mais elle commençait à se dire qu'il ne la quitterait jamais. Cependant à sa grande stupéfaction, le groupe se mit en marche à sa suite, même Patrick qui avait pris en charge les formes inertes de l'homme et du petit garçon. Deux bras musclés, un de chaque côté, empoignèrent Polly et l'entraînèrent avec eux, mais elle était à peine consciente.

— Je dois partir, marmonnait-elle. Je dois y retourner. Je dois allumer les lampes. Je dois montrer la lumière du phare…

Elle baissa les yeux et fut surprise de se rendre compte que ses doigts tenaient encore la lanterne bien serrée. Elle ne fonctionnait plus – soit elle s'était cassée, soit elle avait pris l'eau, ou bien elle n'avait plus de batterie –, mais elle était toujours là.

— C'est bon, déclara la voix douce de Muriel. Les dames apportent des lampes-tempêtes en bas. Ne t'inquiète pas. Ne t'inquiète pas.

Et en effet, bien que les rafales de vent soient toujours aussi violentes et pleines de fureur, et que la pluie continue de tomber, le tonnerre résonnait moins fréquemment et les éclairs n'apparaissaient plus que de loin en loin, ce qui donnait l'impression que le village entier flânait le long du port.

*

La Petite Boulangerie de Beach Street était éclairée par des bougies et toutes les lampes de poche que l'on avait pu dénicher. Elle était aussi incroyablement chaude. Malcolm avait ouvert l'inutile fournil à l'arrière et allumé tous les fours. À l'intérieur, il faisait extrêmement bon. Polly prit conscience de combien elle était glacée.

Quelqu'un s'était dépêché de remplir d'énormes récipients de thé. C'était la meilleure tasse de thé que Polly ait jamais bue, le meilleur tout d'ailleurs. Elle était assise dans un fauteuil que quelqu'un avait apporté, discernant vaguement les gens qui s'affairaient autour d'elle. Personne ne lui parlait. S'ils passaient près d'elle, ils se contentaient de lui tapoter doucement la tête ou le bras, s'assurant qu'elle allait bien. Elle en était plutôt contente. Il y aurait des conversations, la police, des récriminations, des explications, sa mère à apaiser et, mon

Dieu, Huckle. Mais pour le moment, elle avait son thé et observait avec anxiété les rescapés en guettant le moindre signe de vie.

Personne ne savait combien de temps ils étaient restés dans l'eau. Quand on le lui demanda, Polly décrivit la manière dont elle avait vu les silhouettes sur le bateau brisé par les flots du haut du phare, et pas plus de quarante minutes, peut-être une demi-heure, ne s'étaient écoulées depuis, ce qui lui parut étonnant. Il lui semblait que cela avait pris des heures.

D'un autre côté, dans une eau aussi froide et déchaînée, personne ne restait longtemps en vie, surtout pas un enfant. Patrick avait l'air inquiet et transpirait à grosses gouttes dans la chaleur de la boulangerie.

Le petit garçon se mit soudain à tousser et bougea la tête, puis, tout comme Polly avant lui, il vomit une bonne quantité d'eau salée partout sur le sol.

Une des femmes changea de place et se dressa entre lui et son père, toujours inconscient, pour l'empêcher de le voir.

Patrick s'assit près de la tête du garçon.

— Bonjour, dit-il. Comment t'appelles-tu ?

— Josephus, répondit Polly, se rappelant soudain son prénom. Son prénom, c'est Josephus.

— Josephus, répéta quelqu'un d'un ton sceptique.

— Oui, confirma Polly. C'est pour cela que je m'en souviens.

— Josephus, s'enquit Patrick avec douceur.

Le petit garçon ouvrit faiblement les yeux. Il semblait ne pas pouvoir ajuster sa vision.

— Bonjour, dit Patrick.

Le petit cligna des yeux.

— Froid, dit-il.

— Je sais. C'est pour ça que l'on te garde bien au chaud.

— Où est ma maman ?

— Heu… Laisse-nous seulement te garder ici, bien emmitouflé.

— Je veux ma maman.

— Chuuut, susurra Patrick, ne sachant que dire d'autre. On est en train de la chercher.

Le garçon tenta de s'asseoir et fut de nouveau malade.

— Est-ce que c'est parce que j'ai été méchant ? interrogea-t-il. Papa a dit de ne pas aller près du bord du bateau. Est-ce que c'est parce que je me suis approché du bord ?

— Absolument pas, l'assura Patrick. Absolument pas. Viens ici.

Et il souleva l'enfant, emmitouflé dans sa couverture, les membres encore bleuis par le froid, en direction du four ouvert.

— Aïe ! s'exclama Josephus, tandis que le sang commençait à circuler dans ses membres et les ranimait. Ouille, ça fait mal.

— Nous allons t'apporter quelque chose de bon à boire, promit Patrick.

— Un Fanta ?

— Non, répondit Patrick avec calme. Pas de Fanta.

Muriel lui apporta un thé dilué avec beaucoup de lait et le lui tendit. Du sol, un grognement leur parvint. L'homme remuait lui aussi.

— Papa ! s'écria l'enfant en le voyant. (Il essaya de se lever, mais ses membres ne le soutenaient pas.) Papa !

Patrick porta le garçon vers son père. L'homme bougea la tête d'un côté à l'autre.

— Réveille-toi Papa ! ordonna le petit en approchant ses doigts des yeux de l'homme.

— Non, ne fais pas ça, dit Patrick en se penchant en avant, mais l'homme avait déjà ouvert les yeux.

— Josephus ? dit-il. Est-ce que c'est toi, Josephus ?

— Papa !

Le petit garçon jeta ses bras autour du cou de son père, tandis que l'homme fermait à nouveau les yeux, de gratitude. Il essaya de soulever ses bras pour enlacer son fils, sans y parvenir.

— Bon, tous les deux, dit Muriel avec pragmatisme. Rapprochez-vous des fours, s'il vous plaît. Vous n'êtes pas les seuls naufragés à avoir besoin d'être ramenés à la vie.

Quelqu'un apporta une bouteille de whisky.

— Pas de ça, ordonna Patrick. Ce n'est pas bon pour la circulation du sang, ça la coupe.

— En fait, c'est pour Polly, Selina et tous les autres, répondit timidement Muriel.

Polly prit la bouteille. Selina était partie à l'étage pour se changer et était descendue, paraissant maigre et très jeune dans un pull bien trop grand pour elle. Elle jeta un coup d'œil nerveux vers Polly. Toutes deux tremblaient. Polly se leva sur ses jambes chancelantes et serra Selina dans ses bras. Puis elles se rassirent toutes deux dans le grand fauteuil tandis que les autres s'agitaient autour de Josephus et de son père. Polly prit une grosse lampée de whisky. Bien qu'elle préférât le goût de l'eau de mer – les deux la faisant crachoter également –, elle apprécia la chaleur soudaine qui se répandit en elle jusqu'aux orteils, et la manière dont ses doigts commençaient progressivement à se dérouler. Elle s'appuya contre Selina et elles regardèrent fixement les flammes du poêle à bois.

— Je ne peux pas croire que je n'ai pas vu ce pauvre type depuis un an, déclara Selina. Cela doit faire un an, non ?

Elle se retourna pour regarder Polly.

— C'était… Je veux dire, c'était sérieux ?

Polly fit non de la tête.

— Pas du tout, dit-elle à voix basse. Cela n'est arrivé que quelques fois. J'étais si seule… Je ne connaissais personne, Mrs Manse se montrait vraiment horrible avec moi, et j'étais célibataire pour la première fois depuis sept ans, dans une ville inconnue et un nouveau chez-moi. Il a été gentil avec moi.

Selina grimaça un peu à ces mots.

— Je crois que je ne me montrais pas très gentille avec lui à cette époque. Je peux comprendre pourquoi il est venu vers toi. La jolie et souriante Polly. Je parie que tu ne le harcelais jamais pour qu'il déménage de Polbearne ou qu'il trouve un meilleur boulot.

— Je le connaissais à peine. Manifestement, je ne le connaissais pas du tout.

Le visage de Selina se plissa.

— Mais pourquoi as-tu fait ami-ami avec moi ? Je ne comprends pas. Tu es cinglée ?

— Non, dit Polly. Je voulais te le dire, m'excuser. Mais je ne savais pas comment et le moment ne s'est pas présenté. Après, il y a eu l'incident avec Neil et ça m'a un peu déstabilisée. J'ai été lâche. J'ai espéré que tu ne l'apprendrais pas. Ce qui était stupide.

— Ça, c'est sûr, répliqua Selina. Il y a environ quatorze personnes sur ce rocher paumé.

— Et Jayden est l'une d'entre elles. C'est Jayden qui m'a révélé que Tarnie était marié. Je ne le savais pas.

— C'est toi qui le dis, répliqua Selina d'un ton sec.

— Quoi qu'il en soit, dès que je l'ai su, j'ai arrêté de le voir immédiatement. Finalement, Jayden m'a rendu service.

— Pourquoi est-ce que tu as ne serait-ce que posé les yeux sur Tarnie, avec un beau gosse comme Huckle ? C'est ce que je ne comprends pas, déclara Selina au bout d'un moment.

— Eh bien, pour commencer, Huckle n'était pas du tout intéressé. Mais ce n'était pas que ça. Tarnie était… Il était adorable, Selina. Il était beau, gentil, et il avait les yeux les plus beaux de la terre. Il était drôle, il veillait sur son équipage, et…

Selina n'émit aucun son Quand Selina pleurait, elle ne faisait aucun bruit. Polly se dit après coup que c'était comme les gens qui riaient ou éternuaient : certains laissaient tout sortir, d'autres n'y arrivaient pas. Mais ce fut la première fois, l'unique fois, où Polly la vit pleurer.

Elle pleura longuement, pendant que Polly, assise contre elle, lui caressait les cheveux et laissait ses larmes tremper son jean. Elles continuèrent à regarder fixement le feu en attendant que les pêcheurs soient de retour et en espérant, malgré tout.

*

— Oh, mon Dieu ! Faites que cette femme revienne, dit Selina bien plus tard. Parce qu'ils laissent un tel bazar derrière eux…

— Chuuuut, lui souffla Polly en regardant autour d'elle. Chuuuut.

— C'était un bon gars, pas vrai ? poursuivit-elle. J'ai l'impression que je l'ai détesté et blâmé tout au long de l'année.

— Est-ce que cela a rendu la situation plus facile ?

— Hier, c'était le cas. Si je pouvais penser à lui comme à un horrible connard, peut-être qu'il me manquerait moins.

— Logique. Il me manque et je le connaissais à peine. Il manque encore tellement aux garçons sur le bateau qu'ils n'arrivent pas à y voir clair. Regarde Archie. Je ne crois pas qu'il ait encore dormi une nuit entière. Même Jayden… C'est comme si le sol s'était dérobé sous leurs pieds, quand on l'a perdu.

— Je voulais… Je voulais seulement qu'il s'efface, tu comprends ? Je voulais qu'on l'extraie de mon cerveau, de mon corps, comme un appendice. J'ai essayé de boire pour l'en faire partir, de déménager pour l'en faire partir, de baiser pour l'en faire partir. Et il ne partira jamais, putain !

Elle parvint à esquisser un sourire.

— C'est parce que tu l'aimais, conclut Polly.

— Tu sais, quand Lucas a fait ça à ton oiseau, j'ai eu tellement peur. Peur d'avoir perdu une amie, peur que plus personne ne me parle plus jamais, et que je sois harcelée jusqu'à ce que je quitte la ville. Parce que je n'ai vraiment nulle part où aller.

— Ne sois pas stupide. On a besoin de toi ici, l'autre qui a emménagé ici a été un vrai trou-du-cul.

Elles sourirent toutes deux à ces mots.

— Mais je n'avais pas conscience que je devrais partager Tarnie avec la ville entière.

— C'est le cas, dit Polly.

— Il faut que j'apprenne à vivre avec son fantôme.

Elles reprirent chacune une lampée de whisky.

— Tu vivais avec son fantôme de toute façon. Maintenant que tu es ici, il faut seulement que tu réfléchisses à une manière de cohabiter d'une façon amicale.

— Je suis désolée pour ton van.

— Tu peux.

Elle jeta un regard circulaire à la recherche de Malcolm, mais quand la porte s'ouvrit, ce fut Archie qui pénétra dans *La Petite Boulangerie de Beach Street*.

Chapitre 27

L'homme, prénommé Paul, et le petit garçon étaient pelotonnés devant le feu, sous un amas de couvertures. L'homme était silencieux, se contentant de fixer le feu. L'enfant s'était, heureusement, endormi, confortablement emmitouflé ; seule l'extrémité bleuie de son nez témoignait du calvaire qu'il venait d'endurer.

La pièce fut plongée dans le silence. Archie s'avança vers l'homme.

— Pardonnez-moi, monsieur, est-ce que votre épouse se prénomme Kristen ?

Il y eut une pause interminable ; chaque personne présente dans la pièce demeurait silencieuse.

— Oui.

Sa voix se réduisait à un murmure éraillé.

Toute l'assemblée retint son souffle. Archie hocha la tête.

— Nous l'avons retrouvée.

— Oh, mon Dieu ! Oh, mon Dieu !

Paul bondit sur ses pieds, saisit la main d'Archie et la remua vigoureusement plusieurs fois.

— Les gardes-côtes l'ont hélitreuillée. Elle avait le kit de sauvetage ?

Paul acquiesça, le visage inondé de larmes.

— Oui… Nous avons essayé de l'ouvrir, de rester ensemble. J'ai sorti une fusée, j'ai tenté de l'allumer et… (Sa voix s'étrangla et il eut du mal à poursuivre.) Puis, elle a… elle a été emportée par un courant d'arrachement, qui l'entraînait de plus en plus loin. Elle portait son gilet de sauvetage et elle s'agrippait à la caisse flottante, et…

— Elle contenait une balise, déclara Archie. Votre épouse a dû trouver un moyen de la mettre en route. Ce qui est, je dois dire, assez bien pensé quand on est aspiré par un courant d'arrachement. Elle a été formidable, en fait.

Paul se pencha en avant, posa sa tête dans ses mains et commença à sangloter.

— C'était une journée tellement belle.

— Vous n'aviez pas regardé les prévisions météo ? demanda Archie.

Paul secoua la tête.

— Non, j'ai pensé… Je veux dire, je suis un marin expérimenté, mais je n'ai jamais rien vu de tel.

— Ça s'est levé brusquement, déclara quelqu'un, et un marmonnement général approuva cette remarque.

— Vous n'avez pas été les seuls à vous faire surprendre ce soir, ajouta Archie. Mais vous avez été les sacrément plus chanceux, c'est certain.

Paul acquiesça. Des larmes ruisselaient sous ses paupières fermées, tandis qu'il étreignait le petit garçon tout contre lui. Selina lui tendit la bouteille de whisky.

— Ils ne savent pas quand ils pourront venir jusqu'à nous, annonça Archie.

À l'instant même où il prononçait ces mots, le

vrombissement caractéristique d'un hélicoptère retentit au-dessus d'eux, son faisceau puissant illumina la fenêtre de *La Petite Boulangerie de Beach Street*, éclairant ses vitrines vides et poussiéreuses.

Les médecins s'activèrent et se hâtèrent auprès de Paul et de l'enfant. Muriel tapota l'épaule de Polly en comprenant à quel point il était difficile pour elle, même maintenant, d'être de retour dans son ancienne boulangerie. Les visages des habitants de Polbearne étaient souriants et joyeux quand ils se poussèrent pour laisser passer les professionnels, bavardant entre eux à propos du sauvetage miraculeux de la femme emportée dans les flots.

— Tu sais quoi ? dit Muriel à Polly avec douceur. Ce soir, tout le monde a été sauvé. Grâce à toi, tout le monde est rentré chez soi sain et sauf. Je crois que Mount Polbearne est finalement en train de guérir.

Polly déglutit avec peine. Ses côtes lui faisaient très mal, et elle fut submergée par une énorme lassitude.

— Tu le penses vraiment ?

Muriel hocha la tête.

— Et je crois que tu devrais y aller et prendre un peu de repos. Il y aura des tas de questions demain. Tu devrais aller t'allonger tant que tu le peux.

*

Jayden entra en trombe dans la boulangerie, la tête haute, le torse bombé avec fierté.

— Jayden, j'ai besoin de te dire un mot, souffla Polly, mais Jayden balaya ses propos d'un geste de la main.

Il avançait à grandes enjambées, le visage cramoisi et humide, tout droit vers Flora, qui se tenait près du mur du fond.

— Flora, dit-il. Je sais que tu es trop belle pour qu'on te regarde, mais je m'en moque. Je suis un fantastique sauveteur et un bon boulanger aussi, et je veux parler pain avec toi, fabriquer du pain avec toi et faire des choses incroyables avec toi. Et faire d'autres trucs aussi, mais nous pourrons en parler plus tard. Je t'apprécie pour toi-même. Alors, hum... (Il avait légèrement perdu de l'élan.) Aimerais-tu aller au pub ?

— D'accord, déclara Flora timidement.

Polly pensa que le conseil de Muriel était le meilleur qu'elle ait jamais entendu. Tempête ou pas, elle dormirait d'une traite. Elle se leva avec précaution. Soudain, un médecin se dressa devant elle.

— Vous étiez dans le bateau ?

— Je vais bien. Je suis seulement fatiguée.

— Eh bien, je vais vous ausculter au cas où. Et il faudra que vous voyiez votre médecin traitant dans quelques jours. Pour s'assurer que vous n'êtes pas traumatisée.

— Traumatisée par quoi ? demanda Selina. Nous allons bien. En fait, c'était incroyablement génial.

Et de façon étrange, songea Polly, Selina avait vraiment l'air en forme. Redynamisée, comme si cette expérience intense lui avait donné plus d'énergie, au lieu de lui en coûter. Une étincelle était revenue habiter son regard.

Le médecin l'ignora et poursuivit l'examen de Polly.

— Ouais, exactement ce que je pensais. Côtes contusionnées. Vous voulez venir avec nous ?

— Pour quelques contusions ?

— Certaines personnes aiment voler en hélicoptère.

— Eh bien, c'est gentil, dit Polly. Mais non merci. Je prendrai du paracétamol si vous en avez.

Le médecin lui fit un bandage rapide d'une main experte, et lui tendit une boîte d'aspirines.

— Et voilà. Deux comprimés toutes les deux heures, et vous serez en pleine forme. Après la pluie, vient le beau temps.

— Je sais, dit Polly d'un ton résigné. Mais on a beaucoup de pluie ici.

— Polly Waterford ? s'enquit une voix.

Un homme d'âge mûr, petit et rondouillard, se tenait là avec un jeune homme aux yeux écarquillés à ses côtés.

— Euh, oui ? répondit-elle, exténuée.

— Bonsoir. Nous sommes ici pour réparer votre phare. Nous avons fait du stop avec les médecins.

— Il fallait que je monte dans un hélicoptère, déclara le jeune homme. C'était incroyable ! Dans la tempête et tout.

— Vous voyez, intervint le médecin.

— Bien, dit Polly. (Ses épaules s'affaissèrent.) OK, j'arrive.

Le whisky circula à nouveau, mais Polly n'en voulait plus.

— Vous ne pouvez pas y aller tout seuls, les gars ? demanda Jayden, empli d'une assurance nouvelle. Il n'est pas fermé à clé. Pas vrai, Pol ?

Polly secoua la tête et agita ses mains.

— Non, il n'est pas fermé, mais il faut que je vienne de toute façon.

Soudain, l'idée d'avoir à grimper à nouveau toutes ces marches, de retourner dans le phare glacial avant d'avoir passé en revue les dommages qui avaient dû être causés, lui parut accablante.

— Oh non, pas question, déclara Selina. Tu ne bouges pas d'ici ce soir. À l'étage, il fait chaud et c'est douillet, et il y a des draps propres sur ton ancien lit. Ou il y en aura dans dix secondes.

— Où vas-tu dormir ? demanda Polly, surprise.

Selina sourit.

— Je ne pourrai pas fermer l'œil. Et puis Andy est en train d'ouvrir. Il dit que personne ne va aller se coucher dans la tempête de toute façon, alors il pourrait tout aussi bien gagner un peu d'argent. Tu veux venir ?

— Non. Je meurs d'envie de me coucher.

— Alors tu montes, ordonna Selina. Ne m'attends pas. Je dormirai sur le canapé quand je rentrerai.

— Tu es sûre ?

Selina sourit. Les deux jeunes femmes s'étreignirent, puis quittèrent la pièce, et les villageois applaudirent leur sortie.

*

C'était la chose la plus étrange qui fût, de revenir dans ce qui avait été son appartement, mais pour découvrir que tout y était différent. L'odeur était différente : du parfum et un lait corporel, et une légère senteur de litière, bien que Lucas demeure invisible par une telle nuit.

Exténuée, Polly saisit un plaid sur le canapé et se dirigea vers le siège près de la fenêtre dans lequel elle avait l'habitude de s'installer. Dehors, il y avait encore du vent et de la pluie, mais le tonnerre et les éclairs étaient passés, partis sur la mer. Le pire était définitivement terminé. Elle leva les yeux. Au sommet du phare, les hommes avaient déjà allumé des lampes torches et commencé manifestement à travailler. Sur le port, l'hélicoptère décollait, Paul et Josephus en sécurité à son bord. C'était plutôt excitant de le voir s'élever dans le ciel juste sous son nez. Toujours pas de lumière, bien entendu, dans le village ni sur la côte. À présent que l'hélicoptère était parti, ils étaient à nouveau plongés dans l'obscurité. Elle pouvait entendre les bruits joyeux en provenance du pub. Ils fêtaient l'événement. Et elle devrait être en train de le faire aussi : ils avaient traversé la tempête, ils avaient sauvé cette petite famille… Elle en tremblait encore. Elle savait qu'il lui faudrait s'asseoir et tout raconter. Mais pour le moment, dans ce petit coin sombre du monde, elle se sentit soudain submergée par la fatigue. Il n'y aurait pas de pain demain. Seulement pour cette fois…

La dernière chose qu'elle vit avant de s'assoupir fut l'apparition soudaine d'un halo aveuglant tandis que le faisceau du phare se remettait en marche et balayait les alentours de l'île, assurant la sécurité à nouveau.

*

Malcolm passa lentement, tête baissée, devant le pub. Aux fenêtres, des bougies luisaient, le bruit et les rires s'échappaient en continu de la salle. Flora et Jayden étaient blottis l'un contre l'autre et se concentraient sur quelque chose. Il se demanda ce que c'était. Selina riait dans la lumière des bougies, son visage paraissait jeune et insouciant. Le faisceau du phare illuminait Beach Street à nouveau. Ils le virent dehors et hochèrent la tête, mais personne ne l'invita à entrer, et il poursuivit son chemin d'un pas lourd.

*

Archie se débarrassa de son ciré près de la porte du cottage. Il enleva ses bottes et se glissa furtivement à l'intérieur de la petite maison, dans les hauteurs de la ville. Il alla d'abord voir les trois petits, au visage rose, endormis dans leurs lits superposés, laissant entendre leur respiration régulière. Puis il se dirigea à grands pas vers la chambre du bébé. Ses poings minuscules étaient serrés, ses yeux bougeaient sous les paupières, les épais cils projetaient leur ombre sur ses joues rondes et roses, son corps délicatement emmailloté dans son berceau.

Enfin, ses pas lourds le conduisirent dans la chambre de devant, où sa femme, il le savait, serait allongée, éveillée. Il contourna le lit et alla directement de son côté à elle. Elle s'assit tandis qu'il la prenait dans ses bras.

— Je suis de retour, dit-il à voix basse.

Elle enfouit son visage chaud de sommeil au creux de son épaule et se blottit contre lui.

— Je sais.
— Non. Je suis vraiment de retour.
— Mon amour, dit-elle en le serrant fort contre elle, alors que le faisceau du phare entamait un nouveau tour.

Chapitre 28

Huckle venait tout juste de négocier un prix extrêmement plus avantageux pour des aires d'engraissement, quand son portable vibra au fond de sa poche. Il l'ignora : c'était une matinée magnifique et il venait de faire économiser beaucoup d'argent à la ferme. Il était plutôt content de lui. Il vibra encore. Il le sortit de la poche… et se figea.

— Qu'y a-t-il, fiston ? demanda le commerçant, le visage inquiet.

Huckle secoua la tête et toute couleur se retira de son visage tandis qu'il fixait le téléphone. À présent, ce dernier sonnait sans relâche : « Chaos alors que des tempêtes gigantesques frappent le sud des Cornouailles ; des inondations et coupures de courant généralisées tandis que Mount Polbearne subit la tempête la plus violente depuis cent cinquante ans. » Les titres poursuivaient de la sorte. Huckle ne parvenait pas à les faire défiler assez vite.

— Il faut que je parte, dit-il subitement. Il s'est passé quelque chose.

— Rien de grave, j'espère ?

— Je ne sais pas. Je ne sais pas.

Dans la rue, il appela sur le téléphone fixe de la ferme avant de perdre tout réseau.

— Clemmie ?

— Oui.

— Je vais parler à Dubose. Il faut que je parte.

— Mais je ne…

— Nous aurions dû le lui dire tout de suite. Nous n'aurions pas dû attendre. Je n'aurais pas dû rester. Il faut qu'il le sache et il faut qu'il le sache maintenant. Et s'il ne change pas d'attitude, eh bien, je t'aiderai à trouver un nouveau responsable pour la ferme. (Il marqua une pause.) Mais ça ne peut pas être moi. Plus maintenant.

— Mais…

Sa voix résonna, emplie d'une immense tristesse.

— Clemmie, poursuivit Huckle. Qu'il le veuille ou non, il est le père de ce bébé. Il faut qu'il soit confronté à cela, et tu dois savoir. Je ne peux pas rester indéfiniment.

— Je sais.

Il y eut un autre silence.

— Tu veux lui envoyer un e-mail ou je le fais ?

— Je vais le faire.

— Clemmie, je suis désolé, mais il faut vraiment que tu le fasses. Parce que je dois partir.

*

En contemplant le soleil de ce chaud après-midi, en Géorgie, et les champs de pêchers qui s'étendaient à travers le paysage sans relief, il était presque impossible de croire en des forces extraordinaires capables de tout réduire en pièces, à l'autre bout du monde. Il brancha son téléphone sur BBC News 24. La chaîne diffusait des images prises par des portables, montrant des scènes apocalyptiques dans l'obscurité. Et c'était sur le continent. Il ne pouvait penser une seconde à ce que cela devait être un peu plus au large, là où la tempête était encore plus déchaînée.

Pourquoi ? Pourquoi était-il resté aussi longtemps ? Pourquoi n'avait-il pas laissé dès le début Dubose arranger ses affaires ? À cause de Clemmie, bien sûr. Mais quand même.

Puis il entendit une phrase qui suspendit les battements de son cœur.

— « Des nouvelles nous parviennent indiquant que la tempête a atteint un tel degré de violence que même le phare de Mount Polbearne a été coupé. Il a été demandé à tous les bateaux des environs de trouver immédiatement un port abrité. »

Un port abrité, songea Huckle, avec désespoir. Un port abrité.

*

Il ne put trouver aucun vol pour le sud-ouest du Royaume-Uni : tous les aéroports étaient fermés. La destination la plus proche était Londres, le vol partait dans deux heures. Il le prit.

Habituellement, Huckle n'était pas angoissé en avion. Il n'était pas angoissé par grand-chose, en général. Mais il n'avait jamais vécu un vol comme celui-ci. La durée du trajet – huit heures – fut réduite à six tant des vents violents les propulsèrent à travers l'Atlantique à toute vitesse. Les turbulences projetaient l'avion vers le haut puis vers le bas, le faisaient rebondir comme s'il ne pesait rien. Même les hôtesses lui parurent inquiètes, et aussi calme fût-il, Huckle n'aimait pas les hôtesses inquiètes. Même s'il n'aurait pas pu dormir de toute façon. Il regarda le petit morceau de papier qu'il avait pris chez Candice et mis de côté dans son portefeuille, et le rangea à nouveau en fronçant les sourcils.

L'avion fut secoué de haut en bas sans discontinuer, jusqu'à ce qu'il ne se trouve plus un seul passager qui ne soit recouvert de café. En fin de compte, après avoir avancé en zigzag d'un côté du globe à l'autre, il toucha terre, et après quelques soubresauts et ce moment inévitable durant lequel, on se dit, comme Huckle : « Attendez, est-ce qu'on n'arrive pas trop vite ? », il parvint finalement à s'arrêter.

Même ici, à Londres, une abondante pluie se plaquait contre les vitres dans la lumière d'une aube trouble. Il était trop tôt le matin pour que les trains circulent et il s'aperçut très vite qu'ils n'iraient pas vers l'ouest de toute façon.

Il courut chez un loueur de véhicules et demanda une jeep.

— Souhaitez-vous prendre notre assurance complémentaire, monsieur ? lui demanda la jolie jeune femme derrière le comptoir.

— Oui, grommela-t-il sans prendre la peine de réfléchir.

La voiture était robuste, à toute épreuve, et surtout très surélevée par rapport à la chaussée. Huckle avala un autre café et frotta ses yeux irrités par la fatigue. Puis il prit la route.

La visibilité était absolument épouvantable. De gigantesques camions vomissaient d'énormes gerbes d'eau sur l'autoroute. Après une aussi longue période sans pluie, le sol était dur, et les champs complètement inondés, comme Huckle put le constater tandis qu'il roulait à un peu plus de cent dix kilomètres par heure, en essayant de trouver l'équilibre entre son empressement d'arriver là-bas et la peur d'être arrêté par la police – bien qu'il lui soit venu à l'esprit que, après une tempête de force 9, la police était probablement plus occupée ailleurs.

Tandis qu'il approchait de sa destination, il commença à percevoir les véritables dégâts provoqués par la tempête. Des arbres, plusieurs fois centenaires, étaient déracinés, cassés en deux, étendus çà et là le long de la route. La pluie s'abattait avec constance, mais il n'y avait ni tonnerre ni éclairs, seulement des terres en ruine, dévastées et sens dessus dessous.

Passé Dartmoor, il dut poursuivre sur des petites routes, et là survinrent les premières vraies difficultés. De temps à autre, il apercevait les lumières jaunes et brillantes de la police des autoroutes qui venait au secours de véhicules bloqués ou qui enlevait des troncs d'arbres de la voie. Il avait allumé la radio et une voix sévère à l'accent britannique recommandait d'éviter tout déplacement dans cette zone à moins d'absolue nécessité. Huckle s'en moquait. C'était une absolue nécessité.

Il prit la bande d'arrêt d'urgence quand il le fallut ; il longea l'autre côté de la route, fit en sorte que la jeep escalade des pentes boueuses et escarpées. Quasiment aucun autre véhicule ne roulait, à l'exception des véhicules de premier secours ou des camions de l'armée remplis de jeunes hommes, apparemment mobilisés pour prêter main-forte. L'un d'eux lui fit signe de s'arrêter, vraisemblablement pour lui demander ce que diable il fichait là, mais Huckle fit semblant de ne pas le voir, et ils poursuivirent leur tâche. Il essayait seulement de rentrer chez lui.

Tout le long du trajet, il s'en voulut de s'être montré aussi stupide. Durant tout ce temps, il avait pensé que c'était Polly qui était bornée dans cette histoire. Mais en réalité, Polly se contentait de faire ce que Polly faisait toujours, de sa manière appliquée et réservée. C'était lui : il s'était révélé un interlocuteur obstiné, certain de savoir ce qui était mieux pour eux, de connaître la meilleure manière de travailler, de gagner de l'argent ensemble.

Il avait, songea-t-il avec regret, été un peu piégé par sa volonté d'être utile, de gagner de l'argent pour la ferme et de croire qu'ils avaient besoin de belles choses ou de trucs fantaisie. Ce n'était pas que ces jolies choses n'étaient pas importantes, mais elles n'étaient pas aussi importantes que toutes celles qu'ils avaient déjà.

Il pensa à Candice et à Ron, qui gagnaient de l'argent et en dépensaient de manière tout aussi ostentatoire. Ils remplissaient leur garage de skis et de motoneiges, et de matériel de piscine, et encadraient les photos de leurs coûteuses vacances. Ils vivaient comme s'il fallait cocher des cases dans quelque obscure compétition dont ils ne connaissaient pas les règles. À commencer par la plus simple : les gens les plus riches avaient aussi tendance à être les plus malheureux. Il pensa à Dubose, incapable de se satisfaire d'une existence simple et honnête, de prendre soin de sa famille, de s'occuper de sa terre. Toujours en train de rechercher quelque chose d'autre, la chose à venir étant la meilleure, l'espérance.

Et Huckle se dit, tout en manœuvrant avec précaution pour éviter un pneu provenant manifestement de l'arrière d'une autre jeep, qu'il était tombé dans le même piège. Il avait été aspiré à nouveau, même s'il avait été tellement content de s'en être libéré la première fois, même s'il savait, s'il avait toujours su, que cette vie n'était pas faite pour lui. Et qu'il avait, depuis, goûté à la véritable satisfaction. Oh, mon Dieu ! Allait-il tout perdre maintenant ?

*

Il atteignit la bifurcation qui menait à Mount Polbearne et essaya à nouveau de joindre Polly. Les deux lignes étaient coupées, comme elles l'étaient depuis que son avion avait atterri. Et à présent, son réseau était coupé lui aussi. Il n'avait croisé aucune voiture en quarante minutes. Il devait arrêter d'être ridicule, il se montrait trop pessimiste. Ce serait…

Il déglutit. Il ne pouvait y penser davantage. Il ne pouvait pas arriver trop tard. Jusqu'à présent, il était parvenu à garder le contrôle et à ne pas paniquer en se concentrant sur une seule chose à la fois. Son travail. Son vol. Les turbulences. La conduite. Compartimenter. Compartimenter. S'en sortir.

Il ne s'était pas encore autorisé une seule fois à penser que quelque chose pouvait être arrivé à Polly. Pas jusqu'à ce moment.

Huckle n'était pas quelqu'un d'introspectif. Ce trait

de caractère avait rendu Candice folle – elle essayait toujours de l'inciter à l'accompagner en thérapie pour tenter l'expérience –, mais Polly aimait cela. Il était pragmatique. Il réparait les choses. Il était prudent. Il conduisait la moto. Si Polly était inquiète ou en colère, il l'écoutait, la laissait s'exprimer, puis il lui proposait de préparer une tortilla. Ensuite, ils pouvaient se lover sur le canapé pour regarder un film avec des zombies. La plupart des problèmes, en résumé, pouvaient être résolus, ou tout du moins soulagés, en se lovant dans le canapé avec une omelette et un film avec des zombies.

Mais maintenant, tandis qu'il posait sa tête sur le volant, devant le paysage sombre qui s'étirait devant lui, il s'efforçait de lutter contre son imagination galopante. Il avait en tête une image, très réaliste, de Polly en train de tomber dans l'escalier plongé dans l'obscurité ; ou sortant pour aider quelqu'un et balayée par-dessus la jetée – cela arrivait par des temps affreux, on le voyait aux informations –, ou encore se retrouvant sous une pierre tombée d'une maison, ou… Un million de scénarios atroces traversèrent son esprit, et son cœur se serra à la pensée qu'elle ne soit pas là, d'une vie sans sa douce, drôle, gentille, travailleuse Pol en train de radoter à propos de son macareux…

Il secoua la tête. Il ne pouvait pas penser ça. Il fallait qu'il continue. Il le fallait.

Chapitre 29

L'état des routes ne cessait d'empirer. Quand Huckle voulait rouler plus vite, animé par le besoin de savoir, il était forcé de ralentir encore davantage. Un cabanon au bord de la route, le toit arraché. Aucun élevage en vue nulle part. Une grange effondrée, les tuiles des toits fracassées au sol, des haies totalement anéanties, où que l'on regarde. Les gens se terraient à l'intérieur, pas encore sortis pour évaluer les dégâts. Personne n'irait travailler aujourd'hui.

Soudain, il contourna le cap et entrevit la première image de Mount Polbearne, juste après la gare ferroviaire. Il se sentait littéralement crevé, complètement exténué.

La pluie, qui n'avait cessé de diminuer, s'arrêta brusquement alors qu'il atteignait le sommet de la colline. Une faible lueur émergea de derrière les nuages, hésitante. Il arrêta la voiture et descendit. Mount Polbearne avait l'air plus menaçant et intimidant que jamais. Mais quelque chose n'allait pas. Il regarda attentivement. C'était l'église au sommet ; quelque chose s'était passé. La vieille ruine tout là-haut, qui n'avait jamais été convenablement réparée, avait changé de forme. Manifestement, quelques pierres de plus s'étaient effondrées durant la tempête. Il secoua la tête. Il ne pouvait voir le phare de là où il se trouvait.

Même si officiellement la marée était basse, l'eau submergeait toujours la chaussée. Les flots étaient sales, jonchés de débris flottants, ramenés près du rivage après cette nuit sinistre. Huckle s'en moquait. C'était pour cette raison qu'il avait loué cette maudite jeep.

Il passa la première et lentement, très lentement, commença à progresser à travers les vagues. Il était si haut qu'il lui était impossible de voir ce qu'il traversait, et très difficile, étant donné l'aspect trouble de l'eau, de savoir où se trouvaient exactement les roues de la jeep. Il se tenait presque debout sur les pédales, mais il ne pouvait s'arrêter, au risque de se laisser submerger par les flots. L'eau commençait déjà à s'infiltrer sous la portière. Il déglutit avec peine. Le moindre faux pas et il se retrouverait précipité dans les profondeurs de l'océan. Il détacha sa ceinture de sécurité et ouvrit la fenêtre. Juste au cas où…

Lentement, incroyablement lentement, il continua de rouler, faisant un effort pour apercevoir les pierres rose et jaune qui se découvraient sous le véhicule. Un sillage s'ouvrit derrière lui, les vagues roulant çà et là, tandis qu'il priait pour que les pneus de la jeep ne dérapent pas et essayait de se repérer par rapport aux murs de la ville.

Il formula une brève prière. À un moment, il s'approcha trop près du bord, et il sentit que les pneus perdaient de leur adhérence. Pendant une seconde, il pensa que cela y était, que tout était terminé, mais ses mains tournèrent automatiquement le volant d'un coup sec et la voiture se redressa. Huckle laissa échapper un énorme soupir longtemps réprimé, et sans faire exprès, appuya trop fort sur l'accélérateur, ce qui fit bondir la voiture en avant et nécessita qu'il redresse tout aussi rapidement. Son cœur s'affolait ; il devait s'obliger à garder cette interminable lenteur et à observer une allure constante.

Dans le lointain, une silhouette isolée allait et venait. Il l'aperçut tandis qu'il approchait de la petite route près de l'embarcadère de Mount Polbearne avec beaucoup de précaution, comme un homme sur une corde raide. C'était Patrick, le vétérinaire, qui promenait son chien et qui ramassait des saletés, débutant ce qui allait être une vaste entreprise de nettoyage. Il inclina son chapeau alors que Huckle, légèrement tremblant, les sourcils mouillés de sueur, tournait pour entrer dans le parking. Enfin, il expira bruyamment en mettant le frein à main.

— Salut, dit Patrick comme s'ils se croisaient dans la rue. Est-ce que c'est l'un de ces véhicules amphibies ?

— Non, répondit Huckle faiblement. Non, ce n'est pas un de ces véhicules amphibies.

— Mmm, lâcha Patrick. Eh bien, tu navigues très bien, quoi qu'il en soit. Tu aurais dû être là hier soir, tu ne peux pas t'imaginer. Je n'ai jamais rien vu de tel, et je vis ici depuis cinquante-huit ans.

— J'en ai entendu parler, dit Huckle qui avait soudain l'air paniqué. As-tu… Où est Polly ?

Le front de Patrick se plissa.

— Tu le sais, toi ? dit le vétérinaire. Je ne peux pas me rappeler où elle est allée.

Il regarda autour de lui, étonné, tandis que Huckle le bousculait pour passer et décampait le long du port.

— Je veux dire, ajouta-t-il, après les choses incroyables qu'elle a faites la nuit dernière. Tu sais, je crois que je n'ai pas assez dormi. Je regrette que la boulangerie ne soit pas ouverte, j'aurais bien pris une tasse de café.

*

— Pol !

La porte qui menait au phare était ouverte, et Huckle gravit les marches quatre à quatre, trempé de sueur. L'endroit était en désordre. Des outils gisaient un peu partout sur le sol comme si on les avait lancés. Il fit irruption dans le salon. C'était un vrai bazar : des tasses et des assiettes étaient posées çà et là. Mais pas de Polly. C'était comme si elle s'était volatilisée. Le cœur de Huckle se serra. Que s'était-il passé ici ?

— Polly !

Il monta et descendit à grandes enjambées, mais il n'y avait aucune trace d'elle nulle part. Il secoua la tête. Où était-elle ? En ressortant, il remarqua le van. Cela devait être Nan le van, se dit-il. Pas étonnant qu'il ait été si bon marché : Polly n'avait pas mentionné qu'il était à moitié peint en vert avec une peinture tout à fait ordinaire. Il secoua la tête et le dépassa en courant.

Les portes de *La Petite Boulangerie de Beach Street* étaient ouvertes elles aussi, mais il n'y avait rien dans les vitrines. Malcolm se tenait debout dehors, l'air abattu. Cette nuit passée en compagnie des autres avait été la meilleure chose qui lui était arrivée, et il s'était senti très triste quand ils étaient tous partis pour le pub sans même le lui proposer. Il regarda autour de lui en soupirant et n'aperçut qu'un gigantesque blond au regard paniqué qui fonçait droit sur lui. Il n'avait rencontré Huckle qu'une seule fois et ne se rappelait pas qui il était.

— Vous ! rugit le géant. Vous ! Où est Polly, bordel ? Vous lui avez pris sa boutique, vous lui avez pris son travail, vous avez complètement merdé d'après l'opinion générale, et vous avez foutrement gâché sa vie et…

Il était à bout de souffle.

— Où est-elle, bon sang ?

Huckle savait qu'il ne devait pas passer ses nerfs sur Malcolm, mais il ne pouvait s'en empêcher.

— Sérieusement, dites-moi, espèce de gros tas !

Malcolm trembla. Comme tous les tyrans, c'était un terrible lâche, il l'avait toujours été. De plus, Flora avait disparu la nuit dernière, le laissant seul éteindre les fours et nettoyer toutes les flaques d'eau, sans compter les manteaux et les vestes qui gisaient un peu partout. Cela représentait plus de travail qu'il n'aimait en faire. Tandis qu'il gravissait le chemin sombre et solitaire qui menait au vieil appartement glacial et humide de Mrs Manse, ainsi qu'à son lit grinçant et son dessus-de-lit poussiéreux, il s'était juré que c'était fini, qu'il en avait terminé avec ce maudit endroit.

C'était avant que cet homme ne commence à lui hurler dessus en pleine rue.

— Où est-elle ?

Malcolm avait envie de répondre : « Comment

diable le saurais-je ? », mais toute velléité de lutte l'avait quitté. Il était crevé. D'un geste fatigué, il dressa son pouce en direction de l'appartement situé au-dessus de la boutique.

— Elle est là-haut, dit-il avec lassitude, à l'instant précis où une énorme quantité d'eau déborda de la canalisation obstruée – Polly demandait systématiquement à Jayden de la déboucher après chaque pluie torrentielle – et retomba en cascade dans son dos, trempant son unique costume.

Huckle leva la tête et regarda fixement la fenêtre de l'ancien appartement de Polly.

— Vous êtes sûr ?

Malcolm plissa les yeux de colère, s'apprêtant à rétorquer quelque chose de sarcastique, mais Huckle l'avait déjà dépassé à toute allure, comme s'il n'existait pas. Tandis qu'il se détournait pour essayer de se sécher, le soleil fit son apparition.

Chapitre 30

Quand elle s'éveilla, Polly n'avait absolument aucune idée de l'endroit où elle était. Le soleil l'éblouit par la fenêtre, la lumière se reflétait dans l'eau, comme si la tempête n'avait été qu'un mauvais rêve. Elle secoua la tête. Où était-elle ? Qu'est-ce qui se passait ? Qu'est-ce que c'était que ces coups bruyants contre la porte ?

Elle bougea, puis grogna. Ses côtes étaient en feu, elle souffrait le martyre ce matin, bien plus que la nuit dernière. Et sa tête était lourde, elle débordait. Elle éprouva un bref moment de panique à l'idée de ne pas s'être levée pour préparer le pain, avant de se souvenir qu'il n'y en aurait pas ce matin ; il ne pouvait pas y en avoir. Elle se leva d'un bond. Ce devait être Selina qui cognait à la porte. Elle avait dû l'enfermer dehors la nuit dernière sans le faire exprès. Au moins, elle n'avait pas défait le lit.

Polly se dirigea lentement jusqu'à la porte en se frottant le visage encore marqué par des traînées de sel. Ses cheveux s'étaient mués en une masse de frisottis incontrôlable, qui allaient demander un sérieux travail pour reprendre leur aspect normal. Elle réfléchirait à ce problème plus tard.

— Désolée, désolée ! cria-t-elle, la voix encore cassée et rauque. J'ai dû laisser la tirette du verrou retomber…

Sa voix s'éteignit quand elle ouvrit la porte. Le choc fut total. Là, nimbé de doré, étincelant dans la lumière matinale, étrangement plus grand et plus large que dans son souvenir, se trouvait Huckle.

— Oh, mon Dieu ! coassa-t-elle. Oh, mon Dieu !

Huckle était dans un état misérable. Il portait une chemise toute tachée. Ses chaussures et son pantalon étaient trempés. Ses cheveux hérissés, ses yeux rouges et gonflés. Son visage était couvert d'une barbe de trois jours. C'était la vision la plus belle qu'elle ait jamais eue.

Polly sentit soudain le cœur de Huckle battre contre le sien. Il lui faisait mal aux côtes à l'écraser. Mais elle s'en moquait complètement.

— Bon sang, répétait Huckle. Bon sang ! Je ne peux pas te quitter des yeux une seconde !

Il s'écarta pour la dévisager.

— OK. Deux ou trois mois.

Elle secoua la tête et se blottit à nouveau contre lui.

— Je suis tellement désolée. Je sais que tu es parti pour moi, pour nous. Je suis désolée de t'avoir mené la vie dure à ce propos. Je suis désolée de t'avoir fait vivre ça.

— Tu plaisantes ? Je suis un tel idiot, Polly. Un tel idiot. Je ne sais pas à quoi je pensais. Il n'y a rien qui vaille la peine d'être séparé de toi. Rien.

— Pas même Nan le van ?

— Oh, non. D'ailleurs, il faut que je te parle à ce propos.

Polly leva les yeux au plafond et dit que chaque chose viendrait en son temps, mais est-ce qu'ils pouvaient d'abord rentrer chez eux ?

*

Polly remplit l'antique baignoire en cuivre à ras bord, jusqu'à ce que la citerne soit vide, et la vapeur envahit la petite salle de bains. Elle y versa tous les produits sophistiqués pour le bain qui sentaient si bon, et ils ôtèrent leurs vêtements avant d'entrer dans l'eau tous les deux. Ensuite, avec douceur et beaucoup de précaution, Huckle la lava entièrement. Il s'exclama à la vue de ses côtes, puis lui shampouina les cheveux pendant qu'elle lui racontait l'histoire depuis le début. Il l'écouta, bouche bée, et lui dit à quel point elle s'était montrée courageuse. Au fur et à mesure qu'elle parlait, Polly commençait à sentir le fardeau, le poids de ce qu'elle avait traversé, s'alléger un peu, bien qu'elle pleurât quand elle relata le moment où elles avaient ramené l'enfant sans sa mère. Huckle l'apaisa et se sentit privilégié d'entendre l'histoire de sa bouche pour la première fois, et ce même si durant les futures semaines, on demanderait à Polly de la répéter absolument partout quand la famille irait voir les journaux à propos de leur incroyable sauvetage. Ce qui était, comme Patrick le souligna un peu plus tard, la seconde bêtise qu'ils avaient faite, parce que bien entendu les journaux les laminèrent totalement pour être sortis par un temps pareil, et les élurent « pires parents du Royaume-Uni ». Leur histoire provoqua un énorme scandale. Quoi qu'il en soit, les journaux déterrèrent la photo de Polly où elle avait l'air si déprimée, le regard perdu vers le large, et l'utilisèrent un nombre incalculable de fois – ce qui était un peu pénible – jusqu'à ce que l'affaire se tasse. Alors elle put enfin arrêter d'expliquer qu'en réalité, c'était Selina qui avait fait le plus dur. Elle s'était contentée de porter la lampe.

Huckle peigna sa chevelure avec soin, jusqu'à ce qu'ils soient tous deux propres, réchauffés et détendus, puis il la porta en haut de l'escalier et, aussi doucement qu'il le put, il lui démontra à quel point il était content de la revoir, ce qui – et Polly ne fut nullement surprise de le constater – la fit se sentir encore mieux qu'auparavant. Comme si toutes ses peurs étaient tout simplement balayées.

Ils sombrèrent dans le sommeil durant tout l'après-midi, jusqu'à ce qu'un agent de police fasse son apparition pour noter les détails de la nuit. Après son départ, ils se sentirent tout penauds de ne pas aider les autres au ramassage des détritus. Alors ils attrapèrent des sacs-poubelles et descendirent sur la plage dans la brume dorée de fin d'après-midi pour collecter bois flotté et autres déchets déposés par la mer. Il était impossible d'imaginer les conditions qui avaient sévi la veille.

À chaque pas, des gens s'approchaient pour demander de leurs nouvelles, ravis de revoir Huckle, et tout disposés à lui raconter une fois de plus ce par quoi ils étaient passés. Seule Polly savait ce que Huckle lui-même avait traversé, à quel point il avait été courageux lui aussi, de bien des manières. Tandis qu'il se laissait divertir par leurs histoires, qu'il écoutait aussi poliment qu'à l'accoutumée – c'est-à-dire très poliment –, elle se rapprochait de lui et lui serrait doucement la main, et il la lui serrait en retour, et tous les mots étaient inutiles. Néanmoins, de temps à autre, Huckle vérifiait son portable et soupirait, et Polly lui adressait un regard préoccupé. Finalement, vers dix-huit heures, une sonnerie très faible retentit. Huckle et Polly échangèrent un regard.

« Si tu dois y retourner... » avait-elle dit, et il s'était contenté de secouer la tête et de dire : « Non, jamais. » Elle avait alors demandé ce que deviendrait Clemmie, et Huckle avait assuré qu'ils franchiraient cette étape-là le moment venu.

Quand il répondit au téléphone, ils se tenaient par la main.

— Allô ?

Il y eut un long silence. Finalement, la voix de Dubose, si semblable à celle de Huckle, le rompit.

— Salut, frérot.

Une autre pause s'ensuivit. Interminable. Puis Dubose poursuivit.

— Je n'en reviens pas... Mec, je vais être papa.

Après ces quelques mots, ils eurent une longue conversation, et Dubose fit amende honorable, ainsi que des promesses – qui, selon Huckle, ne seraient pas tenues, mais Polly estima qu'elles le seraient peut-être – et des témoignages d'extrême gratitude pour la manière dont Huckle avait remis la ferme sur pied, une reconnaissance que ce dernier méritait amplement.

— C'était la paperasse qui me déprimait, mec, déclara Dubose. Je n'arrivais pas à en venir à bout, j'ai paniqué.

— Mmm, se contenta de dire Huckle.

— Pourrais-tu… dire au revoir à cette gentille fille ? Dis-lui que je ne le pensais pas, demanda Dubose à Polly. (Ils étaient sur haut-parleur.)

Polly hocha la tête.

— Je le ferai, mentit-elle.

Elle n'avait aucune intention d'évoquer Dubose avec Selina.

*

Les autres habitants de Mount Polbearne allèrent se coucher tôt cette nuit-là, mais Polly, encore bouleversée, et Huckle, en plein décalage horaire, s'assirent sur le mur du port avec leurs *fish and chips*. Ils se régalèrent tout en contemplant le magnifique coucher de soleil mêlant le rose et le doré. C'était comme un autre monde.

— Je me demandais… dit Huckle, … avec la tempête et tout le reste… Je me demandais si tu pensais…

Ils observaient les mouettes en train de tournoyer au-dessus de leur tête. Ces sales bêtes étaient conscientes de la présence de frites dans les parages. Polly lut dans ses pensées.

— Que Neil allait revenir ? Comme il l'a fait auparavant ?

Elle attrapa une autre frite et secoua la tête.

— Non, dit-elle. Non, je l'ai accepté. Je sais que tu pensais que je n'y arriverais pas, mais pourtant si. Les macareux ne sont pas des animaux domestiques. Ils ne sont pas supposés vivre avec nous. C'était difficile, mais il fallait le faire.

— Tu le penses vraiment ? Sincèrement ?

Polly hocha la tête. Ses yeux s'emplirent soudain de larmes.

— Cela ne veut pas dire que je ne l'ai pas aimé, insista-t-elle.

— Je le sais.

— C'est justement parce que je l'ai aimé, vraiment aimé, que je peux renoncer à lui. Faire ce qui est juste.

Elle soupira et joua avec sa petite fourchette en bois.

— Ça craint d'être des adultes parfois. Je suis désolée si j'ai reporté ma tristesse par rapport à Neil sur toi. Ce n'était pas juste. Mais je me sentais tellement seule.

— C'est bon. J'étais seul, moi aussi. Incroyablement seul.

— Je sais. C'est que… chaque fois que l'on parlait, tu étais…

Elle marqua une pause.

— Je ne sais pas pourquoi on dit que l'amour implique de ne plus avoir à dire que l'on est désolé, déclara Polly subitement. Je crois qu'il nécessite au contraire de dire que l'on est désolé plein de fois.

Huckle acquiesça. Puis il se retourna vers elle.

— Je t'aime vraiment, dit-il.

Il sourit et tripota quelque chose dans sa poche.

Polly le regarda.

Soudain, la baie, complètement désertée par les bateaux – on leur avait ordonné de quitter la région par mesure de précaution –, fut fendue par un rugissement qui fit voler en éclats la tranquillité de la scène.

Ils fixèrent tous deux l'horizon, avant de se redresser.

— Est-ce que c'est… ?

— Oh, bon sang, c'est ce foutu Riva ! dit Huckle.

Le magnifique bateau à moteur italien de Reuben avait fait sa fierté et sa joie.

Polly plissa les yeux.

— Qui est-ce ?

— Pas possible !

Resplendissant dans un short rouge un peu trop serré, un débardeur barré d'un collier en or et une paire de lunettes Oakley, terriblement à la mode – qui faisaient des yeux de mouche –, Reuben apparut. Il était debout à l'avant et faisait des signes frénétiques de la main. À ses côtés, vêtue d'une robe rose fuchsia gonflée par le vent, se trouvait Kerensa.

— Pas possible !

Polly et Huckle bondirent sur leurs pieds et leur firent signe à leur tour, tandis que leurs amis manœuvraient élégamment le bateau pour l'amarrer à la jetée avec l'aide de Huckle.

— Mais comment diable... ? demanda Huckle. Vous l'avez volé ?

— Non, répondit Reuben en souriant de toutes ses dents.

— Ooh ! Des frites ! dit Kerensa en se servant dans le paquet de Polly. Salut, quoi de neuf ?

— Il y a eu une énorme tempête.

— Oh, ouais, j'ai vu ça dans les journaux. On était à Londres. Il s'est passé quelque chose ?

— T'inquiète, éluda Polly, qui tout à coup était bien plus intéressée par ce qu'ils fabriquaient, eux. Que faisiez-vous à Londres ?

— Eh bien, dit Reuben en bombant son petit torse, c'était génial d'être l'esclave sexuel de Kerensa...

— C'était agréable, confirma Kerensa, mais je

n'aurais pas pu supporter sa foutue trottinette une seconde de plus. Elle cassait vraiment l'ambiance.

— Alors j'ai inventé quelque chose de remarquablement brillant et je l'ai vendu.

Ils le regardèrent. Une très longue pause s'ensuivit.

— Qu'est-ce que c'est ? s'enquit Polly avec méfiance.

— Si je pouvais te l'expliquer, ils ne me paieraient pas aussi cher pour ça, sans déconner, répliqua Reuben. Et je ne suis même pas encore allé à Shanghai. Tu pourrais finir en prison si tu étais au courant.

— Qu'est-ce que c'est ? répéta Polly.

Reuben leva les yeux au ciel.

— OK. Quelle est l'étendue de ta compréhension en matière de mécanique quantique appliquée aux alimentations en lithium ? Parce que je suppose que nous allons commencer par là.

— OK, laisse tomber. Tout ce que j'ai besoin de comprendre au stade où j'en suis, c'est comment on entretient un phare.

— Ce dont tu n'as même plus besoin, parce que je suis à la maison et que je compte bien y rester, intervint Huckle.

Il l'embrassa sur l'épaule.

— Oh ouais, la maison de Huckle, répéta Polly, étant donné que personne ne soufflait mot.

Kerensa et Reuben se contentaient de secouer la tête.

— Quoi ? dit Polly, une pointe d'incertitude dans le regard.

Ils le dévisageaient tous deux avec des mines furieuses.

— Comment cela a-t-il pu te prendre autant de

temps, mec ? interrogea Reuben. Sérieusement, comment as-tu même pu te passer de gâterie pendant tout ce temps ?

— Ne sois pas vulgaire, dit Kerensa. Mais vraiment, Huckle, Reuben a raison : comment as-tu pu rester éloigné si longtemps, bordel ?

Huckle leva les mains en l'air.

— Je sais. Je sais. J'ai été idiot.

— Incroyable, dit Kerensa. Bien entendu, Polly repoussait les avances de tous les mecs de la ville.

— Bien sûr que non, dit Polly. Sans blague.

— Chuuut, dit Kerensa. Je lui rappelle à quel point tu es fantastiquement attirante, au cas où il aurait l'idée de décamper encore une fois.

— Ce que j'ai fait au départ uniquement à cause de ce maudit van, je vous ferai remarquer.

— Ce van pour lequel tu avais gagné l'argent nécessaire deux jours après ton arrivée, riposta Kerensa. Mais cela n'a plus d'importance à présent. Reuben ! Achète une boulangerie à mon amie ! Et je te jetterai à nouveau dans ma prison sexuelle.

— J'aime l'idée. D'accord.

— Non ! s'écria Polly. On en a déjà parlé. Je ne veux pas que tu m'achètes quoi que ce soit. Je veux y arriver toute seule. Et je peux. Nan le van et moi, on s'en sort magnifiquement. Bon, on s'en sort bien. On s'en sort pas mal.

Ils se retournèrent tous pour contempler *La Petite Boulangerie de Beach Street*. Sa devanture avait pris un sacré coup pendant la nuit et la peinture s'écaillait au niveau d'un angle. Elle avait triste allure. À l'intérieur, pourtant, deux personnes gigotaient. Polly plissa les yeux.

— Oh, merde ! dit-elle. On dirait que la maman de Jayden est chez elle ce soir.

— Que veux-tu dire ?

Elle désigna les deux silhouettes.

— Si la maman de Jayden est chez elle, Jayden, lui, est de sortie…

Si l'on plissait les yeux assez fort, on pouvait à peine discerner, derrière les vitrines poussiéreuses de la boulangerie, Jayden et Flora en train de s'embrasser passionnément.

— Elle va encore rater la marée, prédit Polly.

— Jayden a donné une interview pour le journal local, annonça Huckle. Je les ai vus faire. Ils voulaient t'interroger aussi et je leur ai dit que je te demanderais. Puis j'ai oublié. Désolé.

— Tant mieux !

À cet instant précis, une silhouette solitaire sortit par la porte arrière de la boulangerie et passa devant eux. La personne transportait une valise et une petite caisse pour ranger de l'argent. Elle s'arrêta pour observer Jayden et Flora, qui ne remarquèrent même pas sa présence, puis elle continua son chemin et passa la porte de devant.

C'était Malcolm. Le visage défait.

— Hé, bouffon ! brailla Reuben.

— Arrête ça, Reuben, dit Polly.

Elle n'arrivait pas à détester Malcolm, même maintenant, pas après tout ce qui s'était passé. Pas à présent qu'elle avait tous ceux qu'elle aimait près d'elle. Ce qu'il lui avait fait n'avait plus d'importance.

Malcolm avait marqué un temps d'arrêt, comme s'il était inévitable que tous les habitants de Polbearne le traitent de bouffon.

— Quoi ?

— Combien pour ta boulangerie ? Celle que tu as complètement ruinée.

Malcolm renifla.

— Ce n'est pas ma boulangerie, corrigea-t-il. C'est celle de ma mère. Elle… Elle ne veut plus que j'y travaille.

— Pourquoi ? l'interrogea Polly en se levant, ennuyée. (Elle s'avança dans sa direction.) Ce n'était pas ma faute, Malcolm, je ne vous ai volé aucun de vos clients. Les gens qui sont venus chez moi n'étaient même pas d'ici. Et je suis désolée d'avoir cru que vous aviez fait ça à mon van. Sincèrement.

— Cela n'a rien à voir avec vous. Même si je ne vois pas comment vous avez pu penser que je ferais ça à votre van. S'il vous plaît, ne répondez pas.

— Mmm, dit Polly. Alors pourquoi dans ce cas ?

— J'ai pris un tout petit peu d'argent. (Il afficha un air renfrogné et ressembla soudain au petit garçon qu'il avait dû être autrefois.) Juste un petit peu pour me débrouiller. Pas grand-chose. Un peu de liquide.

Il leva la caisse en prenant une mine sournoise.

— J'embarque ce qui reste.

— Vous volez votre propre mère, constata Huckle, atterré.

— C'est juste que… (Malcolm soupira.) J'ai vu cette trompette vraiment très belle.

Reuben cligna des yeux.

— Tu l'as achetée ?

— Non. J'économisais pour ça. Puis Flora a voulu ce stupide batteur, pour faire Dieu sait quoi, et j'ai légèrement perdu le contrôle de la situation.

— Oh, Malcolm, c'était idiot ! (Polly secoua la

tête.) Un tel gâchis. C'était une adorable petite affaire. Adorable.

— Vous pourrez certainement la reprendre si vous voulez, marmonna-t-il. Ma mère n'a pas arrêté de me rebattre les oreilles avec vous, en me disant à quel point elle marchait mieux avant et quel imbécile je suis. C'est tout ce que ma mère a su me dire depuis que je suis né.

Reuben vint à sa hauteur.

— Combien coûte la trompette ?

Malcolm soupira.

— Six cent quatre-vingt-dix-neuf livres. Je ne l'aurai jamais maintenant.

Reuben sortit son portefeuille et défroissa une liasse de billets.

— Reuben ! s'exclama Polly, choquée par ce geste.

— Quoi ? C'est de l'argent étranger de toute façon. Pour moi, c'est comme du papier toilette.

Il préleva sept billets et les tendit à Malcolm.

— Maintenant, prends ça, paye-toi une trompette et trouve ta génialitude, ordonna-t-il.

— Trouver quoi ?

— Trouve ta génialitude.

— « Génialitude » ?

— Dis-le. Deviens le meilleur joueur de trompette au monde.

— Dire que je suis génial ?

— Oui, dis que tu es génial. Allez, dis-le.

— Je suis génial ?

— Tu es génial.

— Je suis génial, marmonna Malcolm.

— Hurle !

— JE SUIS GÉNIAL !

— Encore !

Malcolm se mit en marche vers la chaussée en direction du continent.

— Je suis génial !

— Tu es génial !

— Je suis génial !

— Tu es génial !

— Je suis génial, leur parvint la voix qui faiblissait à travers la mer.

— Bouffon, déclara Reuben.

*

Deux mois plus tard, Jayden nettoyait joyeusement un recoin derrière le four avec l'ardeur d'un homme amoureux, quand il tomba sur quelque chose : c'était un CD avec une étiquette où il était écrit : « Flora ».

Il monta jusqu'à l'ancienne boulangerie où Polly avait ordonné à Flora de ne rien faire d'autre que de la pâtisserie à longueur de journée, tout ce qu'elle aimait. Plus c'était expérimental et mieux c'était. Flora travaillait sur des biscuits cerise noix de coco, et Jayden inscrivait les résultats dans un petit livre de recettes. Ils formaient une équipe exceptionnelle. Une mèche de cheveux ternes s'était échappée de sa résille et se balançait devant son visage. Jayden avait appris à se garder de lui dire combien il trouvait ça joli.

Il l'interrogea à propos du CD et elle répondit qu'elle ne savait pas ce que c'était. Malcolm le lui avait offert et elle ne s'était jamais donné la peine de l'écouter parce qu'elle ne l'aimait pas beaucoup. Jayden lui demanda alors si elle l'aimait beaucoup, lui, et elle rougit en répondant qu'il n'était pas trop mal, ce qui était de loin le plus beau compliment qu'il ait jamais reçu de la part d'une femme de moins de soixante-dix ans. Le fait qu'il soit formulé par la plus belle personne qu'on ait jamais vue à Polbearne le rendit plus heureux qu'il ne l'aurait cru possible.

Ils mirent le CD et découvrirent ce qu'il contenait : c'était Malcolm qui jouait de la trompette. Un torrent de notes métalliques jaillit en cascade des haut-parleurs : de joyeuses mélodies, des airs de fanfare, ainsi que des complaintes emplies de tristesse et de mélancolie qui vous vrillaient l'âme. C'était magnifique.

Chapitre 31

Avant d'aller se coucher, Huckle vint au salon pour chercher Polly, mais ne l'y trouva pas. Ce soir-là, plusieurs semaines après la tempête, la lune était claire et les étoiles surgissaient dans le ciel au-dessus d'eux. Il voulait lui proposer de remonter sur la galerie, là où la lumière du phare balayait à nouveau, nette et vive, ville et rochers, tout en garantissant leur sécurité. Les réparateurs avaient remplacé tous les panneaux aux vitres cassées, installé un générateur neuf qui ne devrait jamais avoir de raté, et laissé un manuel d'instructions complet. Plus quatre lampes-tempêtes.

Il la débusqua dans la cuisine. Ses manches retroussées étaient maculées de farine. Elle était en train de rouler des croissants au fromage pour le lendemain matin. Elle les espaçait régulièrement sur le grand plan de travail en bois. Il la contempla un moment, occupée, travaillant dur, complètement absorbée par sa tâche, inconsciente de sa présence.

— N'es-tu pas supposée porter une résille ? finit-il par la taquiner.

Elle leva les yeux et lui sourit.

— J'ai les cheveux très propres. Attachés en

queue-de-cheval, tu remarqueras. S'il te plaît, n'appelle pas les services d'hygiène, j'ai eu assez de problèmes comme ça.

— Tu penses vraiment que la mairie va te laisser garer Nan le van près de la boutique ? demanda Huckle avec un sourire.

— Je le répète depuis des années : Mount Polbearne a besoin de café. De bon café. Et je vais en faire. Enfin, Selina va en faire.

— Alors tu te diversifies ?

Polly sourit.

— Ce n'est pas une bonne chose d'après toi ?

— Plus de travail pour toi.

— J'aime le travail. Et puis, nous allons servir beaucoup de thé au miel. Alors il vaut mieux que tu te mettes à travailler toi aussi, *mister*.

Il n'était pas le moins du monde préoccupé par cela. Il s'approcha et déposa un baiser léger sur la nuque de Polly.

— Viens au lit, dit-il.

— Dans onze minutes. (Elle lui sourit.) Moins que ça, si tu mets tous ces plateaux au lave-vaisselle.

— C'est comme si c'était fait, dit-il en l'aidant à nettoyer.

Ils bavardèrent tout en regardant par la fenêtre le soleil se coucher.

*

Plus tard, au lit, juste avant qu'elle ne le rejoigne, il sortit une dernière fois le morceau de papier chiffonné de son portefeuille et le contempla. C'était la publicité pour la bague de fiançailles qu'il avait vue en feuilletant le coûteux magazine de Candice dans son salon, ce jour-là. La bague pour laquelle il avait économisé, qu'il avait voulu lui présenter triomphalement : un joyau sur un joyau, avait-il prévu de dire, ce qui sonnait mieux dans sa tête que quand il l'avait répété devant la glace.

Cela pouvait attendre. Ils pouvaient attendre. Les diamants qui étincelaient dans la pub avaient l'air tellement froids.

Mais ici, il y avait le feu et la chaleur du pain en train de lever, cette soirée nimbée d'or, le ciel parfait qui descendait sur une parfaite journée estivale, quand les ruelles balayées par le vent s'étaient remplies d'enfants joyeux, chargés de sandwichs, de seaux, de pelles et de glaces, accompagnés de parents enjoués et détendus ; et puis Jayden qui, après le déjeuner, était allé astiquer affectueusement le nouveau bateau-taxi sophistiqué que Reuben avait acheté à la ville, gâchant légèrement l'instant lorsqu'il avait suggéré que la ville pourrait lui prouver sa gratitude en l'élisant maire ou en le déclarant roi ou autre chose… Ici, tout ce que Huckle ressentait, c'était de la chaleur, dans la pièce, au fond de son cœur, dans le sourire de la jeune femme blonde, au nez parsemé de taches de rousseur et de farine, qui à l'instant même où elle entrait dans la pièce allumait la lumière rien que pour le voir.

Épilogue

Polly la regardait fixement. Jayden, lui, chargeait les caisses dans le van et ne remarqua rien.

— Huckle !

Huckle était réveillé. Il s'était levé quand il avait senti l'arôme d'un des nombreux cafés torréfiés qu'elle avait essayés dans la cuisine pour Nan le Café van. Tout le monde était bourré de caféine en permanence. Il descendit les marches deux par deux.

— Quoi ?

Elle gisait sur le pas de la porte. Polly la souleva dans les airs.

— Qu'est-ce que c'est ?

— Que veux-tu que ce soit ?

Huckle se frotta les yeux.

— Une plume.

— Une plume. Oui.

Polly jeta un regard circulaire.

— Une plume noire et graisseuse. Qui connaissons-nous pourvu de plumes noires et graisseuses ?

Huckle fronça les sourcils. Il avait bien cru que c'était terminé.

Polly descendit encore deux ou trois marches. Il y en avait une autre.

— Oh, Pol, allez ! tu ne penses pas que…

— Qui laisse une traînée de plumes noires ?

— Un sinistre gang de Yakusa, lâcha Huckle. Allez, j'ai trois arrêts à faire aujourd'hui, chez des esthéticiennes, les trois, et tu sais comment elles sont.

Polly n'écoutait plus. Elle avait contourné le phare, dépassé le petit jardin de rocaille dessiné à partir de coquillages qu'un gardien qui s'ennuyait ferme avait aménagé de nombreuses décennies auparavant. Elle disparut de sa vue. Il y eut un long silence. Huckle regarda le soleil se lever. L'été avait été des plus splendides.

— Huckle !

Huckle gagna l'arrière du phare. Il n'y avait rien là-bas, à part les rochers qui descendaient vers l'autre côté du cap, et le clapotis de l'eau.

Il en eut le souffle coupé.

— Pas possible !

Se découpant sur le ciel rose, Polly était accroupie et regardait fixement, à distance, mais de façon très attentive, un petit oiseau rondelet dont la patte était entourée d'une bande jaune.

L'oiseau la fixait en retour. Huckle se demanda pourquoi Polly n'avançait pas, puis il le vit.

L'oiseau était dans un nid.

Et ce n'était pas tout, il y avait un autre oiseau.

Et ce n'était pas tout…

— Merde, jura Polly. Est-ce que c'est un œuf ?

Elle tendit la main. Avec hésitation, le petit macareux sautilla hors du nid en jetant un coup d'œil à l'autre oiseau, comme pour vérifier que cela ne le dérangeait pas, puis, avec sa démarche familière de bambin aux jambes chancelantes, il se dirigea vers Polly. Après un nouveau regard en arrière en direction du nid, il bondit avec précaution sur la main tendue, puis un peu plus hardiment, il remonta le long du bras. Jusqu'à ce que, avec un mouvement de descente en piqué, Neil se retrouve sur l'épaule de Polly et se cale sous son oreille, en piaillant de toutes ses forces.

— Neil !

Huckle secoua la tête.

— Il est revenu, dit-il, incrédule.

Polly leva les yeux vers lui.

— Tout le monde est revenu. Oh, bon sang ! (Elle gratouilla Neil derrière les oreilles.) Est-ce que tu vas devenir papa ? Mon Dieu !

Huckle ne put se retenir : il laissa échapper un éclat de rire.

— Ça alors ! s'exclama-t-il. Eh bien, tu avais raison.

Polly sourit.

— Je sais, dit-elle fièrement. Pour être honnête, j'avais quelques doutes.

— Non, dit Huckle vigoureusement.

Il posa son bras autour des épaules de Polly et chatouilla lui aussi les plumes de Neil. L'autre oiseau resté dans le nid ne les quittait pas des yeux tout en émettant des cris furieux.

— Mrs Neil, ce sera un honneur de faire votre connaissance. Quand vous me donnerez un peu moins l'impression de vouloir me crever un œil, déclara Huckle.

— Elle niche, objecta Polly, les yeux humides. Oh, Huckle, Neil a ramené sa famille à la maison.

— Non, corrigea Huckle. Tu fais également partie de sa famille. Il a réuni sa famille.

Il regarda au loin le soleil levant et entrevit subitement ce qu'il devait faire.

Il jeta des regards éperdus autour de lui et aperçut des algues amassées sur les rochers. Ce n'était pas un diamant de quatre carats, mais pour le moment, cela ferait l'affaire. Il s'agenouilla et amena Polly vers lui, comme pour jeter un coup d'œil plus attentif au nid, sans effrayer l'autre oiseau. Neil sautilla au bas du bras en direction du nid pour le montrer fièrement.

— Oui, il est incroyable, s'extasia Polly à l'intention de Neil.

Huckle attrapa une algue.

— C'est toi qui es incroyable, dit-il.

Sa voix, tout enrouée, ne sortit pas convenablement. Il s'éclaircit la gorge et fit une nouvelle tentative.

— Tu es incroyable, répéta-t-il.

Elle le dévisagea.

— Merci, mon amour. Mais c'est extraordinaire…

La voix de Huckle peinait à rester assurée.

— Tu dois m'accorder un peu plus d'attention qu'à Neil, seulement pour cette fois, dit-il d'une voix tremblante. Parce que, si nous sommes ici à terre…

— Quoi ? interrogea Polly en fixant toujours son oiseau d'un air ébahi.

— Hum, bon, je dois demander la permission à Neil et…

Polly le regarda. Il avait enroulé l'algue pour lui donner la forme d'une bague.

— Qu'est-ce que c'est ?

— Je voulais t'acheter… Je voulais t'offrir la bague en diamant la plus grosse qui ait jamais existé, mais…

Polly secoua la tête.

— Mais qui se soucie de trucs comme ça ?

Huckle haussa les épaules.

— Je voulais que tu aies le meilleur… Peu importe… Oh, je ne m'en sors pas bien là, mais… Veux-tu m'épouser ?

Neil attrapa l'extrémité de l'algue et tenta de la manger.

Huckle dévisagea Polly, les yeux humides tout à coup. Polly reprit l'algue en main.

— Non, dit-elle d'un ton calme, mais ferme à Neil. Je t'aime et c'est bon de te revoir et de t'avoir à la maison. Mais non, tu n'es pas autorisé à manger la plus belle, la plus merveilleuse… (Elle fondit en larmes.) La plus incroyable des bagues de fiançailles. Oh, Huckle ! Huckle !

— Pourrais-tu me répondre rapidement par oui ou non ? Avant que je ne finisse par tomber à la mer ?

Polly se leva et se jeta au cou de Huckle.

— Oui, oui, oui ! hurla-t-elle à pleins poumons.

— On dirait Selina et son nouveau copain, observa Jayden qui continuait de charger des roulés à l'intérieur de Nan le van.

Huckle noua minutieusement l'algue autour de l'annulaire de Polly.

— Nous en choisirons une autre.

— J'aime bien celle-là, déclara Polly d'un ton déterminé avant de l'embrasser, puis de l'embrasser à nouveau. Oh là là ! Ce n'est pas croyable !

— Je ne peux pas croire que tu sois surprise. Tous les habitants de cette ville vont bâiller quand on va leur annoncer. Ça fait des mois qu'ils me harcèlent tous avec ça. Je ne peux pas entrer dans la boulangerie sans que la mère de Malcolm s'offusque et me fasse des remarques à propos des femmes convenables.

— Eh bien, je me moque de l'opinion des habitants de cette ville, déclara Polly. À part quand je les nourris, que je prends leur argent, et que je compte sur leur amitié et leur soutien affectif.

Huckle lui fit un grand sourire tandis qu'elle levait la main pour admirer sa bague.

— Je ne veux pas d'une autre bague. Peut-être pourras-tu juste m'en faire une nouvelle toutes les semaines quand elle commencera à sentir.

— Nous allons encore avoir l'hygiène sur le dos.

Huckle la prit dans ses bras.

— Tu crois que tu pourras m'aimer autant que Neil ?

— Imbécile ! Pratiquement autant !

Il la serra à nouveau contre lui, la fit tourner dans la lumière rose vif de l'aurore, et ils s'embrassèrent comme si rien ne pouvait jamais plus les séparer, tandis qu'une autre journée parfaite s'annonçait sur Mount Polbearne, que le petit village commençait à s'éveiller, que Mrs Neil, juchée sur son œuf, gonflait ses plumes avec importance, que Jayden continuait de charger les plateaux remplis de pain, et que Neil battait des ailes, voletait et s'élevait dans les airs en tournant autour du phare, de plus en plus haut, ses plumes capturant les tout premiers rayons du soleil matinal.

*

« Et vous rêvez encore de lui ?

Selina affichait une mine lointaine.

— Oui, dit-elle avec ce qui ressemblait à un petit soupir échappé de ses lèvres. Parfois. Mais maintenant, c'est comme s'il était là. Vous comprenez ? Comme s'il était là et que c'était bon de le voir.

— Et comment vous sentez-vous ?

— Heureuse. Triste. Heureuse et triste. Ce n'est pas assez bien ?

La thérapeute ferma son carnet.

— Si. Ça l'est. »

Remerciements

Des énormes mercis à Rebecca Saunders, Jo Unwin, Manpreet Grewal, Hannah Green, Emma Williams, Charlie King, Jo Wickham, Victoria Gilder, David Shelley, aux graphistes, aux personnes chargées des ventes et à toute l'équipe de Little Brown : vous êtes fantastiques.

Merci à tous ceux qui m'ont contactée après la publication de *La Petite Boulangerie du bout du monde*, en particulier les fans de Neil (vous pouvez lui parler sur Twitter : @neilthepuffin). C'est vraiment incroyable de recevoir vos messages. Vous pouvez me contacter si vous le souhaitez sur www.facebook.com/thatwriterjennycolgan ou @jennycolgan sur Twitter.

Merci à mes chers amis et, bien sûr, à Mr B et aux petites abeilles sans qui a) rien ne serait drôle du tout, et b) il y aurait probablement moins d'horribles dessins de macareux placardés sur chacun des murs de la maison.

Une mention spéciale à la RNLI, une organisation sensationnelle, qui demeure, quoi qu'en pense l'Automobile Association, le quatrième service d'urgence de Grande-Bretagne.

Recettes

LE LEMON POSSETT

Mon père est un très bon cuisinier et, du coup, chaque année, il se met lui-même aux enchères pour collecter des fonds en faveur de son club d'aviron. Il va chez les gens et prépare le dîner pour eux et leurs amis. Cela dit, comme il a aussi tendance à remplir généreusement les verres, je ne sais pas quel degré d'attention ses hôtes prêtent effectivement à la nourriture, quand il est enfin temps de passer à table !
Voici en tout cas le dessert que je préfère parmi ses créations.

Pour 4 personnes

- 300 g de crème fraîche épaisse
- 1 cuillerée à soupe rase de sucre semoule. (Il vous faudra préparer cette recette plusieurs fois avant de savoir quelle quantité de sucre vous convient. J'en ai mis un tantinet trop la dernière fois. [À propos, entre parenthèses, ce sont les paroles de mon père. Partez du principe que je suis d'accord avec lui. Chaque fois qu'il en fait, je trouve le résultat génial.])
- Le jus d'un citron
- Des fruits rouges pour la saveur (les fraises sont super, tout comme les framboises et les mûres)
- Du sucre demerara

Versez la crème dans une casserole. Chauffez à feu moyen. Incorporez le sucre semoule tout en remuant et portez à ébullition. Faites mijoter doucement durant 3 minutes, continuez à remuer de temps en temps. Retirez du feu et laissez refroidir environ une minute, puis versez le jus de citron.

Garnissez le fond d'un ramequin avec des fruits coupés en petits morceaux. Versez le mélange par-dessus.

Mettez les ramequins au réfrigérateur jusqu'à ce que le mélange se fige. Habituellement, une heure suffit, mais vous pouvez le préparer un jour avant.

Avant de servir, saupoudrez un peu de sucre demerara sur les *possets* qui ont maintenant pris, et passez-les quelques minutes sous le gril du four pour les caraméliser. Disposez des fruits rouges frais par-dessus et sur le côté, et bien entendu des « montagnes » de crème glacée.

LE TRIFLE LE PLUS RAPIDE DE LA TERRE

Cette recette vous servira si quelqu'un vous kidnappe un jour et vous pointe un revolver sur la tempe en hurlant : « Fais-moi un *trifle* ! Et que ça saute ! » Ainsi vous n'aurez pas à expliquer la crème anglaise. C'est aussi un gâteau délicieux en plus d'être joli et léger.

- 3 bananes
- 1 pot de confiture de lait ou de lait concentré sucré
- 1 pot de mascarpone
- 3 Crunchies
- 1 petite bombe de crème chantilly

Recouvrez le fond d'un plat à bords hauts (si possible transparent pour que l'on voie les différentes couches) de bananes coupées en tranches. Versez un pot de confiture de lait par-dessus (achetez-la déjà prête ou faites chauffer une boîte de lait concentré au bain-marie pendant trois heures – souvenez-vous de veiller à ce que la boîte soit toujours entièrement recouverte d'eau).

Étalez une couche de mascarpone.

Mettez les Crunchies dans un sac en plastique et cognez-les comme un fou contre une surface dure. Saupoudrez une couche épaisse de miettes de Crunchies. Puis ajoutez la crème fouettée ou pulvérisez-la avec une bombe si vous préférez. Vous pouvez aussi ajouter des copeaux de chocolat par-dessus, si les gangsters armés sont particulièrement terrifiants.

LE CHEESE PINWHEEL

Ceci ressemble moins à une recette qu'à un plaisir coupable, je le crains. Je n'en suis pas fière. Je ne peux même plus en faire, parce que je les engloutirais tous et que je ne le dirais probablement pas aux enfants. Je suis désolée. Je me déçois beaucoup. Je parie que vous serez vraiment généreux et peut-être même que vous garderez ceux qui restent dans un tupperware pour le lendemain… En fait, je ne sais même pas si ça se garde.
Miam miam miam. La quantité donnée convient pour une douzaine environ. Je ne vais même pas vous dire combien on doit en servir par personne.

- 1 rouleau de pâte feuilletée
- De la Marmite ou Vegemite[1]
- 1 cuillerée à soupe de lait
- 1 œuf
- 250 g de cheddar, parmesan ou comté râpé (celui que vous voulez)
- Du poivre

Préchauffez le four à 180 °C. Étalez la pâte sur un plan de travail, préalablement recouvert de farine de sorte à obtenir un carré d'une fine épaisseur. Appliquez une très fine couche de Marmite ou de Vegemite, ou aucune des deux si vous trouvez que

1. Il s'agit d'une pâte à tartiner à base de levure, d'une marque britannique, que l'on peut trouver au rayon « cuisine du monde » de certaines grandes surfaces.

ces trucs sont absolument infâmes. Ou préparez-en deux : une avec et une sans.
Parsemez la pâte de fromage en laissant une bordure aux extrémités. Moulez du poivre par-dessus le fromage et roulez le tout très serré.
Réservez 15 minutes environ au réfrigérateur, puis découpez en tranches. Badigeonnez légèrement d'un mélange d'œuf battu et de lait.
Placez les tranches sur une plaque recouverte de papier cuisson et mettez au four 12 à 15 minutes jusqu'à ce que la pâte gonfle et dore et que yawrggh ! vous deveniez aussi dingue que Macaron le glouton !
Pardon, je m'emballe.

GÂTEAU AU CHOCOLAT QUI DÉCHIRE

Voici un gâteau au chocolat pour les grandes occasions : anniversaires, etc. Il est monstrueusement gros et nécessite un énorme moule. Choisissez le glaçage que vous voulez. J'adore le glaçage au beurre de cacahuète, mais pour une fête d'enfants, ce n'est pas la bonne option. Le glaçage à la crème, au chocolat, ou avec des tas de Smarties constitue une alternative mieux adaptée.

- 300 g de farine avec levure incorporée
- 150 g de poudre de cacao
- 50 g de café moulu
- 500 g de sucre
- 500 g de beurre mou
- 8 œufs
- 4 cuillerées à soupe de levure chimique

Préchauffez le four à 170 °C. Beurrez l'intérieur du moule très généreusement. Puis peut-être encore un coup pour être sûr.
Mélangez tous les ingrédients. Ajoutez éventuellement un peu de lait si la pâte n'est pas assez fluide. Fouettez quelques instants.
Versez dans le moule, puis secouez-le jusqu'à ce que la surface soit régulière.
Faites cuire 30 minutes, puis recouvrez-le avec du papier cuisson ou du papier aluminium. Le gâteau doit cuire encore 50 minutes environ. Vérifiez la cuisson en y plantant la lame d'un couteau qui doit ressortir nette, sans pâte.

GLAÇAGE AU BEURRE DE CACAHUÈTE

- 175 g de beurre de cacahuète
- 110 g de beurre
- 300 g de sucre glace
- 60 ml de crème

Avec le batteur électrique, mélangez le beurre et le beurre de cacahuète, puis ajoutez progressivement le sucre glace. Diluez avec la crème jusqu'à obtenir la consistance adéquate.

PETIT PAIN AU PORC EFFILOCHÉ

Ces petits pains sont parfaits pour les pique-niques. Il y a environ un million de façons de préparer du porc effiloché : l'essentiel est qu'il soit cuit assez longtemps pour être extrêmement tendre. En ce qui me concerne, je vais au plus simple : j'achète un énorme morceau de porc (un morceau bon marché), je le badigeonne d'huile d'olive, de sel, de poivre, d'un peu de sucre, puis je l'enveloppe bien serré dans du papier aluminium. Je le cuis ensuite une heure à 200 °C, puis cinq heures et demie à 120 °C, et encore un petit quart d'heure à 200 °C. Enfin, si vous pouvez vous retenir un peu plus, réservez une nuit entière.
Détachez le porc à l'aide d'une fourchette et mettez-le dans un bol. Pour faire la sauce :

- 250 ml de moutarde (l'anglaise, pas celle avec les graines)
- 150 ml de vergeoise brune
- 180 ml de vinaigre de cidre
- 50 ml d'eau
- Plein de poivre noir
- 1 à 2 cuillerées à soupe de piment en poudre pour relever
- 1/2 cuillerée à café de piment de Cayenne pour relever
- 30 g de beurre
- 1 cuillerée à café de sauce soja

Mettez tous les ingrédients, sauf la sauce soja et le beurre, à bouillir sur le feu. Laissez mijoter pendant 30 minutes, puis ajoutez le beurre et la sauce soja. Laissez 10 minutes de plus sur le feu.
Mélangez la sauce avec le porc. Je le sers dans des petits pains, accompagnés de coleslaw, c'est top pour les pique-niques !

PETITS PAINS

Préparez également les petits pains. Polly le ferait, c'est certain. Et ceux-là sont super simples à réaliser.

- 500 g de farine à pain
- 100 ml d'eau chaude
- 1 sachet de levure de boulanger déshydratée
- 2 cuillerées à soupe de sucre
- 2 cuillerées à soupe d'huile
- 1 pincée de sel

Mélangez l'eau, la levure et le sucre, puis laissez reposer environ 5 minutes. Ajoutez l'huile et le sel, puis incorporez lentement la farine, jusqu'à ce que vous obteniez une jolie pâte. Pétrissez sur un plan de travail préalablement fariné jusqu'à ce qu'elle soit homogène, puis mettez dans un bol (préalablement huilé). Couvrez avec un torchon et réservez quelque part bien au chaud pendant une heure.
Découpez la pâte en seize morceaux, puis faites-en des boules. Posez-les sur des plaques pour le four (espacez-les pour qu'elles lèvent encore un peu). Laissez-les reposer trois quarts d'heure de plus.
Mettez à cuire à 200 °C pendant 15 à 20 minutes jusqu'à ce que les pains prennent une jolie couleur brun doré.

MICHE DE PAIN AUX OLIVES

- 500 g de farine à pain
- 1 sachet de levure de boulanger déshydratée
- 2 cuillerées à soupe de sucre
- 2 cuillerées à soupe de sel
- 1 tasse d'eau chaude
- 1 cuillerée à soupe d'huile d'olive
- 100 g d'olives hachées grossièrement (noires ou vertes, celles que vous préférez)

Mélangez l'eau chaude, la levure et attendez que cela mousse. Ajoutez la farine, le sucre, le sel, l'huile d'olive et les olives, et pétrissez jusqu'à obtention d'une pâte homogène et collante. Couvrez et laissez ainsi à l'abri pendant une heure ou jusqu'à ce qu'elle ait doublé de volume. Pétrissez encore une fois. Laissez 45 minutes de plus ou jusqu'à ce qu'elle ait encore doublé.
Huilez un moule (pour une miche). Enfournez à 220 °C pendant 30 minutes ou jusqu'à ce qu'elle dore.

LE PLUS FACILE DES PAINS DE MIE

Je sais. Cette recette figurait déjà dans *La Petite Boulangerie du bout du monde* et nous la remettons ici parce qu'elle est simple, délicieuse et inratable, et que si vous n'avez jamais fabriqué votre propre pain auparavant, il n'existe pas de meilleure recette pour se lancer. Alors, tentez l'expérience et envoyez-moi une photo !

- 700 g de farine à pain
- 1 sachet de levure de boulanger déshydratée
- 400 ml d'eau chaude
- 1 cuillerée à soupe bien rase de sel
- 1 cuillerée à soupe bien rase de sucre

Tamisez la farine, puis réchauffez-la un peu au micro-ondes (je la mets une minute à 600 watts). Ajoutez-y la levure, le sel et le sucre, puis l'eau. Mélangez.

Pétrissez le tout sur un plan de travail préalablement fariné pendant quelques minutes jusqu'à l'obtention d'une boule homogène.

Laissez reposer deux heures, le temps de lire le journal ou de faire une petite balade.

Pétrissez de nouveau pendant quelques minutes.

Laissez reposer encore une fois, pendant que vous vous octroierez un bon bain relaxant.

Préchauffez le four à 230 °C et beurrez un moule à pain.

Enfournez pour 30 minutes ou jusqu'à ce que le pain sonne creux quand vous lui donnerez un petit coup à la base.
Laissez refroidir aussi longtemps que vous résisterez, avant de le dévorer.

Composition et mise en pages
Nord Compo à Villeneuve-d'Ascq

Imprimé en France par CPI
en mai 2018
N° d'impression : 3028881

POCKET – 12, avenue d'Italie – 75627 Paris Cedex 13

Dépôt légal : avril 2017
S27314/06